DÉMONS ET MERVEILLES

MAMAN
CONTRE DÉMON

BEST-SELLER SUR LA LISTE DE *USA TODAY*

JULIE KENNER

Parfois, la maternité, c'est l'enfer...

Démon de l'après-midi
Démons et merveilles
Démon ne meurt jamais
Déjà démon
Allô maman, démon ! (histoire bonus)
Démon ex machina
Démon en vadrouille
Démon à bord
Démon, mode d'emploi

Jamie & Ryan

Apprivoise-moi

Tente-moi

Attise-moi

Rencontrez les hommes de Most Wanted

Te désirer

T'enflammer

T'envoûter

Découvrez les hommes de Stark Sécurité.

En mille éclats

Dans ton ombre (prequelle)

En mémoire de nous

En demi-teinte

En haute voltige

En ton nom

En crescendo (nouvelle)

En plein cœur

Plus de Stark Sécurité à venir

L'Homme du Mois

Droit au cœur - Mister Janvier

Vague à l'âme - Mister Février

Raison d'être - Mister Mars

Coup de sang - Mister Avril

État d'âme - Mister Mai

Droit au but - Mister Juin

Au beau fixe - Mister Juillet

Diable au corps - Mister Août

Cri du cœur - Mister Septembre

Corps à corps - Mister Octobre
État d'esprit - Mister Novembre
Force d'âme... - Mister Décembre
Cocktail royal - livre bonus

Blackwell-Lyon Sécurité
Nos adorables mensonges
Nos drôles de jeux
Nos belles erreurs
Nos plus beaux rôles

La série Maman contre démon

Démon de l'après-midi
Démons et merveilles
Démon ne meurt jamais
Déjà démon
Allô maman, démon ! (histoire bonus)
Démon ex machina
Démon en vadrouille
Démon à bord
Démon, mode d'emploi

Traduit de l'anglais par Alexia Vaz and Valentin Translation.

Traduit de l'anglais par Alexia Vaz and Valentin Translation.

Conception graphique de la couverture par T.M. Franklin (images par @FairytaleDesign and @KickAssRenderStock)

ISBN : (Ebook) 978-1-953572-82-0
ISBN: (Print) 978-1-953572-83-7

Publié par Martini & Olive Books
V-2022-6-28P

Je m'appelle Kate Connor et je suis une chasseuse de démons.

Ça fait un peu bizarre de dire ça. Cela faisait plus de quinze ans que j'étais une chasseuse de démons à la retraite : j'avais échangé mes responsabilités de chasseuse contre celles, toutes aussi dangereuses même si un peu moins dramatiques, de mère au foyer d'une adolescente et d'un enfant en bas âge. Et non, je n'exagère pas les dangers de la maternité.

Infiltrer un nid de vampires au crépuscule c'est peut-être traître, mais ce n'est rien comparé à dire à une jeune de quatorze ans qu'elle ne peut pas mettre d'ombre à paupières. Croyez-moi. Je sais de quoi je parle.

J'avais repris du service après avoir été attaquée par un démon dans ma cuisine, ce qui avait mis en branle toute une chaîne d'événements – comme vous pouvez vous en douter – au cours desquels les forces du bien s'étaient retrouvées à lutter contre les forces du mal lors d'une bataille finale cataclysmique. On dirait un film, hein ? Mais c'est vrai. Et une fois ce combat terminé, je dois reconnaître qu'être impliquée dans quelque chose d'aussi grandiose, ça m'avait manqué. Quelque chose d'important.

Ce n'est pas que les essais pour l'équipe des cheerleaders ou apprendre la propreté à un bébé ne soient pas importants. Mais bon, vous voyez ce que je veux dire.

Bref, j'avais accepté de reprendre là où je m'étais arrêtée, et voilà que je me retrouvais soudain avec deux boulots à temps plein : chasseuse de démons Niveau Quatre et mère au foyer.

Et je peux vous dire que ces deux professions s'accordent un peu moins bien que, mettons, le jambon et l'emmental. Pourquoi ? Parce que tout ce qui concerne les démons est un secret aux proportions gigantesques. Je travaille pour une branche super-secrète du Vatican, la Forza Scura, et une de ses premières règles est le secret absolu. Personne ne sait. Enfin, personne à part ma meilleure amie Laura, mais toute règle a son exception, après tout.

À la différence de la plupart des mamans qui travaillent, la société ne me fait pas de cadeau. Si Carla Cadre-Sup fait des plats surgelés trois soirs de suite, personne ne moufte. Après tout, « maman a une réunion importante qui arrive ».

Mais moi ? On s'attend à ce que je fasse quand même un effort en cuisine. Et je fais de mon mieux, vraiment, mais je crois que je n'ai pas le gène de la gastronomie. Ni même le gène de la bonne franquette. Et ma carrière de chasseuse de Dédons ne me vaut aucun privilège. Genre : « Désolée, monsieur le gendarme, je ne me suis pas rendu compte que je dépassais la limite autorisée. Mais c'est que des fois on est pressés, nous autres chasseurs de démons. Le sort de l'humanité, le destin du monde, faire prévaloir les forces du Bien sur celles de l'obscurité, tout ça. Vous voyez. »

Non. Ça ne marche pas comme ça. Et pour que mes deux vies collent ensemble, je me retrouve à devoir raconter un certain nombre de petits mensonges. Et des fois, ça se retourne contre moi.

Ce qui explique en bonne partie pourquoi j'étais un vendredi matin de décembre en équilibre sur une vieille échelle en bois dans la salle télé de la maison de retraite Brumes Littorales, avec quelques mètres de guirlande argentée passée autour de mes épaules, une agrafeuse dans ma poche de derrière, et mon fils de deux ans en train de jouer au billard avec les boules de Noël sur le tapis en dessous de moi.

Quelques mois auparavant, cet endroit grouillait de démons.

Bon, d'accord, c'est peut-être une légère exagération, mais il y en avait une bonne demi-douzaine qui traînaient leurs guêtres ici déguisés en résidents du troisième âge, et se conduisaient comme s'ils étaient chez eux. Comme une telle situation était inacceptable, j'étais venue nettoyer les lieux. Un peu comme le marshal Dillon dans *Gunsmoke*. Sauf que je n'avais pas un chapeau de cowboy blanc ou une petite étoile d'argent.

Ce que j'avais, c'était un bel arsenal de mensonges, et quelques outils pratiques comme de l'eau bénite, des pieux en bois, et un poignard super cool. Et je dois dire que j'avais fait du très bon boulot. Quelques mois plus tard seulement, Brumes Littorales était désormais dépourvue de tout démon. Par ailleurs, un bon nombre de personnel administratif et de médecins avaient mis les voiles. Ce n'étaient pas des démons mais des humains qui travaillaient pour eux, séduits par des promesses de pouvoir, d'argent ou allez savoir quoi. Une histoire malheureusement banale, qui avait transformé une maison de retraite ordinaire en usine à démons.

Mais j'avais mis fin à tout cela.

Désormais, ce lieu qui avait été un abominable terrain de reproduction pour morts-vivants était un établissement très correct, avec HBO, Cinemax, et une télé à écran plat dernier cri pourvu d'une sono qui faisait baver mon mari.

Mais avais-je pour autant pu rayer Brumes Littorales de ma liste de choses à faire ? Dégager un peu de temps pour faire les courses, transporter ma fille et ses amies, ou effectuer les autres corvées diverses qui m'incombaient ? Eh bien non. Parce que pour infiltrer Brumes Littorales, j'avais été obligée de me trouver une couverture : le bénévolat.

Les démons étaient peut-être éradiqués, mais mes autres responsabilités ne l'étaient pas. Alors en plus de devoir cuisiner pour ma famille, je me retrouvais à apporter leurs repas aux pensionnaires grabataires. En plus de lire les livres du Dr Seuss à mon fils, je lisais Zane Grey à des hommes probablement en âge de se rappeler la conquête de l'Ouest. En plus d'apprendre à mon fils à aller sur son pot, je... bon, vous voyez l'idée.

Pour couronner le tout – et c'était là un point essentiel –

même si mes activités chez Brumes Littorales me prenaient un temps fou, la vérité, c'était qu'il fallait que je maintienne une présence ici. La maison de retraite avait un fort taux de mortalité – c'est dans la nature des choses – ce qui en faisait un emplacement de choix pour tout dirigeant démoniaque qui aurait voulu faire son trou à San Diablo.

C'était déjà arrivé une fois. Je n'avais pas l'intention que ça se reproduise.

Et aujourd'hui, ma meilleure amie Laura et moi-même aidions à décorer les lieux pour Noël. Nous avions amené Timmy avec nous pour trois raisons. La première était complétement égoïste : ma culpabilité maternelle.

Même si j'avais inscrit Timmy dans une crèche et même si ça semblait lui plaire, mon sentiment de culpabilité était suffisamment fort pour que je ne l'y emmène que quand c'était absolument nécessaire. Comme quand les Légions de l'Enfer descendaient sur mon quartier, par exemple. Ou quand j'avais besoin de faire du shopping. Croyez-moi. Je préférerais abattre quinze démons avec mon bambin à côté que de l'emmener dans un magasin à la recherche de la tenue parfaite pour l'une de ces cocktails partys hyper pénibles auxquelles mon mari me traînait par intérêt politique.

La seconde raison était plus altruiste : les résidents de la maison de retraite étaient complétement fous de mon petit monstre. Logique. Ils n'avaient pas tant de visiteurs que cela, et encore moins en âge d'aller à la maternelle. Et puis, niveau enfants en bas âge, le mien est quasi parfait. Et je suis tout à fait objective en disant ça.

Enfin, j'avais emmené Timmy parce qu'aujourd'hui c'était le Jour des Familles à l'école de ma fille Allie. Dès que Laura et moi en aurions fini avec la déco, nous embarquerions Timmy, passerions à la pâtisserie pour récupérer les deux douzaines de cupcakes commandées par l'asso parents-profs, et nous filerions au lycée Coronado où nous ferions de notre mieux pour ne pas foutre la honte à nos filles en mentionnant les garçons, les notes, les profs, les garçons, la télé, la politique, les garçons, les films, les repas, ou tout autre sujet pouvant mener à un désastre.

Laura se concentrait sur la taille de l'arbre tandis que j'agrafais des guirlandes à la porte voûtée en faisant de mon mieux pour les disposer de façon artistique – c'était un échec. Je n'étais pas vraiment connue pour être une fée du logis. En dessous, mon petit garçon ravissait les personnes âgées en tyrannisant les décorations de Noël, en fouillant dans mon sac à main, en chantant « Vive le vent » et en envoyant des bisous aéroportés.

Je disposais avec soin un morceau de guirlande, appuyai sur l'agrafeuse, tirai sur la décoration pour vérifier la solidité de mon travail, et jetai un coup d'œil à ma montre. Il était presque onze heures.

— Allez-y si vous voulez, ma chère. Je peux me charger d'accrocher le reste.

Cette suggestion venait de Delia Murdock qui venait de fêter son quatre-vingt-onzième anniversaire. Elle se tenait en bas de mon échelle, une main sur le pied de celle-ci, et faisait mine de la tenir. C'était une femme qui penchait constamment sur la gauche et il n'y avait pas moyen que je la laisse monter sur une échelle.

— Nous ne sommes pas pressées, mentis-je. N'est-ce pas, Laura ?

Laura me dévisagea comme si j'étais folle parce que, évidemment, nous étions pressées. Nous devions être dans le gymnase du lycée, avec nos cupcakes, dans exactement une heure et quinze minutes.

— Cinq minutes, dis-je en descendant de mon échelle pour la tirer vers la voûte suivante. Les filles comprendront si on a un tout petit peu de retard.

Un autre mensonge. Allie m'avait rappelé l'événement au moins trois fois par jour au cours des deux dernières semaines. Elle avait laissé des mémos à ce propos sur le miroir de la salle de bain, sur la cafetière, et sur le volant de ma voiture.

Apparemment, le Jour des Familles était assez important dans leur lycée pour surmonter la mortification adolescente d'avoir un parent à proximité. Et je savais que si j'arrivais en retard, elle me ferait une vie d'enfer. Je gère des choses infernales au quotidien. Et je vous assure que tout ce qui touche aux flammes et au soufre est nettement plus agréable que ce que ma fille est capable de me faire subir.

Laura n'avait pas l'air convaincue mais elle ne protesta pas, si bien que tandis que Bing Crosby chantait les délices d'un Noël Blanc, je maniai mon agrafeuse en rythme avec la musique et accélérai notablement quand Bing laissa la place à « Jingle Bell Rock » qui hurlait depuis la salle télé. Derrière moi, j'entendais Timmy compter (« un, deux, t'ois, quat', six... ») tandis que M. Montgomery le régalait d'encouragements : « Bravo gamin » et « qu'est-ce qu'il est malin, ce petit ». Je sentis mon cœur faire un petit soubresaut. J'ai des enfants géniaux et ma fierté maternelle ne demande qu'à s'exprimer.

Mon cœur se serra un peu plus, comme c'est souvent le cas quand je pense à mes enfants, surtout à Allie. Tim a son papa, mais Allie et moi avons perdu Eric, mon premier mari, suite à une agression brutale, il y a cinq ans de cela. Et même si je suis très heureuse en ménage et que je n'échangerais Stuart contre rien au monde, il ne se passe pas un jour sans que je ne ressente le poids de cette perte. Comme si quelqu'un avait pris un emporte-pièce et avait volé un morceau de mon âme qui aurait la silhouette d'Eric.

La sonnerie stridente de mon portable me tira de ma mélancolie. Je me maintins à l'échelle d'une main et sortis le téléphone de l'autre. *Stuart*. Je fronçai les sourcils, craignant de savoir pourquoi il appelait.

— Ne me dis pas que tu ne viens pas.

— Tu plaisantes ? Bien sûr que je viens. Ça fait des semaines qu'Allie nous menace à ce sujet.

— Oh, dis-je, me sentant un peu coupable d'avoir douté de lui.

Mais j'avais des raisons. Mon mari était sur le point d'annoncer officiellement sa candidature pour devenir procureur du comté et il consacrait ses journées – ainsi que ses nuits – à soigner son carnet d'adresses, lever des fonds et faire de la politique. À plus d'une occasion, c'étaient les enfants et moi qui avions les frais de ses difficultés d'emploi du temps.

En tant qu'épouse qui le soutenait à cent pour cent, j'essayai de ne pas en prendre ombrage. J'y parvenais parfois.

— Qu'est-ce qui se passe alors ? réessayai-je.

— Je venais juste aux nouvelles. Et voir si tu avais besoin que je t'amène quelque chose. Les cupcakes ? Eddie ? De l'Ibuprofène ?

C'est un homme incroyable, non ? Je veux dire, combien y a-t-il de maris qui retiennent les obligations de leurs femmes auprès de l'asso parents-profs ? Ou qui se portent volontaires pour aller chercher le soi-disant arrière-grand-père de leur fille même s'ils ne s'entendent pas très bien ? Je suppose qu'il n'y en a pas tant que ça, et je suis chanceuse que l'un des rares maris de ce genre soit le mien.

— Eddie prend un taxi, déclarai-je.

Tant Eddie que Stuart m'en seraient reconnaissants. Eddie est un chasseur de démons à la retraite qui s'est récemment taillé une place permanente dans ma vie et une place temporaire dans ma chambre d'amis. Suite à un malentendu que je n'ai jamais pris la peine de dissiper, ma famille pense qu'Eddie est le grand-père d'Eric. Encore une de ces petites zones d'ombres causées par la Forza et qui rendent ma vie si intéressante.

La question des cupcakes valait davantage la peine d'être pesée, mais au final, je déclinai également cette proposition. J'aime mon mari mais je n'ai pas confiance dans ses goûts en pâtisserie. Je ne sais peut-être pas cuisiner, mais je suis la reine des courses. Quant aux analgésiques, j'ai appris à en avoir toujours sur moi.

— Tu es sûre ? demanda-t-il quand je lui dis qu'il avait quartier libre.

— Absolument. Tout ce que tu as à faire, c'est venir, et ce sera parfait.

— Pas de souci. Clark a un donateur potentiel qui m'attend dans son bureau, mais c'est la seule chose sur ma liste. Après ça, je file au lycée.

Clark Curtis est le patron de mon mari. Il est aussi le procureur du comté actuel et il soutient la candidature de mon mari pour le remplacer. Quand j'ai rencontré Stuart, il se tuait au travail en tant qu'avoué sous-payé dans le département immobilier et n'avait aucune ambition politique.

Mais Clark avait vu du potentiel en lui et l'avait tiré de l'ombre relative où il se trouvait pour le jeter sous les feux de la rampe politiques. C'était super pour Stuart, moins pour moi. C'est peut-être égoïste, mais je ne suis pas fan de la vie d'épouse d'homme politique. Et je ne suis vraiment pas fan des horaires alambiqués que mon mari se retrouve à faire.

Si bien que mentionner Clark n'envoyait pas franchement des ondes d'assurance et de bien-être parcourir mon corps. C'était même plutôt l'inverse, et je me maintins avec fermeté à l'échelle tandis que je fermais les yeux, inspirais profondément, et réfléchissais à quoi répondre. Ce n'était pas le moment pour lui faire des remontrances, mais en même temps, mes remontrances, c'était du gâteau comparé à la déception d'Allie et à sa bouderie silencieuse si Stuart ne venait pas. Au final, je choisis la diplomatie :

— Tant que tu ne perds pas la notion du temps.

— Mais non, dit-il. J'ai le sens des priorités.

— D'accord, dis-je.

Je n'étais pas complétement rassurée. J'étais sur le point d'en dire davantage, mais mon attention fut détournée par un chœur de « Bébé tout NU ! Bébé tout Nu ! Tout nu ! Bébé tout nu ! Bééébéééééé tout nuuuuuuuuuu », qu'on glapissait plus ou moins sur l'air du Hallelujah d'Haendel. Je ne pouvais m'en prendre qu'à moi-même, et je me tournai sur mon échelle avec un sentiment d'effroi mêlé d'amusement. Effectivement, mon bambin avait réussi à se débarrasser de son t-shirt, son pantalon, et sa couche-culotte.

Je m'empressai de prendre congé de mon mari. Soit il viendrait, soit pas, et s'il ne venait pas, les deux femmes de sa vie lui feraient la gueule. En attendant, il fallait que je m'occupe du dernier-né de la famille.

Il tournait en rond avec une insouciance parfaite, et tapait des pieds en rythme avec la chanson qu'il hurlait à tue-tête. M. Montgomery et les autres riaient si fort que je fus à moitié tentée d'appeler l'infirmière ; je n'avais pas envie que mon fils soit le catalyseur d'une épidémie d'infarctus.

Je restai plantée devant ce spectacle un peu plus longtemps que je ne l'aurais dû. Que puis-je dire pour ma défense ? Il était mignon. Mais je finis par prendre un visage sévère et m'écriai :

— Timmy !

Il referma la bouche, mais il avait de grands yeux innocents.

— Je chante, maman !

— Ça, je vois.

Je jetai un coup d'œil à Laura pour avoir un peu de soutien, mais elle était écarlate de rire, et les petits pères Noël décoratifs qu'elle tenait entre ses doigts tremblaient de jubilation contenue.

Avec des amies comme ça...

Je me concentrai pour garder une mine ferme.

— Chanter c'est très bien, mon cœur. Mais on met des vêtements quand on est en public.

— Pas public. Dedans !

Je vous jure, ce gamin finira avocat. Tel père, tel fils.

— Oui, dis-je avec une patience infinie. Nous sommes dedans. Mais on met des vêtements aussi dedans, n'est-ce pas ? À la maison, et à l'école, et à l'église.

— Et au magasin, dit-il.

— Exactement, dis-je, toute fière. Et là, tu es dedans et il faut que tu remettes tes vêtements.

Mais mon petit garçon ne m'écoutait pas, trop fasciné par sa propre nudité. Je soupirai et descendis de l'échelle, en laissant pendre piteusement le dernier bout de guirlande au milieu de la voûte. Je m'étais trompée en disant que les démons avaient abandonné Brumes Littorales. Mon petit diable personnel était en train de se dandiner dans la salle télé.

Mais Laura tendit la main pour m'arrêter avant que j'atteigne le sol.

— Je m'occupe de rhabiller Timmy. Toi, dépêche-toi.

Elle tapota sa montre.

— Les cupcakes, tu te souviens ?

Pendant ce temps, Timmy s'était mis à courir sur le tapis et se jetait sur les résidents qui riaient et l'encourageaient. J'avais comme un soupçon que certains lui avaient donné du chocolat. Ça aurait aussi bien pu être des cristaux de meth : l'effet n'aurait pas été plus drastique.

Laura vit ce que je regardais et m'interrompit avant que je puisse protester.

— Il n'a même pas trois ans, Kate. Je vais m'en sortir. J'en ai une aussi, tu te rappelles ?

Sauf que la sienne avait quatorze ans et s'habillait toute seule. Mais je hochai la tête quand même. Je savais qu'il valait mieux ne pas discuter avec Laura : c'était la femme qui avait réussi à ramener des vêtements à Nordstorm alors qu'ils étaient en solde à soixante-quinze pour cent, avec des panneaux « ni repris, ni échangé » affichés partout dans la boutique.

Impressionnée, je l'observais rassembler les vêtements de Timmy, et puis rassembler Timmy. Il lutta au début, mais elle le retourna en le tenant bien à la taille, et la tête du bambin se retrouva à pendre quelque part au niveau des genoux de Laura. Ses protestations se muèrent en glapissements ravis et elle partit vers les toilettes des femmes en m'adressant un regard de triomphe alors qu'elle passait devant moi.

Je me remis au travail en me dépêchant, car il fallait toujours que nous passions prendre les cupcakes sur le chemin du lycée, et que j'étais consciente de l'ire de ma fille si nous arrivions en retard.

Depuis le haut de l'échelle, je voyais les falaises au loin à travers les larges fenêtres. Je voyais même un peu de l'océan agité, blanc d'écume. Des arcs-en-ciel miniatures se révélaient dans les rayons de soleil chaque fois qu'une bouffée d'embruns éclatait contre la rive.

J'aime la Californie. La météo. La plage. À peu près tout, en fait. Mais alors que j'agrafais ma guirlande au bois peint, je me rendis compte que j'aurais voulu ce Noël blanc que Bing chantait avec tant de conviction. Je pris mentalement note d'acheter de quoi faire du chocolat chaud avec de la chantilly et des plaids douillets rouge et vert. On n'aurait peut-être pas de blizzard cette année, mais je pouvais toujours mettre la clim à fond et convaincre Stuart de faire un feu dans la cheminée qu'on n'utilisait presque jamais.

J'essayais d'échafauder une justification à un feu de cheminée par vingt-deux degrés quand je me rendis compte que certains des résidents qui se trouvaient dans la salle télé étaient en train de traverser le couloir en direction des portes vitrées. Un homme en uniforme se tenait là avec un écriteau en carton, une casquette rouge enfoncée sur la tête. Je n'arrivais pas à lire le signe ou à entendre ce qu'il disait, mais comme les résidents étaient en train de se rassembler, je supposais qu'ils avaient une sortie de prévue.

— Où est-ce qu'ils vont ? demandai-je.

— Mmh ? Qui ça, ma chère ? s'enquit Delia.

Je désignai le bout du couloir et faillis perdre l'équilibre.

— Ah, mmh. Je crois qu'ils font une excursion avec l'école.

— Quelle école ? Le lycée ?

— Oh, oui, le lycée.

Delia fronça les sourcils.

— Je n'ai jamais fini le lycée. Papa pensait qu'une jeune femme n'avait pas besoin d'être éduquée.

Alors que j'assimilais ce petit complément d'informations sur Delia, Jenny arriva dans la pièce, un porte-bloc à la main, le front plissé. Jenny est une bénévole, un peu tête en l'air, et presque aussi au fait des ragots de Brumes Littorales que Delia.

— Madame Connor ! s'écria-t-elle en me faisant de grands gestes. Ouah. Vous faites un super travail.

J'examinai mon œuvre et en conclus que les standards de Jenny étaient bien bas.

J'étais sur le point de demander à Jenny si le bus se rendait vraiment au lycée quand Ratched débarqua, prit Jenny par le coude, et la tira de côté. J'adressai un sourire réconfortant à Jenny. Je m'étais déjà retrouvée aux prises avec Ratched alors qu'elle était mécontente, et ce n'était pas chouette. Pour être juste, je devrais ajouter que Ratched s'appelle en réalité Baker et que, pour autant que je puisse en juger, elle n'est pas une acolyte humaine pour démons, comme je l'avais imaginé au début. Mais je ne l'aime toujours pas.

Ratched a une de ces voix rocailleuses presque impossibles à ignorer. Mais j'aimais bien Jenny et ce n'était pas sympa de l'écouter se faire disputer. Alors je fis tout ce que je pouvais pour ne pas écouter, sans aller jusqu'à mettre mes doigts dans mes oreilles et chantonner.

Ça ne marcha pas. J'avais beau être pleine de bonnes intentions, j'entendais quand même des bribes. Ce qui était une bonne chose, vu le sujet de la conversation. Car cela m'indiqua la présence potentielle de démons. Et c'était une mauvaise chose pour exactement la même raison.

Voilà ce que j'entendis malgré moi :

— Jenny, je suis fatiguée d'avoir sans cesse cette conversation avec vous. Il faut que vous vous concentriez. Ce n'est pas possible de mélanger les patients comme ça.

— Mais...

— Pas de mais. Il est absolument impossible que Dermott Sinclair soit monté dans ce bus. Ce qui veut dire que votre liste pour l'excursion est fausse, et que nous avons un résident que nous n'avons pas inscrit.

— Mais non ! C'était M. Sinclair. Il m'a même dit de le laisser tranquille.

Le menton de Jenny tremblait et sa peau était marbrée, mais pour l'instant, elle ne pleurait pas.

Ratched soupira et passa un bras autour de la jeune femme.

— Jenny, réfléchissez. Ce monsieur a fait une crise cardiaque. Il a passé trois mois dans le coma. Cela ne fait que deux jours qu'il a repris connaissance. Comment aurait-il pu trouver la force de se lever et de monter dans ce bus ?

Jenny sécha à cette question, et je dus refréner mon envie de lever la main, comme une première de la classe. Parce que oui, je connaissais la réponse, ou en tout cas, une réponse possible. Et elle n'était pas plaisante.

Dermott Sinclair était un démon et il venait de monter dans un bus qui partait tout droit pour le lycée de ma fille.

2

Environ deux secondes plus tard, ma loyauté faiblit. Il est vrai que Dermott Sinclair était probablement un démon, mais il pouvait également être l'une des personnes extrêmement chanceuses qui étaient vraiment sorties de son coma sans effets secondaires, puis il avait décidé de partir en voyage de groupe. Admettons, les chances étaient du côté du démon, mais tuer des vieillards était incroyablement mal vu.

Et j'avais une autre raison d'hésiter. Si Dermott Sinclair était réellement un démon, il prenait de sacrés risques en se faisant connaître alors que j'étais dans les locaux. Essayait-il de m'appâter ? Ou y avait-il un complot en train de se préparer dans le monde démoniaque ? Quelque chose d'assez gros qui justifierait le risque d'être découvert par la seule chasseuse active en ville ?

Évidemment, je devais mener une enquête.

Sauf que, bien sûr, Sinclair était dans le bus et moi, non. En plus, je devais composer avec mon bambin. Sans mentionner la promesse que j'avais faite à Allie d'arriver à l'heure précise pour le Jour Des Familles au lycée. Techniquement, chasser Dermott Sinclair ne me mettrait pas en retard puisque le bus partait pour l'école. Néanmoins, je soupçonnais malheureusement que tous les bons points que je pourrais obtenir en étant ponctuelle seraient anéantis par les réprimandes que j'encourrais si je me battais avec un vieil homme sur le sol du gymnase devant le corps enseignant, les étudiants et les parents d'élèves.

Ce qui me laissait avec le seul plan d'attaque possible : obliger ma meilleure amie à garder mon cadet et aborder le démon avant que le bus arrive au lycée.

Ça, je pouvais le faire.

J'attrapai brusquement mon sac où je l'avais laissé sur le sol, puis je me précipitai aux toilettes près de l'entrée. Je voyais le parking d'ici et le bus était toujours sur l'asphalte, bloquant ma voiture, en fait. Je ne voyais aucun gaz d'échappement et quelques résidents s'affairaient aux alentours alors que l'infirmière Ratched et Jenny consultaient le porte-bloc.

Je remerciai rapidement saint Peoni, le saint patron des idiots et des chasseurs de démons. J'avais encore le temps.

Les toilettes des femmes étaient juste derrière le bureau de la réception et je franchis brusquement la porte, appelant Timmy et Laura en même temps.

— Maman, Maman ! Je vais sur pot ! tonna la voix de mon petit garçon depuis l'un des cabinets pour personnes handicapées.

À mon avis, et selon Laura également, se trimballer un gamin en public est suffisamment invalidant pour s'autoriser l'utilisation des toilettes réservées. Au moins jusqu'à ce que la foudre s'abatte sur le génie qui avait créé les cabinets ordinaires de sorte qu'ils soient trop petits pour contenir une mère, un enfant, un sac de couches, un sac à main et un animal en peluche.

— Génial, chéri, dis-je automatiquement. Laura, c'est une urgence. Tu peux prendre soin du petit ?

— Démons ? demanda-t-elle.

Je grimaçai, mais une rapide observation sous les portes des autres cabinets révéla qu'il n'y avait aucun autre occupant.

— Affirmatif.

— Vas-y, alors, répondit-elle presque avec désinvolture.

Quelques mois plus tôt, l'idée d'un démon déambulant librement dans le monde l'aurait complétement fait flipper. Désormais, c'était juste une chose comme une autre. Je sentis un picotement de culpabilité pour avoir assombri la vision que mon amie avait du monde, mais je passai rapidement à autre chose. Si je ne montais pas dans ce bus et ne rembarrais pas M. Sinclair, le monde de Laura serait peut-être plus teinté qu'en théorie.

Je jetai mes clés sur la vasque des toilettes. Le scénario idéal voudrait que j'aille trouver Sinclair et que je le ramène à l'intérieur, mais puisque le bus s'apprêtait à partir et que je ne savais pas à quoi il ressemblait, je me disais qu'il y avait de grandes chances pour que je monte dedans. En plus, j'avais appris depuis longtemps que je ne vivais pas dans un film.

— Pour l'Odyssey, dis-je en faisant référence à mon monospace. Mais, euh, ne te précipite pas au Jour des Familles, d'accord ?

Après ces mots, le bruit du distributeur de papier toilette s'interrompit, et la tête de Laura apparut par la porte du cabinet.

— Tu veux m'expliquer ?

— Pas vraiment.

Elle prit une profonde inspiration et je vis l'inquiétude dans son regard.

— Fais attention à mon bébé.

Je hochai la tête en pensant à sa fille Mindy, puis jetai un coup d'œil vers les toilettes et mon petit garçon discutant tout seul à voix basse derrière la porte.

— Pareil pour toi, ajoutai-je.

Naturellement, Timmy choisit ce moment pour comprendre que le statut de Laura était passé de compagnon temporaire à baby-sitter à plein temps, et il annonça son mécontentement en criant mon nom de toutes ses forces. Mon cœur fit un autre salto, néanmoins je me ressaisis et reculai hors de la pièce. Il était en sécurité avec Laura et il me pardonnerait plus tard. Toutefois, désormais, j'avais mal à la tête. Je me disais que sauver le monde des forces du mal était bénéfique pour tous, y compris mes enfants. Mais ces foutus instincts maternels n'écoutaient pas toujours la logique.

Les couinements de mécontentement de Timmy résonnaient toujours à mes oreilles quand je trottinai pour traverser le parking jusqu'au bus. Tous les résidents étaient montés, à présent, et le moteur tournait. L'infirmière Ratched était partie et seule Jenny demeurait là, le porte-bloc à la main et un froncement de sourcils sur son petit visage guilleret.

— Jenny ! criai-je. Retenez le bus !

Elle leva ses yeux écarquillés par la surprise et la confusion.

— Madame Connor ! Qu'y a-t-il ?

— J'ai dit à l'infirmière Ra... l'infirmière Baker que j'allais les accompagner comme chaperonne, mentis-je. Puisque je vais dans la même direction.

— Oh.

Elle plissa le front.

— Elle ne m'a rien dit.

— C'est parce que je viens tout juste de la croiser, insistai-je en montrant mon monospace. Timmy est malade, donc Laura va l'emmener à la maison et je n'ai donc plus aucun moyen de me rendre à l'école d'Allie. Et lorsque j'en ai informé l'infirmière Baker, elle a très gentiment suggéré que je monte dans le bus. En tant que chaperonne, bien sûr.

Je souris et attendis. J'avais un peu peur que mon embellissement avec le mot « gentiment » révèle que mon histoire était de la pure invention.

— Mais nous avons une chaperonne, répondit-elle. Marissa Cartright. Elle est déjà dans le bus.

— Oh.

J'envisageai de retourner à l'intérieur du bâtiment. Marissa Cartright est, pour parler poliment, une emmerdeuse. L'une de ces mères qui laissent leurs enfants démoniaques – et je parle métaphoriquement, pas littéralement – déambuler tels des sauvages pour tourmenter les autres gamins. Genre, par exemple, le mien. Malheureusement, nos cadets sont dans le même groupe de jeu et Timmy apprécie les autres enfants. Et j'aime les autres mamans. Donc je fais avec et je supporte Marissa et sa petite Danielle une semaine sur deux. Ce ne serait pas si horrible si cette femme n'était pas en plus volontaire à la résidence Brumes Littorales, ne participait pas au même comité de parents que moi, n'était pas la présidente de l'Association de mon quartier et que sa fille JoAnn n'était pas dans l'équipe de pom-pom girls d'Allie.

Honnêtement, parfois je préférerais plutôt gérer les forces du mal.

— Madame Connor ?

J'agitai une main, chassant toutes mes pensées. Marissa ou pas, j'avais besoin de monter dans ce bus.

— L'infirmière Baker pensait que Marissa aurait besoin d'aide.

— Vraiment ? Même avec l'infirmière Kelly également présente ?

Je tendis les bras et haussai les épaules.

— C'est ce qu'elle a dit.

— Oh. Eh bien, d'accord, déclara-t-elle sans vraiment s'en préoccuper.

Elle fit signe au chauffeur d'ouvrir la porte et alors que le mécanisme hydraulique sifflait et gémissait, je lui arrachai le porte-bloc des mains et lus les noms. Si Dermott Sinclair n'était pas là, tout mon stratagème avait été inventé pour rien. Mais voilà qu'il était là, avec une marque rouge à côté de son nom confirmant sa présence.

— Dermott Sinclair, dis-je comme si j'avais un vague souvenir du nom. N'était-il pas dans le coma ?

— Oh, ouais, répondit Jenny avant de se pencher davantage.

Un éclat conspirateur illuminait son regard habituellement ignorant.

— J'ai dit à l'infirmière Baker qu'il avait rejoint le groupe et elle ne m'a pas crue. Mais ensuite, elle l'a vu et elle a dit qu'il ne pouvait pas y aller. Il est devenu bougon avec elle, mais vous connaissez l'infirmière Baker, elle n'allait pas céder.

Elle prit une brusque inspiration. Moi aussi.

— Bref, elle a dit qu'il n'était pas d'aplomb pour le voyage, mais il a répondu que le médecin lui avait donné son feu vert et elle a dit que c'était faux. Et lui il a dit que...

— Jenny.

— D'accord. Bref, c'est pour ça qu'on est en retard. Elle a retenu le bus pendant qu'elle allait vérifier ses bilans. Et effectivement, le médecin a signé. Il lui a permis de faire des voyages et de participer à toutes les activités. Aucune restriction, que c'est écrit.

C'est pas fou ? Genre, il se réveille d'un coma et il se promène comme s'il n'avait jamais été malade. C'est presque un miracle.

— Presque.

Je notai mentalement d'enquêter sur son médecin.

— Ma petite dame, vous montez dans le bus ou pas ? demanda le chauffeur.

Je hochai brièvement la tête, remerciai Jenny et sautai sur les marches du car. Le système hydraulique siffla à nouveau et la porte se referma.

Puisque mon siège était juste derrière le chauffeur – qui s'appelait Carl, comme je l'appris – je voyais la quatorzaine de passagers se refléter dans l'immense rétroviseur au-dessus de la place conducteur. Toutefois, je ne voyais aucun démon apparaissant clairement. D'ailleurs, je n'en voyais aucun subtil non plus. Aucun regard méchant. Aucun œil plissé. Aucun ricanement maléfique.

En fait, tous les passagers paraissaient sans défense. Les hommes s'étaient visiblement assis sur le côté gauche du bus et les femmes, à droite. La plupart étaient avec un compagnon, regardant un catalogue, faisant du point de croix ou discutant de certaines indiscrétions. D'autres étaient seuls et se concentraient sur des mots croisés ou somnolaient.

Aucun ne semblait prêt à imposer un règne maléfique sur le monde.

Et ça, en résumé, c'était le problème quand les démons venaient sur terre. Ils se mêlaient trop bien à la population.

La plupart du temps, les démons évoluent simplement dans l'air, existant, mais n'interagissent pas avec nous. Non pas que je sois fan de l'idée de nager dans une mer de démons chaque fois que je marche jusqu'à ma voiture, mais c'est mieux que d'en croiser un tangible dans une allée sombre. Tant qu'un démon est désincarné, il ne peut pas faire grand-chose à part nous regarder et souhaiter être comme nous. Les démons ont un véritable besoin d'être humains.

En réalité, certains démons en ont si terriblement envie qu'ils prennent le chemin de la possession et s'emparent du corps d'une personne toujours en vie, emprisonnant l'âme de la victime dans une crevasse profonde et sombre. En revanche, la possession n'est pas très subtile. En général, c'est plus ou moins similaire à ce que les maquilleurs d'Hollywood ont fait de Linda Blair. En d'autres termes, ces démons n'allaient pas infiltrer l'association des parents d'élèves. Du moins, pas sans être remarqués.

Heureusement – pour nous tous –, la possession est assez rare. Malheureusement, la plupart des manifestations démoniaques sont moins évidentes. Vous savez, tous les miracles médicaux dont vous entendez parler ? Quelqu'un qui était en train de mourir sur la table d'opération et qui a été merveilleusement ramené à la vie ? Quelqu'un qui s'extirpe de lui-même d'un carambolage de douze voitures malgré un énorme coup à la tête ? Quelqu'un coincé sous l'eau pendant près de dix minutes, mais qui survit ?

Je parie que vous pensez que ces gens ont eu de la chance. Eh bien, réfléchissez-y encore. Quatre-vingt-dix-neuf pour cent du temps, nous ne parlons pas d'une survie miraculeuse, mais d'un démon déterminé.

Évidemment, tout le monde n'est pas un hôte compatible pour un démon. Seuls les plus puissants peuvent infiltrer le corps d'un fidèle, par exemple. Ces âmes se battent, chassent les démons jusqu'à ce que les portes se referment.

Et surtout, les démons évitent les personnes âgées, préférant infecter les jeunes, plus forts et en bonne santé – enfin, à part le fait qu'ils sont morts. Mais j'avais récemment appris à mes dépens que dans une situation difficile, les démons prennent tout ce qui se trouve disponible.

Tout ça pour dire que la plupart des démons ressemblent plus ou moins à tout le monde.

Enfin, heureusement, les démons charnels ont quelques particularités utiles pour des questions d'identification. Les sols bénis, par exemple, les arrêtent brutalement. Le basique, celui de tous les jours, ne peut simplement pas marcher sur un sol sanctifié. Ou bien, il le peut, mais c'est sacrément douloureux. Enfin, puisque les chances de convaincre Carl de faire un rapide détour pour que je puisse faire parader les passagers dans la cathédrale avoisinaient le zéro, je rayai sagement cette option de ma liste.

Le test de l'haleine reste mon préféré. Le souffle démoniaque empeste carrément. Le sulfure se mêle avec la chair en décomposition et Dieu seul sait quoi encore. Ne me demandez pas pourquoi, je sais simplement que c'est une caractéristique démoniaque universelle.

Les problèmes quand on utilise le test de l'haleine pour localiser des démons sont multiples. Déjà, ces monstres se font assez malins avec cette histoire de mauvaise odeur. Altoids, Certs, Listerine... toutes ces pastilles et autres bains de bouche sont les pièges de l'hygiène moderne, rendant la vie des chasseurs de démons beaucoup plus ardue. (Non pas que je me plaigne d'une bonne hygiène, voyez-vous. Je ne fais qu'énoncer un fait).

Et même si un peu de puanteur passe au-delà de l'haleine mentholée, il y a toujours la question de l'affrontement avec le démon sans éveiller les soupçons. En plus, il reste possible de croiser un humain bien en vie qui pue simplement un peu trop du bec. C'est peut-être un faux pas en société, mais ça justifie difficilement un homicide volontaire.

Non, le test de l'haleine manque de fiabilité. Pour localiser un potentiel démon ou l'identifier définitivement ? Non.

Cela nous laisse l'eau bénite. Ce qui me convenait bien.

Pour être claire, l'eau bénite est aussi infaillible que possible. Elle se fait aussi pratique, puisque je me déplace rarement sans un ou deux flacons.

Désormais, tout ce que je devais faire, c'était découvrir discrètement quel passager était Dermott Sinclair.

Nous avions atteint la grande route de la côte et cela signifiait que nous étions à environ dix minutes du lycée. Je passai à côté de Marissa dans l'allée.

— S'il vous plaît, s'il vous plaît ! les interpellai-je.

Je marquai ensuite une pause quand ils regardèrent tous dans ma direction.

— J'ai juste besoin de faire rapidement l'appel avant que nous arrivions à l'école.

Marissa tapota l'un de ses longs doigts manucurés sur mon bras. Je l'ignorai.

— Si vous voulez bien lever la main quand j'appelle votre nom…

— Kate.

— … ainsi, je peux vous cocher sur la liste.

— Kate !

— Quoi ?

— Kelly et moi avons fait ça quand nous avons quitté la maison de retraite.

— Évidemment que tu l'as fait, Marissa.

J'utilisai le même ton que lorsque j'essayais de calmer Timmy. Je la vis grincer des dents et sus qu'elle reconnaissait cette voix.

— Alors il n'y a vraiment aucun besoin de répéter ce processus, n'est-ce pas ?

Elle regarda l'infirmière Kelly pour confirmation. La soignante, l'une des femmes les plus pacifistes que j'ai jamais rencontrées, baissa les yeux vers ses cuisses.

— Je suis ici en tant que chaperonne, déclarai-je en saisissant l'opportunité. Et ça signifie que je dois connaître ceux qu'on accompagne. Au cas où nous devrions localiser quelqu'un à l'école ou s'il y a une urgence quelconque.

Je crus que Marissa allait répondre à cela, mais je me retournai pour sourire aux passagers.

— Je connais déjà beaucoup d'entre vous, bien sûr, mais pas tout le monde. Donc si vous voulez bien jouer le jeu deux minutes…

Je passai un doigt sur le porte-bloc depuis le premier nom sur la liste et commençai à Tamara Able. Madame Able, une femme aux cheveux bleus et aux joues roses leva la main.

— Juste ici, ma chère, déclara-t-elle d'une voix guillerette.

Je fis une petite encoche, histoire de jouer mon rôle.

Entre les passagers en train de faire la sieste et ceux qui possédaient des aides auditives défectueuses, il fallut cinq minutes pour arriver aux noms en S.

— Arthur Simms ?

Un homme ricana, puis leva la main.

— Juste ici, ma petite. Ou est-ce que vous êtes aveugle ?

— D'accord. Je vous note.

Je m'éclaircis la gorge.

— Dermott Sinclair ?

Aucune réponse. Mon cœur ralentit dans ma poitrine. M'étais-je trompée ? Avait-il quitté la maison de retraite d'une autre façon ? Ou pire, était-il encore là-bas, avec Laura et mon petit garçon ?

Je déglutis puis réessayai, ne voulant pas m'alarmer. Pas encore.

— Dermott Sinclair ?

Toujours pas de réponse et une petite bulle de panique s'apprêta à se loger dans ma gorge quand je vis un homme chauve et potelé, qui avait précédemment répondu au nom d'Edmund Morrison, gigoter sur son siège. À côté de lui, un homme aussi fin qu'un spectre regardait par la vitre. Le coude de Morrison se connecta avec la cage thoracique de son compagnon, et le fantôme se tourna brusquement, ses yeux brûlant d'agacement.

Je n'eus même pas besoin d'entendre le reste. Le spectre était Dermott Sinclair. Et c'était un démon. J'en aurais parié de l'argent. Même plus, j'en aurais parié ma vie. En fait, je m'apprêtais à le faire.

La discrétion était peut-être le meilleur aspect du courage, mais c'était également un emmerdement. Voilà que j'étais dans un bus rempli de résidents d'une maison de retraite, d'une mégère appartenant à l'association des parents d'élève, d'un chauffeur de car et d'un démon potentiel. Il fallait que tout le monde reste en sécurité, que mon identité demeure secrète et que le statut maléfique de Sinclair soit confirmé. On pouvait donc me pardonner si je me sentais légèrement stressée.

J'avais également l'impression d'être impuissante. J'avais voulu me charger de ça avant d'atteindre l'école, mais à part assommer Carl ou détourner le bus, je n'étais pas certaine de savoir comment je pouvais accomplir cela. J'avais l'eau bénite, bien sûr. Mais si je l'utilisais, Sinclair sortirait de ses gonds, soit à cause de la rage, soit à cause de la douleur. Carl pourrait perdre le contrôle et nous enverrait au bout d'une colline vers la côte Pacifique. J'allais mourir. Pire, je serais en retard pour le Jour des Familles au lycée.

Aucune hypothèse ne me paraissait satisfaisante.

Ce qui signifiait que j'avais besoin d'attendre que le bus s'arrête. Et, idéalement, je devais être seule avec Sinclair. La question, bien sûr, c'était comment ?

Trois minutes plus tard, nous nous garions sur un grand parking près du stade de football et je n'avais toujours pas de plan infaillible, mais j'avais des crottes en chocolat et un sachet Ziploc rempli de lingettes pour bébé. Ce n'étaient pas les outils typiques du chasseur de démons, mais je reste la femme qui a aidé sa fille à créer un diorama sur le Vatican avec des coquilles d'œufs et des biscuits apéritifs. J'allais me débrouiller.

Alors que Carl manœuvrait le bus vers l'arrière de l'école, j'ouvris mon sac et fouillai dedans. Je débouchai ensuite le flacon d'eau bénite et en versai sur les lingettes. Je pouvais pratiquement imaginer la campagne de publicité : bénies soient les fesses de votre bébé… Maintenant disponible à l'aloès !

Je repris mes esprits et continuai.

Le sachet toujours dissimulé dans mon sac à main, je me levai, faisant exprès d'avoir l'air de perdre l'équilibre alors que j'avançais dans l'allée en direction de Sinclair.

— O.K., tout le monde, dis-je en avançant. Quand le bus sera arrêté, on va pouvoir sortir. Formez deux rangs sur le parking et on entrera ensemble à l'école.

J'appuyai ma hanche contre le siège devant Sinclair et sortis des crottes en chocolat.

— Vous en voulez une ?

Sinclair grogna quelque chose que je pris pour un non. Son compagnon, Morrison, eut l'air tenté, puis il grommela quelque chose à propos de son taux de sucre.

Alors que je déballais le chocolat, Carl gara le bus sur le parking, secouant le mastodonte sur la droite. Je fis *accidentellement exprès* de tomber en avant, puis j'utilisai Sinclair pour reprendre mon équilibre. Et, *oh bon sang !* je réussis à étaler du chocolat sur toute sa manche et son bras en même temps.

Immédiatement, je commençai à bredouiller des excuses. Le vieillard resta raide et silencieux. C'était possiblement un homme âgé et fatigué. Ou bien un démon énervé. Je gardai un œil sur son visage alors que je tapotais sa manche avec un Kleenex, scrutant son regard à la recherche d'indices quant à ce qu'il pensait. Plus particulièrement, je cherchais des preuves qu'il savait qui j'étais. J'espérais que ce n'était pas le cas. Je ne pouvais pas utiliser l'eau bénite jusqu'à ce que les autres sortent du bus – puisqu'il allait hurler à l'agonie. Et s'il connaissait mon secret, il serait difficilement d'accord pour rester derrière afin que je l'aide à nettoyer ce bazar chocolaté.

Le truc, c'était que mon identité de chasseuse de démons résidant à San Diablo n'était plus un secret, du moins pas dans le milieu des monstres. Après ce qu'il s'était passé l'été dernier, ils me connaissaient. Enfin, certains d'entre eux. Beaucoup d'êtres démoniaques flottaient par ici, et je devais supposer que leur téléphone arabe était au moins aussi développé que le réseau de ragots dans mon quartier.

Mais Sinclair était-il dans cette boucle ? Je n'en avais aucune idée. Son regard vide ne révélait rien, ni son haleine aromatisée avec une vive odeur de cannelle grâce au paquet de chewing-gum que je vis sur la tablette de Morrison. Ce qui signifiait que je devais faire attention... et prier pour avoir de la chance.

Morrison redressa totalement sa tablette et la bloqua, avant de partir dans l'allée. D'autres résidents commencèrent à se lever et à réunir leurs sacs ainsi que leurs cannes.

Sinclair commença à en faire de même, mais je le fis asseoir avec une main ferme sur son bras.

— Attendez une minute. Je devrais pouvoir vous nettoyer en un clin d'œil.

Je n'étais pas sûr d'apprécier le regard qu'il me lança en guise de réponse, mais il resta. Un point pour Kate.

— Marissa, criai-je alors que les passagers partaient devant. J'essaie de nettoyer la chemise de M. Sinclair. Pourquoi Kelly et toi, vous n'emmèneriez pas les autres à l'intérieur ? Nous vous suivons dans quelques secondes.

— Honnêtement, Kate. Si tu n'étais pas prête à assumer la tâche, pourquoi as-tu voulu aider à chaperonner ?

Heureusement, elle n'attendait pas de vraie réponse. Au lieu de ça, elle s'avança et commença à ordonner aux passagers de la suivre.

— Avancez, avancez, en ligne, s'il vous plaît !

Je fouillai dans mon sac à la recherche d'une lingette, puis ma main se serra autour d'elle.

— Carl, dis-je en l'appelant par-dessus mon épaule. Peut-être que vous pourriez leur donner un coup de main ?

À mon émerveillement complet, il fut d'accord et commença à rassembler ses affaires. Mais, après tout, peut-être que je ne devrais pas être époustouflée. Marissa avait passé une grande partie du trajet à décrire les choux à la crème qu'elle avait déposés à l'école ce matin. Et, à moins que ce soit simplement le soleil en train de se refléter sur l'océan, j'avais clairement vu de la bave sur le menton de Carl.

— Alors, Monsieur Sinclair.

Je gardai ma voix particulièrement joyeuse puisque le chauffeur était toujours en train de récupérer ses affaires à l'avant du bus.

— Voyons voir si nous pouvons vous nettoyer, ensuite nous rattraperons les autres.

Mon téléphone portable sonna et je sursautai. Sinclair aussi, selon moi. J'envisageai de l'ignorer, mais puisque Carl était toujours dans le bus, je décidai de répondre. De plus, à moins que mes enfants soient en sécurité et à portée de vue, il était presque impossible pour moi d'ignorer une sonnerie.

Je vis sur l'écran que l'appel venait d'Allie et ma paranoïa maternelle s'accentua. J'ouvris mon téléphone, craignant tellement pour mon enfant que j'en devins aveugle au démon potentiel à côté de moi.

— Tu vas bien ? Qu'est-ce qu'il y a ? Où es-tu ?

Notre règle quant à l'utilisation du téléphone par ma fille était stricte. Seulement les urgences. Pas d'exceptions.

— J'ai gagné !

La voix enthousiaste d'Allie filtra au travers du minuscule haut-parleur.

— Ils vont l'annoncer pendant le programme. J'ai reçu une médaille, un chèque et tout.

Je recommençai à réfléchir, essayant comme je le pouvais de muer ma terreur en quelque chose de plus constructif.

— Tu vas bien ? m'enquis-je. Pas de saignement ? Pas d'os brisé ? Pas d'opération en urgence ou d'hommes étranges qui essaient de t'attirer dans leur voiture ?

— *Maman* ! Je vais bien. Tu n'entends pas ? J'ai gagné.

— La compétition d'écriture ?

À l'avant du bus, Carl me regardait curieusement. Je lui fis un signe de la main, lui montrant que tout allait bien dans le meilleur des mondes, ce qui, je l'espérais, n'était pas un mensonge.

— Oui !

Elle avait passé toutes ses soirées, pendant une semaine, à la table de la cuisine avec mon ordinateur portable, écrivant et éditant une rédaction de cinq pages sur la famille et Noël pour une compétition sponsorisée par le journal local. J'avais relu les pages finales pour elle, et j'avais même réussi à ne pas trop pleurer.

— Oh, ma chérie.

Je descendis encore d'un cran en passant de l'irritation inquiète à la fierté maternelle.

— C'est merveilleux !

— Ils veulent que je le lise pendant le spectacle. Tu es en route, hein ? Tu ne seras pas en retard ?

— Bien sûr que non. Je suis quasiment là. Cinq minutes. Peut-être dix.

À côté de moi, Sinclair recommença à se lever. Je lui lançai un sourire étincelant et sortis la lingette pour bébé. Puis, alors qu'Allie continuait à divaguer, j'utilisai un coin minuscule pour attaquer le chocolat sur sa manche. Je ne touchai pas sa peau et j'espérai que s'il était un démon, il serait plongé dans un faux sentiment de sécurité. Mais je gagnais surtout du temps. S'il était un démon, j'anticipais des cris mélodramatiques une fois que l'eau bénite entrerait en contact avec sa chair. Il valait mieux pour tout le monde que la connexion téléphonique soit terminée avant que Sinclair ne pousse son premier hurlement.

Dans l'ensemble, c'était une approche rationnelle et analytique.

Malheureusement, elle ne fonctionna pas.

— ... et ils vont le publier, disait Allie.

J'essayai de caser un « à plus » et un « tu me diras tout dans quelques minutes », mais je n'en eus pas la chance. Sinclair bondit de son siège rembourré, me fonçant dedans avec toute la vitalité et la vigueur d'une personne possédée. Je le vis venir, mais pas à temps. Je me décalai sur la droite, néanmoins il me heurta au niveau de la poitrine et m'envoya balader contre l'accoudoir du siège en face de l'allée. Je criai et le téléphone vola de ma main. J'entendis ma fille, terrifiée.

— Maman !

Ce fut ensuite le silence quand mon portable s'éteignit.

Sinclair tenta de se précipiter pour passer à côté de moi, mais je n'allais pas le laisser faire. Je donnai un coup de pied, réussissant à faire trébucher le salaud mort-vivant qui atterrit dans un bruit sourd sur le sol en caoutchouc.

J'étais juste derrière lui, bondissant de ma position précaire sur l'accoudoir vers une position encore plus instable sur son dos. Démon ou non, ce salaud venait juste d'effrayer ma gamine et pour ça, il allait vraiment le payer.

J'avais toujours ma lingette dans une main et je la claquai sur sa calvitie. J'entendis – et sentis – un crépitement satisfaisant. Sinclair chancela sous le coup de la douleur, ses cris venant des profondeurs de l'enfer emplissant le bus et menaçant de faire exploser mes tympans.

Un démon agacé est un démon qui a de la force. Il bondit sur ses pieds en peu de temps, tandis que je m'agrippais à lui comme une sangsue. Mes bras étaient serrés autour de son cou, la lingette toujours mouillée désormais appuyée contre la peau douce de sa gorge. La puanteur de la chair démoniaque en train de brûler faillit me provoquer un haut-le-cœur, mais je serrai tout de même mes jambes comme un étau autour de sa taille.

J'avais passé ces trois derniers mois à travailler d'arrache-pied sur mes capacités limitées en karaté, taekwondo et une demi-douzaine d'autres styles d'arts martiaux. Toutefois, je n'utilisais aucune de ces aptitudes pour le moment. Au lieu de ça, je ressemblais davantage à mon fils essayant d'éviter l'heure du coucher.

Puisqu'il avait été assis à l'arrière du bus, nous étions probablement à seulement deux mètres de la banquette arrière et de la porte des toilettes. J'étais toujours accrochée à lui et il partit dans cette direction, puis il se décala sur le côté, cognant ma colonne vertébrale contre le rebord, là où les toilettes ressortaient légèrement.

— Meurs, chasseuse, siffla-t-il.

Une douleur féroce traversa tout mon corps. Il me claqua à nouveau, encore et encore, ajoutant un commentaire à chaque impact.

— Tu ne peux pas gagner.

Crac !

— Nos forces grandissent.

Boum !

— Les engrenages tournent déjà.

Bam !

Ce n'était pas exactement le plus clair des messages, mais je ne m'inquiétais pas trop de l'interprétation. D'ailleurs, à la façon dont ma tête tournait, je n'étais pas trop inquiète à propos de quoi que ce soit. À part mettre fin aux souffrances de mon démon. Et arriver à la cérémonie d'Allie à temps.

Gardant mon bras gauche autour de son cou, je tendis la main droite et tâtonnai à la recherche de la barrette qui retenait mes cheveux loin de mon visage. Aussi immonde que ce soit, la pénétration optique était la meilleure méthode pour tuer un démon charnel. Et la petite barre en métal des barrettes bon marché achetées à la quincaillerie réussissait toujours à entrer.

Néanmoins, dès que je le lâchai d'une main, Sinclair plongea en avant, alors que j'étais toujours accrochée à son dos tel un Velcro. Il atterrit sur ses épaules – et les miennes –, puis exécuta un salto, maladroit mais efficace, si inattendu et douloureux que je fus éjectée. Je tombai sur les fesses et laissai échapper un *ouf*, le souffle coupé.

Je me tendis, prête à me déchaîner contre lui, mais au lieu de passer à l'offensive et de se précipiter vers moi, Sinclair fonça dans l'allée vers l'avant du bus. À peine quelques secondes s'écoulèrent pour que je me relève, mais c'était tout ce dont il avait eu besoin.

Sinclair tira sur le levier et la porte s'ouvrit. Il se retourna ensuite, souriant dans ma direction, et commença à courir vers l'école.

3

Je n'étais qu'à quelques secondes derrière lui, mais les démons avançaient rapidement et quand je retombai sur l'asphalte, il était déjà parti, perdu dans une mer de parents et de grands-parents fourmillant sur le parking avant de se précipiter vers l'entrée du gymnase. Je me joignis à la cohue, scrutant chaque visage que je croisais, mais ne voyant Sinclair nulle part.

Bon sang !

Je me précipitai vers l'école, une part de moi espérant que Sinclair soit vraiment entré et une autre qu'il se soit volatilisé vers une autre direction. J'avais envie d'achever ce salaud, certes, mais je voulais aussi qu'il soit loin de ma fille.

Je jaillis au milieu d'un regroupement de personnes âgées, ralentissant légèrement quand je me rendis compte qu'il s'agissait de *mes* petits vieux. Je n'avais pas prévu de m'arrêter, mais j'entendis ensuite des bribes de ragots.

— Quel genre de vitamines lui a données le docteur ?

Je me rendis compte qu'ils avaient vu Sinclair et qu'ils avaient probablement remarqué dans quelle direction il était parti.

Je m'arrêtai brusquement.

— Sinclair ? Où est-il parti ?

M. Morrison me montra une porte non loin.

— Par...

— Kate !

Marissa se matérialisa à mes côtés, sa main se resserrant comme un étau sur mon coude.

— Où est-ce que tu étais ? C'est comme rassembler des chats. Kelly et moi, on a besoin d'un coup de main, ici.

— Je ne peux pas, pour l'instant.

Je rebondis légèrement, mon regard non pas rivé sur Marissa, mais sur la porte en métal.

— J'ai besoin...

— De faire ton boulot ? s'enquit-elle en montrant le groupe. Si tu pouvais juste créer deux rangées avec tout le monde, on pourrait...

Je gigotai d'un pied sur l'autre.

— Oui. Bien sûr. Je reviens tout de suite. Je dois d'abord...

— Kate ! C'est quoi ton problème ?

— On dirait qu'elle doit faire pipi, remarqua Mme Able.

— Oui !

Je sautai sur l'occasion, dégageant mon bras de la prise de Marissa pour me précipiter vers l'école, son cri de frustration faisant écho derrière moi. Il allait falloir que je gère sa fureur, à un moment donné. Franchement, je préférerais affronter un démon.

J'atteignis la porte et l'ouvris brusquement, puis je me retrouvai sur un terrain à la fois familier et inconnu. Je n'étais jamais allée au lycée, mais lors des quelques premiers mois d'Allie, j'avais assumé suffisamment de responsabilités chez les parents d'élèves pour rattraper ces années perdues de ma jeunesse.

L'école avait plus ou moins été bâtie dans la forme d'un sapin de Noël, avec le sommet triangulaire où se trouvaient les salles de classe et le couloir en forme de « tronc » accueillant la cafétéria, l'auditorium et autres choses de ce genre. Le gymnase complétait le tout en guise de pot du sapin. En d'autres mots, c'était un grand rectangle à l'extrémité.

J'étais actuellement dans l'aile orange, qui courait sur toute la longueur du triangle du sapin. Je ne voyais aucun signe de démon, mais je ne voyais personne d'autre non plus. C'était une bonne chose. Avec un peu de chance, les élèves se trouvaient déjà dans le gymnase et attendaient que les festivités du Jour des Familles débutent.

Le démon était arrivé au bout du couloir, ce qui signifiait qu'il avait pu tourner légèrement sur la droite, ouvrir les doubles portes et entrer dans la zone commune entre les ailes bleu et orange. Ou bien il avait pu braquer directement à droite et suivre un chemin tout tracé dans le couloir orange.

Puisque foncer tout droit et courir semblait plus en phase avec ce que ferait un démon énervé – psychologie démoniaque pour débutants –, je me précipitai également dans cette direction. J'atteignis le bout du couloir, ouvris la porte de la salle commune et jaillis à l'intérieur.

Pas de trace de Sinclair.

J'examinai rapidement la salle, mais ne vis rien de plus que des cartes surdimensionnées des États-Unis dans le brouillard bleu et vert de ma vision périphérique. Quelques instants plus tard, je franchis les portes et m'arrêtai brusquement. Ma fille se tenait juste devant moi. Derrière elle, au bout du couloir, je vis Sinclair en train de s'enfoncer davantage dans l'école.

— Allie, couinai-je bêtement.

— Maman !

Elle passa ses bras autour de moi, me serra, et se souvint ensuite apparemment qu'elle était adolescente, donc elle fit un pas en arrière et plongea les mains dans les poches de son pantalon.

— Mon Dieu, Maman ! Je m'inquiétais vraiment. Tu vas bien ?

— Je...

Je fermai la bouche, m'obligeant à reposer le regard sur ma fille et à arrêter de surveiller le démon qui disparaissait au loin.

— Je... Bien sûr. Oui. Je vais bien. Pourquoi ? J'ai l'air de ne pas aller bien ?

— Bah, et comment ! On parlait et d'un coup tu as crié et...

— Oh !

Avec tout ce grabuge, j'avais complétement oublié. Je l'attirai à nouveau dans mes bras et la serrai fermement.

— Je suis tellement fière de toi ! Ma fille, l'écrivaine publiée.

C'est fabuleux, dis-je avant de faire un pas en arrière. Mais je dois vraiment y aller...

— *Mam-man !* Tu as crié.

Je m'arrêtai, résignée à l'idée de finir cette conversation.

— C'est vrai. J'ai trébuché.

C'était une bonne excuse, donc je poursuivis.

— Je suis montée dans le bus de Brumes Littorales et je te parlais, mais j'ai trébuché. Je me suis étalée et mon portable s'est cassé.

En réalité, j'ignorais où se trouvait le téléphone, mais il devait effectivement être en petits morceaux.

— Tu as trébuché ? répéta-t-elle d'un air réellement soupçonneux.

— Croix de bois, croix de fer, si je mens je vais en enfer ! mentis-je monstrueusement.

— Nom de Dieu, Maman ! Tu nous as vraiment fait peur !

— Oh, ma chérie.

Je l'enlaçai à nouveau alors que la culpabilité me submergeait.

— Je vais bien. Je suis terriblement désolée de t'avoir fait peur, mais... *nous* ?

Ce fut à ce moment-là que je remarquai l'homme. Avec ses vêtements froissés et son air professoral, il patientait à quelques mètres de là, nous offrant à Allie et moi un peu d'intimité pour nos joyeuses retrouvailles. Voyant désormais que la conversation avait commencé à l'inclure, il avança, serrant sa canne et dévoilant un léger boitillement.

Il donnait l'impression d'avoir une quarantaine d'années et arborait des cheveux couleur acajou qui commençaient à grisonner sur les tempes. Ses yeux d'un gris argenté étaient presque dissimulés derrière des lunettes à monture métallique. Il me regardait avec une familiarité étrange et je fronçai les sourcils, me demandant si nous nous étions déjà rencontrés. Quelque chose chez lui me donnait cette même impression d'intimité et je me sentis gigoter sous son regard calme.

— David Long, déclara-t-il en tendant la main pour que je la serre.

— Je suis allée le trouver à la seconde où la ligne a coupé ! couina Allie.

Le sourire de M. Long fut indulgent.

— Je lui ai répondu que vous n'étiez probablement pas en danger de mort.

— Euh, c'est ça. Merci.

— Monsieur Long enseigne la chimie, m'informa Allie. Je suivrai ses cours d'introduction pour débutants le semestre prochain.

— *Volontairement* ?

Mon cerveau brouillon avait du mal à comprendre qu'Allie et la science puissent avoir une quelconque proximité.

— Euh, ouais.

— Chimie, répétai-je. Avec les tubes à essai, les becs Bunsen, les crépitements et la fumée ?

— Mam-*man*.

Son ton suggérait qu'elle venait de mettre le pied dans quelque chose d'immonde.

— Ce n'est pas comme si j'étais stupide.

— Bien sûr que non, répliquai-je automatiquement. Tu peux réussir dans tous les cours que tu veux.

— C'est vrai.

Elle acquiesça, parfaitement satisfaite d'elle-même, puis elle observa David Long et sourit.

Je rejetai mon envie pressante de me claquer le front quand je compris ce qu'il se passait. Ma fille, ce cœur d'artichaut, avait un coup de cœur de lycéenne. Il n'y avait aucune autre explication raisonnable.

Je digérai cette information, essayant de décider si j'avais un problème avec le fait que ma fille en pince pour son professeur de chimie. Je décrétai que tant que ce petit faible la poussait à s'inscrire en cours de science, alors ça ne me gênait pas. Après tout, je pouvais faire confiance à M. Long pour être purement professionnel. S'il avait un comportement ne serait-ce que légèrement déplacé, j'utiliserais sur lui certains de mes mouvements les plus létaux dans une allée sombre.

Cette pensée me fit plaisir tout en me rappelant qu'il y avait déjà un homme dont je devais m'occuper dans une allée sombre.

— Viens, dit Allie.

Elle me tira la main, son inquiétude précédente maintenant oubliée.

— J'ai participé à l'installation dans le hall d'étude et si on se dépêche, on peut encore manger du gâteau au chocolat avant que la cérémonie commence.

Il n'y avait rien dont j'avais plus envie que de manger du gâteau avec ma fille, mais les démons prenaient le pas sur le chocolat – difficile à croire, mais c'était bien vrai. Et aujourd'hui, les démons étaient même plus importants que ma famille. Ce fait brisa presque mon cœur en deux, surtout qu'Allie tirait sur ma main, impatiente que je sois avec elle, malgré sa puberté et ses hormones en furie.

Mais quel choix avais-je ? Un démon déambulait en liberté dans le lycée et pour sauver ma fille, je devais d'abord lui faire du mal.

Je libérai gentiment ma main.

— Pars devant. Je te suis.

— Mais, Maman !

— Honnêtement, Allie, il faut que je...

Quoi ? Que pouvais-je dire qui ne la blesserait pas davantage malgré la douleur que je voyais dans ses yeux ?

M. Long intervint, posant une main ferme sur l'épaule d'Allie en venant à ma rescousse.

— Ta mère doit peut-être s'occuper de certaines choses avant de se rendre au gymnase.

Il se tourna pour me faire face, les traits impassibles mais le regard perçant.

— Vous faites partie de l'association des parents d'élèves, n'est-ce pas ? Je parie que vous êtes coincés avec une dizaine de réglages de dernière minute.

— Effectivement, déclarai-je, ébahie, quoique soulagée. C'est carrément le cas.

Bien sûr, c'était un mensonge. Dans ce que je considérais comme une manœuvre réellement brillante, j'avais réussi à contourner toutes les obligations qui n'étaient pas liées aux cupcakes. Je m'étais sentie légèrement coupable de ne pas m'être portée volontaire, mais je m'en étais vite remise. Après tout, éradiquer la population démoniaque de San Diablo devait compter pour quelque chose, n'est-ce pas ?

Je me tournai vers Allie.

— Pourquoi tu ne partirais pas devant ? Je te retrouve là-bas.

— Tu seras là avant que ça commence ?

— Bien sûr ! répondis-je.

J'avais l'intention de faire tout ce qui était en mon pouvoir pour ne pas mentir.

— Allez, déclara M. Long à Allie. Je t'accompagne.

Il leva les yeux vers moi.

— C'est l'une de mes responsabilités aujourd'hui. Regrouper les étudiants au gymnase.

— Regrouper, répéta Allie en levant les yeux au ciel. Comme si on était des vaches.

Mais elle le suivit sans protester davantage. David Long et moi partageâmes un regard qui indiquait simplement : *les ados*.

Dès qu'ils disparurent au coin, je me précipitai dans la même direction que Sinclair, tournant au coin et suivant l'arc-en-ciel de couloirs colorés.

Environ deux minutes plus tard, je me retrouvai à une intersection et je me rendis compte que j'ignorais totalement où était parti le démon. Je jouai mentalement à pile ou face et espérai le trouver.

Je vis alors la porte.

Légèrement entrouvert, le battant blanc avait une évacuation en métal en bas. Un conduit pour laisser s'échapper les émanations toxiques des produits d'entretien. Je lus la petite plaque à côté de la porte et, effectivement, c'était le placard du concierge.

Logiquement, je savais que le gardien avait peut-être simplement oublié de fermer totalement la porte. Mais ce n'était pas la raison qui menait entièrement ma barque ici, et mon instinct me disait que ce n'était pas l'homme d'entretien là-dedans. C'était Dermott Sinclair.

J'hésitai, ma main légèrement appuyée contre le cadre. Si je me trompais, je perdais un temps précieux. Seulement, je ne pensais pas avoir tort. Et j'avais l'habitude de suivre mon intuition. Je l'ai fait ces quatorze dernières en élevant mes enfants et, jusqu'ici, ça a très bien fonctionné.

Alors j'entrai. La porte ne s'ouvrit pas dans un placard comme je m'y étais attendue. Au lieu de ça, elle s'ouvrait directement sur des escaliers menant à la cave. Les marches étaient longées de chaque côté par des étagères qui accueillaient une variété de détergents : Windex, eau de Javel et une boîte de chiffons.

Les escaliers tournaient brusquement et juste avant la courbe, je vis une caisse à outils. Prudemment, sans rien gratter ou faire cliqueter, je sortis un tournevis. Les barrettes étaient pratiques en armes perforantes, mais je préférais quelque chose avec plus de poids.

Encore quelques marches et désormais, les escaliers étaient sous le niveau des étagères, s'ouvrant sur le sous-sol. L'unique barrière se composait d'une série de petits poteaux en métal soutenant une rampe usée. Deux ampoules nues déversaient une faible lumière, révélant un lavabo de fonction coincé dans un coin et là, à l'autre bout de la pièce, se trouvait Dermott Sinclair.

Je retins mon souffle et gardai mon corps parfaitement immobile. Il ne m'avait pas vue, trop occupé à se concentrer sur sa tâche. Puisqu'il était dos à moi, je ne voyais pas exactement ce qu'il faisait, mais j'entendais le doux effleurement de la pierre se cognant contre un mortier. Les muscles de son dos se contractaient et ses bras bougeaient dans un mouvement rythmique, alternant différents gestes alors qu'il s'affairait sur un parpaing coincé dans le mur.

Pourquoi fait-il ça ? me demandai-je.

Je tendis la main, voulant saisir la poignée alors que je descendais d'autres marches. Cependant, le haut de la rampe s'était libéré de ses supports verticaux et mon contact le fit tomber, loin des poteaux. Quelle infraction au code du bâtiment ! Enfin, quelque chose de ce genre pourrait facilement crever un œil.

Un bruit métallique accompagna le dégagement de la rampe et Sinclair pivota, ses narines se dilatant. Le parpaing était serré dans ses mains et il me le jeta. Je plongeai en avant, l'objet effleurant ma tête alors que mes mains s'écrasaient sur le sol en ciment. Mon sac se déversa sur le sol et le tournevis vola. Je grimaçai, mais roulai sur le dos, ma main effleurant quelque chose de long et de lisse. Je l'attrapai, peu importait ce que c'était, puis lançai mes jambes dans un mouvement maîtrisé qui rendrait fier Cutter, mon sensei.

Mes chaussures heurtèrent fermement le ventre de Sinclair. Il laissa échapper un grognement lorsqu'il tituba en arrière, puis s'effondra par terre. Il y a une certaine satisfaction à voir un démon tomber sur les fesses, et je profitai de ce moment pour ce qu'il était.

Je bondis sur mes pieds, mes doigts se resserrant autour de ce qui était une décoration de Noël, comme je le voyais maintenant. C'était plus spécifiquement une stalactite, probablement jetée dans mon sac à main par mon petit garçon. Le bout craqua, ne laissant qu'un bord en verre tranchant. C'était le genre de choses avec lesquelles je ne voulais pas que Timmy joue, pour la raison qui me ravissait d'avoir cet objet maintenant. Ces décorations étaient dangereuses.

Sinclair était également debout, à présent, et d'après son regard calculateur, je voyais bien que cela le démangeait de se battre. Tout comme moi. Menacez mes enfants, empiétez sur mon territoire et ce n'est pas une question de devoir. Cela devenait personnel, comme on dit dans les films.

Il me fixait, méfiant, les mains dans une posture de combat classique. Ses pieds bougeaient constamment, tel un boxeur attendant le coup parfait. Je ne voulais pas le laisser faire.

— Qu'est-ce que vous faites ici ? demandai-je tandis que je me déplaçais moi aussi.

Nous donnions probablement l'impression d'être engagés dans une étrange compétition de danse. D'une certaine façon, j'imaginais que c'était le cas.

— Ça ne te concerne pas, chasseuse.

— En fait, découvrir pourquoi vous êtes là est l'une des priorités de mon travail.

Ses lèvres se retroussèrent dans un ricanement.

— Peut-être que tu devrais trouver un nouveau boulot,

suggéra-t-il. Parce que tu as échoué. Le plan est déjà en train de se dérouler.

Mon estomac se tordit légèrement après cette déclaration. Quel plan ? Mais je n'eus pas le temps de me le demander qu'il plongeait vers moi.

Je lui sautai dessus en retour, emportant la stalactite. Il releva le bras et le verre rencontra d'abord de la résistance, puis plongea profondément dans la peau fendue. La blessure était profonde, mais loin d'être suffisante pour arrêter un démon. Alors que je jurais de frustration, il donna un coup de pied qui m'atteignit avec force au genou droit.

J'aurais aimé pouvoir dire que j'étais prête pour ça, mais je ne l'étais pas. Un coup dans le genou était brutal et je me baissai, tâtonnant pour garder mon équilibre... ou du moins, pour maintenir ma main sur la stalactite.

Je ne réussis pas non plus, et c'était désormais Sinclair qui avait l'arme. Il la sortit de sa chair et me visa en souriant de toutes ses dents. Il n'y avait qu'un peu de sang. Il n'était fait que de chair morte, après tout. Et, curieusement, le manque de sang rendait toute la situation encore plus sinistre.

Je n'eus pas le temps d'y réfléchir, puisqu'il me sauta dessus, mon propre bras se levant pour parer ses coups alors qu'il essayait d'enfoncer la stalactite dans mon cœur.

Les vieillards ne sont peut-être pas forts, mais on ne peut pas dire la même chose des démons et, depuis ma position précaire sur le dos, Sinclair avait clairement l'avantage. Nous étions près des escaliers et j'attrapai la dernière marche d'une main, tentant d'utiliser ces douze centimètres pour me relever tout en le repoussant de l'autre.

Inutile. Sinclair était au-dessus de moi, si près que je perçus l'odeur putride de son haleine de démon même au-dessus du parfum de cannelle épicée de son chewing-gum.

Et ce fut à ce moment-là que je le vis. Le tournevis. Il avait roulé sous le seau jaune du concierge, sa poignée orange et noir apparaissait à peine derrière l'une des petites roues.

D'un bras, je poussai le torse de Sinclair, l'éloignant, tentant de l'empêcher de me donner un coup fatal. Je tendis l'autre main, étirant mes doigts jusqu'à toucher la poignée en plastique dur. Je n'étais toujours pas assez proche pour l'attraper et Sinclair se débattait franchement.

Bon sang.

Il se reprit, visant cette fois-ci ma tête. J'étirai encore une fois la main à la recherche du tournevis. Ça ne servait à rien. Sinclair était sur moi et à la dernière seconde, je balayai mon bras vers l'avant, heurtant sa gorge avec force.

Il eut un haut-le-cœur et laissa tomber la stalactite, mais il utilisa ensuite sa main libre pour attraper mon poignet. Je réagis sans réfléchir et lui donnai un coup de genou dans l'entrejambe, criant de douleur puisque ma rotule était encore sacrément douloureuse là où il l'avait cognée.

Il n'y avait pas beaucoup de force dans mon coup, et les démons étaient presque entièrement immunisés contre les coups dans les testicules. Toutefois, il tituba tout de même en arrière, son poignet autour des miens ne se détendant que légèrement.

C'était tout ce dont j'avais besoin. Je m'étirai, glissant sur le sol jusqu'à ce que mes doigts touchent le tournevis. Je tentai de me lever, mais il s'était remis de ses émotions et se déchaîna, balayant mes jambes et anéantissant mon équilibre précaire.

Il bondit sur moi, sa main se resserrant autour de la mienne, celle qui tenait le tournevis. Il me poussa en arrière, cognant mes doigts déjà douloureux, et ouvrit mon poing.

Je me regardais, comme dans un rêve, alors qu'il appuyait sur un point de pression à la base de mon pouce. Mes doigts se détendirent et le tournevis tomba.

Il l'attrapa au vol avant de le relever, me sautant dessus en criant, me disant sans équivoque qu'il était temps de « mourir, chasseuse, mourir ».

Des images de mes enfants inondèrent mon cerveau et je hurlai, dans un air de défi, alors que j'esquivais sur la gauche. Je réussis à éviter la violence de son coup, mais le mouvement nous déséquilibra tous les deux. Nous tombâmes par terre et je roulai sur la droite, échappant à peine au tournevis.

La stalactite était juste là, le bord encore plus irrégulier et tranchant après avoir été heurté contre le sol en ciment. Bien.

Je l'attrapai et bondis sur mes pieds, ignorant la douleur lancinante qui traversa mon genou blessé. Sinclair était également debout et nous nous sautâmes dessus. Je tenais une décoration de Noël ridicule et le démon avait saisi le tournevis qui me paraissait mortel.

La chance n'était pas de mon côté, mais je m'en moquais. Je n'avais pas l'intention de perdre. Simplement, je n'étais pas vraiment sûre de savoir comment gagner.

Je respirais difficilement, désormais, l'instinct guidant mes mouvements alors que ma tête essayait de trouver un bon plan. Ou, en fait, n'importe quel plan. Nous nous tournâmes autour jusqu'à atteindre les escaliers, et la rampe désolidarisée se retrouva juste derrière lui.

Ce fut à ce moment-là que j'eus une idée.

Je bondis vers lui avec la stalactite, bougeant à la dernière seconde pour éviter son visage et au lieu de ça, j'enfonçai le verre dans sa cuisse.

Il s'était préparé pour mon attaque, bien sûr, mais il ne s'était pas attendu au coup dans sa jambe et il réagit instinctivement, se retournant pour protéger sa blessure. J'anticipai le mouvement et partis dans la direction opposée, terminant derrière lui. Je me jetai ensuite sur son dos, m'accrochant à sa gorge, me tenant comme si ma vie en dépendait alors qu'il titubait en avant.

Puis je rassemblai toute la volonté que j'avais en moi pour viser, et je priai.

J'entendis un brusque craquement et sentis un sursaut lorsque le métal s'enfonça au bon endroit, glissant facilement au milieu de l'œil gris globuleux du démon. Son gémissement rauque disparut rapidement et je vis le miroitement familier dans l'air quand le démon quitta le corps du vieil homme pour retourner dans l'éther.

Je m'affalai par terre, mon corps se ramollissant sous le coup du soulagement.

Cette émotion fut cependant de courte durée. Je m'étais débarrassée d'un problème – le démon –, mais désormais j'en avais un tout nouveau – son plan. Il était au sous-sol pour une raison. Je devais découvrir laquelle. Le parpaing qu'il m'avait lancé était grand et avait laissé un trou de la même taille dans le mur. Un trou sombre, en réalité, et je m'en approchai rapidement. Je me penchai et plissai les yeux, mais ne vis rien.

Puisque je n'étais pas passionnée d'araignées et d'autres bestioles qui rampaient dans les sous-sols, je n'avais pas très envie de plonger ma main dans l'ouverture, mais je le fis tout de même. (Ce boulot n'était pas fait pour les craintifs.) Heureusement, je ne rencontrai rien de glissant ou de gluant. En réalité, je ne trouvai rien du tout.

Et merde. J'avais été tellement sûre que Sinclair savait ce qu'il faisait. Quelqu'un l'avait-il devancé ? Ou Sinclair avait-il déjà caché l'objet en question ? Peut-être qu'il l'avait dissimulé sur lui ?

Je grimaçai en songeant à cette possibilité, mes doigts tâtonnant toujours dans l'obscurité. J'avais beau avoir changé un certain nombre de couches, l'idée de toucher un démon mort me faisait grimacer.

J'allais me résoudre à fouiller Sinclair quand ma main trouva une crevasse dans la pièce. Un endroit tout au fond, où le mortier n'était plus rêche. Au lieu de ça, il était lisse et frais, avec uniquement un soupçon de texture.

Je tâtonnai davantage, mon cœur battant plus vite. Je glissai un doigt le long de la fissure jusqu'à retrouver le mortier. Ce fut à ce moment-là que je compris. *Un livre.* Je sentais le dos d'un livre coincé entre deux pierres.

J'appuyai mon épaule contre la paroi froide, pliant le bout de mes doigts sur les bords du volume, et tirai. Il bougea, mais très légèrement, et je sentis une violente irritation momentanée. Si le livre avait été placé là des années auparavant et avait littéralement été figé avec la pierre, alors il me faudrait quelque chose de bien plus fort que mes ongles, même avec le vernis acrylique Sally Hansen.

Je pris une inspiration et tirai à nouveau, espérant qu'il avait simplement été placé dans le mur pour être en sécurité, et non pas pour être une partie permanente de l'architecture.

Cette fois-ci, j'eus de la chance. D'accord, j'abîmai le vernis sur trois ongles et me cassai celui de l'index dans mon geste brusque, mais le livre était dans ma main et j'étais victorieuse. Je n'avais plus de manucure, mais j'étais victorieuse.

Je le mis à la lumière et l'étudiai, cherchant des indices à l'extérieur pour savoir à quoi il servait. Il n'y avait rien d'apparent. Le livre était grand, plus ou moins la même taille que les livres-objets de Timmy, mais en plus épais que son exemplaire de *Comment les Dinosaures disent bonne nuit ?* Il faisait au moins deux centimètres et demi d'épaisseur, en fait. Et contrairement aux histoires de Timmy avec la couverture en écailles de reptile, celui-ci était relié avec de cuir rouge, craquelé et marqué par l'âge.

L'envers avait peut-être un jour reflété un titre, mais tout ce qu'il restait des lettres gravées était de minuscules traces dorées.

À une époque, le livre avait dû être extraordinaire. Mais désormais, il était usé et minable. L'impression en relief était si abîmée qu'on ne pouvait plus du tout identifier de forme. Il n'y avait pas de titre ni de symboles visiblement démoniaques. Seulement un soupçon de lignes qui auraient pu être un triangle, ou peut-être pas.

Et merde.

J'avais pour règle de ne pas ouvrir des livres que la population de l'Enfer consultait. On ne savait pas ce qu'on pouvait y trouver.

Mais dans ce cas-là, je voulais savoir. Non, c'était plus que ça. J'avais *besoin* de savoir. Sinclair avait dit que j'étais arrivée trop tard. Que les engrenages étaient déjà lancés. Il s'était précipité à l'école, un endroit que j'avais toujours considéré comme sûr. Je me voilais la face, mais c'était plus facile, le matin, quand j'envoyais ma fille dans ce qui était, je le savais mieux que n'importe quelle autre mère, un monde dangereux.

Les démons avaient un plan et ce livre en faisait partie. Je devais savoir comment. Il fallait que je m'assure qu'il ne se passerait rien maintenant. Que des hordes de démons n'allaient pas faire une descente à l'école.

En d'autres mots, j'avais besoin de savoir que ma fille était en sécurité.

Et donc, avec une lingette pour bébé trempée d'eau bénite serrée dans ma main en guise de défense contre tout maléfice qui pourrait jaillir, je laissai tomber le livre sur la table d'atelier et soulevai lentement la couverture.

La tranche couina pour protester, mais aucun sortilège n'émergea et les flammes de l'Enfer ne bondirent pas pour m'envelopper. Encouragée, je l'ouvris un peu plus, puis me baissai et jetai un coup d'œil dans l'espace sombre entre la couverture et la page de garde. Je ne vis rien et je continuai jusqu'à ce que le rabat soit entièrement ouvert.

Rien.

Et je disais ça littéralement.

Pas de démons. Pas d'incantations. Pas même une page de copyright avec les informations de la Bibliothèque du Congrès.

Rien qu'une page blanche, fragile et légèrement tachée.

Fronçant les sourcils, je feuilletai le reste du volume. Encore du néant.

Chaque page était complétement blanche. Le livre ne disait rien. Absolument rien.

Je me retournai pour regarder la silhouette grotesque de Sinclair, le poteau de métal sortant de l'arrière de son crâne.

— Que se passe-t-il, Sinclair ? m'enquis-je.

Cependant, le démon resta opiniâtrement silencieux.

Se débarrasser d'un démon mort était bien plus difficile que ça en avait l'air, et si Marissa me trouvait en train de tenir compagnie à un cadavre, vous pouviez être sûrs que Brumes Littorales ne m'inviterait pas pour le dîner annuel de remerciements des bénévoles.

Par le passé, j'aurais simplement annoncé le meurtre et la Forza aurait envoyé une patrouille pour faire le sale boulot. Mais lors de la dernière décennie environ, la Forza avait rencontré des problèmes à cause d'un nombre insuffisant d'employés et les appeler à ce moment-là n'était pas dans mes options. (J'avais été un peu surprise quand j'avais appris pour les rangs dispersés de la Forza, en réalité. Mais après y avoir réfléchi, j'avais commencé à comprendre. La vie est difficile. Et ce qui paraît amusant quand on perd sur la Xbox n'a plus autant d'attrait à la lumière crue de la réalité.)

Je pouvais essayer de dissimuler le corps moi-même, en demandant un coup de main à mon nouvel *alimentatore* avec cette lourde charge, mais ce plan impliquait de trimballer le corps hors du lycée et c'était trop risqué à mon goût. J'avais voulu beaucoup de choses dans la vie, néanmoins un avenir en prison n'en faisait pas partie.

Non, il valait mieux que je nettoie simplement les traces de lutte, que j'efface mes empreintes avant de partir. Le corps n'était justement qu'un corps maintenant, donc peu importait qui le découvrait, cette personne allait très probablement croire que Sinclair était la victime d'un malheureux accident. Il fallait juste que je reparte au gymnase, que je retrouve mes enfants et que je reprenne ma routine de mère de famille en faisant de mon mieux pour ne pas avoir l'air distraite.

Lorsqu'il serait l'heure de retourner à Brumes Littorales, je feindrais l'inquiétude et commencerais mes recherches. Je reviendrais ici et découvrirais la tragédie. À cause de ça, je n'allais certainement pas gagner le prix de la bénévole de l'année – normal, c'était moi qui avais été chargée de cet homme après tout –, mais je doutais que quiconque me soupçonne de l'avoir tué. Je faisais partie de l'association de parents d'élèves, n'est-ce pas ?

Sur cette note, je m'affairai à tout nettoyer, effaçant mes empreintes et récupérant le bazar qui s'était déversé de mon sac. Je ramassai le tournevis, pour faire bonne mesure.

Mes connaissances en termes de recherche de la police scientifique firent disparaître autant de preuves que possible et je récupérai mes affaires. Le livre était trop grand pour tenir. Je pris donc mon cardigan et le jetai entre les lanières de mon sac pour qu'il retombe dessus, dissimulant le morceau de cuir qui ressortait de la contrefaçon Dooney & Bourke.

Je me précipitai ensuite dans les escaliers, marquant une pause à la porte pour épousseter mes vêtements alors que je songeais à la situation. Puisque l'assemblée était toujours en cours, je supposais que les couloirs seraient déserts. Avec un peu de chance, je pourrais trouver le gymnase, ainsi qu'Allie, puis je me glisserais sur mon siège avec l'expression d'une membre du comité des parents d'élève efficace qui venait d'effectuer son devoir civique... ou académique ?

Puisque c'était l'une de ces journées, la chance sur laquelle je comptais ne se matérialisa pas. En revanche, ce fut le cas de David Long. Je lui fonçai dedans deux secondes seulement après avoir quitté le couloir violet pour arriver dans le marron.

— Oh ! m'exclamai-je.

Il parut aussi étonné et coupable que moi. Même si, pour être honnête, je projetais probablement ma culpabilité sur lui. Ou peut-être pas. C'était le grand jour des étudiants, après tout. Des prix. Du faste. De certaines circonstances. Ne devrait-il pas être dans le gymnase maintenant ? Je savais qu'en tout cas, c'était mon cas.

— Vous avez un laissez-passer, Monsieur ? demandai-je.

Je lui lançai ce que j'espérais être un sourire charmant et désarmant. J'avais appris des années auparavant qu'une approche offensive était presque toujours mieux que de ramer en se mettant sur la défensive.

Il tapota son torse avant de hausser les épaules.

— J'imagine que je l'ai oublié dans la salle de classe.

— Tss-tss, je crois que vous serez bientôt en retenue.

— J'enseigne la chimie, déclara-t-il impassiblement. Je passe mes journées à regarder des dizaines de visages inexpressifs qui pensent qu'une liaison de Valence, c'est une prostituée espagnole. N'est-ce pas une punition suffisante ?

Je fis semblant d'y réfléchir.

— Je vois ce que vous voulez dire. Je vous pardonne. Cette fois-ci, conclus-je de ma voix la plus sévère.

Il acquiesça, tout aussi sérieusement.

— Merci, Madame.

— Que faisiez-vous ici, en fait ? demandai-je.

— Je rassemble toujours les élèves. Beaucoup d'ados vont esquiver l'assemblée. Ils vont se cacher dans les salles communes. C'est mon boulot de les enguirlander.

Il s'appuya nonchalamment contre le mur, sa canne à côté de lui, puis il coinça les pouces dans les poches de son pantalon dans un mouvement si soudainement familier que mon cœur vacilla dans ma poitrine.

Eric.

Mentalement, je me ressaisis, m'interdisant de me plonger dans mes souvenirs. Beaucoup d'hommes étaient sociables et avaient des manières familières. Oui, David Long me rappelait Eric. Mais non, je ne pouvais pas me permettre d'être troublée. Pas aujourd'hui. Pas avec un livre volé dans mon sac, un démon mort au sous-sol et un plan infernal en train d'être exécuté.

Je pris une inspiration et m'obligeai à me concentrer.

— En fait, déclara-t-il, je pourrais vous poser la même question.

— Pardon ?

— Que faites-vous ici ? clarifia-t-il.

Il se redressa en même temps et brisa l'ensorcellement.

— N'êtes-vous pas censée être au gymnase ?

— C'est vrai. Euh… je tourne un peu en rond. Avec tous ces fichus couloirs colorés.

— Ils ne sont pas faciles, c'est vrai.

Il se rapprocha et je vis son regard plonger. Ma main se posa automatiquement sur mon sac, l'attirant contre moi. Mon cardigan avait bougé et un coin du livre dépassait. Pas beaucoup, mais suffisamment pour quiconque chercherait cet ouvrage moisi – et potentiellement démoniaque – que je trimballais. Bon sang.

Lorsque je relevai les yeux, je constatai que David Long scrutait mon visage.

— Alors, dis-je vivement, je devrais probablement y aller.

Je tentai de faire un pas, espérant qu'il comprendrait.

— Vous êtes sûre que ça va ?

J'inclinai la tête.

— Excusez-moi ?

— Vous boitez.

— Nouvelles chaussures.

Il jeta un coup d'œil aux mocassins extrêmement confortables et lâches que j'avais assortis avec mon pantalon en lin et mon pull. Ce n'était certainement pas des chaussures dignes de la haute couture, mais elles étaient plus pratiques que des escarpins pour escalader des échelles dans une maison de retraite. Et pour combattre un quelconque démon.

— Ouais.

— Alors, répétai-je. Je pars dans quelle direction ?

Pendant le plus bref des instants, je crus qu'il allait dire autre chose. Peut-être critiquer mon choix de chaussures. Néanmoins, il se contenta de lever un doigt et me montra un couloir.

— Tout droit. Le gymnase est dans un cul-de-sac.

Je grimaçai, pas vraiment ravie de la façon dont il avait prononcé cette phrase. Toutefois, je fis un pas dans cette direction, puis marquai une pause en me rendant compte qu'il partait dans l'autre sens. Vers l'endroit d'où je venais.

— Euh, Monsieur Long ?

— David.

— D'accord. David. Vous ne venez pas ?

Il secoua légèrement la tête.

— Je viens de me rappeler que je devais vérifier quelque chose.

Il m'adressa un signe de la main amical avant de commencer à marcher.

— Je vous verrai après l'assemblée.

Oh. Eh bien. Zut.

Je le regardai partir, incapable de me débarrasser de la sensation qu'il partait directement vers le placard du gardien. Pendant un moment, j'envisageai de le suivre, mais qu'allais-je dire s'il me revoyait ? Que j'avais eu un énorme coup de cœur pour lui et que je ne supportais pas que nos chemins se séparent ? Que je souhaitais discuter du futur cursus d'Allie avec lui ? Que je voulais désespérément savoir ce qu'était une liaison de Valence ?

Curieusement, je ne pensais pas que l'une de ces approches fonctionnerait.

Je me rappelai que je ne savais pas avec certitude s'il partait au sous-sol. C'était, après tout, dans un couloir de couleur totalement différente. Et même si c'était le cas, que se passerait-il ? Je n'allais quand même pas admettre que j'étais au courant pour le corps à côté des escaliers.

N'empêche, quelque chose chez David Long me titillait et je voulais le garder à l'œil. Je fis un pas dans cette direction, me disant que je trouverais bien une excuse quand il me verrait, puis je fus interrompue par une exaspération familière dans une voix chaleureuse.

— Mon Dieu, Kate. Notre fille devient folle à se demander si tu vas arriver à temps.

Je me retournai et vis Eddie avancer vers moi, dans son pantalon de golf uni et un t-shirt orange qui clamait aux passants « Embrasser un prince : le monde a besoin de plus de crapauds ». Je ne pus m'empêcher de sourire, surtout lorsqu'il dit « notre fille ». Pour Allie, Eddie est son arrière-grand-père paternel, mais la réalité est bien plus complexe. Autant que je sache, Eddie n'a aucun lien de parenté avec Allie. Je suis plutôt bien placée pour le savoir, Eric et moi étant tous les deux orphelins. Donc, quand la mélancolie me prend, j'aime faire comme si le destin a vraiment réuni ma famille.

Quoi qu'il en soit, qu'il partage notre sang ou non, Eddie est vraiment devenu un membre de notre famille. Il est l'une des quelques personnes qui connaissent mon secret et il le sait surtout parce qu'il a lui-même abattu quelques démons en son temps.

Eddie est rusé et irascible, et c'est un vrai moulin à paroles. Je l'aime comme un père, et je suis presque sûre qu'il m'aime comme une fille. Je sais qu'il considère Allie comme sa petite-fille. Timmy, je crois qu'il a encore des doutes. Mais une fois que mon garçon passera des couches aux sous-vêtements, j'ai l'intuition que leur relation changera de même.

Pour le moment, je me moque que l'affection d'Eddie se concentre uniquement sur ma fille; Tim est le petit chouchou des parents de Stuart. Pour être honnête, ils sont également gagas d'Allie, mais elle était déjà assez âgée quand j'ai épousé Stuart pour comprendre que Mamie et Papy Connor ne sont pas vraiment de son sang.

En revanche, Eddie... eh bien, il appartient à notre fille et elle chérit leur lien. Quant à moi, je protège cette relation.

Ce qui expliquait pourquoi Eddie vivait toujours dans notre chambre d'ami, bien qu'il ne s'entende pas à merveille avec Stuart et qu'il promette depuis des mois de trouver un appartement près de chez nous. C'était une concession de la part de mon mari que j'appréciais et pour laquelle je ne ressentais aucune culpabilité. J'avais fait beaucoup d'ajustements pour m'accorder à sa campagne. Je m'étais dit que le moins qu'il puisse faire, c'était d'ouvrir notre maison à un arrière-grand-père perdu de vue, bien que cette relation soit fabriquée de toutes pièces.

— Viens, ma fille, dit-il en me tapotant l'épaule. Il est temps d'y aller.

— Je n'ai pas loupé...

Il secoua la tête.

— Pas encore. Mais il faut te dépêcher. Dès que cette principale arrêtera de jacasser, ils annonceront les prix. Ta fille n'arrêtera jamais d'en parler si tu le manques.

— Ça n'arrivera pas.

Toute pensée sur David Long qui s'attardait dans mon esprit s'évanouit dans un élan de fierté maternelle.

Tout de même, je jetai un petit coup d'œil en arrière alors que nous nous précipitions dans le couloir en direction du gymnase. Tout était silencieux. Pas l'ombre d'un homme.

Je me dis que c'était inutile de m'inquiéter. Après tout, si l'enfer se déchaînait, je le remarquerais sans doute.

La principale George parlait toujours quand nous arrivâmes, ce qui me donna l'avantage inattendu d'avoir une excuse pour complétement ignorer Marissa, alors qu'elle me faisait des signes affolés pour que je la rejoigne avec les résidents de Brumes Littorales. Je fis semblant d'être confuse, montrai Allie du doigt, puis commençai à monter les marches en direction des élèves et des parents. Laura était déjà là et Timmy s'exclama pour quitter ses genoux et venir sur les miens.

Alors que la principale continuait son discours, je surveillai toujours la porte, m'attendant à ce que David entre. Comme je ne le voyais pas, je commençai à imaginer des scénarios dans lesquels il trouvait le corps, appelait la police et que des dizaines de flics, toutes sirènes hurlantes, arriveraient précipitamment à l'école, prêts à me menotter avant de m'emmener pour me faire enfiler une tenue orange de prisonnière.

Laura me passa mes clés.

— Tu boites.

— C'est ce qu'on m'a dit.

— Tout va bien ?

— Pour l'instant, répondis-je. Je t'expliquerai plus tard.

Elle acquiesça et je chassai mes pensées de prison et de carcasse de démon, avant d'observer une nouvelle fois le gymnase, cherchant cette fois-ci Stuart. Rien. J'articulai son nom à Laura, mais elle se contenta de hausser les épaules.

Le mari de Laura était également absent, comme je le remarquai. Cependant, c'était attendu. Paul était le PDG d'une chaîne de fast-food florissante et passait beaucoup de temps dernièrement à travailler dans son bureau de Los Angeles. Étant donné que Laura avait récemment commencé à soupçonner que Paul avait une liaison, à mon avis, elle se demandait quelle quantité de travail il accomplissait vraiment là-bas. Mais elle n'avait pas encore confronté ce salaud menteur et infidèle.

Stuart, au moins, n'était pas un salaud infidèle. Ce qui signifiait qu'il n'avait aucune excuse pour ne pas assister au Jour des Familles. J'étais donc agacée. Particulièrement puisqu'il s'était assuré à maintes reprises que je serais là.

Je ne pus cependant me délecter de mon indignation justifiée puisque Madame George avait commencé à énumérer les différents prix et autres réussites de l'école pendant cette année scolaire.

— Et le semestre n'est pas encore terminé ! s'enthousiasma-t-elle.

Comme par devoir, nous applaudîmes tous.

Il y eut quelques prix pour les athlètes, quelques succès académiques, puis elle présenta Stella Atkins, l'éditrice de la catégorie Vie et Arts du quotidien de San Diablo. Cette dernière présenta ma fille.

Je serrai la main d'Allie, puis ravalai mes larmes alors qu'elle descendait les gradins pour rejoindre Stella. Elle s'agrippa au pupitre et je la vis observer la foule, se concentrant particulièrement sur les doubles portes. Je savais à quoi elle songeait : sa rédaction avait été sur Noël et la famille. La perte d'un père et la joie d'en trouver un autre. Pas un remplaçant, mais un ajout. Et un arrière-grand-père, aussi, pour arrondir les angles.

J'étais là. Eddie était là. Mais Stuart était introuvable.

Je tapotai le bras de Laura avant d'articuler silencieusement *téléphone*. Elle me passa son portable et je composai le numéro de Stuart, priant pour qu'il soit juste devant les portes du gymnase.

Répondeur.

Je raccrochai violemment, la colère et la déception se posant sur moi comme une couverture épaisse.

J'espérais sincèrement que mon mari ne s'attendait pas à ce

que le dîner soit prêt et chaud quand il rentrerait ce soir. Parce que la seule chose qu'il aurait de ma part, ce serait de la froideur.

Je fulminais peut-être, mais Allie garda son calme malgré la douleur qu'elle devait certainement ressentir dans son cœur. Son discours de remerciement fut merveilleusement fluide et sa voix ne trembla pas une seule fois. À ce moment-là, je me dis que je n'avais jamais été aussi fière d'elle.

Je m'étais attendu au petit pincement de mon cœur quand elle avait fait ses premiers pas. Quand elle avait fait sa rentrée au jardin d'enfants. Quand elle avait appris à faire du vélo. Ce sont des moments dont on vous parle dans les livres *À quoi s'attendre quand on attend un enfant*.

Mais ces instants-là, ceux qui vous surprennent, quand votre enfant se montre à la hauteur et que vous ne pouvez vous empêcher de penser que vous vous en êtes bien sortis et que votre bébé va réussir, eh bien, ces instants-là me cueillaient.

Aussi furieuse que je sois à cause de l'absence de Stuart, je me sentais également engourdie. Parce que ce n'était pas vraiment Stuart que je voulais à mes côtés aujourd'hui. C'était Eric. Et alors que j'écoutais ma fille lire sa magnifique rédaction devant la foule, je dus combattre les larmes qui menaçaient de déborder et de couler sur mes joues.

Le chagrin était une chose amusante. Si j'avais perdu Eric quand nous étions encore tous deux chasseurs, je pense que cela aurait été plus facile à gérer. La mort faisait partie du décor, à l'époque. C'était normal, attendu. Mais Eric et moi avions raccroché nos casquettes de chasseurs de démons. Nous avions pris notre retraite de la Forza Scura et avions emménagé à Los Angeles, puis à San Diablo, l'une des villes où l'on trouvait le moins de démons dans le pays. Ou du moins, cela avait été le cas à l'époque. Nous avions eu notre petite fille et nous nous étions confortablement installés en banlieue.

Nous avions été heureux. Nous avions une vie normale, une famille normale, une ville normale. Nos problèmes se centraient autour des factures, des réparations de la voiture et de la plomberie qui fuyait. La créature la plus démoniaque que nous avions rencontrée était le principal du jardin d'enfants d'Allie. Nous ne passions plus nos soirées à vérifier nos armes, à chercher dans des grimoires ou à étudier la médecine de combat. Au lieu de ça, après avoir mis Allie au lit, nous nous blottissions sur le canapé et regardions tous les films que nous avions loupés pendant notre enfance si inhabituelle.

À une certaine époque, j'aurais pu empêcher le sang de couler d'une blessure par arme blanche, ou cautériser une artère en brûlant la peau avec de la poudre d'arme à feu. Mais une fois qu'Eric et moi nous étions arrêtés, ces capacités s'étaient détériorées, et j'en avais été soulagée. Nous avions passé dix magnifiques années à arrondir nos angles bruts et à apprendre à être – et à nous sentir – normaux. Nous étions heureux et en sécurité dans le petit monde de contes de fées que nous avions bâti. Mais c'en était forcément un puisque nous connaissions la vérité. Il y avait des géants et des sorcières dans la forêt, et si vous ne faisiez pas attention, ils allaient vous mettre dans un four en moins de temps qu'il n'en fallait pour dire « bouh ».

Et voilà une autre vérité : les démons n'étaient pas les seules mauvaises choses qui se tapissaient dans l'obscurité. Il y avait de mauvaises personnes également. L'une d'entre elles avait tué mon mari. Elle lui avait pris son argent et avait laissé Eric mourir dans une rue froide et embrumée de San Francisco.

Il y avait une ironie cruelle dans l'histoire d'Eric. Mon mari, l'homme qui avait détruit des créatures surnaturelles, l'homme dont les réflexes avaient été merveilleux, avait été abattu par le neuf millimètres d'un simple mortel.

Il y a probablement une leçon à tirer de tout ça, mais je refusais d'y penser maintenant. J'aurais juste voulu qu'Eric soit là. Et mon incrédulité quant au fait qu'il ait pu mourir dans des circonstances si terre-à-terre prolongeait mon chagrin. Il était toujours là, en réalité. Caché sous la surface de ma nouvelle vie. Une vie que j'aimais aussi férocement que mes souvenirs d'Eric et les élans de chagrin qui accompagnaient ces souvenirs étaient toujours bordés de culpabilité.

Quand j'étais jeune, courageuse et stupide, je n'avais jamais eu peur de la mort. Désormais, je la redoutais comme seule une mère pouvait le faire. Je ne voulais pas quitter mes enfants. Pas maintenant, même jamais, bon sang, même si j'étais assez pragmatique pour savoir qu'un jour, cela arriverait.

Néanmoins, je pense que le pire dans la mort d'Eric, c'était la pitié que je ressentais pour lui. Il avait eu un cadeau, notre Allie, et quelqu'un la lui avait arrachée. Il avait manqué des anniversaires, des bisous, des tests d'entrée dans l'équipe des pom-pom girls. Il n'avait pas pu lancer de regards noirs aux garçons ni donner de couvre-feu. Il loupait cette journée et ne voyait pas notre magnifique fille accepter un prix et lire une rédaction devant une salle bondée de monde, sans montrer le moindre soupçon de peur.

Je ne voulais pas avoir de pitié pour l'homme que j'aimais, celui qui avait été mon partenaire. Mais c'était le cas. Et mon secret profond, horrible et sale ? C'était que puisque l'un de nous deux avait dû mourir, j'étais heureuse que ce soit lui et non pas moi.

Lorsqu'Allie termina son discours, j'étais dans un sale état et mes larmes avaient coulé.

— Maman triste ? s'enquit Timmy.

Il frotta ses paumes poisseuses sur mes joues.

Je le serrai contre moi et embrassai le sommet de son crâne.

— Maman est fière, déclarai-je.

À côté de moi, Laura tendit la main pour serrer la mienne. De l'autre côté du gymnase, je pouvais voir sa fille, Mindy, sourire comme une folle depuis l'estrade sur laquelle elle se tenait, entourée par le reste de la chorale.

Les Dupont vivent juste derrière notre maison et les filles sont meilleures amies depuis qu'elles se sont rencontrées. Laura et moi en avons rapidement fait de même et les femmes Dupont et Connor utilisent bien souvent la porte de la clôture du fond du jardin, qui nous permet facilement d'accéder à l'une ou l'autre maison.

Au fil des années, l'unique soupçon de jalousie qui avait laissé apparaître sa petite tête entre les filles était arrivé quand le conseil de classe avait accordé à Allie, mais pas à Mindy, l'une des places tant convoitées de première année dans l'équipe de pom-pom girls. Heureusement, la tension s'était apaisée après une semaine. À ce moment-là, les filles s'étaient rendu compte que Mindy avait une voix qui pouvait rivaliser avec celle de Céline Dion, alors que la voix de ma fille ressemblait remarquablement à celle de Kermit la grenouille. L'univers s'était remis à l'endroit et la jalousie était partie agacer d'autres enfants bien moins équilibrés.

Inutile de dire que Laura et moi en avions été grandement soulagées. Nous aurions toujours pu rester meilleures amies même si nos filles ne l'avaient plus été. Mais c'était sacrément mieux comme ça.

Autour de nous, des parents, des enfants et des enseignants s'avancèrent vers des stands qui avaient été installés autour du périmètre. Club de théâtre, club de maths, club de surf, équipe de pom-pom girls. Et, bien sûr, le buffet. Je me demandai nonchalamment quels cupcakes Laura avait apportés, mais ça n'avait pas vraiment d'importance. Pour le moment, tout ce qui m'intéressait, c'était ma fille brillante et accomplie.

Alors que la chorale démarrait un medley de chansons de Noël, Allie traversa l'auditorium, tout son calme désormais abandonné.

— Un chèque ! hurla-t-elle.

Eddie alla l'étreindre.

— Maman, Eddie, regardez ! J'ai eu un chèque de cinq cents dollars !

Eddie lui prit des mains, puis le tint à longueur de bras, plissant les yeux comme s'il regardait au travers de lunettes épaisses.

— Waouh, dis donc, championne. Regarde-toi. Tu es riche !

Il l'ébouriffa et elle n'esquiva même pas, comme elle le faisait d'habitude quand on lui montrait trop d'affection.

Eddie s'approcha d'elle, les yeux rivés sur moi alors qu'il parlait d'une voix basse à Allie.

— Cours, dit-il. Cours, maintenant. Et si quelqu'un aborde avec toi l'idée d'un compte pour tes économies universitaires, tu tires en premier et tu poses des questions plus tard.

Je tentai d'avoir l'air sévère quand Allie gloussa et passa son bras autour de celui d'Eddie. À côté de moi, Laura réprima un sourire alors qu'elle les regardait l'un après l'autre.

— Bon courage, dit-elle finalement en me tapotant rapidement l'épaule.

Elle partit ensuite de l'autre côté du gymnase, vers l'estrade où se trouvait la chorale, me laissant m'occuper seule de ma folle famille.

Je soupirai et soulevai Timmy pour le poser contre ma hanche.

— Alors ? dit Allie en sautillant d'un pied sur l'autre. Je peux acheter un iPod ? S'il te plaît, s'il te plaît, s'il te plaaaaaaît ?

— Je ne sais pas, dis-je, un peu distraite.

Je vis Marissa traverser la pièce dans notre direction.

— Oh, allez, Maman ! Eddie a raison. C'est mon argent. Et j'ai promis que je ne l'utiliserais pas pendant les cours.

Cette phrase-là attira mon attention.

— J'espère vraiment que tu plaisantes. Parce que si c'est une option dans cette école, il va sérieusement falloir qu'on réfléchisse aux avantages d'une éducation dans le privé.

J'étais sérieuse, mais Allie ne le remarqua pas.

— Oh, Maman !

Elle me regarda avec des yeux de chien battu jusqu'à ce que je cède.

Je soupirai.

— C'est ton argent...

— Oui !

Elle leva brusquement son poing en guise de célébration.

— Tu es géniale, Maman !

— Je sais, répondis-je d'une voix amusée.

Timmy gigota, exigeant d'être posé. Je m'exécutai, puis Allie lui attrapa les mains et fit une petite danse avec son frère.

Dans l'ensemble, c'était un moment agréable en famille. Sauf qu'il nous manquait une partie de ladite famille.

Une fille mince avec une longue queue de cheval avança vers nous avec un plateau de cookies et un air déterminé. Timmy arrêta immédiatement de danser et lui lança un long regard.

— Cookies ! s'exclama Timmy. Veux un cookie !

Puisque la lycéenne ne l'avait pas entendu, je tendis la main pour saisir celle de mon fils, me disant que c'était une porte de sortie comme une autre, mais Eddie intervint en premier.

— Viens, mon petit. On va dévorer l'une de ces monstruosités avec les grosses pépites de chocolat.

— Des monstres ? dit Timmy.

Il avait l'air plus enthousiaste qu'effrayé.

— Je veux voir les monstres !

Je fronçai les sourcils et croisai le regard d'Eddie, certain qu'il pouvait lire dans mon esprit. Puisque la dernière chose que je voulais au monde, c'était que mon petit garçon rencontre le mauvais genre de monstre.

— Je m'occupe de lui, annonça-t-il. On vous retrouve après.

— Maman ? Allôôô ?

Allie agita une main devant moi.

— Où est Stuart ? Il a juré qu'il serait là.

— Hmm, répondis-je.

Je jurai intérieurement, puisque j'aurais vraiment dû être prête à répondre autre chose. Enfin, j'avais clairement vu cette question arriver.

Heureusement, je fus sauvée par mon ennemie jurée. Marissa se faufila à nos côtés, les sourcils froncés et la bouche pincée.

— Bon sang, Kate. Puisque tu as insisté pour être chaperonne, j'apprécierais un peu d'aide.

— Bien sûr, Marissa. Pas de problème. Je parle seulement avec ma fille qui vient de gagner un prix.

— Bonjour, dit-elle sans vraiment regarder Allie. Tu veux bien venir m'aider ?

Je me redressai sur mes orteils et regardai par-dessus son épaule. Quatre de nos pensionnaires étaient toujours assis sur les gradins, restant loin de tout problème, d'après ce que je constatais. Les autres étaient éparpillés dans le gymnase, avec des lycéens à leurs côtés et un sourire sur le visage.

— Je crois que d'autres personnes s'occupent déjà d'eux, affirmai-je. Jusqu'à ce qu'il soit l'heure de repartir, on ne devrait pas les laisser profiter de leurs familles ?

— On s'occupe déjà d'eux ?

Elle croisa les bras sur sa poitrine.

— Je ne crois pas qu'on s'occupe de Dermott Sinclair.

En fait, son cas était déjà réglé, mais je n'allais pas le lui dire. Au lieu de ça, j'essayai d'avoir l'air parfaitement déroutée.

— Sinclair ? Je croyais qu'il était avec toi.

— De quoi tu parles ? Je l'ai laissé avec toi, dans le bus.

— Oui, mais ensuite il est parti précipitamment. Pour vous retrouver, a-t-il dit. J'ai supposé qu'il vous avait rattrapés dans le gymnase.

Je maintins mon regard rivé sur le sien, la défiant de me qualifier de menteuse.

— Eh bien, il ne nous a pas rattrapés, annonça-t-elle vivement. Je suis ravie que tu aies signé pour être chaperonne aujourd'hui, Kate. Tu nous as tellement aidés.

Je me forçai à lui lancer un sourire étincelant.

— Mais visiblement, tu t'en sortais très bien toute seule. Tout le monde est ici et a l'air heureux.

— Sauf Sinclair.

— Ouais, confirmai-je. C'est étrange.

Je filai vers Allie et passai un bras autour de ses épaules.

— On va faire le tour des stands, d'accord ? Et on ouvrira l'œil pour trouver Sinclair. Il doit bien être quelque part. Enfin, où pourrait-il être ?

C'était une question lourde de sens, mais je ne voulais pas en connaître les réponses potentielles.

Marissa s'agita, mais n'insista pas. Je saisis l'opportunité pour fuir. Les démons, je pouvais les gérer. Mais une mère au foyer énervée ? Non, merci.

Allie me lança un regard dubitatif quand nous nous éloignâmes, et j'essayai de me repasser la conversation dans mon esprit, me demandant si j'avais dit quoi que ce soit de suspicieux. Heureusement, les démons ne venaient pas à l'idée de ma fille. Au lieu de ça, elle relança un autre sujet gênant : Stuart.

— Alors, il est où ? s'enquit-elle.

— Il arrive. Il est probablement déjà là. Il était dans sa voiture la dernière fois que je lui ai parlé, dis-je enfin.

En dernier recours, je cherchai désespérément le genre de mensonges qui feraient descendre la lumière des Cieux.

— Oh, j'espérais qu'il...

Elle se tut et haussa les épaules en souriant.

— Ce n'est rien. Il sera impressionné rien qu'avec le chèque. Mais il est hors de question que je fasse un don à sa campagne.

Cette dernière phrase fut prononcée avec un sourire espiègle, mais je connaissais bien ma fille et son ton léger dissimulait sa souffrance. Comment le lui reprocher ? Personnellement, je n'étais pas blessée, j'étais directement passée à la rage. Sans retourner par la case départ. Sans toucher deux cents dollars.

— Il n'est pas souvent venu à l'école, dit-elle.

Elle fouilla dans son sac et en sortit son portable.

— Et s'il vagabonde dans les couloirs bleus ? Je devrais lui passer un coup de fil ?

J'hésitai, certaine que le seul vagabondage de Stuart était celui qui le menait sur le chemin doré des promesses de dollars pour la campagne. Je n'étais pas vraiment sûre de savoir ce que je devais dire à Allie. Je choisis la réponse très populaire « hm ».

Elle commença à chercher son numéro.

— Allie ! m'exclamai-je en lui arrachant le smartphone des mains.

— Quoi ?

— Tu n'es censée utiliser ton téléphone que pour les urgences. Stuart et moi avons été parfaitement clairs à ce propos.

Elle cligna des yeux, visiblement confuse.

— Eh bien, oui, mais tu es ici.

— C'est vrai. Mais pas Stuart. Quand il va voir que tu appelles, il va croire qu'il y a une urgence et s'inquiéter.

Je posai ma main sur ma hanche, pour ajouter à l'effet dramatique.

— Je sais que *moi*, je me suis inquiétée, quand tu as appelé tout à l'heure.

Elle eut l'air contrite.

— D'accord. Alors, euh... j'imagine que je ne vais pas appeler Stuart.

J'acquiesçai, espérant que je ne paraissais pas trop soulagée. Je glissai ensuite son téléphone dans mon sac à main. Juste pour être sûre.

— Toi, tu l'appelles.

Je clignai des yeux.

— Quoi ?

— Allez, Maman ! Ce n'est pas comme s'il allait s'inquiéter en voyant ton nom sur l'écran, n'est-ce pas ? Et je veux vraiment lui dire pour le chèque. Et tu connais Stuart. Il ne nous appellera jamais en admettant qu'il s'est perdu.

Je fronçai les sourcils. Le problème était que je connaissais Stuart. Je savais qu'il y avait de grandes chances qu'il ne soit pas du tout dans les environs.

Mais puisque je ne trouvais pas de façon gracieuse de refuser d'appeler mon mari, je tendis la main vers mon sac. Je m'assurai de garder le livre dissimulé, tout en priant pour que Stuart s'appuie sur ses talents politiques qui se développaient rapidement pour s'assurer qu'Allie ne soit pas blessée.

Cependant, ce ne fut que lorsque j'eus écarté tous les détritus dans mon sac que je me souvins.

— Je ne peux pas appeler Stuart, dis-je.

J'espérais ne pas avoir l'air de jubiler.

— J'ai fait tomber mon téléphone, tu te rappelles ?

— Oh.

Elle grimaça.

— D'accord.

Je pouvais presque voir les engrenages tourner dans sa tête.

— Il essaie peut-être de te téléphoner. Je devrais l'appeler et lui dire que tu vas bien.

Je voulais la contredire, mais quel argument pouvais-je avancer ? Nous avions atteint le point où ce serait ridicule que je continue de protester. Et, franchement, j'étais si agacée contre Stuart qui ne s'était pas pointé que je me disais que c'était simplement un retour de bâton. Il s'était mis de lui-même dans l'embarras. Étais-je passive agressive ? Peut-être. Ou bien j'étais juste fatiguée.

Quoi qu'il en soit, ça n'avait pas d'importance. Puisqu'au

moment où j'allais tendre le téléphone à Allie, Mindy se précipita vers elle.

— Tu as entendu ? Tu as entendu ? Ils ont trouvé un mort dans la cave. Ce n'est pas le truc le plus dégueu du monde ?

— Sans déconner ? répondit Allie.

Elle me lança immédiatement un regard mortifié.

— Pardon. Je voulais dire : non, c'est vrai ?

— Je te jure ! Maman et moi, on parlait avec la principale George quand le mec des urgences est arrivé et l'a prise à part. J'ai tout entendu.

Elle se pencha davantage et ajouta d'un air de conspiratrice :

— Ils ont dit que sa tête était défoncée.

— Beurk ! couina Allie.

J'essayai d'avoir l'air à la fois dégoûtée et inquiétée.

Laura, qui avait suivi Mindy en faisant presque un sprint, se faufila à mes côtés.

— Un peu de drame dans ces couloirs vénérables. Tu as entendu ?

Il n'y avait rien d'inhabituel dans son ton ou dans ses mots. Tout de même, je sus qu'elle me demandait si c'était mon œuvre.

— Ouais, répondis-je. J'ai entendu.

Il fallait vraiment que je sache ce qu'il se passait dans ce couloir. Croyaient-ils vraiment que c'était un accident ou allaient-ils me rechercher ?

— Viens, dit Mindy en faisant signe à Allie de la suivre.

— Attendez une seconde les filles, les interrompis-je. Je ne pense pas que ce soit une si bonne idée.

— N'importe quoi, Madame Connor ! C'est carrément une trop bonne idée. Je suis dans la rédaction du journal, vous vous souvenez ? Et ils ne donnent jamais rien à écrire aux première année, à part les portraits des enseignants. Je pourrais totalement percer avec ça.

— Oublie ça, Woodward[1], intervint Laura.

Mindy cligna des yeux.

— Woodward ?

Laura se contenta de secouer la tête.

— Tu ne vas pas rôder dans les couloirs pour voir un cadavre.

— Mais Maman !

— Non, répondit Laura. Maintenant, allez-y. Oust ! Toutes les deux.

Elle montra le côté opposé du gymnase. Nos filles hésitèrent, puis échangèrent l'un de ces regards que toutes les mères d'adolescentes connaissaient bien. Celui qui disait « ma mère est folle ».

— Peu importe, affirma ma fille.

Elles s'en allèrent ensuite, leurs têtes baissées et rapprochées alors qu'elles établissaient une liste des imperfections de leurs mères.

Je me tournai vers Laura, incapable de m'empêcher de sourire.

— Quoi ?

— Si je te dis que j'y vais, tu vas m'appeler Bernstein ?

— Très drôle. Et tu peux me remercier plus tard de nous avoir débarrassées de ces deux-là.

Elle inclina la tête vers la porte.

— Allons-y.

J'hésitai assez longtemps pour m'assurer que les filles ne nous regardaient pas, puis j'observai le gymnase à la recherche de Timmy. Je le trouvai avec Eddie dans un coin que l'association des parents d'élèves avait installé en guise d'air de jeux pour bambins. Il – Timmy, pas Eddie – était plongé dans une piscine pour enfants remplie de boules en plastique. Le sourire sur son visage était si large que je pouvais le voir à plusieurs mètres.

J'agitai la main, réussis à attirer l'attention d'Eddie et fis un geste pour lui dire de venir. Il le fit, après avoir demandé à l'une des femmes se tenant non loin de garder un œil sur mon garçon.

Laura et moi le retrouvâmes à mi-chemin et lui fîmes un bref résumé.

— On va voir ce qu'il se passe, dis-je en mettant fin à l'histoire de la façon la plus vague possible.

— Partez devant, confirma-t-il. Je vais surveiller le petit.

— Vous êtes sûr ? lui demandai-je.

Il croisa mon regard.

— Ce ne sont plus mes affaires, n'est-ce pas ?

J'acquiesçai. En vérité, même si j'appréciais avoir Eddie à mes côtés, j'étais la chasseuse de démons du coin. Et dans ces moments-là, cette responsabilité pesait lourdement sur moi.

Alors que Laura et moi sortions précipitamment, j'entendis plusieurs femmes de l'association de parents d'élèves m'appeler. Je fis semblant d'être soudain devenue sourde et continuai à marcher. Les démons passaient en priorité. Le comité des rafraîchissements n'arrivait que second.

Nous trottinâmes dans le couloir jusqu'à voir les officiers en uniforme postés près de la porte. Du scotch jaune réservé aux scènes de crime barrait le chemin, empêchant quiconque de passer. Un brancard vide occupait une majeure partie de l'espace derrière la porte. Cet objet ne me dérangeait pas. Les flics, en revanche, si.

Je remarquai David Long se tenir sur le côté, dans un groupe d'enseignants, et je lui fis un signe de la main.

— Que s'est-il passé ? demandai-je.

Cela semblait être la chose normale à dire quand on n'était pas impliqué dans l'histoire.

David s'éloigna des autres professeurs, dont l'un que je reconnus sans retrouver son nom. De mon nouveau point de vue, je voyais également le gardien, parée d'une combinaison verte et arborant une expression amère. Je ne pouvais lui en vouloir. Un démon était mort dans ma cuisine quelques mois plus tôt – ou plus précisément, j'avais tué un démon dans ma cuisine quelques mois plus tôt – et depuis, cela m'avait coupé l'envie de cuisiner.

— Foutus gamins, marmonna l'homme d'entretien.

Sa voix était si basse que je lisais sur ses lèvres plus que je ne l'entendais.

— Ils provoquent toujours du grabuge.

Cette plainte paraissait déplacée, donc j'ajoutai une autre question à ce mélange.

— Pensent-ils que des élèves ont fait ça ?

David fut surpris par cette interrogation.

— Je ne crois pas. J'ai entendu dire que c'était une crise cardiaque, mais ils ne nous donnent pas encore d'informations tangibles.

J'y songeai. Étant donné que Sinclair avait une rampe dans

l'œil, « crise cardiaque » était une cause de la mort peu raison-nable. Mais, après tout, cet homme *avait* subi une crise cardiaque fatale. Du moins, à l'origine. Il y aurait probablement encore des séquelles dans son corps. Et si les urgentistes supposaient que c'était un infarctus et qu'il était tombé sur la rampe...

C'était un peu risqué, mais je pouvais espérer. D'ailleurs, j'étais prête à espérer n'importe quoi tant que cela signifiait que les flics bouclaient le dossier et n'allaient pas chercher le coupable. C'est-à-dire moi.

Je pris une profonde inspiration et gardai mon sac appuyé contre mon flanc, ma main refermée sur le livre caché. À première vue, je n'aurais aucun problème avec la police. Mais le mal suprême ? Je devais encore m'en charger.

— Arthur Simms, dit Eddie à voix basse. Je le connais depuis mon passage à la maison de retraite Brumes Littorales. Il pourrait être un démon. Ça ne me surprendrait pas du tout.

Nous nous tenions derrière l'estrade de la chorale et chuchotions.

— Simms n'est pas un démon, déclarai-je en m'assurant que personne ne nous entendait.

Enfin, je ne connaissais pas suffisamment Arthur Simms pour en être convaincue, mais je connaissais Eddie. Et je savais quand il parlait à tort et à travers.

Le vieil homme haussa les épaules.

— Tu as probablement raison. Mais si un Haut Démon a des vues sur la maison de retraite, toi et moi savons tous les deux que Sinclair ne sera pas le dernier.

— Le dernier quoi ? demandai-je, frustrée.

— Je ne sais pas. Mais au moins, on sait qu'ils mijotent quelque chose, déclara Eddie. On en sait donc plus que ce matin.

Il avait raison. J'avais été au bon endroit au bon moment, et je m'étais retrouvée dans un face-à-face avec un démon.

Tuer Sinclair avait sans aucun doute ralenti leur plan, peu importait ce dont il s'agissait. Au moins, ça, c'était une victoire. Petite, mais une victoire tout de même.

— Ça pourrait encore être Goramesh, déclara Eddie.

Il faisait référence au Haut Démon que j'avais combattu quelques mois plus tôt.

— Ouais. Ou ça pourrait être quelqu'un de totalement nouveau.

Je pris une inspiration et soufflai bruyamment.

— On dirait que je vais passer plus de temps à Brumes Littorales dans les jours qui viennent. Juste pour étudier la situation. Vous vous joindrez à moi ?

Il croisa mon regard, d'un air impassible, quoique ferme.

— Il est hors de question que je remette un pied dans cet endroit. Jamais de la vie. Même si ça signifie que je dois empêcher l'apocalypse. Compris, ma petite ?

— Compris.

Je saisissais effectivement. Eddie avait été retenu et interrogé à Brumes Littorales pendant des mois par des serviteurs d'un Haut Démon. Dans ces circonstances, je pouvais difficilement lui en vouloir d'éviter cette résidence comme la peste.

— Enfin, si tu veux me caser avec Stella Lopez...

Il fit un petit signe de la main à la dame en question, puis laissa échapper un hurlement de loup à cause duquel toutes les personnes présentes se retournèrent vers nous.

— Eddie !

— Quoi ? Elle est canon.

Je secouai la tête.

— Peu importe. On en reparlera plus tard.

Je commençai à m'éloigner, mais il tendit la main et m'attrapa le bras.

— Où est le livre ?

— Dans le monospace.

Quand les policiers nous avaient chassés de la scène de crime, Laura et moi avions fait un détour par les toilettes des femmes où je lui avais passé le grimoire.

— Je ne pouvais pas le transporter partout.

Laura était désormais de retour au gymnase. Elle était arrivée quelques minutes plus tôt, avait levé les pouces et était partie en ligne droite vers Mindy et le buffet. J'avançai moi-même dans cette direction. J'avais mangé les restes de la gaufre de Timmy pour le petit déjeuner et j'avais bu trois tasses de café. Si j'avais su que j'allais faire autant d'exercice aujourd'hui, j'aurais fait le plein de protéines. En fait, j'étais même ravie de ne pas m'évanouir tant j'avais faim.

Puisque j'étais à deux doigts de mourir d'hypoglycémie, il me fallut naturellement quinze minutes pour parcourir la petite distance et rejoindre le buffet. Tout le monde, visiblement, avait envie de me parler. D'autres mères de première année. Sylvia Foster et Gretchen Kimble, qui partageaient la corvée des trajets en voiture avec moi. Même le vice-principal Maynard, qui voulait « personnellement me féliciter d'avoir une fille si talentueuse ».

Tout le monde, sauf Stuart, qui n'était toujours pas arrivé à l'école. Oui, je savais qu'il était en campagne électorale. Et oui, je savais qu'il devait jongler avec une douzaine d'obligations. Mais et alors ? Je me tuais à la tâche en essayant d'élever deux enfants, en gardant la maison – assez – propre et rangée, et j'étais bénévole dans une tonne de projets locaux. Néanmoins, je réussissais toujours à trouver du temps pour chasser des démons et généralement faire de San Diablo un endroit sûr pour la démocratie (d'accord, peut-être pas, mais au moins, on pouvait se promener la nuit en toute sécurité).

Et oui, je me rendais compte que Stuart n'était pas au courant pour la chasse aux démons. Mais bon sang, il avait promis.

Je sortis le portable d'Allie et trouvai le numéro de Stuart. Répondeur. Je fronçai les sourcils et résistai à l'envie urgente de jeter le téléphone de l'autre côté de la pièce.

— Un problème ?

C'était David Long, qui se tenait devant moi et avait à la main une assiette contenant deux tranches de fromage ainsi que quelques fraises et, merci mon Dieu, deux donuts de chez Krispy Kreme.

— Si c'est une assiette pour moi, alors tous mes problèmes viennent de disparaître.

— J'imagine que ça fait de moi un héros.

Je mordis dans le donut.

— Clairement. Si ça ne tenait qu'à moi, j'érigerais une statue en votre honneur.

— Je ne vous en empêcherais pas.

Il se retourna et leva le menton.

— Je trouve que c'est mon meilleur profil, pas vous ?

— Je ne sais pas comment répondre à cette question, répondis-je en réprimant un sourire.

— Difficile de choisir, n'est-ce pas ?

Il se retourna à nouveau.

— Ce profil n'est pas mal non plus.

— Hmm. Je crois que je vais juste me taire.

— Madame Connor, vous me vexez.

— Appelez-moi Kate.

Je refermai mes doigts autour d'une fraise.

— Toute personne qui m'apporte de la nourriture a automatiquement le droit de m'appeler par mon prénom.

— D'accord, Katie.

La fraise s'arrêta à mi-chemin de ma bouche.

— C'est juste Kate, déclarai-je peut-être un peu trop sèchement.

— Pardon.

Il ne paraissait pas du tout désolé.

Le truc, c'était que seules les personnes les plus proches de moi m'appelaient Katie. Et encore, rarement. Le père Corletti à Rome. Stuart et Eddie.

En revanche, Eric...

Pour Eric, j'avais toujours été Katie. Et il y eut quelque chose dans la façon qu'avait eue David de prononcer mon nom qui me donna envie de pleurer.

Je me concentrai sur une respiration normale, essayant difficilement d'avoir l'air détendue. Néanmoins, je perdis cette bataille quand il sortit une pastille à la menthe de sa poche, enleva le plastique et la mit dans sa bouche.

Inconsciemment, je fis un pas en arrière. David Long n'était certainement pas...

Non. Beaucoup de personnes suçaient des pastilles à la menthe. C'était la raison pour laquelle chaque restaurant de la planète en avait une coupelle remplie près de la sortie. Parce qu'elles étaient populaires.

Tout de même, je ne pus empêcher le doute de me tirailler. Non seulement la paranoïa était un risque professionnel, mais cet homme passait chaque jour de la semaine près de ma fille.

Ce qui me rappela une question que j'avais pour M. Long.

— Allie ne suit pas déjà des cours de chimie, n'est-ce pas ?

Il gloussa.

— Non, et je ne serais pas surpris si l'enthousiasme s'estompe avant qu'elle choisisse ses cursus pour le prochain semestre.

— Oh. Eh bien, ne le prenez pas mal, mais pourquoi vous connaît-elle ? Enfin, vous avez l'habitude de rencontrer tous les première année ? Allie a-t-elle soudain développé une affinité avec les balades dans le couloir des sciences ?

— Elle a effectivement développé une certaine affinité, c'est vrai. Mais pour les surfeurs. Pas pour les sciences.

— Excusez-moi ?

— Je suis le professeur responsable du club de surf.

— Allie fait du surf ?

C'était nouveau pour moi.

— Pas exactement. Mais visiblement, elle apprécie ces activités.

— Ah. Et de quelles activités parlons-nous exactement ?

— Regarder les garçons en maillot de bain.

Ça, pensai-je, ça ressemblait bien plus à ma gamine. Tout de même, j'étais un peu agacée qu'Allie ne m'ait pas mentionné ce club. J'avais cru tout savoir de ses activités périscolaires. En revanche, le surf n'était jamais venu sur le tapis.

— Je vous taquine, déclara David. Enfin, presque. Toutes les pom-pom girls sont impliquées à ce stade.

— Je vais probablement regretter cette question, mais de quel stade parlez-vous ?

— La démonstration. Allie ne l'a pas mentionnée ?

— Oh ! dis-je en feignant la compréhension totale. J'ignore à quoi je pensais. Bien sûr qu'elle a mentionné la démonstration.

Avait-elle mentionné une démonstration ? Je fronçai les sourcils. D'accord, j'avais été un peu distraite depuis que j'avais à nouveau rejoint la Forza, mais je me souviendrais certainement d'une démonstration dont elle aurait parlé. N'est-ce pas ?

David poursuivit, ne voyant vraiment pas mon incertitude maternelle.

— Lors des dernières réunions, nous avons prévu une démonstration caritative.

— Oh.

Je fronçai les sourcils en y songeant. J'étais à fond pour les œuvres de charité, mais quelle somme d'argent pouvait récolter une bande d'ados surfant sur Coronado Beach ? Enfin, on pouvait voir plus ou moins la même chose chaque jour, du lever au coucher du soleil, pendant l'été.

Néanmoins, quand je mentionnai ce minuscule problème à David, il se contenta de sourire.

— Ne vous inquiétez pas. Nous avons également prévu un invité célèbre. Cool.

— Euh, eh bien, ouais, j'imagine que c'est cool.

— Non, c'est son nom. Notre célébrité. Cooley Claymore. Les jeunes l'appellent Cool. Malheureusement, cela signifie que je dois l'appeler ainsi également.

— D'accord.

David Long remontait dans mon estime. J'allais garder un œil sur cet homme, oui, mais je ne pouvais nier que je l'appréciais. Même si son haleine mentholée – entre autres choses – signifiait que je ne lui faisais pas complétement confiance.

— Alors, vous faites du surf ? demandai-je.

Il secoua la tête.

— Heureusement pour moi, le rôle de responsable est pure-ment bureaucratique. En fait, Cool s'est porté volontaire pour prendre ma place et être le coach temporaire. Donc il entraîne l'équipe.

— Et Allie ? Elle est censée surfer ?

Imaginer ma fille se briser le cou juste pour être plus proche des mecs mignons ne me plaisait pas du tout.

— Pas lors de la démonstration. Au printemps, nous aurons des cours. Au niveau débutant, je vous le promets. Quand l'été reviendra, elle devrait avoir les bases.

— Hmm.

Je me retournai, scrutant le gymnase. Je trouvai Allie en train de tenir la main de Timmy, Mindy à ses côtés, alors qu'ils parlaient à un groupe de garçons. Elle rit, son visage s'illumina, et les jeunes hommes s'en délectaient, comme si ma petite était un rayon de soleil. Je réprimai un soupir. Parfois, ne pas avoir eu d'enfance normale me manquait. Comme c'était merveilleux de simplement s'inquiéter des garçons et de ses notes, plutôt que des démons et des chiens de l'enfer. D'avoir un sac à dos rempli de maquillage et de vernis plutôt que d'eau bénite et de crucifix.

Je n'avais peut-être pas eu cette enfance, mais au moins, c'était le cas de mes enfants. C'était ce qu'Eric et moi avions voulu, après tout. Et, honnêtement, c'était l'une des raisons pour lesquelles je m'étais laissée attirer une nouvelle fois dans la Forza Scura. Je connaissais le mal qui rôdait dehors. Et je voulais garder mes enfants loin de ça.

— Kate ?

Je levai vivement les yeux et vis David en train de me regarder.

— Vous allez bien ?

— Oui. Pardon. Je pensais simplement qu'ils grandissent tellement vite.

J'inclinai la tête et le regardai.

— Vous avez des enfants ?

— Environ cent vingt, déclara-t-il.

Il passa un bras pour montrer le gymnase.

— Certains sont à vous ?

Son hésitation fut si brève que j'aurais pu l'imaginer.

— Non. Aucun n'est à moi.

Un silence gênant pesa entre nous. Je m'éclaircis la gorge.

— Alors, à propos des garçons en maillot de bain. L'intéressé est l'un de ceux-là ?

Je regardais une nouvelle fois ma fille et le groupe de jeunes hommes. Je me concentrai en particulier sur un garçon aux cheveux bruns avec une veste en jean, qui se tenait juste un peu plus près de ma fille.

— C'est Troy Myerson, répondit David. Toutes les filles ont plus ou moins un coup de cœur pour lui.

— Allie, aussi ?

Je n'en avais jamais entendu parler.

— Oh, oui.

Son petit rire suggéra que j'étais la seule personne dans toute la pièce qui ne savait pas que ma fille avait un coup de cœur pour le beau brun appelé Myerson. Sacrée façon de donner un coup de poignard dans le cœur d'une mère.

Heureusement, je n'eus pas un long moment de mélancolie, puisque Sarah Talbot, la responsable du comité des rafraîchissements, arriva à la hâte.

— Oh, Kate, bien. On est prêtes à tout ranger. Tu penses que tu peux nous aider à remballer les restes ?

David leva une main pour me dire silencieusement au revoir, puis il partit, me laissant au cœur de l'enfer des parents d'élèves. Un enfer qui ne devint que plus chaud quand Marissa arriva et se joignit à la conversation.

— Kate n'est pas disponible pour le moment, dit-elle à Sarah. Elle chaperonne les résidents de Brumes Littorales avec moi. Nous devons commencer à réunir tout le monde.

— Oh.

Sarah fit un signe de tête vers les gradins, où plusieurs personnes âgées étaient rassemblées autour de l'infirmière Kelly.

— On dirait qu'ils sont presque tous là.

— Tout de même, répondit Marissa en s'agrippant fermement à mon bras. C'est notre responsabilité.

Sarah me lança un regard compatissant, puis jeta un coup d'œil à Marissa qui fut si glacial qu'il aurait gelé de l'azote. Normalement, j'aurais dû être du côté de Sarah. Mais dans ce cas-là, Marissa avait raison. Je n'avais pas exactement gagné le titre de chaperonne de l'année, aujourd'hui.

— Mais ne t'inquiète pas, déclara Marissa en tapotant mon bras alors que Sarah partait chercher un autre bénévole. Je suis sûre qu'aucun des résidents ne te croit responsable de la mort de M. Sinclair. Mais si l'un d'entre eux semble mal à l'aise avec toi, viens me trouver.

Quand il s'agissait de se montrer passive agressive, Marissa avait une technique parfaite.

Puisque je me sentais légèrement coupable de l'avoir abandonnée à sa tâche, je fis ce qu'elle demandait sans me plaindre. Cela impliquait plus ou moins de faire le tour du gymnase, de rassembler les résidents et les réunir vers les doubles portes. Là, Marissa nous rejoignit avec un porte-bloc. Elle se pinça les lèvres, puis fit six petites encoches. Une pour chaque personne âgée que j'avais retrouvée.

— Alors, il y a tout le monde ? demandai-je.

— Apparemment, oui.

— Génial.

Je vérifiai par-dessus mon épaule et trouvai Laura.

— Laisse-moi juste m'assurer que Laura peut ramener mes enfants à la maison et je prendrai le bus avec vous.

Elle soupira, puis laissa lourdement tomber le bras qui tenait le porte-bloc.

— Tu sais quoi, Kate ? Ne t'inquiète pas pour ça. Kelly et moi allons gérer. Dieu sait que nous nous sommes occupées de tout aujourd'hui.

Le revoilà, son côté passif agressif.

— Tu en es sûre ? demandai-je.

Elle s'attendait probablement à ce que j'intervienne et que je me porte volontaire, puis que je la laisse tranquille. Cependant, j'étais rarement intimidée par ce genre de comportement. Et j'étais anxieuse à l'idée de rentrer à la maison et de trouver un endroit plus sécurisé pour dissimuler le livre que mon monospace.

Un nouveau soupir. Celui-ci plus profond et plus angoissé. Honnêtement, cette femme savait exprimer ses émotions.

— Oui, j'en suis sûre. Je suppose que c'est pour le mieux, en fait. Je détesterais qu'un autre passager meure sur le chemin de la résidence.

Aïe. Cette déclaration manqua de m'achever. Je faillis insister pour l'aider, mais les visions d'un livre démoniaque aspirant mes enfants, Laura, Eddie et l'Odyssey dans un enfer du genre film d'horreur me permirent de rester sur les rails.

— Sympa, dis-je. Très sympa.

Elle coinça le porte-bloc sous son bras et commença à s'éloigner. Elle s'arrêta ensuite.

— Ne va pas t'imaginer que tu vas t'en tirer comme ça. Selon moi, tu as été complétement inutile.

— Je t'ai déjà dit que j'étais désolée, déclarai-je.

Ma patience avait des limites.

— Être désolée, ça n'arrange rien. Tu m'en dois une, Kate. Et un jour, j'espère que tu me renverras l'ascenseur.

— Alors, est-ce que tu vas enfin m'expliquer ?

Laura s'appuya contre le plan de travail de la cuisine, une tasse de Starbucks Sumatra fraîchement préparée à la main.

— J'ai regardé ce livre et il n'y a rien dedans. Et donc, que se passe-t-il ?

Je levai la main pour qu'elle se taise, puis je jetai un coup d'œil dans la cuisine et le salon. Eddie s'était endormi sur le fauteuil à bascule et les enfants étaient éparpillés. Les filles étaient à l'étage dans la chambre d'Allie, tandis que Timmy était assis trop près de la télévision, les yeux rivés sur une Kim Possible en tenue de pom-pom girl alors qu'elle se battait contre la maléfique Shego et ses flammèches vertes.

Pendant une demi-seconde, j'envisageai de dire à Timmy de s'éloigner de l'écran. Ou pire, de passer à quelque chose de plus éducatif. J'ignorai cette envie urgente et idiote. J'avais besoin de parler à Laura et j'étais trop fatiguée pour une véritable lutte avec un enfant agacé. Si Disney Channel pouvait m'accorder quelques instants de paix, alors j'étais heureuse de faire une révérence devant Mickey tout-puissant.

— Eh bien ? s'enquit Laura dès que je me remis à couper des oignons.

Je lui fis un rapide compte-rendu, en commençant avec ce que j'avais appris à la maison de retraite, puis finissant avec la rencontre délicate entre Sinclair et la rampe verticale.

— Aïe, dit-elle en grimaçant.

— Pas de sympathie pour les démons, s'il te plaît.

— Pardon. Alors, où est le livre, maintenant ?

Je jetai un coup d'œil au placard le plus proche d'un air entendu. Dès que nous étions rentrés à la maison, Allie et Mindy s'étaient échappées à l'étage. Pendant que Laura installait Timmy, j'étais repartie au garage et j'avais récupéré le grimoire dans le monospace avant de le cacher là où je savais qu'Allie et Stuart ne le trouveraient jamais. Dans la cuisine. Parmi les casseroles et les poêles. Je gardais aussi un peu d'argent liquide à cet endroit. Jusqu'ici, aucun membre de ma famille ne l'avait remarqué.

— C'est une bonne cachette, déclara Laura. À moins que Stuart décide de préparer un ragoût.

Nous gloussâmes toutes les deux, puis elle redevint sérieuse.

— Alors, pourquoi penses-tu que Sinclair avait besoin de ce livre ?

— Je n'en sais rien.

J'ajoutai les oignons à de la viande hachée de bœuf et à de la sauce tomate que j'avais déjà placée dans un saladier. Le pain de viande était l'un des plats que je pouvais préparer sans suivre strictement une recette et finir avec un résultat mangeable. Ce n'était pas génial, je sais. Mais c'était comestible.

— Honnêtement, je ne suis même pas sûre qu'il le sortait du mur.

— Qu'est-ce que tu veux dire ?

— Juste que je ne sais pas vraiment ce qu'il faisait. Peut-être qu'il rangeait le livre, et non pas qu'il le sortait.

Laura inclina la tête, m'étudiant.

— Oui, mais tu l'aurais remarqué s'il avait eu le livre dans le bus, n'est-ce pas ? Enfin, ce n'est pas exactement un livre de poche.

— Peut-être, dis-je lentement.

J'essayai d'articuler mes pensées, alors qu'elles emplissaient mon esprit.

— Mais si quelqu'un travaillait avec Sinclair ? Si quelqu'un lui avait passé le livre ?

Une image de David Long apparut dans mon esprit. Je tentai de la chasser, sans y arriver. J'aimais bien cet homme. Vraiment. Et je ne voulais pas croire qu'il était impliqué avec des démons. Ou pire qu'il en *était* un.

Cependant, je savais qu'il ne fallait pas faire confiance à quelqu'un uniquement parce qu'on l'appréciait. Chat échaudé craint l'eau froide. Je ne voulais plus me tromper.

— Qu'il ait été en train de le prendre ou de le cacher, on ne sait toujours pas pourquoi, dit Laura. Enfin, quoi, c'est juste un livre vide.

— Il doit y avoir un peu plus que ça, déclarai-je. Je doute que Sinclair ait voulu écrire dans un journal ses sentiments les plus profonds et les plus sombres.

— C'est vrai. Mais quoi, alors ?

— Je travaille toujours là-dessus.

— Tu as appelé le père Ben ?

— Je lui ai laissé un message.

Une fois le livre rangé en sécurité, j'étais partie à l'étage pour enfiler un survêtement et un t-shirt. J'avais profité de l'occasion pour appeler mon nouvel *alimentatore* depuis l'intimité de ma chambre.

Techniquement, le père Ben était encore à l'essai.

Il avait appris l'existence de la Forza pour la première fois quelques mois plus tôt, quand le père Corletti avait pris l'avion depuis Rome pour prendre en charge une relique puissante que recherchait le Haut Démon Goramesh. Puisque j'avais besoin d'un nouvel *alimentatore* et puisqu'il n'y avait aucun mentor entièrement formé dans la Forza qui pouvait assumer ce rôle, le père Corletti avait mis le père Ben dans la confidence et l'avait invité à m'entraîner, en tant que mon nouvel *alimentatore*.

Même s'il aurait dû avoir des années d'expérience, une grande connaissance de base de toutes les choses démoniaques, un entraînement avec des armes et des arts martiaux, la suggestion du père Corletti m'avait parfaitement convenu. Le père Ben n'avait peut-être pas d'expérience, mais il était intelligent et impatient, et je me disais que cela devait compter pour quelque chose.

Je lui avais laissé un message indéchiffrable sur le livre et les événements avec Sinclair, puis j'avais promis d'essayer de passer le voir au matin, si je n'avais pas de ses nouvelles avant.

— Et pour l'Italien ? s'enquit Laura. Tu l'as appelé ?

— Père Corletti ?

Je secouai la tête.

— J'ai essayé. Je n'ai pas réussi à le joindre non plus. Il assure un travail de missionnaire en Afrique, ou quelque chose dans le genre. J'ai laissé un message, mais qui sait quand j'aurai de ses nouvelles ?

Le père Corletti dirigeait la Forza Scura. Plus que ça, il avait été comme un père pour moi. J'espérais qu'il rappellerait bientôt. Je voulais être rassurée en entendant sa voix.

Je finis de former la viande, mis le plat dans le four, et me rinçai les mains.

— Mindy et toi, vous restez pour le dîner ?

Ces derniers temps, Mindy et Laura mangeaient avec nous deux fois par semaine. Nous n'en avions pas formellement discuté, mais curieusement, cela semblait simplement plus facile. Sa maison était déserte puisque Paul passait tant de temps à Los Angeles. Et la mienne était trop vide avec Stuart travaillant si tard tant de soirées par semaine. En plus, les filles faisaient leurs devoirs ensemble. C'était tout bonnement logique.

La question fut à peine sortie de ma bouche que j'entendis le craquement familier de notre porte de garage. Elle croisa mon regard.

— Merci pour l'invitation, mais je pense qu'on va commander une pizza et passer une soirée entre filles.

— Bonne idée.

Mon cœur tambourinait dans ma poitrine et pendant que Laura partait chercher sa fille, j'éclaboussai mon visage d'eau froide afin de me calmer. Et, plus important, j'essayai de garder le contrôle de mon humeur.

Je me levai, figée sur place, alors que le temps semblait ralentir. Puisque Stuart n'avait toujours pas réglé l'ouverture de notre ancienne porte de garage, il fallut presque deux minutes de grognement jusqu'à ce qu'elle arrive en haut. Ce temps sembla s'écouler indéfiniment.

Finalement, j'entendis la portière de la voiture claquer. Le bruit me poussa à m'activer, et je commençai à couper de la laitue et à la présenter dans un grand saladier en bois.

La poignée cliqueta et il fut là. Je l'entendis avant de le voir. Je ne pouvais pas le regarder. J'avais peur que si je le faisais, je me mettrais à crier. Avais-je vraiment envie d'une énorme dispute avant le dîner ? Il valait mieux que les bagarres horribles et violentes se déroulent quand les enfants étaient au lit.

— Tu es en colère.

— Bon sang, dis-je à la laitue. Comment as-tu deviné ?

— La salade ressemble à des confettis.

Je regardai le saladier, grimaçant. Il avait raison. J'avais coupé les feuilles en si petits morceaux qu'ils allaient seulement pouvoir servir à nourrir Gidget, le hamster de la crèche de Timmy.

Je repoussai le plat et me tournai pour faire face à l'inévitable. Il était toujours dans l'embrasure de la porte, avec une dizaine de roses à la main.

— Tu es à côté de la plaque, de genre, un million de kilomètres, si tu penses que ces roses vont te rattraper.

— Elles ne sont pas pour toi, ma chérie, dit-il en avançant.

Il m'embrassa sur le front.

— Elles sont pour Allie.

— Oh.

Eh bien, bon sang. Mon indignation justifiée s'envola. J'allais la retrouver, j'en étais certaine, mais pour l'instant, je ressentais de l'affection envers l'homme qui était arrivé, prêt à offrir une excuse amplement nécessaire.

Je fis un geste vers l'escalier.

— Va la supplier.

Je me retins, ne le suivant que lorsque j'entendis le couinement ravi d'Allie. À l'heure du dîner, tout était pardonné. Enfin, en surface. De mon point de vue, ce n'était pas fini. Et si je connaissais ma fille – ce qui était le cas, j'en étais presque convaincue, si on oubliait Troy Myerson –, la douzaine de roses n'avait fait qu'apaiser la douleur. Les fleurs ne soignaient pas.

Stuart n'était pas tranquille. Pas encore.

Il le savait aussi. Il ne dit pas un mot de plus quant à son retard, mais il jouait à Hi-Ho ! Cerise-O avec Timmy, ce qui consiste pour celui-ci à jeter des petites cerises dans le salon que Stuart doit récupérer en rampant à quatre pattes. Il donna un bain au petit gars sans que j'aie besoin de le demander. Puis, comme si le bain n'était pas assez miraculeux, il lui fit enfiler son pyjama, prépara un biberon de lait chaud et lut trois de ses livres préférés de ce mois-ci : *Bonne nuit, gorille*, puis *Guili Lapin* et le très populaire *Comment les dinosaures disent bonne nuit ?*

Il me l'apporta même pour que je lui donne un baiser de bonne nuit, puis il emporta Timmy et Bounours à l'étage. Honnêtement, avec toute cette aide offerte sur un plateau, j'aurais presque souhaité qu'il merde autant de façon plus régulière.

Alors qu'il finissait ses tâches domestiques, je m'assis sur le canapé, faisant semblant de feuilleter la dernière édition de *Real Simple*[1], mais je pensais plutôt à ce livre mystérieux. J'essayai de lancer à Eddie un regard lourd de sens, afin que nous puissions nous glisser sous le porche pour une conversation furtive, mais il s'était à nouveau assoupi, me laissant me tracasser seule.

Stuart revint dans le salon avec deux verres à vin.

— Je suis désolé, lança-t-il en me tendant un verre, avant de se glisser sur le canapé à côté de moi.

— Tu vas me dire où tu étais, où je suis censée deviner ?

— Tu as le droit à trois chances, répondit-il. Mais je parie que tu n'en auras besoin que d'une.

— Je n'en ai même pas besoin.

Je m'effondrai sur les coussins derrière moi. Je bus une longue gorgée de Chenin Blanc et fermai les yeux.

— Ça en valait la peine ?

— De louper le discours d'Allie ? Non. Mais il y avait clairement des dollars impliqués là-dedans.

— Bonne réponse, dis-je.

Mes paupières étaient toujours fermées.

— Je suis vraiment désolé.

— Je sais que tu l'es.

J'ouvris les yeux.

— Mais ce n'est pas en étant désolé que tu vas rattraper la journée.

— Je sais.

Son regard dériva vers les escaliers.

— Tu penses qu'elle serait partante pour quelques parties de

Super Monkey Ball ? demanda-t-il en faisant un geste vers la GameCube.

Je grimaçai.

— Il est tard.

— Nous sommes vendredi.

Je fis semblant d'y réfléchir.

— Une partie, dis-je.

Je savais qu'Allie adorerait.

— Et demain, tu l'emmèneras au centre commercial, ajoutai-je.

Une expression horrifiée se lut sur son visage.

— Pas pour des vêtements ? Elle en a déjà suffisamment dans son placard pour habiller une petite nation.

— Pas de vêtements, confirmai-je, même si ça aurait été une punition vraiment appropriée. Il faut que tu ailles acheter des cadeaux de Noël. J'ai une liste.

C'était vrai, même si je négligeai de mentionner que je voulais qu'Allie et lui soient partis pour aller rendre visite au père Ben à la cathédrale sans que quiconque pose des questions sur ce que je faisais.

— Des cadeaux. D'accord.

— Et elle veut acheter un iPod.

— Un iPod ? répéta-t-il avec une expression légèrement désapprobatrice. Elle sera accrochée à ses écouteurs vingt-quatre heures sur vingt-quatre.

Je haussai un sourcil.

— Si tu as un problème avec l'iPod, tu aurais dû le dire lors du Jour des Familles.

— D'accord, répondit-il. Le centre commercial. Un iPod. Pas de problème.

Je souris.

— Je t'aime. Tu n'es pas tiré d'affaire, mais je t'aime.

— Moi aussi, je t'aime, chérie. Ne l'oublie jamais.

Il m'attira près de lui et j'entendis le bruissement du jean contre le cuir d'un fauteuil de l'autre côté de la pièce, accompagné d'un grognement rauque.

— N'est-ce pas émouvant ? marmonna Eddie depuis le fauteuil incliné sans ouvrir les yeux.

Stuart et moi échangeâmes un regard amusé. Puis, parce que je ne pouvais m'en empêcher et parce que je l'aimais vraiment, je me penchai vers lui et embrassai mon mari. Ardemment.

Il se leva et tendit la main. Je n'hésitai qu'une seconde puis je la saisis, le laissant me remettre sur pied et me guider dans les escaliers.

6

— **M**aman, Maman, Maman ? Tu es réveillée, Maman ?

Je roulai sur le côté et plaçai un oreiller sur ma tête.

Je sentis qu'on me poussait encore au niveau du flanc.

— Maman ? Tu te réveilles, Maman ?

— *Mmflf* ? marmonnai-je en essayant de comprendre la logique du monde.

— MAMAN !

Je couinai et m'assis, droite, avant de voir le visage innocent de mon petit garçon en train de me sourire. Nous étions passés d'un berceau à un lit de bambin cinq semaines plus tôt et Timmy se délectait de cette liberté nouvellement acquise.

— Tu es réveillée, Maman ?

— Maintenant oui, microbe.

Je tendis la main pour toucher Stuart. Je n'allais pas être la seule à souffrir à sept heures un samedi matin. Toutefois, je découvris qu'il n'était pas là. Je fronçai les sourcils en voyant son côté du lit, essayant de digérer cette information.

— Maman ! Viens, Maman !

— Timmy !

La voix de Stuart fit écho dans les escaliers.

— Laisse ta mère dormir.

— Ce n'est rien, criai-je. Je suis déjà levée.

Il marqua ensuite une pause.

— Dans ce cas, où est-ce que tu ranges la plaque ? Celle que tu utilises pour les pancakes ?

— Dans le placard, à droite du lave-vaisselle, tout au fond, criai-je en retour.

Je bâillai, pensant vaguement qu'un système d'interphone serait une bonne chose, avant d'ajouter :

— Pourquoi ?

— Un homme ne peut pas faire de pancakes à sa famille ? demanda Stuart.

Il passa la tête dans l'embrasure de la porte.

— Je ne sais pas. C'est possible ? hésitai-je.

— J'imagine qu'on va le découvrir.

Il fit un geste vers Timmy.

— Allez, mon grand. Viens donner un coup de main à ton vieux père.

Alors que Timmy galopait joyeusement derrière son papa, je passai mes doigts dans mes cheveux, frottai mon visage entre mes mains, essayant de me réveiller. Quelque chose clochait et ce n'était pas seulement parce que Stuart cuisinait et que c'était étrange.

Je commençai à glisser hors du lit, pensant au niveau de destruction qui s'apprêtait à s'abattre sur ma cuisine. De la pâte à pancakes au plafond. Du lait renversé. Des résidus d'œufs poisseux sur le plan de travail. Chaque casserole et chaque poêle sorties des placards alors qu'il cherchait la plaque ainsi qu'un cul de poule.

Un bazar. Une explosion. Complétement...

Désastreux !

Le livre ! J'avais rangé le livre juste derrière la plaque !

Soudain, j'étais bien éveillée et je me précipitais dans le couloir, puis dans les escaliers. Arrivée dans la cuisine, je m'arrêtai en dérapant, et souris à mon mari.

— Salut. Je me disais que tu aurais besoin d'aide.

— Je peux gérer. Je suis un membre extrêmement compétent du genre masculin.

— C'est vrai. Bien sûr.

Je jetai un coup d'œil au placard qui était toujours fermé.

— Mais peux-tu sortir la plaque sans détruire mon système d'organisation parfait ?

Il me fixa.

— Ton système d'organisation ? répéta-t-il. Toi, tu as un système d'organisation ?

— Oui, moi, merci bien.

Je tapotai du pied et espérai que j'avais l'air suffisamment indignée. Je montrai le garage du doigt.

— Maintenant, va chercher du bacon dans le congélateur, tu veux bien ? Personne ne veut de pancakes sans bacon.

Il s'exécuta, mais pas avant de m'avoir lancé un nouveau regard incrédule. Dès qu'il fut hors de ma vue, je m'accroupis et sortis la plaque. Le livre était toujours là et je bougeai quelques poêles à frire pour m'assurer qu'il était bien couvert.

Oui, j'étais probablement paranoïaque. Après tout, ce n'était pas comme si le livre disait quoi que ce soit. Mais il allait engendrer des questions auxquelles je préférais ne pas répondre. Ce qui signifiait que soit j'agissais comme une tarée et je sortais la plaque pour Stuart, soit je le chassais de la cuisine et je m'occupais moi-même de la préparation.

Puisque Stuart proposait de cuisiner aussi fréquemment qu'on voyait la comète de Haley, je n'allais certainement pas choisir la deuxième option.

Pendant que mon homme effectuait sa routine de testostérone-en-tablier, j'installai Timmy dans le salon. Nous avions récemment investi dans une TiVo, une invention qui méritait le prix Nobel, si vous voulez mon avis. Ainsi, les Wiggles[1] et les *Mélodilous* étaient toujours disponibles.

Pendant que Stuart versait de la pâte sur le grill, je m'assis à la table et pris une tasse de café entre mes mains, commençant à me réveiller correctement. Il me lança un sourire narquois.

— Alors, je ne suis toujours pas dans tes bonnes grâces ?

— Tu t'es presque rattrapé. Surtout si tes pancakes sont aussi bons que l'odeur le laisse présager.

— Je prépare des pancakes à la banane, pour toi, déclara-t-il.

Il commença ensuite à éplucher une banane, comme pour appuyer ce qu'il disait.

— Tu cherches la rédemption, n'est-ce pas ?

— Que puis-je dire ? Je sais quand il faut faire acte de pénitence.

J'acquiesçai d'un air songeur.

— D'accord. Emmène Timmy avec toi au centre commercial et tu ne seras définitivement plus en disgrâce.

D'après l'air sur son visage, je voyais bien qu'il préférait que je le déteste.

— Stuart...

— Je sais, ma chérie, mais tu sais comme je suis occupé en ce moment. Il faut que je retourne au bureau quelques heures cette après-midi, et si je prends Tim, ça m'ajoutera au moins deux heures dans la journée.

Il retourna les quatre pancakes avec une facilité que je n'arriverais jamais à reproduire. Quel crâneur.

— En plus, ajouta-t-il, je ne passerai pas un si bon moment avec Allie. Et n'est-ce pas là le but ?

Je vous le dis, cet homme n'était pas avocat pour rien.

— Ça va te gâcher la matinée tant que ça si Timmy reste à la maison avec toi ?

Je fronçai les sourcils. Que pouvais-je dire ? Que oui, ça me gâcherait la matinée, parce que je devais aller à la cathédrale pour parler d'une nouvelle infestation démoniaque à San Diablo ? Il valait mieux éviter. Je répondis donc :

— Non, bien sûr. Évidemment que tu peux me le laisser. Pas de problème.

— Super.

Il regarda l'horloge.

— Le centre commercial ouvre à dix heures. Étant donné le temps qu'elle met pour s'habiller, il vaut mieux s'assurer qu'elle soit réveillée.

— Je vais la sortir du lit. La promesse du bacon devrait faire l'affaire.

Allie avait récemment annoncé son intention de ne manger que de la nourriture allégée et des produits bio. En revanche, moi, j'attendais de voir ce plan mis à exécution. Et je doutais sérieusement qu'elle commence ce matin.

Je venais juste de franchir le seuil du salon quand Stuart m'appela.

— Je ne t'ai pas dit pourquoi j'étais si en retard hier, si ?

Je secouai la tête, essayant de ne pas m'agacer. Je l'avais pardonné, oui. Mais ça ne signifiait pas que je n'étais plus en colère.

— Non. Tu ne me l'as pas dit.

— Tabitha Danvers est venue me voir, dit-il.

Il avait la même voix qu'un enfant devant une pile de cadeaux de Noël sous le sapin.

— Danvers, répétai-je en essayant de reconnaître le nom. Du musée Danvers ?

Le musée Danvers était à San Diablo ce que le Getty Museum était à Los Angeles. Une collection merveilleuse financée par une famille si riche qu'ils pouvaient se permettre d'ouvrir un musée ici, un palais des congrès là.

— Exactement. Et Kate, elle pense contribuer à ma campagne !

— C'est super !

Je le pensais. Si Tabitha Danvers s'intéressait à la campagne de Stuart, alors sa quête désespérée d'argent serait finie.

Il embrassa le sommet de mon crâne.

— Il n'y a que quelques conditions, dit-il en marmonnant contre mes cheveux.

J'inclinai la tête et croisai son regard. Il leva une main, ignorant mes protestations par avance.

— Tu n'as pas besoin d'organiser une fête. Du moins, pas pour Tabitha.

J'acquiesçai, quelque peu apaisée. Si j'avais le choix entre organiser un cocktail et marcher pieds nus dans une pièce remplie d'araignées, à mon avis, je choisirais les araignées. Et je n'aimais vraiment pas les petites bêtes.

— Mais... ? demandai-je puisque je sentais que ce mot était en suspens.

— Mais il faut que tu viennes à une soirée, demain. Pour les profits du musée. Tabitha pense que je devrais me mêler aux invités pour rencontrer d'autres donateurs potentiels. Ce genre de choses.

— Un dimanche ?

Il haussa les épaules.

— Apparemment, c'est organisé depuis un moment, maintenant. Ils profitent du fait que le musée soit fermé pour changer les expositions. Dans tous les cas, je me plie à ce qu'ils disent.

Il me serra la main.

— Allez, ma chérie. Ça devrait être amusant.

— Bien sûr. Aucun problème.

— Toi aussi tu devras te mêler aux autres, déclara-t-il.

Il voulait apparemment s'assurer que je comprenne dans quoi je m'engageais.

— Je sais, mon cœur. Je ne suis peut-être pas la meilleure des femmes de politiciens, mais je comprends.

— Tu es la meilleure, répondit-il.

Sa façon de le dire fit faiblir mes genoux. Puis il m'embrassa. Je gémis, me rapprochant de lui, mon corps réagissant de bien des façons décadentes.

— Il vaudrait mieux que j'aille réveiller Allie, déclarai-je en m'éloignant enfin. À moins que tu aies envie de commencer ta journée très tard.

— Et vous n'êtes pas sûre de savoir s'il remettait le livre ou s'il le cachait ? demanda le père Ben.

Nous étions dans son bureau – le père Ben, Timmy et moi –, réunis autour d'une vieille table en chêne usée qui dominait toute la petite pièce. Le livre était posé dessus, rouge foncé et menaçant.

Timmy était sur le sol, à dessiner dans une vieille revue de la paroisse, avec un feutre noir. J'essayai de porter mon attention sur l'homme d'Église, mais je n'arrêtais pas de jeter des coups d'œil à Tim, puisque j'avais peur qu'il finisse par colorier le tapis et que je me sente obligée de faire nettoyer par un professionnel une véritable antiquité orientale.

— Kate ? insista le père Ben.

— Quoi ? Oh.

Je me repassai la conversation dans ma tête.

— Je suis presque convaincue qu'il le sortait, mais je ne peux pas être sûre à cent pour cent.

Je plongeai vers l'avant.

— Timmy, non. Sur le papier, mon grand.

Je me rassis et tentai de détourner les yeux de Timmy suffisamment longtemps pour croiser le regard du père.

— Dans les deux cas, ce livre était important pour lui.

— Les engrenages tournent, dit-il.

Il répétait les paroles du démon que je lui avais transmises.

— Une idée de ce dont il parlait ? m'enquis-je.

Le père Ben acquiesça lentement, puis se renfonça dans sa chaise, me faisant signe de m'asseoir également. Je le fis, mais à contrecœur. J'avais le sentiment que ce ne serait pas bon.

— Nous ne pouvons pas en être certains, bien sûr. Pas sans faire plus de recherches. Mais d'après les messages que vous nous avez laissés, au père Corletti et à moi, ainsi que votre description du livre, nous avons pu faire quelques études préliminaires.

— Et ?

— Nous croyons que ce livre peut être le *Malevolenaumachia Demonica*.

— Oh, dis-je en espérant avoir l'air un peu impressionnée. Waouh. C'est... Enfin, waouh.

En vérité, j'étais impressionnée. Non pas par ce qu'il venait de dire, puisque j'ignorais totalement de quoi il parlait, mais par le fait que quelqu'un puisse entendre ma vague description, puis annoncer que le livre était un truc qui avait l'air maléfique tout en étant difficile à prononcer. Cela valait un sacré big up, comme ma fille dirait.

— Vous savez ce qu'est le MD ? me demanda Ben.

— Un mini-disc ? répondis-je bêtement.

— Le *Malevolenaumachia Demonica*, répéta-t-il lentement et patiemment.

— Ah, euh, eh bien, évidemment. Enfin, presque.

Je m'éclaircis la gorge.

— En fait, non. Je n'en ai aucune idée. C'est quoi ?

— Vous connaissez les grimoires ?

— Bien sûr. C'est un peu comme des manuels de magie noire.

— Eh bien, si ce livre est le *Malevolenaumachia Demonica*, il est cent fois pire que tout grimoire potentiel.

— Oh. Génial.

Il se leva et contourna son bureau, s'appuyant contre lui en me faisant face.

— Vous avez déjà vu *Les Aventuriers de l'Arche Perdue* ?

— Euh, bien sûr. C'est l'un de mes films préférés. On l'a même en DVD.

Je me retins de lui demander quel était le rapport avec le reste. À moins que mon *alimentatore* perde la tête, il finirait par aller droit au but.

— Vous vous souvenez de la scène avec le Français ? Que disait-il à propos de l'Arche ?

— Que c'est un émetteur. Une ligne directe pour parler à Dieu.

Je commençais à avoir la nausée en demandant :

— Vous êtes en train de dire…

— Oui, répondit-il. C'est ce que je suis en train de dire.

— Le livre est fait pour parler à Dieu ? Ou bien pour parler à…

— Des démons emprisonnés.

— Oh. Eh bien, n'est-ce pas génial ?

Je pris une profonde inspiration et songeai à ce qu'il disait.

— Comment ?

— Les mots des démons s'impriment sur la page.

— Mais, alors, tout va bien. Le livre est complètement vide.

— Sauf que lorsque la communication est lue, cela disparaît.

Je secouai la tête, essayant de saisir ce qu'il disait.

— Alors, le démon prononce une phrase et elle s'imprime sur la page ? Genre *Salut, lecteur. Va te mettre au milieu du pentagramme* ?

— C'est l'essentiel, oui.

— Et puis, quand quelqu'un lit ce message, la page redevient blanche ?

— Correct.

— Oh.

Je n'aimais pas ça. C'était l'euphémisme de l'année, je le savais, mais je n'aimais vraiment pas la situation.

— Et le lecteur peut parler aux démons ? demandai-je. S'ils écrivent dans le livre, le démon le lit et efface la page ?

Le père Ben secoua la tête.

— Ça, je ne sais pas.

J'acquiesçai lentement, digérant le tout.

— Et les démons qui font la conversation... Vous dites qu'ils sont emprisonnés, n'est-ce pas ? Je croyais que les démons étaient en Enfer. Ou tout autour de nous, dans le vide.

D'après ce que j'avais toujours compris, le pouvoir d'un démon venait de l'Enfer, et il allait là-bas pour rajeunir, prendre des vacances ou faire ce que les démons faisaient pendant leur temps libre.

Mais traîner en Enfer n'était pas assez maléfique. Ils voulaient être ici, dans le vrai monde, à se battre pour devenir humains. Et, en plus de ça, ils aimaient nous chuchoter à l'oreille, des supplications mielleuses pour pousser les gens à prendre le chemin le plus bas alors même que nos anges gardiens tentaient de nous élever.

De nombreux récits montraient que les saints étaient capables de voir des démons tout autour d'eux. C'était un sérieux point négatif dans le fait d'être sanctifié. Du moins, à mon avis.

— Beaucoup de théologiens pensent que ces démons sont libres de quitter l'Enfer et de marcher sur la Terre, expliqua le père Ben. Il est certain que ceux qui sont affiliés à la Forza croient que c'est vrai.

— Vous le saviez ? L'année dernière, je veux dire. Avant de connaître mon existence. Et celle de la Forza ?

— J'y croyais. Je ne le savais pas. Je n'avais jamais vu de preuves de la réalité des démons. Je n'ai toujours pas vu les mêmes horreurs que vous, Kate, et je ne me suis certainement pas mis sur la ligne de front comme vous. Mais tout de même, j'y croyais.

Il tendit la main et serra la mienne. Et même si nous avions probablement le même âge, à peu de choses près, je fus réchauffée et réconfortée. Et en même temps, j'étais horriblement triste. Je n'avais jamais demandé à voir de telles choses. Mes croyances n'étaient pas enracinées dans la foi. Pas vraiment. Au lieu de ça, elles étaient ancrées dans la réalité. Et je dus alors me demander si cela faisait de moi une moins que rien aux yeux de Dieu. Aurais-je été pieuse, m'interrogeai-je, si je n'avais jamais vu le diable parmi nous ?

Le père Ben commença à faire les cent pas dans son bureau, le sujet l'échauffant.

— Certains pensent que des démons seraient entrés au Paradis et auraient obtenu une audience avec Dieu.

— Dieu a plus de patience que moi, dis-je. Je leur aurais botté le cul jusqu'à ce qu'ils passent les portes du Paradis dans l'autre sens.

Ben sourit.

— Oui, eh bien, c'est l'un de ses traits de caractère. Dans tous les cas, la seconde épître de Pierre 2:4 nous parle de certains anges qui avaient si grièvement péché qu'ils n'étaient pas seulement jetés aux Enfers, mais dans une prison appelée Tartare.

— J'en ai entendu parler, répondis-je. C'est, genre, le pire des Enfers ?

— Exactement. Certains croient que ces démons se sont accouplés avec des femmes humaines et ont créé des sang-mêlé. On les appelle des Néphilim. Et pour cet horrible péché contre nature, ils ont été bannis. L'Europe considère le Tartare comme le pire fossé d'obscur. Et ces anges déchus y sont retenus, enchaînés, sans aucun recours et sans pouvoir se rattraper auprès de Dieu.

— Waouh.

— Exactement.

— Une éternité enchaîné dans les Enfers, déclarai-je d'un air pensif. Curieusement, ma salle de bain dégoûtante ne paraît plus être un tel fardeau.

— L'éternité, c'était l'idée. Mais certains démons ont réussi à s'échapper au fil des millénaires. Goramesh, ajouta-t-il en croisant mon regard. On croit qu'il a été détenu dans le Tartare.

— Oh.

Je frissonnai.

Je m'étais battue avec le Haut Démon Goramesh. Et sincè-rement, je doutais qu'il ait un endroit chaud et douillet pour moi dans son cœur. Un jour, je le reverrais. J'en étais convain-cue. J'étais également sûre que lorsque ce jour arriverait, mes chances de quitter la bataille sur mes deux pieds n'étaient pas bonnes.

Je redressai les épaules et repoussai les images du Haut Démon hors de mon esprit.

— Quel est le rapport entre tout ça et le livre ?

— Eh bien, il est coutume de dire que même si certains démons se sont échappés, deux sont encore emprisonnés au Tartare. Les plus vils. Les plus impénitents.

Je restai assise là un moment, digérant les paroles du père Ben.

— Pires qu'un Haut Démon, déclarai-je.

Il acquiesça solennellement.

— Rien de semblable à ce que nous avons vu auparavant.

— Mais ils sont emprisonnés, n'est-ce pas ? Enfin, c'est le but. Dans le coin le plus sombre de l'Enfer. Enchaînés. N'est-ce pas ?

— Bien sûr. Sauf que...

— Sauf que certains se sont échappés, terminai-je. Et vous pensez que ces deux-là veulent sortir aussi.

— Vous n'en auriez pas envie à leur place ?

— Hmmm.

Il marquait un point.

— Et le livre ? L'émetteur ?

— Le titre, dit-il. *Malevolenaumachia Demonica*. Vous savez ce que ça veut dire ?

— Je suis un peu rouillée, mon père.

— *La lutte malicieuse du démon.*

Il leva une épaule, sa tête s'inclinant légèrement sur le côté.

— Enfin, c'est une traduction vague.

— Vague ou non, ça ne m'a pas l'air terrible.

— L'ennui c'est que la tradition suggère que le livre est un émetteur. Pas pour parler à Dieu, mais pour parler aux démons emprisonnés dans le Tartare.

— Mon Dieu, dis-je avant de faire un signe de croix.

Après un moment, je me levai et commençai à faire les cent pas dans le petit bureau.

— Rien n'a de sens. Si c'est un émetteur, que disent-ils ? Et à qui le disent-ils ? À Sinclair ? Aux autres démons ?

Il secoua la tête.

— Ça, je ne sais pas.

— Et pourquoi ? Qu'essaient-ils de faire ? Quel est leur but ?

— Ce ne sont que de bonnes questions, répondit le père Ben. Et je n'ai pas une seule réponse. Tout ce que nous savons, c'est que ce n'est pas pour rien. Et je pense qu'il est raisonnable de se dire que les démons du Tartare souhaitent s'échapper des Enfers. Et peut-être qu'ils utilisaient le livre pour donner des indications à quelqu'un afin que cela se produise.

— Seigneur.

— Bien évidemment, ceci n'est que spéculation, annonça le père Ben. Nous ne pouvons même pas être certains que le livre soit le *Malevolenaumachia Demonica*.

— Super. Je me sens beaucoup mieux.

— Nous savons également que tu as interrompu le plan. Ou du moins, que tu l'as bloqué.

— Parce que nous avons le livre, maintenant.

— Et il est en sécurité.

— Où est-il ? demandai-je.

— Dans l'autel, annonça-t-il.

— Pas dans le caveau ?

— Les archivistes sont en train de faire l'inventaire des reliques dans le caveau. Ils entrent et sortent à longueur de journée, et s'ils trouvaient le livre...

Il se tut, secouant la tête.

— Non, je ne crois pas qu'il y ait un endroit plus sûr au monde que l'autel pour quelque chose comme ce livre. Sauf, peut-être, au fond de la bibliothèque du Vatican.

J'acquiesçai. Bénie comme elle l'était avec les os de saints, la cathédrale Sainte-Mary était impénétrable par un démon. Le livre, au moins, était en sécurité.

Cela ne résolvait pas tous nos problèmes. Mais c'était un début.

Timmy et moi quittâmes la cathédrale bien avant midi. Nous allâmes d'abord à la boutique de téléphonie et je remplaçai mon portable cassé, en conservant le même numéro et en choisissant un appareil photo intégré. Je pris quelques photos de mon fils rien que pour maîtriser cette technologie, je les envoyai par e-mail à Stuart, puis je me demandai immédiatement comment j'avais vécu sans ce truc.

Il fallait que j'aille en courses, mais d'abord, je voulais mettre Eddie au courant. Je passai par la maison et lui fis un résumé. Il ne savait rien de plus que moi sur le livre, mais il était d'accord que toute cette histoire de démons pris de folie furieuse dans le Tartare s'annonçait plutôt mal.

— Vous allez nous aider, n'est-ce pas ?

Il ricana.

— Eh bien, pourquoi pas ? Pourchasser des démons me met toujours de bonne humeur. Et les tuer m'enthousiasme encore plus.

Je finis par le déposer à la bibliothèque, avant de partir à la supérette du coin. Il avait promis de m'appeler sur mon tout nouveau téléphone étincelant quand il serait prêt à rentrer à la maison.

— À supposer que je ne rentre pas en voiture avec cette bibliothécaire canon, avait-il affirmé.

Je lui souhaitai bonne chance et allai faire quelques courses.

Pendant les deux premières années de la vie de Timmy, j'avais été ravie de déambuler dans les rayons avec mon bambin dans mon sillage. Néanmoins, une fois que j'avais découvert les joies de la garderie, ma tolérance pour le long processus des courses avec un enfant avait dramatiquement diminué.

Lorsque Timmy attrapa sa troisième conserve de viande sur une étagère et la souleva en disant « Ça aussi, Maman ? On a besoin ? » je décidai que j'en avais assez. Si les aventuriers de Koh Lanta pouvaient survivre avec des insectes et des baies, alors nous pouvions certainement survivre avec du lait, des pâtes et tout ce qui était caché au fond du congélateur.

Lorsque nous retournâmes à la maison, le garage était vide, ce qui ne me surprit pas vraiment. Passer moins de huit heures au centre commercial avec Allie aurait été un accomplissement incroyable. Stuart avait frôlé le délire en suggérant moins de cinq heures. Même si je m'étais bien gardée de le reprendre quand il m'en avait parlé...

J'installai Timmy devant la télévision, lançai une vidéo de *Frosty le bonhomme de neige*, puis je commençai à ranger les courses. La maison était étrangement silencieuse et je me sentis mal à l'aise. Néanmoins, je me dis que même si j'avais passé une grande partie de la journée de la veille à me battre avec un démon, ça ne signifiait pas qu'ils avaient envahi ma maison.

Cependant, ma persuasion ne fit rien pour améliorer mon humeur et je quittai lentement le salon pour rejoindre la cuisine. Le pichet de jus d'orange que je n'avais pas rangé était toujours là, mais n'avait-il pas été déplacé légèrement sur la gauche ? Je fronçai les sourcils, incertaine, alors que mon regard balayait la pièce. Tout le reste était à sa place et je me convainquis que j'étais ridicule.

Naturellement, je ne me faisais pas vraiment confiance.

— Allie ? appelai-je assez fort pour être entendue dans tous les coins de la maison.

Silence.

O.K, tout allait bien. La maison était vide. Rien n'avait vraiment bougé. Et je devais simplement me ressaisir.

Je restai là une minute, songeant à mon plan pour retrouver mon calme. Je décidai que même si c'était la chose rationnelle à faire, quand la sécurité de mes enfants était en jeu, j'étais plus que ravie d'être paranoïaque et réactive. Et cela signifiait que je devais déposer Timmy chez Laura pendant que j'examinais la maison. Rien que pour être sûre.

— Timmy ? l'appelai-je.

Je mis en œuvre la première étape de mon plan paranoïaque et réactif.

— Viens, mon chéri.

Il leva les yeux, ses traits tordus par l'agacement.

— Frosty, Maman.

— Je sais, mon cœur. Mais il faut que tu viennes ici.

Rien.

— Timmy. Viens ici un instant.

Rien, encore une fois.

— Jeune homme, ne m'oblige pas à compter jusqu'à trois.

— Je regarde Frosty, Maman !

Ses petits poings étaient serrés sur ses flancs et je pouvais voir une véritable crise pointer le bout de son nez à l'horizon. Céder ou tenir tête ? La question ancestrale de tous les parents.

Je cédai, ayant recours à la seule méthode infaillible pour m'assurer la coopération d'un bambin : la corruption.

— Et si on mangeait de la glace ?

Il inclina la tête sur le côté, regardant un peu plus dans ma direction que dans celle de la télévision.

— Glace ?

— Absolument. Viens avec moi chez Tante Laura et tu auras de la glace. Tu pourras regarder Frosty, là-bas.

Il me scruta, son visage plissé par la concentration.

— Glace au chocolat ?

— Bien sûr.

J'espérais que le congélateur de Laura était bien rempli. En fait, j'espérais qu'elle était chez elle, déjà.

— D'acc, Maman.

Il m'attira vers la porte à l'arrière de la maison.

— On va chez Tante Laura !

Nous nous préparâmes à partir. Je coupai la vidéo et éteignis la télévision, puis laissai Timmy me tirer vers la porte. Je vérifiai par deux fois le système d'alarme, avant de bien fermer la porte et de la verrouiller.

Timmy courut sur l'herbe et je le suivis à un pas plus raisonnable afin de pouvoir sortir mon portable et d'avertir Laura. Elle répondit à la première sonnerie et m'assura qu'elle serait plus que ravie de surveiller mon fils. Elle dit même que cela allait la sauver d'une après-midi bien amusante à ranger son placard de Tupperware.

— Toujours prête à rendre service, affirmai-je.

Nous venions tout juste d'arriver devant sa porte.

— J'espère que tu le penses vraiment, déclara-t-elle. Je te jure que je deviens folle à cause de mon crétin de mari qui m'obsède. Si je n'ai rien pour m'occuper, je vais commencer à l'espionner.

— Je peux t'aider, répondis-je en installant Timmy. Je te mettrai au jus quand je reviendrai. Mais, en gros, j'espérais que tu pourrais m'aider à faire des recherches sur Internet.

Je n'étais pas une complète idiote quand il s'agissait de manier des ordinateurs, mais jusqu'à il y a six mois environ, je pensais que Google était un programme vidéo pour enfants. En revanche, les aptitudes informatiques de Laura étaient aiguisées et perfectionnées grâce à des années de shopping en ligne. Donnez-lui une souris et un câble Ethernet, elle pouvait vous trouver – et acheter – plus ou moins n'importe quoi. La technologie n'était-elle pas géniale ?

Elle plissa les yeux vers moi.

— Alors, pourquoi ce baby-sitting de dernière minute ? Tout va bien chez toi ?

— J'espère, dis-je.

— Mouais, je vois. Je peux t'aider ?

Je montrai Tim du doigt.

— Fais-moi confiance. Tu m'aides déjà.

Une fois que mon fils fut joyeusement installé devant la télévision avec un bol de glace entre ses mains potelées, je courus sur la pelouse qui reliait son jardin à ma maison. Une fois encore, je me répétais que j'étais ridicule. Et une fois encore, je me convainquis que ce n'était pas le cas. La chasse aux démons n'était qu'une question d'instincts. Et, pour une raison quelconque, j'avais un mauvais pressentiment.

De retour chez moi, je marquai une pause devant la porte à l'arrière.

— Allie ? Stuart ? Y a quelqu'un ?

Aucune réponse.

Je vérifiai la cuisine et le garage, juste pour m'en assurer. Aucun signe de mon mari.

Le générique de *Jimmy Neutron* résonna depuis la cuisine et je le chantonnai, légèrement mortifiée de connaître l'intégralité des paroles. Je me figeai soudain. J'avais éteint la télévision !

Mon cœur tambourinant dans ma poitrine, je partis directement vers le tiroir à débarras. Je retirai le petit loquet, puis l'ouvris lentement, essayant d'éviter un couinement incriminant.

Une fois ouvert, j'y pris un pic à glace et évaluai son poids dans ma main. J'avais investi pour en acheter au moins six le mois dernier, ne m'attendant pas à ce que Stuart le remarque. Bien sûr, il les avait vus. J'avais dit qu'ils étaient en promotion et cette réponse l'avait satisfait. Après tout, quand étais-je déjà passée à côté d'une bonne affaire ?

À cause de la configuration de la maison, on ne pouvait voir qu'une partie du salon depuis la cuisine et j'entrai prudemment, surveillant mon angle mort jusqu'à avoir balayé toute la pièce du regard.

Rien.

Ou plutôt, rien à part la télévision que j'étais certaine d'avoir éteinte. Mais peut-être que je n'avais pas appuyé suffisamment fort sur le bouton, ou que j'avais fait n'importe quoi avec la télécommande. Après tout, pourquoi un démon voudrait-il regarder *Les aventures de Jimmy Neutron* ?

J'aurais aimé croire que j'avais simplement laissé la télévision allumée, mais je n'y arrivais pas. Surtout pas une fois que je remarquai d'autres objets déplacés. Des babioles avaient bougé sur la console du couloir. La porte de la salle de jeu était légèrement ouverte.

Quelqu'un cherchait quelque chose ? Le livre, peut-être ?

Je me mordis la lèvre inférieure et continuai à me déplacer silencieusement dans la maison. J'avais su que rejoindre une nouvelle fois la Forza serait dangereux. Mais que ce péril envahisse ma maison...

Je frissonnai, la culpabilité me submergeant. S'il arrivait quelque chose aux enfants... À Stuart...

Non.

Je n'étais même pas certaine qu'il y ait un danger. Et quant à Sinclair avec son livre mystérieux, je ne savais pas de quoi il retournait, mais j'étais déterminée à y mettre fin. Et bientôt. Peu importait, ma priorité était de garder ma famille en sécurité. Et si cela signifiait tuer quelques démons en cours de route, alors tant mieux.

Un crissement métallique résonna, faisant écho dans la maison silencieuse comme un coup de feu et me faisant sursauter. À l'étage. Quelqu'un, ou quelque chose, se trouvait à l'étage.

Je raffermis ma poigne autour du pic à glace en avançant dans les escaliers, prenant soin d'éviter la troisième marche qui grinçait. Avec un peu de chance, mon invité inattendu ne s'était pas rendu compte que j'étais rentrée. J'espérais que la surprise irait en ma faveur.

Je vérifiai la suite parentale d'abord, mais ne trouvai rien à part quelques moutons de poussière se cachant, terrifiés, sous le lit. Je leur assurai qu'ils n'étaient pas ma priorité pour la journée et je partis dans la chambre de Timmy.

Cet endroit était un désastre. Des vêtements et des jouets étaient jetés partout. Des crayons étaient brisés. Des morceaux de papier étaient déchirés. Les draps étaient par terre.

Autrement dit, cela ressemblait exactement à la même chambre que d'habitude.

Je fronçai les sourcils et notai mentalement de jouer sur la culpabilité de Stuart pour lui assigner la corvée de nettoyage des chambres. Je fis une pause à mi-chemin de la porte puisqu'un tambourinement grave et sourd attira mon attention.

Je tournai lentement, essayant de trouver la source du bruit, mais il s'était tu. Et là, alors que je m'apprêtais à laisser tomber, je l'entendis à nouveau. Une réverbération profonde qui venait du mur, celui que Timmy et Allie partageaient.

En un instant, j'étais de retour dans le couloir, mes épaules appuyées contre le mur devant la chambre d'Allie. La porte était légèrement ouverte et je voyais que toutes les lumières étaient éteintes. Depuis ma perspective limitée, je pouvais également voir plusieurs t-shirts éparpillés par terre. Encore une fois, ce n'était pas vraiment une nouvelle stupéfiante.

Néanmoins, ce tambourinement régulier...

Je pouvais l'entendre plus clairement, maintenant, et j'ignorais totalement de quoi il s'agissait. Quelqu'un qui ouvrait et fermait des tiroirs, peut-être ?

Ça n'avait aucune importance, qui qu'ils soient, j'allais les pincer. Je pris une inspiration, comptai jusqu'à trois, puis ouvris brusquement la porte, le pic à glace levé et prêt.

Le cri strident d'Allie manqua de me briser les tympans.

Immédiatement, je laissai retomber mon bras et mon cœur tambourina frénétiquement.

— Merde, Maman ! hurla-t-elle.

Pour une fois, je ne corrigeai pas son langage.

— Pardon ! Pardon !

Je rangeai le pic à glace dans ma poche arrière, mais je savais qu'il était trop tard.

Elle était allongée sur le dos, les pieds appuyés contre le mur, tapant en rythme sur une musique que je ne pouvais pas entendre. Elle balança ses jambes afin de pouvoir se redresser, me lançant un regard noir en posant une main sur sa gorge.

— Pardon ! J'ai entendu un bruit en haut et je ne me suis pas rendu compte qu'il y avait quelqu'un à la maison.

— Nom de Dieu, Maman.

Elle retira ses écouteurs, puis soupira lourdement et dramatiquement.

— Tu m'as fait une peur bleue. Tu ne te souviens pas de toutes les leçons que Stuart et toi vous m'avez données ? Si tu penses qu'il y a quelqu'un à la maison, tu t'en vas. Tu appelles le numéro d'urgence. Tu ne te faufiles pas à l'étage avec un foutu pic à glace pour terroriser ta fille ! Enfin, franchement !

— C'est vrai. Tu as raison.

Que pouvais-je dire d'autre ?

Je pris quelques inspirations profondes, attendant que mon cœur ralentisse.

— Alors, où est Stuart ?

— Au bureau, répondit-elle. Il est reparti environ trois secondes après notre retour.

Elle fit un geste vers le minuscule appareil auquel elle était rattachée quelques secondes plus tôt.

— Il ne voulait même pas voir comment ça fonctionnait !

— Incroyable, dis-je. Je vais récupérer Timmy chez Laura. Tu veux rester ici ou venir avec moi ?

Elle me montra son ordinateur.

— Je suis occupée, Maman.

— D'accord. Pas de problème.

Comme j'étais bête. Il y avait tout un Internet de chansons à découvrir, attendant simplement d'être téléchargé. Apparemment, ma fille voulait prendre de l'avance. À ce rythme-là, si on la revoyait avant l'université, ce serait un miracle.

Je repartis dans les escaliers, étourdie par le soulagement. Je m'effondrai sur le canapé et m'installai joyeusement. Ou, du moins, je demeurai joyeuse jusqu'à ce que mon esprit recommence à tourbillonner. Puis mon assise s'enfonça dans un marasme de soucis divers. Le bazar dans la chambre de Timmy, le livre mystérieux, mes courses de Noël pas encore terminées et le vide abyssal de notre réfrigérateur. J'allais assigner la première tâche à Stuart. Je pouvais régler la dernière en commandant des pizzas. Les courses de Noël et la décoration pouvaient attendre la fin des cours. En revanche, le livre... il me déconcertait.

Puisque Timmy serait parfaitement heureux chez Laura à moins que le câble soit coupé, je décidai de le laisser là-bas pendant un moment tandis que j'appelais le père Ben pour voir s'il avait appris quoi que ce soit de nouveau. (Je sais, on s'était vus peu de temps auparavant, mais j'étais légèrement anxieuse. Alors pas de reproches, merci.)

Je venais juste de récupérer le téléphone quand je remarquai la porte du cellier légèrement entrouverte. Je lançai un regard frustré vers le premier étage. Notre chat, Kabit, devait être à moitié raton laveur puisqu'il pouvait mâcher et déchirer n'importe quel paquet de croquettes. Ce qui signifiait qu'à moins de vouloir des croquettes Purina éparpillées sur le sol comme des confettis, nous devions constamment garder la porte du cellier fermée. Je m'en souvenais. Stuart s'en souvenait. Même Eddie s'en souvenait.

Ma fille, cependant, était physiquement incapable de claquer une simple porte en bois.

Frustrée, j'avançai vers le cellier. Kabit était probablement dedans, en train de se goinfrer.

J'ouvris la porte pour vérifier et....

— Aaaaaaayyyyyaaaaaaaa !!!

Quelque chose de dur et de rapide me heurta avec une force incroyable, me poussant en arrière, contre le comptoir en granit.

Je grognai et essayai de retrouver mon équilibre, mais le démon était sur moi, ses yeux scintillaient, ses cheveux roux pointaient sauvagement dans toutes les directions. Il avait l'apparence d'une femme qui paraissait dérangée, abominable et plus que ravie de me tuer sur le champ.

Elle lança un bras vers l'avant, visant mon cou, et je réagis immédiatement. Je projetai mon bras droit afin de bloquer le sien et ma main gauche s'écrasa sur son ventre dans un coup de poing violent.

Elle tituba en arrière, puis plongea à nouveau vers moi. Cette fois-ci, cependant, j'étais préparée et je la contournai facilement, la poussant moi aussi pour que son abdomen heurte le plan de travail. Elle souffla, puis tourna brusquement la tête, une plaque de pâtisserie qu'elle avait prise sur l'égouttoir à vaisselle serrée dans ses mains.

Elle me mit un coup sur la tête et je me pliai, la respiration coupée.

Alors que je haletais, elle bondit, nous faisant toutes les deux tomber par terre. Malgré la douleur lancinante dans ma poitrine, je bondis sur mes pieds, envoyant des félicitations silencieuses à mon entraîneur doué, Cutter, pour avoir aiguisé mes réflexes atrophiés.

Je donnai un coup de pied quand la femme essaya de se lever, la tapant juste en dessous du menton et renvoyant sa tête en arrière. C'était un mouvement assez astucieux qui aurait assommé n'importe quel humain. Au lieu de ça, je fus celle qui finit par terre. Dans un mouvement qui ne pouvait être décrit que comme surnaturel et rapide, la pétasse tendit la main vers moi, saisit ma cheville alors que je finissais mon coup de pied. Elle tira brusquement.

Je titubai et m'effondrai avec un cri qui avait sûrement fait trembler la charpente et allait alerter ma fille. Néanmoins, je n'eus pas le temps de m'en inquiéter puisque le démon me bondit dessus, visant ma poitrine avec l'enthousiasme d'un bambin sur un trampoline. Ses genoux heurtèrent mes côtes et je luttai pour respirer alors que ses mains se refermaient autour de mon cou.

— Le livre, siffla-t-elle.

Son haleine rance me submergea.

— Le Maître a besoin du livre.

— Dommage pour lui, réussis-je à dire.

Je donnai un coup de genou dans son entrejambe, espérant qu'elle dégagerait de mon corps. Je n'eus pas autant de chance.

— Où est-il ? dit-elle. Dis-le. Ou meurs.

Je n'étais fan d'aucune des deux options, mais je n'avais pas vraiment le choix. Je sifflai, essayant de prendre suffisamment d'air pour réfléchir clairement. Je tournai la tête, fixant le tiroir sous le four. Je fermai les yeux, avant de la regarder.

— Non, dis-je. Non.

Puis, parce que certains démons étaient plus malins qu'ils n'en ont l'air, elle tourna également la tête vers le tiroir sous le four. Un lent sourire se dessina sur son visage et elle se décala. Pas beaucoup, mais c'était suffisant. Un peu plus et j'étais prête.

Elle garda une main autour de mon cou, mais pour atteindre le tiroir, elle dut me débarrasser de son poids. Quand elle le fit, je me tordis, puis réussis à dégager ma main sous elle pour la tendre vers ma poche arrière.

Quand elle se rendit compte de ce que je faisais, il était trop tard. J'avais sorti le pic à glace et visé. Dans un mouvement brusque, je rassemblai toute ma force et plongeai l'objet où il devait être.

Elle hurla et devint soudain silencieuse. Dès que le démon glissa hors de son corps, je laissai ma tête retomber sur le carrelage tout en toussant et en cherchant de l'air. Il fallait que je me débarrasse du corps avant qu'Allie descende et trouve une femme morte sur le sol de la cuisine.

Cependant, je devais d'abord respirer.

7

Je restai allongée un peu plus longtemps, prenant une inspiration glorieuse, puis m'obligeant à me lever. La maison était silencieuse.

— Foutue pétasse, chuchotai-je en me penchant au-dessus du corps. On ne met pas de papier dans un tiroir sous le four.

Je n'étais peut-être pas une grande cuisinière, mais même moi, je le savais.

Je fronçai à nouveau les sourcils vers elle, simplement parce qu'elle rendait ma vie minable. Ou plus particulièrement, son maître me rendait la vie impossible. Et qui était-ce ? L'un des démons du Tartare ? Avaient-ils parlé à leurs sujets au travers du livre et ces larbins étaient-ils désormais désespérés puisque j'avais fermé leur petit système de communication ?

Ou le maître était-il quelqu'un de totalement différent ? Un Haut Démon, qui n'était pas retenu par les chaînes de l'Enfer ? Peut-être un démon qui voulait que ceux du Tartare soient libérés ? Après tout, ces mecs du Tartare avaient l'air assez puissants. Et ils seraient probablement reconnaissants d'être libérés. Si vous étiez un Haut Démon cherchant à bâtir une armée, un démon qui avait fait son temps dans le Tartare serait un bon atout pour l'équipe.

Je réfléchis un peu plus longtemps à la question, frustrée

parce que je n'avais aucune réponse à donner. Pire, je devais me débarrasser d'un corps et je baissai les yeux vers celui-ci, essayant de décider quoi faire. (Honnêtement, je comprends que la Forza ne soit plus la même organisation qu'auparavant, mais une assistance aux chasseurs pour se débarrasser des carcasses démoniaques serait appréciée.)

Je décidai de la mettre dans le garage. Déjà, je pouvais traîner le corps jusque-là sans avoir à traverser le salon – et risquer de croiser Allie, qui avait été sourde pendant la bagarre même si j'avais du mal à y croire. D'autre part, Stuart avait mis plusieurs bâches dans un coin du garage, dans l'éventualité où il repeindrait la salle de bain de la suite parentale. Puisque je me disais que mon mari ne verrait l'intérieur d'un magasin de bricolage que bien après l'élection, je pensais cacher le corps sous ces bâches. Au moins jusqu'à ce que je trouve un meilleur plan.

Je venais juste de passer mes mains sous les aisselles du démon quand le cri d'Allie résonna dans toute la maison.

— Maman !

— Attends !

Je laissai tomber le corps, la tête reposant sur mon pied pour ne pas faire trop de bruit, puis je me précipitai dans le salon. Pas d'Allie.

— De quoi as-tu besoin ? criai-je dans la cage d'escalier.

Sa tête apparut au coin et son front était plissé.

— C'était quoi ce bruit ?

— Un bruit ? répétai-je.

Je n'étais vraiment pas impressionnée par le temps de réaction de ma fille.

— Oui. J'ai entendu quelque chose. Il y a environ une minute.

Elle commença à descendre les escaliers.

— Tu n'as pas entendu ?

— Oh !

Je tendis une main, lui faisant signe de s'arrêter.

— C'est vrai. Ça. Ce n'est rien. J'ai juste laissé tomber la plaque à pâtisserie. Ça a fait un bruit horrible en tombant sur le carrelage.

— Tu prépares des cookies ? Maman ! Tu sais que je ne mange pas de graisses transformées !

— Je déplaçais juste quelques petites choses, mentis-je. Et tu as mangé des pancakes ce matin, recouverts de beurre et de sirop.

— Circonstances atténuantes.

— Hmm.

Elle se tint à la rampe et s'y suspendit à moitié, se balançant légèrement.

— Alors, tu n'as pas besoin d'aide, c'est ça ?

— C'est ça, répondis-je joyeusement. Tout est sous contrôle.

— Je peux remonter ?

— Loin de moi l'idée d'empêcher une fille de rejoindre son iPod.

Elle leva les yeux au ciel, puis remonta les marches d'un pas lourd.

Je lui accordai assez de temps pour se réinstaller, puis je retournai dans la cuisine. Le démon était toujours là, me fixant aveuglément avec un œil encore intact. Je détournai le regard. Je l'avais déjà fait à d'innombrables reprises, et je ressentais un petit bourdonnement de satisfaction chaque fois qu'un démon périssait, mais il y avait sans aucun doute un côté dégoûtant.

Une fois encore, je saisis le démon et fus encore interrompue. Cette fois-ci par la sonnerie stridente du téléphone. Je laissai le démon où je l'avais tiré, à moitié dans le garage, et la porte rebondit sur son épaule. Je courus pour aller décrocher.

— Allô ?

— C'est moi, dit Laura. Je commençais à m'inquiéter.

— Tout va bien, maintenant.

Je regardai ensuite le corps.

— Même si tu pourrais m'aider avec une petite chose...

— Tu en es sûre ? demandai-je.

Nous nous penchâmes pour récupérer le corps enroulé dans des bâches, moi à la tête et Laura aux pieds.

— Oh oui, dit-elle. J'en suis certaine.

Tim et elle étaient arrivés environ quinze minutes plus tôt. Après avoir installé le petit monstre dans le salon avec une boîte de Lego et une vidéo de *Dora l'exploratrice*, j'avais entraîné ma meilleure amie dans le garage, où j'avais laissé le démon devant notre congélateur solitaire.

— Il faut que je l'emmène à la cathédrale, déclarai-je en montrant le corps.

Le père Ben était peut-être nouveau, mais il avait déjà prouvé sa valeur en trouvant un plan pratique afin de se débarrasser des démons. Et désormais, les cryptes derrière la cathédrale étaient utilisées à bon escient pour stocker les carcasses.

Le problème avec ce système était que les familles de la personne véritablement décédée (celle dont le corps avait été possédé par le démon) restaient dans l'inconnu, pensant que leur être cher avait disparu. Malheureusement, nous n'avions pas vraiment le choix. Nous pouvions déposer le corps quelque part, effectivement. Mais il était impossible de réparer les dommages d'un pic à glace dans un œil. Et les flics avaient tendance à être nerveux à propos de ce genre de choses. Ils enquêteraient. Et si leurs questions les menaient à moi, eh bien, que pouvais-je faire ? Je n'avais vraiment pas envie de passer Noël avec mes enfants au parloir de San Quentin. Et je ne voulais pas non plus que Mindy rende visite à sa mère de cette façon.

Ce qui fut la raison pour laquelle je réitérai ma proposition de base.

— Nous pouvons la mettre dans l'Odyssey.

Toutefois, Laura secoua la tête.

— Non. Sans coffre, c'est trop évident.

— Elle est enveloppée, déclarai-je.

Mais Laura se contenta de me regarder. Je haussai les épaules. Elle avait raison. Un corps enveloppé dans une bâche ressemblait, plus ou moins, à... un corps enveloppé dans une bâche.

— On va la mettre dans le coffre de Paul et on peut se rendre à la cathédrale quand il fera nuit.

— Et si Paul veut sa voiture ?

Elle grimaça.

— Il ne la voudra pas. Il a pris sa Ford Thunderbird jusqu'à San Diego. Il a un genre de conférence pour tous ses franchisés. Il ne reviendra que tard, demain.

— C'est quand même un risque, dis-je.

Nous avions fermement enroulé notre paquet, mais il était impossible de savoir qu'il n'y aurait aucune preuve dans le coffre.

Étais-je en train de parler comme un as de la police scientifique ? En vérité, une fois que je m'étais rendu compte que j'allais être responsable des cadavres de démon dans la métropole de San Diablo, j'avais justement commencé à faire quelques recherches là-dessus.

— Honnêtement, Kate, dit Laura. Allons-y. Si Paul finit accusé de meurtre, au moins, je saurai où il dort la nuit.

Elle marquait un point. Et puisque l'une de mes règles était de ne jamais me disputer avec une épouse en colère, j'attrapai la tête du démon. Laura souleva les pieds et nous nous traînâmes sur la courte distance jusqu'au coffre de la Lexus. Ma voisine et amie avait reculé avant de l'ouvrir, donc tout ce que nous avions à faire, c'était de nous glisser entre l'avant de l'Odyssey et la pile de cadeaux de Noël que Stuart avait commencé à descendre du grenier la semaine dernière, mais que je devais encore emballer.

— À trois, déclarai-je dès que nous fûmes en position. Un... deux... trois !

Nous lançâmes le démon à l'intérieur, où il atterrit dans un bruit sourd.

Au même moment, la porte entre la cuisine et le garage s'ouvrit.

— Maman ?

Quoi ?

Laura cria et je fermai brusquement le coffre avant de pivoter vers ma fille.

— Bon sang, Maman ! Vous venez de me faire une peur bleue !

— *On* t'a fait une peur bleue ? Qu'est-ce que tu fais là à nous espionner ?

Je montrai Laura du doigt.

— Tu viens de réduire son espérance de vie de dix ans !

Allie me regarda comme si j'étais devenue folle, ce qui n'était pas une expression déraisonnable dans ces circonstances.

— Je ne vous espionnais pas. Je vous cherchais.

Elle plissa les yeux vers la voiture de Laura, fronçant les sourcils.

— Vous faites quoi, d'ailleurs ?

Elle fit un pas en avant et je bougeai rapidement pour l'intercepter.

— Rien.

— Rien ?

Elle haussa un sourcil et prit un ton de défi.

— Ça n'a pas l'air d'être rien. Et que fait la voiture de Madame Dupont dans notre garage, déjà ?

Elle fit un autre pas, se tordant le cou, comme si elle essayait de voir dans le coffre de Laura. Je me retournai rapidement, juste au cas où. Ouais, c'était pas passé loin.

— Tu es aussi curieuse qu'à six ans, déclarai-je. Tu te souviens quand tu as trouvé la maison de Barbie ?

Elle jeta un nouveau coup d'œil à la voiture de Laura, la compréhension se lisant sur son visage.

— Vous êtes allées faire des courses de Noël !

— Rentre, dis-je. Oust. Et tu restes à l'intérieur, sinon je ramène tout au magasin.

— Oui, Madame, dit-elle.

Je m'esclaffai.

Allie ne se souvenait de dire « Madame » que lorsqu'elle voulait quelque chose. Elle ouvrit la porte de la cuisine puis marqua une pause, se tournant pour être face à moi.

— J'ai complétement oublié pourquoi j'étais venue te chercher. Quelqu'un t'a laissé un cadeau, aussi.

— Quoi ?

— Un colis, répondit-elle. Je l'ai trouvé sur le porche quand Stuart m'a déposée. J'ai oublié de te le dire tout à l'heure. Tu ne l'as pas vu ? Je te l'ai laissé sur le bar.

Laura et moi la suivîmes à l'intérieur. Effectivement, parmi les détritus, se trouvait un petit colis, enveloppé d'un papier marron, et qui faisait plus ou moins la taille d'une briquette de jus de fruits.

— Bon sang, dis-je.

Je regardai les manuels scolaires, les CD, les Post-its, les soldats et les sculptures en Play-Doh éparpillées.

— Je me demande pourquoi je ne l'ai pas vu.

— Je ne sais pas, dit Allie.

Elle ne connaissait apparemment pas le sarcasme.

— Il est là depuis que je suis rentrée.

Elle regarda par-dessus mon épaule.

— Il vient de qui ?

— Il n'y a pas d'adresse de retour.

Je le pris dans ma main, le poids était minimal. D'ailleurs, il n'y avait pas d'adresse du tout. Juste mon nom.

— Alors quelqu'un l'a déposé. Il ne l'a pas envoyé.

— Peut-être que tu as un admirateur secret, déclara Allie. Stuart va péter un câble.

— Je n'ai pas d'admirateur secret.

Était-ce vrai ?

— Peut-être que c'est Stuart, alors, déclara Allie. Peut-être qu'il se rattrape pour hier.

— Dans ce cas, le cadeau serait pour toi.

Elle haussa les épaules.

— Je vais bien. On en a parlé. Tu vois. C'est bon.

Je la scrutai. Ce n'était pas la meilleure approbation du comportement paternel de mon mari, mais j'étais tout de même ravie. Stuart avait merdé sans pour autant marquer ma fille à vie.

— Ça vient probablement de Marissa, dit Laura. Ça fait environ la taille d'un téléphone. Je parie qu'elle te renvoie juste celui que tu as perdu.

C'était franchement logique.

— Elle s'est donné trop de mal, répondis-je.

— Ouvre-le, Maman. Ça pourrait être autre chose.

J'hésitai, passai le bout de mes doigts sur le paquet en papier marron. C'était probablement mon portable, qu'est-ce que ça pouvait être d'autre ? Mais pourquoi l'emballer ? Pourquoi ne pas le laisser dans la boîte aux lettres ou simplement dans un petit sac de courses ?

Si ce n'était pas mon téléphone, voulais-je vraiment l'ouvrir devant Allie ? Non, je me disais que non. Étant donné la façon dont ma semaine se passait, je n'étais même pas certaine de vouloir l'ouvrir tout court.

Je me tournai vers Laura, espérant gagner un peu de temps. Ou distraire Allie. Ou quelque chose comme ça.

— Je devrais y aller, dit-elle. Euh, tu veux venir avec moi, Kate ? Je vais euh, aller cacher ce gros cadeau.

La subtilité était une chose que ma meilleure amie ne connaissait pas. Mais au moins, je savais ce qu'elle voulait dire. Elle allait emmener la Lexus (et le démon) chez elle.

— Je vais continuer mon shopping aussi, déclara-t-elle. Ça me plairait d'avoir de la compagnie. Le centre commercial, c'est une maison de fous à cette époque de l'année.

Allie inclina la tête.

— Vous mijotez quelque chose ? Quoi ? Qu'est-ce que vous prévoyez pour Mindy et moi ?

— Continue de poser des questions et tu ne trouveras rien d'autre qu'un bout de charbon dans tes chaussons, jeune fille.

Je me tournai vers Laura.

— Bien sûr. J'adorerai venir avec toi. Surveille Timmy, d'accord ? ajoutai-je à Allie. On ne part que quelques heures.

Je ne prévoyais pas de laisser mes enfants seuls à la maison. Avant que Laura et moi quittions le quartier, j'irais chercher Eddie à la bibliothèque et le ramènerais à la maison.

C'était probablement une précaution inutile, mais un démon venait juste de m'attaquer dans ma cuisine et je n'allais pas laisser les petits désarmés. Eddie était peut-être vieux, mais il pouvait toujours s'en prendre aux meilleurs d'entre eux. Et je savais qu'il ferait ce qu'il faudrait pour protéger mes enfants.

Je savais également qu'il garderait les portes fermées à clé, le système d'alarme activé et il n'ouvrirait pas la porte à des inconnus. C'était ce qu'il y avait de bien quand on était vieux et ronchon : on pouvait rejeter tous les voisins et personne ne le prendrait personnellement.

Cependant, Allie ne voulut rien entendre.

— Hors de question ! C'est vraiment injuste !

— Alison Elizabeth Crowe, tu sais qu'une partie de ton argent de poche est une compensation pour les fois où tu gardes ton frère.

— Non, non, non. C'est bon. Je vais même faire une partie du jeu de l'oie avec lui. Mais tu ne peux pas partir tout de suite.

Elle fit des signes frénétiques en direction du paquet.

— Ouvre-le !

— Allie, déclarai-je sèchement. Laisse tomber.

— Bon sang, Maman, qu'est-ce qu'il y a de si grave ?

Je fronçai les sourcils, me demandant si j'en faisais trop et si je faisais ressortir clairement tous mes secrets devant ma fille.

— Mam-*man*. Allez ! C'est probablement un cadeau de Noël que quelqu'un a déposé.

Elle sautilla légèrement.

— Ouvre ce truc !

Je jetai un coup d'œil à Laura, qui se contenta de hausser les épaules.

Je pris une inspiration. J'aurais aimé avoir une vision à rayons X, des pouvoirs de médium, n'importe quoi. Je n'anticipais pas quelque chose de dangereux. Après tout, le danger venait tout juste de m'attaquer dans la cuisine. Néanmoins, le péril pouvait prendre d'autres formes que l'aspect physique et je pouvais songer à au moins une douzaine de choses qui pousseraient ma fille à poser le genre de questions auxquelles je ne voulais pas répondre. Des questions auxquelles je n'étais pas prête à répondre.

Mais, après tout, c'était peut-être le bon moment. J'avais été plus jeune qu'Allie quand j'avais commencé mon entraînement, j'avais eu environ son âge quand j'avais tué mon premier démon. Mon héritage était son héritage, et un jour j'allais vraiment lui dire. Simplement, je n'avais pas prévu que ce soit aujourd'hui.

Je songeai à la boîte. Je pouvais essayer de gagner du temps, ou je pouvais l'ouvrir et affronter toutes les questions qu'Allie poserait.

Étais-je prête pour ça ? Prête pour que ma fille en apprenne plus sur mon passé ? Pour qu'elle pose des questions sur mon présent ? Qu'elle s'inquiète, se tracasse et – Dieu nous en garde – qu'elle s'implique ?

Non, je ne l'étais pas. Mais je n'avais pas non plus été prête pour la conversation sur les relations sexuelles, et je m'en étais pourtant sortie relativement indemne.

J'allais également survivre à ça.

Je tendis la main vers la boîte, faisant glisser un ongle sur le papier, et commençai à l'ouvrir lentement.

— Tu pourrais aller encore moins vite ? s'enquit ma fille.

Son ton suggérait que sa mère était un véritable loser.

— C'est du papier. Arrache-le !

— Hé, tu ouvres tes paquets mystérieux à ta façon, et j'ouvre les miens à ma manière.

Elle grimaça et sautilla davantage.

Honnêtement, son impatience était contagieuse. J'arrachai le reste du papier et révélai une boîte d'un blanc immaculé.

Je pris une inspiration, hésitant.

— Mais ouvre-la !

Je m'exécutai, arrachant le haut avant de pouvoir me convaincre du contraire. Nous baissâmes toutes les deux les yeux.

— Une clé ? s'enquit Allie.

La confusion dans sa voix reflétait la mienne.

Elle baissa la main et la saisit. Une simple clé argentée.

— Eh merde.

Elle eut l'air horrifiée.

— Pardon, Maman.

Je ne pris pas la peine de la réprimander. J'étais trop occupée à regarder la clé. Je la lui pris des mains, puis plissai les yeux. Un numéro, le 287, était gravé dans le métal, mais autrement, il n'y avait aucune marque permettant de l'identifier.

— Je pense que c'est la clé d'un coffre-fort, déclara Laura.

— Sans rire ?

Allie se pencha pour regarder l'objet de plus près.

— Donc, c'est comme un truc d'espion. Quelqu'un t'envoie des indices secrets et tu dois les assembler.

Elle acquiesça, ravie de ce scénario.

— C'est assez cool, Maman.

— Hmm, dis-je.

— Alors, on y va ?

— Au supermarché ? rétorquai-je.

— Pff. À la banque.

Elle tendit la main et saisit la clé.

— Enfin, ça fait tellement Sydney Bristow.

— Je ne suis pas sûre...

Mais Allie m'interrompit.

— Allez, Maman ! Tu n'es pas curieuse ?

J'étais désespérément curieuse, mais je n'allais pas l'admettre devant ma fille. En fait, maintenant que j'avais eu le temps d'y réfléchir, je me rendais compte que je devrais simplement lui dire que la clé était à moi. Que je l'avais laissé tomber et que Marissa me la renvoyait.

Un beau petit mensonge, mais il arrivait trop tard.

Je lui pris la clé des mains.

— C'est une clé, Allie. Rien de plus. Il devait probablement y avoir un mot qu'ils ont oublié. Ça n'est sûrement pas une clé de coffre-fort. C'est peut-être juste un casier. Un casier de rangement rempli de fausses fleurs que Marissa veut que je trie, en punition d'avoir échoué quand j'aurais dû chaperonner, hier.

— Alors, appelle-la, déclara Allie. Et si ce n'est pas elle, on ira à la banque.

Elle récupéra le téléphone et me le tendit.

Avant que j'aie la chance de lui prendre des mains, il sonna.

— C'est probablement des instructions de ton officier traitant, déclara-t-elle.

Elle décrocha ensuite le téléphone.

— James Bond, j'écoute ?

Je regardai Laura et levai les yeux au ciel.

— Je vais cacher tous les DVD d'*Alias*.

Alors qu'elle écoutait, les joues d'Allie virèrent au rose. Je lançai un regard entendu à ma meilleure amie. « Un garçon », articulai-je silencieusement. C'était effectivement le cas, puisque la prochaine chose qui sortit de la bouche d'Allie fut :

— Non, non. C'est moi. Salut, Troy. Non, bien sûr que tu n'interromps rien. Je peux tout à fait parler.

Le téléphone appuyé contre son oreille, elle s'éloigna, repartit à l'étage où, sans aucun doute, elle s'allongerait sur son lit, les pieds sur le mur, et passerait trois heures à discuter. Pas avec Troy, bien sûr. Mais lors des analyses post-conversation avec vingt-huit de ses plus proches amis, elle détaillerait chaque nuance des mots, du ton et de l'attitude de Troy.

En d'autres termes, elle allait me laisser tranquille avec la clé.

Laura inclina la tête vers le garage et chuchota :

— Tu veux vraiment venir avec moi, euh, déplacer le colis ?

Je secouai la tête.

— On le fera ce soir, comme on avait prévu. Mais je veux aller vérifier ça.

Je levai la clé.

— Tu veux venir avec moi ?

Laura hésita, puis secoua la tête.

— J'ai du linge sale jusqu'au cou, dit-elle. Et Mindy est probablement rentrée de la répétition de la chorale. En plus, je pense que je serais une boule de nerfs si je ne pouvais pas jeter un coup d'œil à la voiture toutes les six ou sept minutes.

J'acquiesçai, comprenant exactement ce qu'elle voulait dire.

— Je ne veux pas laisser les enfants seuls. Tu peux prendre ma voiture et aller chercher Eddie ?

— Bien sûr, répondit-elle.

Pendant qu'elle partait chercher Eddie, j'examinai le rez-de-chaussée de la maison, vérifiant les serrures et passant la tête dans chaque pièce, chaque placard et chaque lit. (Enfin, à part celui d'Allie, mais seulement parce que je ne trouvais aucune raison d'espionner.) Rien à signaler.

Je trouvai Timmy dans le salon, à environ vingt centimètres de la télévision, complétement nu.

Je soupirai, l'attirant en arrière pour que je puisse au moins dire plus tard au chirurgien de la Mayo Clinic que j'avais essayé de protéger ses yeux. Je passai ensuite ses jambes dans une couche.

— Pourquoi tu as enlevé la couche ? demandai-je.

Il détacha son regard de la télévision, assez longtemps pour me répondre.

— Je dois danser, Maman.

D'accord. Enfin, comment osais-je seulement le contredire ?

— Reste ici. Si tu te rapproches, tu dis au revoir à Dora. Tu comprends ?

Il acquiesça sombrement.

— Et tu gardes ton pantalon.

— Pas pantalon. Couche.

Voilà mes enfants. Plus littéral, tu meurs.

— Maman va en haut. Je reviens tout de suite. Tu te comportes bien.

Mais je l'avais perdu. Il était déjà focalisé sur la carte et la fille avec le singe qui parlait. Dans l'ensemble, ce n'était pas si mal, songeai-je.

— Enlève tes pieds du mur, déclarai-je automatiquement en ouvrant la porte de la chambre d'Allie.

— Attends, dit-elle.

Elle roula pour me faire face.

— Je sors dès que Laura revient avec Eddie.

J'espérais que le coup de téléphone l'avait distraite de son désir de venir avec moi.

— Tu l'aides à garder un œil sur ton frère, d'accord ?

— Bien sûr, Maman. Sans problème. Tu veux que je fasse quelques lessives, aussi ?

Puisque je n'étais pas une femme naïve, mes sens se démultiplièrent immédiatement.

— Bien sûr, dis-je. Et peut-être que tu pourrais nettoyer les salles de bain, aussi ? Je crois que le remède contre Ebola pousse dans ta baignoire.

— Pas de problème, déclara-t-elle joyeusement.

Oui, elle mijotait clairement quelque chose.

— Dis-moi. Qu'est-ce que tu veux ?

— Rien !

Son expression reflétait un choc total à l'idée que je puisse lui prêter des arrière-pensées.

— D'accord, alors, dis-je en me retournant pour partir.

— Euh, Maman ?

Je me retournai.

— Hmm ?

— Je me demandais si, euh, je pouvais aller à la plage cette après-midi ?

— À la plage ?

Clairement, il y avait un piège. Nous vivions dans une ville sur la côte. Généralement, les demandes pour aller à la plage n'étaient pas accompagnées d'offres de faire la lessive et de récurer les toilettes.

— Ouais. Tu es d'accord ?

— Avec qui ?

— Mindy sera là.

— Alors Mindy et toi, vous y alliez ensemble ?

— Euh, pas exactement.

Je bougeai et m'assis au bord du lit. Je jetai un coup d'œil au téléphone.

— Mindy ?

Elle acquiesça et je récupérai le combiné.

— Elle te rappelle tout de suite, dis-je avant de raccrocher.

— Bon, dis-je en me concentrant sur ma fille. Crache le morceau.

— C'est juste que Troy Myerson m'a demandé de venir et, eh bien, c'est Troy Myerson. Et je l'aime vraiment bien, Maman.

— C'est ce que j'avais compris, déclarai-je.

Je songeai à David, qui avait remarqué ce petit indice bien avant moi. (Enfin, je n'étais que la mère, après tout).

— Je peux y aller ?

— C'est un rencard ? m'enquis-je en secouant la tête. Tu sais qu'on en a parlé. Je me fiche de savoir ce que peuvent bien faire les autres, tu n'auras pas de rencard avant tes seize ans.

— Je sais ! Mais ce n'est pas un rencard.

Elle montra le téléphone.

— Même Mindy est d'accord.

— Oh, eh bien, si Mindy le dit...

Elle grimaça.

— C'est comme une fête. Et il a appelé parce qu'il veut que je vienne. Mais ce n'est pas comme si j'étais son rencard ou quoi que ce soit. Il y a tout le club de surf. Ils font un barbecue. Et Mindy sera là aussi, avec beaucoup de pom-pom girls. Ce n'est pas parce que Troy y sera aussi, comme par hasard, que ça transforme la fête en rendez-vous.

Elle marqua une pause pour respirer.

— Comme par hasard ?

— D'accord, ce n'est peut-être pas une si grande coïncidence, mais… s'il te plaît ? Je peux y aller ? Honnêtement, Maman, si je ne peux pas y aller, je ferais mieux de me blottir ici et de mourir, parce que ma vie serait foutue.

Ma petite reine tragique s'effondra sur le lit.

— Il y aura des chaperons ?

Elle se rassit, sentant la victoire.

— Bien sûr. Carrément. M. Long sera là aussi. C'est le barbecue du club de surf. Ils vont cuisiner et puis l'équipe de surf s'entraînera pour la démonstration au coucher du soleil.

— La démonstration ?

— Euh, ouais ? Je ne l'ai mentionnée que neuf mille fois.

— Bien sûr.

Je réprimai un froncement de sourcils. D'accord, donc peut-être qu'elle me l'avait dit. Ma capacité de concentration avait-elle été aussi déficiente depuis que j'avais repris à la Forza ?

— La démonstration. Bien sûr.

— Tu pourrais même venir pour l'entraînement, dit-elle.

Elle ignorait apparemment que je me noyais dans la culpabilité.

— Ça ne me dérangerait pas du tout, ajouta-t-elle.

Je haussai un sourcil.

— Vraiment ?

— Bien sûr. Enfin, ne viens pas trop tôt. Mais les mecs sont vraiment doués sur les vagues. Ce sera amusant. Et tu pourrais même voir Troy.

Je remarquai qu'elle n'avait pas dit que je pouvais le *rencontrer*. Apparemment, pour le moment, j'avais seulement l'autorisation de le regarder de loin.

— Stuart peut venir aussi, reprit-elle en se renfrognant. Enfin, s'il ne travaille pas et tout.

Je fis exprès de marcher lentement dans sa chambre. J'ouvris le placard, passai un doigt sur son étagère, avant de jeter un coup d'œil sous le lit. Pas de démons. C'était une bonne chose.

— Allez, Maman. S'il te plaaaaaît ?

— Je dois t'y conduire ?

Elle secoua la tête.

— Bethany passe nous prendre. Mindy, JoAnn et moi.

J'y songeai. JoAnn était l'aînée de Marissa, mais j'essayai de ne pas retenir ce fait contre elle. Bethany était la chef des pom-pom girl et la présidente du conseil des étudiants. Elle était en termi-nale et semblait raisonnablement responsable. En plus, je connais-sais sa mère. Je savais aussi que ses parents lui avaient acheté une Volvo. Avec beaucoup d'airbags. Beaucoup d'éléments de sécurité. Généralement, je ne protestais pas trop quand Bethany prenait le volant.

— D'accord, dis-je enfin. Tu nettoies les salles de bain, tu fais ta lessive, tu aspires sous ton lit, tu changes la litière et on peut conclure un marché.

Elle couina et passa ses bras autour de mon cou.

— Tu es la meilleure, Maman !

Je la serrai dans mes bras. Son sentiment était peut-être entiè-rement dû au fait qu'elle venait de gagner, mais j'adorais tout de même entendre cela.

8

— Vous avez trouvé quelque chose ? demandai-je quand Eddie franchit la porte d'entrée.

Je fis un signe de la main à Laura, qui avançait lentement dans l'allée. Elle me rendit mon signe, avant de se garer quand je suivis Eddie à l'intérieur.

— Rien du tout.

— Eh bien, moi j'ai trouvé un démon dans la cuisine, chuchotai-je.

J'inclinai la tête pour qu'il m'y suive. Je le mis rapidement au courant du démon et de la clé mystérieuse, puis lui demandai s'il avait des théories sur l'un ou l'autre.

— Aucune, répondit-il.

Il me regarda, son visage fermé par la concentration. Je retins mon souffle, me demandant s'il avait eu une révélation, s'il se souvenait d'un élément de son passé qui illuminerait toute cette situation flippante.

— Il te reste des mini-feuilletés à la saucisse ? s'enquit-il enfin. Ceux que tu as donnés au garçon, l'autre jour ? J'ai tellement faim que je pourrais manger l'arrière-train d'un rhinocéros.

Je soupirai avant de me tourner vers la cuisine.

— Surveillez Timmy, dis-je. Je vais vous en réchauffer.

De toute évidence, les seuls flashs d'intelligence sur lesquels je pouvais compter ici seraient les miens. Malheureusement, je n'en avais pas non plus.

Pendant que les feuilletés réchauffaient, je préparai une liste de courses. La banque passait en priorité. Je voulais vérifier la destination de cette clé et maintenant qu'Allie était distraite, j'avais l'opportunité parfaite.

Suite à cela, ma liste quitta l'intrigue pour devenir plus banale. Puisque ma visite du supermarché avait été interrompue, il fallait que j'y retourne. Un rapide coup d'œil au réfrigérateur révéla que nous avions toujours besoin de produits laitiers – nous étions presque à court de lait, et le cheddar commençait à moisir – ainsi que d'autres aliments de base fournis par Kellogg's et ces chères conserves Chef Boyardee.

Le tas de lessive dans la buanderie menaçait d'atteindre le plafond, mais j'avais réglé une partie de ce désastre avec ma fille. Et même si la maison avait besoin d'un nettoyage complet, je décidai que mes investigations du monde démoniaque étaient bien plus importantes. (J'aimais quand mes justifications pour éviter les corvées domestiques étaient réellement légitimes.)

Je tapotai mon stylo contre le carnet, essayant de penser à ce que je devais faire d'autre pendant que j'étais dehors. Timmy avait besoin de nouveaux vêtements, puisqu'il avait grandi et que tous ses habits étaient désormais trop petits pour lui. D'ailleurs, je me rendis compte que moi aussi. Enfin, j'avais besoin de nouveaux vêtements. La soirée au musée nécessitait une belle robe. Sans trace de bave ou tâche de ketchup qui ne s'était que légèrement atténuée après la lessive. Malheureusement, une grande partie de ma garde-robe portait cet élément particulier de chic bambinesque.

J'avais peut-être quelque chose dans mon armoire qui pourrait fonctionner, mais je ne pris pas la peine de regarder. J'étais d'humeur à faire des folies. Puisque mon mari travaille pour le comté – et que j'ai deux enfants qui nécessitent de nouvelles tenues environ toutes les sept secondes –, notre budget réservé aux vêtements doit d'abord être dépensé pour eux, puis pour Stuart – qui a légitimement besoin de costumes, de cravates et de chemises avec des cols propres. Tout ce qui reste me revient. Généralement, cela suffit à peine pour un t-shirt à Kohl's.

Ce jour-là pourtant, l'argent n'était pas un problème. Cela faisait trois mois que je touchais à nouveau un salaire de la Forza, déposé directement dans un portefeuille d'actions qu'on gérait pour moi en secret. On ne parlait pas de beaucoup d'argent. Je pouvais probablement gagner plus en vendant des ustensiles de cuisine Pampered Chef, mais je n'étais pas retournée dans la Forza pour être riche.

Même si je souhaitais que l'argent revienne aux enfants, un jour, je me disais pour l'instant que quelques centaines de dollars dans une robe décente et des chaussures n'allaient pas impacter négativement leur avenir. Et cela boosterait totalement mon estime de moi-même. C'était une chose de porter une robe Kmart lors d'un cocktail organisé dans mon salon. Néanmoins, c'était une tout autre histoire de renoncer à du Donna Karan pour choisir les dernières fringues de Jaclyn Smith afin de me mêler avec des riches sur leur propre territoire.

(Et si vous vous inquiétez à l'idée que Stuart ait des soupçons, la réponse est non. Cet homme ignore totalement le prix des vêtements féminins. Je pourrais lui dire qu'une paire de sandales Jimmy Choo coûte 49,99 dollars ; non seulement il me croirait, mais il serait choqué de cette dépense. Les hommes.)

Je jetai un coup d'œil à l'horloge. Treize heures quinze. Notre banque fermait à quinze heures le samedi, donc je supposai que c'était le cas de la plupart des autres en ville, également. Si je me dépêchais, songeai-je, je pensais être capable de me rendre à plusieurs endroits avant qu'ils ferment pour le week-end. (J'espérais que la clé ouvrirait un coffre-fort dans ma propre banque, mais je ne pouvais pas m'imaginer si chanceuse.) Après ça, je filerais à Nordstrom pour les courses.

Je jetai ma liste dans mon sac, rangeai la clé mystérieuse dans mon portefeuille, attrapai mes clés de voiture, puis partis dans le salon pour dire au revoir à mes enfants.

Je trouvai Eddie endormi dans le fauteuil à bascule, le journal ouvert sur ses genoux à la section des annonces immobilières et un crayon de papier épais dans sa main presque ouverte. La télévision rugissait toujours, mais Timmy n'était nulle part en vue.

— Tim !

À côté de moi, Eddie ronfla et gigota, mais il ne se réveilla pas. Depuis l'étage, j'entendis Allie dire :

— Tu as demandé quelque chose ?

— Je cherche Timmy.

— Il n'est pas ici.

— C'est où « ici » ?

— Pff. Je suis dans la salle de bain. Je frotte les stupides toilettes, tu te souviens ?

Elle n'en avait pas l'air ravie, mais au moins, elle le faisait.

— Attends. Je vais voir dans sa chambre.

Je pouvais entendre des pas dans le couloir alors qu'elle avançait dans cette direction. Pendant ce temps-là, je vérifiai le salon et le bureau de Stuart. Rien. Je vérifiai également toutes les portes. Tout était bien verrouillé. Alors où était mon fils ?

Honnêtement, je n'étais pas trop angoissée. C'était une grande maison et nous avions enlevé les barrières pour bébé quelques semaines plus tôt, donc Tim avait le droit de courir partout. Pourtant, toute cette histoire de démons en cavale me rendait légèrement nerveuse. Je voulais savoir où était mon garçon et je voulais le savoir maintenant.

— Timmy ! hurlai-je.

Cette fois-ci, Eddie sursauta.

— Quoi ? Qui ? Quoi !?

— Je cherche Tim.

— Juste devant la… oh.

Il laissa retomber son doigt tendu.

— Ce gamin est une fusée.

— Hmm. Timmy ! réessayai-je. Tu me réponds tout de suite sinon tu ne regarderas plus la télévision de la journée.

Cela fonctionna. Ce qui en disait sans doute beaucoup sur mes mauvaises habitudes et ma piètre qualité de parent, mais je ne voulais pas en entendre parler.

— Mais je veux télé !

La petite voix arriva d'en haut, suivie par le bruissement de ses pas et un cri plus inquiet :

— Maman ! JE VEUX TÉLÉ !

— Il est là, hurla inutilement Allie.

Je l'entendis chasser son frère de la pièce, puis dire :

— Oh, bon sang. Tu es dans de beaux draps, morveux.

Puisque je n'aimais pas entendre ça, je montai les escaliers quatre à quatre et les rejoignis dans le couloir, juste à l'extérieur de la suite parentale. Effectivement, Maman n'était pas contente. Mon petit garçon était là, la bouche totalement recouverte de rouge à lèvres écarlate et ses yeux étaient encerclés de fard à paupières violet qui le faisait ressembler à un raton laveur sous acide.

— Timmy, gémis-je.

Je vérifiai ma montre. Je n'avais vraiment pas besoin de ça.

— Joli ! répondit-il.

— Je croyais qu'Eddie le surveillait, me demanda Allie. Ce n'est pas ma faute ! Je faisais le ménage.

Elle leva sa main gantée comme pour prouver sa déclaration.

Je soupirai simplement.

— Allez, dis-je en tendant la main à Timmy.

— Les Wiggles ? demanda-t-il.

— N'abuse pas, petit gars. Il faut te nettoyer, ensuite on doit aller faire des courses.

Honnêtement, je préférerais me coincer du bambou sous les ongles plutôt que d'emmener Timmy acheter des vêtements avec moi, mais je ne voyais aucune autre option. Allie serait partie avant que je puisse revenir, Laura était bloquée dans son garage jusqu'à ce que nous donnions le démon au père Ben et Eddie n'était plus sur ma liste de baby-sitters approuvés.

Je me dis que tout irait bien. J'avais plus ou moins sauvé le monde rien que quelques mois plus tôt. Je pouvais certainement réussir à acheter une petite robe, même si un enfant de deux ans était collé à ma hanche.

N'est-ce pas ?

Cependant, je ne pris pas le temps d'y penser, puisque j'avais un peu peur de la réponse. Au lieu de ça, je me concentrai sur le fait de retirer le maquillage avec de la crème.

— C'est marrant, dit-il en regardant le reflet de son visage recouvert de produits cosmétiques luxueux.

— Hilarant, annonçai-je.

J'essuyai rapidement le maquillage. Je lui donnai un coton et le laissai m'aider – « aider » étant un terme relatif. Finalement, j'obtins un petit garçon qui sentait bien bon avec une peau toute douce et un léger soupçon de bleu autour des yeux. Ses lèvres donnaient l'impression d'avoir pris un coup de soleil – quand la pub Maybelline annonçait une tenue longue durée, elle ne mentait pas – et j'avais peur qu'il prenne soudain la pose comme un mannequin.

Mais ce n'était pas mal du tout, surtout que nous n'avions pas le temps de lui faire prendre un bain. Je le soulevai pour le poser contre ma hanche et me dépêchai de descendre les escaliers, criant à Allie que nous partions et qu'elle devrait fermer derrière elle.

Elle grogna en guise de réponse et je me dis que ce serait le mieux que j'obtiendrais de sa part. Au moins, j'allais avoir des toilettes propres grâce à notre accord.

Cinq minutes après avoir dit au revoir à Eddie, Timmy était attaché dans son siège auto et j'étais de retour dans le salon, essayant désespérément de trouver Bounours. Je réussis à le localiser sous le canapé, puis retournai triomphalement au monospace.

Timmy, qui gémissait doucement un instant auparavant, changea immédiatement de comportement et me regarda avec une véritable vénération. Mon Dieu, comme j'aime cet enfant.

— On est prêt ? demandai-je en m'attachant.

— Prêt ! hurla-t-il en levant un poing. Vers l'infini et au-delà !

Tout d'un coup, nos courses semblèrent bien plus enthousiasmantes que je ne l'avais anticipé. Mais je n'étais pas certaine que ce soit une bonne chose.

Stuart et moi avions un compte joint et un compte épargne dans une banque de la California Avenue. Nous avions également un coffre-fort avec les certificats de naissance des enfants, l'acte notarié de la maison et nos assurances vie. Les trucs habituels. Et puisque c'était moi qui me rendais généralement au coffre, je savais également que notre clé dorée et brillante ne ressemblait pas du tout à l'argentée qui était mystérieusement apparue sur le pas de ma porte.

Tout de même, je décidai d'abord d'aller là-bas. Les guichetiers me connaissaient et, pour ce que j'en savais, peut-être que les clés dorées permettaient l'accès à de meilleurs coffres. Ou peut-être que la banque avait accès à un genre de brochure qui identifiait les clés des coffres. Je n'étais pas vraiment optimiste à propos de ce plan, mais je me disais que ça valait bien dix minutes de mon temps.

Onze minutes plus tard, je n'en étais plus aussi sûre. Ma guichetière préférée, Nancy, n'en avait aucune idée et même le manager de garde ne pouvait aider.

— Je pourrais passer quelques coups de fil, proposa-t-elle.

Je secouai la tête.

— Merci, mais je ne veux pas causer de souci.

Surtout, je ne voulais pas trop attirer l'attention sur moi. Non pas que je fasse quelque chose d'illégal, de fâcheux ou même d'étrange. Mais il y avait tout de même quelque chose de très secret et mystérieux dans cette situation.

Nancy tendit une sucette au goût de pastèque à Timmy et nous repartîmes vers l'endroit où nous étions rentrés, mon petit garçon suçotant joyeusement sa friandise. J'essayai de me souvenir quelles autres banques étaient présentes dans la zone quand j'entendis une voix familière appeler mon nom.

Je me retournai, scrutant l'entrée, pour découvrir Cutter se lever d'un canapé, près d'une affiche qui vantait des prêts. Cutter – ou plutôt Sean Tyler – est mon sensei, c'est-à-dire mon instructeur d'arts martiaux, mon partenaire d'entraînement et mon ami. Il ne connaît pas mes secrets, mais est assez malin pour deviner que j'en ai.

Il entraîne également Allie, Mindy et Laura, puisque je les

veux tous les trois assez en forme pour se battre. À ma fierté infinie, Allie est clairement la meilleure. Elle continue même les entraînements malgré l'ajout de celui de pom-pom girl ainsi que d'autres activités extrascolaires dans son cursus.

J'aime à penser que c'est parce qu'elle est douée et veut entretenir une bonne forme physique. Soyons réalistes : Cutter est particulièrement bel homme, ma fille a quatorze ans et est folle des garçons.

Il faut se rendre à l'évidence.

Dès que je vis Cutter, Timmy se libéra de ma main et trottina vers lui, tendant son bonbon pour que l'homme l'inspecte.

— Elle m'a l'air bonne, répondit Cutter.

— Tu peux avoir un peu, dit mon fils.

Il montrait ainsi à quel point il appréciait mon instructeur d'arts martiaux. Pour Timmy, partager un bonbon était la marque d'affection absolue.

— Merci, mon grand, mais je passe mon tour.

Timmy parut confus. Comment quelqu'un pouvait-il dire non à une sucette ? Il remit ensuite la friandise dans sa bouche, se rendant apparemment compte que puisque l'invitation avait été refusée, il lui restait plus de bonbon, rien que pour lui. Il téta ardemment, ses bruits de succion ponctuant ma conversation.

— Qu'est-ce que vous faites là, un samedi ? m'enquis-je. Vous n'avez pas un cours à donner ?

— C'est ma pause déjeuner. Mes propriétaires veulent vendre, donc soit je dois acheter le dojo, soit je dois trouver un autre lieu.

Il agita la main, indiquant le département des prêts.

— Alors me voilà, perdant une autre pause déjeuner à remplir des formulaires pour avoir un petit prêt professionnel.

Je montrai ma compassion sincère. Si Cutter déménageait, j'allais être sérieusement gênée. Son studio était situé dans un centre commercial, juste à l'entrée de notre quartier résidentiel, à moins de cinq minutes de chez moi. Encore mieux, il y avait une épicerie juste à côté, ce qui signifiait que je pouvais bosser mes coups de poing et mes coups de pied, récupérer du lait et du pain, et revenir à la maison en moins de temps qu'il n'en fallait à Allie pour se préparer à aller en cours, le matin.

— Bref. C'est un emmerdement... pardon, un petit souci, dit-il en regardant Timmy.

Rien que pour m'embarrasser, celui-ci cria joyeusement :

— Merdement !

Cutter articula silencieusement une excuse, puis prit la main de mon fils et nous sortîmes pour finir notre conversation. Sur le trottoir, Timmy continua à fredonner « merdement », mais finit par se désintéresser et commença plutôt à tirer sur les feuilles d'un buisson décoratif.

— J'espère que vous aurez ce prêt, déclarai-je.

— Je vais l'avoir. Il faut juste que je trouve la bonne banque.

Il me jeta un coup d'œil de côté.

— Un peu comme vous.

Je tendis la main et attrapai le t-shirt de Timmy avant que celui-ci puisse bondir du trottoir.

— Je ne vous suis pas, expliquai-je à Cutter.

Il me prit Tim des mains et le monta sur ses épaules. Mon fils cria et couina en tirant sur les cheveux de l'homme. Aucune douleur ne parut se dessiner sur le visage de Cutter, prouvant une fois de plus que l'entraînement militaire qu'il avait inscrit dans sa biographie était absolument vrai.

— Je vous ai entendue, dans la banque.

Il retira ses lunettes de soleil et les rangea dans sa poche avant que Timmy les détruise.

— Quel est le problème ? Vous essayez de trouver une banque qui correspond à votre clé de coffre-fort.

— Quelque chose comme ça, admis-je.

— Parce que les gens essaient toujours de faire correspondre des clés mystérieuses, dit-il.

— Cutter...

Il leva les mains, comme s'il se rendait.

— Vous ne pouvez pas m'en vouloir d'essayer.

— En fait, si, répondis-je en souriant.

En vérité, je faisais confiance à Cutter. Pas suffisamment pour lui parler de mon identité secrète, bien sûr, mais je lui faisais tout de même confiance. D'ailleurs, il avait appris dès le premier jour où je m'étais pointée dans son dojo – et que je lui avais plus ou moins mis la pâtée – que je n'étais pas qui je prétendais. Il avait posé des questions, mais il n'avait jamais insisté. Et, honnêtement, cela avait revêtu plus d'importance pour moi que l'entraînement qu'il me dispensait ces derniers mois.

Il me lança son sourire caractéristique, puis se pencha plus près de mon oreille.

— Un jour, Kate Connor, chuchota-t-il.

Sa voix me submergea comme du miel chaud.

— Un jour, vous me raconterez tous vos secrets.

— Vous avez probablement raison, répondis-je moi aussi dans un murmure. Mais ce ne sera pas aujourd'hui.

Je reculai et le scrutai. Nos regards se rivèrent l'un sur l'autre et pendant rien qu'une seconde, je crus qu'il allait insister. Il cligna ensuite des paupières. Le moment s'évanouit et je laissai échapper un soupir de soulagement. J'avais pensé ce que j'avais dit. Un jour, oui. Mais pas maintenant.

— Alors on se voit à l'entraînement ? demanda-t-il.

— Je crois. Mais il s'est passé plusieurs choses dernièrement et mon emploi du temps est dingue.

Ça, au moins, c'était la vérité absolue.

— D'accord. Mais vous êtes toujours intéressée pour un futur partenaire de combat ?

Quelques semaines plus tôt, nous avions parlé de la possibilité que je trouve quelqu'un avec qui combattre. Quelqu'un dont je n'avais pas commencé à anticiper les mouvements.

— Bien sûr que oui. Pourquoi ?

— J'ai peut-être quelqu'un. Un nouveau gars. Quelqu'un d'assez compétent. Je vais lui faire un résumé de la situation et s'il est acceptable, je vous passerai un coup de fil.

— D'accord.

Je tendis les bras, lui signalant de me passer mon petit.

— Il faut qu'on y aille. Je suis en retard pour ma mission secrète.

— Vous êtes géniale, Kate. Vous le savez, n'est-ce pas ?

Il remit Timmy par terre, puis tendit la main.

— Laissez-moi voir ce fichu truc.

— Fichu, c'est un gros mot, déclara obligeamment Timmy.

Je tendis ma main libre vers ma poche arrière et en sortis la clé. Je la lui passai et il l'étudia, puis me la rendit.

— Qu'est-ce que j'obtiens si je peux vous dire de quelle banque elle vient ?

— Vous savez de quelle banque elle provient ?

— Peut-être.

— Vous aurez ma profonde admiration et ma dévotion.

— Je les ai déjà.

— Oh, d'accord. Et si je pouvais vous obtenir un rencard à l'aveugle avec une mère célibataire ?

Je pouvais penser à trois ou quatre femmes qui se sauteraient dessus pour avoir une chance de sortir avec Cutter.

Il y songea un moment, avant de secouer la tête et de me lancer un regard sévère.

— Non.

— Je n'ai plus d'idées, Sean.

J'utilisai son prénom rien que pour l'agacer. Je soulevai Tim et le posai contre ma hanche.

— Sois vous m'aidez, soit vous ne le faites pas, mais je dois y aller. Les banques ferment à quinze heures le samedi et j'ai à peine commencé.

— Essayez La Mutelle du Comté, déclara-t-il. Ils sont ouverts jusqu'à seize heures.

— Et vous le savez parce que...

— Parce que c'est ma banque.

Je l'observai, détestant les soupçons qui emplissaient mon esprit. Était-ce une coïncidence bien pratique, ou Cutter était-il mon livreur secret ?

Néanmoins, j'avais beau regarder, je ne trouvais rien de suspicieux sur son visage. D'ailleurs, peut-être que la clé menait à quelque chose de totalement inoffensif. Enfin, ça, je n'y croyais pas.

Timmy gigota sur ma hanche, attirant mon attention loin de Cutter. Je le fis glisser par terre, puis m'agrippai à sa main alors qu'il tirait, essayant de se dégager pendant que je discutais toujours.

— La banque est à l'intersection de la Pacific et d'Amber Glen, n'est-ce pas ?

Il acquiesça.

— Oui. Il y a un McDonald's de l'autre côté de la rue.

Sur ces mots, Timmy s'arrêta, chaque pensée disparaissant dans sa tête à cause de l'appel percutant du fast-food.

— Happy Meal ! gémit-il. Je veux Happy Meal !

Cutter gloussa.

— Désolé.

— Vous m'en devez une.

Je promis à Timmy qu'il aurait un Happy Meal s'il arrêtait d'essayer de me pousser hors du trottoir, s'il se comportait bien jusqu'à la prochaine banque et s'il était d'accord pour manger de la compote au lieu des frites dans son menu.

Puisque l'intérêt des Happy Meal réside surtout dans les jouets, il sourit et me gratifia d'un salut quasi militaire.

— Oui, cap'taine Maman !

Cutter haussa les sourcils.

— Bob l'Éponge, déclarai-je pour expliquer.

Je n'étais peut-être pas capable de donner le nom des dix séries les plus populaires à la télévision, ni le numéro un du box-office actuellement, mais Nickelodeon, je maîtrisais.

Une fois que Timmy et moi arrivâmes à la Mutuelle du Comté, mon petit garçon s'amusa en courant dans le couloir, touchant le mur, puis se précipitant de l'autre côté. J'aurais probablement dû lui dire d'arrêter – une autre menace de privation de Happy Meal aurait suffi –, mais j'étais également de bonne humeur. Courir vite et avec ardeur me paraissait une excellente idée, en fait. Et si je ne pouvais brûler mon excès d'énergie et de pensées de cette façon, au moins mon fils le faisait pour moi.

Nous étions là depuis cinq minutes quand l'employée de la banque qui s'occupait des coffres-forts m'appela à son bureau.

Il me fallut une minute pour installer Timmy avec un petit pot de Play-Doh que je gardais dans mon sac, puis je tendis la clé à la femme.

— Il faut que j'aie accès à ce coffre.

Je décidai d'être vague sur la question de la propriété du

coffre. Ce n'était pas difficile, puisque j'en ignorais tout pour le moment. J'espérais qu'elle chercherait les informations sur son ordinateur, puis me le dirait.

J'en sais suffisamment sur le fonctionnement des banques pour devenir potentiellement dangereuse, mais dans les films, on ne pouvait jamais accéder à un coffre rien qu'avec une clé. Le nom doit être sur le compte, également. Donc je doutais d'obtenir des réponses définitives aujourd'hui. Mais, avec un peu de chance, j'aurais le nom du propriétaire. Je me rendis compte que c'était un pas de lilliputien dans la bonne direction.

L'employée de banque, Mme Sellers d'après son badge, tapa sur son clavier.

— Le voilà, dit-elle.

Elle me regarda.

— Vous devez être Katherine Crowe ?

La pièce tangua et je m'agrippai à ma chaise afin de ne pas en glisser. Je m'obligeai à acquiescer. Même plus que ça, je me forçai à ne pas pleurer.

Apparemment, je n'avais pas l'air vraiment normale, puisqu'elle fronça les sourcils en se penchant vers moi.

— Madame Crowe ? Vous vous sentez bien ?

— Je suis désolée.

Je m'essuyai les yeux.

— Oui, oui, je vais bien. Et oui, je suis Katherine Crowe. Ou plutôt, je l'étais. Mon mari est décédé il y a cinq ans. Je me suis remariée. Je suis Katherine Connor, désormais.

— Toutes mes condoléances, déclara-t-elle.

— Merci, répondis-je automatiquement.

J'étais tout de même hésitante.

Je n'étais pas certaine de ce à quoi j'aurais dû m'attendre, mais certainement pas à mon nom dans cet ordinateur. Je n'étais pas vraiment certaine de savoir comment gérer la situation.

Je pris une profonde inspiration, puis plongeai dans le grand bain.

— Hmm, cela fait évidemment très longtemps, dis-je. Je ne me souviens plus de ce coffre.

Elle haussa les sourcils.

— Oh ? Alors pourquoi êtes-vous ici ?

C'était une bonne question.

— J'ai retrouvé la clé. Dans ma boîte à bijoux, ajoutai-je.

J'avais appris que plus un mensonge était détaillé, plus il était convaincant.

— Alors, quand avons-nous, hm, loué le coffre ?

Le « nous » était une tentative.

Elle me regarda et je vis de la compassion, mais autre chose également.

— Je suis désolée, dit-elle. Mais je crois que je devrais voir une pièce d'identité.

— Oui. Bien sûr. Pas de problème.

Je sortis mon permis de conduire et le lui tendis.

— Avez-vous quelque chose portant le nom de Katherine Crowe ?

Oui, en fait. Mon vieux permis. Je ne savais pas vraiment pourquoi je le gardais, mais c'était le cas. Il était au fond de mon portefeuille, sous les photos de mes enfants. On était censé rendre l'ancien quand on en obtenait un nouveau, mais j'avais affirmé que je l'avais perdu. Personne ne m'avait posé deux fois la même question.

Je le sortis et le tendis à la femme. Elle le saisit, compara les numéros avec ceux sur son ordinateur, puis acquiesça.

— Nous n'avons pas été informés du décès de M. Crowe. Vous devriez apporter les papiers nécessaires afin que le coffre et le compte soient transférés uniquement vers votre nom. Nous avons déjà votre signature dans le fichier, donc le processus sera relativement simple.

— Attendez, il y a un compte aussi ?

— Oui, nous donnons uniquement des coffres-forts aux personnes détentrices d'un compte.

— Je vois.

Je fronçai les sourcils.

— Combien y a-t-il d'argent sur le compte ?

Elle tapota sur son clavier.

— Huit cent trente-sept dollars et vingt-trois centimes.

— Oh.

Cela devenait de plus en plus étrange. Rien que l'existence du compte me surprenait. Après tout, Eric et moi gérions nos budgets ensemble et nous n'avions jamais utilisé cette banque.

Sauf qu'ils avaient ma signature dans leurs fichiers.

C'était étrange, mais explicable. Eric avait probablement ramené une carte à la maison que je n'avais eu qu'à signer. Puisque je le laissais gérer toute la paperasse, j'avais pu ne pas faire attention.

Donc Eric avait ouvert un compte et avait mis de l'argent dessus. Qualifiez-moi de folle, mais pour moi, tout homme possédant un compte qu'il dissimulait à sa femme n'était pas censé ajouter le nom de son épouse, à la base. Et il avait mis de l'argent dessus. Je n'allais pas me moquer de huit cents dollars, mais c'était loin d'être suffisant pour fuir à Rio.

Sauf qu'Eric n'aurait jamais fui à Rio. Pas sans moi, en tout cas.

Alors qu'avait-il planifié ?

Il fallait que j'accède au coffre, néanmoins j'avais toujours des questions et je souhaitais les poser tout de suite, puisque Mme Sellers était bavarde et au moins un peu compatissante face à ma situation désespérée.

— Alors, quand avons-nous ouvert le compte ? m'enquis-je.

Elle vérifia, avant d'annoncer une date. Mon estomac se serra. Un mois précisément avant la mort d'Eric.

— Madame Connor ?

Elle fronça les sourcils dans ma direction.

— Vous allez bien ? Est-ce que cela vous aide ?

Je tendis une main et m'obligeai à sourire.

— Je vais bien. Vraiment.

Je m'éclaircis la gorge.

— Et l'activité sur le compte ? S'est-il passé quelque chose ?

Elle vérifia.

— Non. Rien. On dirait que les seuls fonds qui ont été retirés étaient les frais du coffre-fort.

— Je vois.

Même si, bien sûr, ce n'était pas le cas. Pas complétement. Pas encore.

Je me levai, faisant signe à Timmy d'en faire de même.

— J'apprécie votre aide, dis-je en prenant la main de mon fils. Peut-être que je pourrais jeter un coup d'œil dans le coffre, désormais ?

— Bien sûr, répondit-elle.

Elle me guida jusqu'à la chambre forte. Nous insérâmes nos clés, puis elle ouvrit la porte. Je dégageai la petite boîte, surprise de découvrir qu'elle ne pesait presque rien. Madame Sellers m'installa dans une pièce minuscule où je pouvais examiner le contenu en privé. J'imaginai des mecs plus riches que moi, dans les salles voisines, en train de sortir des diamants et les passant entre leurs doigts comme s'il s'agissait de confettis.

Dès qu'elle partit, je fermai la porte, nous enfermant Timmy et moi dans cette pièce minuscule qui me rendait claustrophobe.

— D'accord, mon petit gars, dis-je à Tim. On y est.

— Cadeau ?

— Je ne sais pas, mon grand. Mais je ne pense pas.

Je pris une profonde inspiration, avant de lever le couvercle, ne sachant pas vraiment ce que j'allais voir.

Rien. Je ne vis absolument rien.

Je fronçai les sourcils. C'était forcément une erreur.

Je renversai la boîte et la secouai. Un morceau de papier plié en tomba. Je le regardai fixement, certaine sans trop savoir pourquoi qu'il venait d'Eric. Je voulais le toucher, le sentir, le tenir contre mon corps. La seule chose que je n'avais pas envie de faire, c'était de le lire. Il s'agissait de mauvaises nouvelles. Je ne pouvais me l'expliquer, mais peu importait ce qui se trouvait sur ce papier, je sentais que ce serait négatif.

J'envisageai de le mettre dans ma poche pour plus tard, mais oubliai l'idée. Je n'allais pas sortir de cette pièce sans savoir ce que disait ce petit mot. Ce serait comme abandonner Eric.

Le papier avait un bord irrégulier, comme s'il avait été arraché d'un carnet de notes, puis il avait été plié en quatre. Je l'étirai lentement, n'hésitant que brièvement sur le dernier pli. Je l'ouvris ensuite, l'aplatis sur la table et lus ces mots :

Katie, ma chérie,

Je t'écris cela parce que j'ai bien peur d'être allé trop loin. Si tu lis ceci, c'est que mes peurs sont avérées. Je suis désolé. Tellement désolé. Et je t'aime. Allie et toi, vous êtes ma vie. Mon tout. Et je n'échangerais pour rien au monde les années passées ensemble. S'il te plaît, ne l'oublie jamais. Et s'il te plaît, n'en doute jamais.

Mais je devais faire certaines choses et pour cela, j'espère que tu peux me pardonner. Je veux que tu saches ce qui est arrivé, Katie. J'ai besoin que tu finisses ce que j'ai commencé. Je déteste te demander de faire ça et je regrette d'avoir enfoncé cette porte. Mais certaines doivent être ouvertes et ne peuvent plus jamais être refermées. Mais nous avons essayé, n'est-ce pas ? Et j'aurais aimé dire que nous avons réussi. Mais c'est faux. Il y a une fissure, et tout ce que nous avons cru laisser derrière nous est en train de se précipiter au travers.

Je sais que tu ne comprends pas. Pas vraiment. Et j'aimerais pouvoir te le dire directement, mais c'est aussi impossible. Je ne peux pas être certain que ce soit toi qui le découvriras. Alors je ne peux pas prendre le risque de te raconter toute l'histoire. Mais si tu regardes le meilleur de nous, tu verras déjà que tu as toutes les pièces dont tu as besoin. Au moins pour commencer.

Mais Katie, chérie, fais attention. Surveille tes arrières. Je n'ai pas fait suffisamment attention. S'il te plaît, ma puce, ne commets pas la même erreur.

Éternellement tien,

Eric

Je lus deux fois le petit mot, ne m'arrêtant que parce que je ne pouvais plus déchiffrer les mots au travers de mes larmes. Je clignai des paupières et les larmes coulèrent sur mes joues, tombant en gouttes énormes sur le papier. J'en essuyai une, puis serrai la lettre contre mon cœur et l'étreignis fermement.

— Maman ?

Timmy était à mes côtés, caressant mon bras. Je réussis à lui lancer un sourire larmoyant, puis le soulevai pour le placer sur mes genoux, le serrant fort lui aussi. Il me regarda avec des yeux écarquillés et sérieux, puis il m'embrassa sombrement sur la joue.

— Un bisou magique, déclara-t-il. Maman va mieux, maintenant ?

J'acquiesçai et obligeai mes mots à quitter ma gorge.

— Absolument. Merci, mon grand.

Mais ce n'était pas vrai. Pas du tout. Puisque même si ce petit mot était mystérieux, cela rendait un élément parfaitement clair. Eric n'avait pas été la victime d'un vol hasardeux toutes ces années auparavant.

Quelqu'un avait intentionnellement tué mon mari.

9

À mon avis, Timmy pouvait percevoir mon humeur, puisque non seulement il se comporta parfaitement bien en rentrant à la maison, mais il n'arrêta pas de m'envoyer des baisers depuis l'arrière de la voiture. N'avais-je pas un super gamin ?

J'avais besoin de ces baisers. Puisqu'en vérité, je brûlais sous un drap de culpabilité. Un meurtre. La police de San Francisco n'avait même jamais suggéré un meurtre prémédité. La théorie avait toujours été un vol qui avait mal tourné. Un meurtre, oui. Mais fruit d'un hasard malheureux. Mon mari avait simplement été au mauvais endroit au mauvais moment. Cela faisait dix ans que nous nous étions retirés des affaires démoniaques. Notre vie était monotone. Magnifique, mais monotone. Le meurtre n'était même pas sur mon radar.

Mais cette petite bulle avait éclaté, et je m'en voulais de ne pas avoir été suspicieuse. D'avoir allègrement accepté ce que la police m'avait dit. Pourquoi ne l'avais-je pas vu ? Pourquoi n'avais-je pas su ?

Parce qu'il n'y avait rien eu d'étrange à propos de sa mort. Rien, effectivement, à part le fait qu'il était mort. Et qu'un voleur avait été capable d'abattre mon mari. Nous ne nous entraînions peut-être pas activement tous les jours, mais Eric n'était pas un tire-au-flanc. Il ne se serait jamais laissé ramollir.

J'y songeai, mon ventre se contractant de plus en plus alors que la réalité de la situation s'insinuait dans mes os. Mon mari avait été assassiné. Et moi, la femme qui le connaissait et l'aimait le plus, je ne l'avais même pas soupçonné.

Je resserrai ma prise sur le volant, pensant au timing étrange de l'apparition du petit mot. Pouvait-il être faux ? Pouvait-il s'agir d'un piège ?

Une part de moi voulait le croire, mais je savais qu'il n'en était rien. Trop de phrases lui ressemblaient et même après toutes ces années, je reconnaissais l'écriture. Non, le petit mot venait d'Eric.

Toutefois, j'ignorais comment la clé avait fini sous mon porche. Eh bien, c'était un mystère de plus.

Je jetai un coup d'œil vers le siège passager et mon sac à main. Le petit mot était à l'intérieur. Pendant cinq ans, j'avais laissé tomber Eric et je ne pouvais m'empêcher de voir la clé comme une accusation silencieuse. Un cri affirmant que j'avais échoué.

Mais c'était fini ; d'une façon ou d'une autre, j'allais découvrir ce qui s'était passé. J'allais interpréter ce message mystérieux et découvrir la vérité.

J'espérais simplement qu'après cinq ans à ne rien faire, la piste ne s'était pas totalement refroidie.

Je conduisis la voiture jusqu'à la maison, comme sur pilote automatique, ignorant la liste de courses que j'avais prévu de faire pendant que j'étais sortie. Tandis que la porte du garage s'ouvrait en grinçant, je tentai de ne pas penser à ce qu'Eric avait pu vouloir dire. « Le meilleur de nous » ? Qu'était-ce ? Je n'en avais aucune idée. Et, malheureusement, c'était par là que je devais commencer. C'était moi, la détective chasseuse de démons.

La première chose que mon enquêtrice intérieure découvrit fut un petit mot sur la table. Il était bref et direct. Stuart disait qu'il était revenu à la maison un moment, mais qu'il était reparti travailler. Il allait manquer à la fois le dîner et la fête d'Allie sur la plage. Et il était désolé.

Je fermai les yeux, m'attendant à un élan d'agacement. Dernièrement, je voyais plus de preuves de l'existence de mon mari – une douche mouillée, du linge sale par terre, des draps froissés – que l'homme lui-même. Pendant des semaines désormais, ce simple fait m'avait rendue folle et c'était le point essentiel de nos disputes fréquentes quand nous nous croisions enfin.

Néanmoins, l'énervement ne remonta pas à la surface. Cette fois-ci, je ne sentis que du soulagement. Mes sens et mes souvenirs étaient emplis d'Eric. Je voulais me morfondre. Et à moins d'avoir envie d'ajouter des disputes à notre programme déjà régulier, je savais que pleurer la mort de mon premier mari devant le deuxième était une très mauvaise idée.

Non pas que j'aie le temps pour ça. Pour le meilleur ou pour le pire, la vie avec des enfants empêchait de se plonger dans le chagrin. Il fallait que Timmy soit installé, que j'aille vérifier comment allait Eddie, que je cache un corps et que je parte ensuite pour la plage.

Enfin, rien ne m'obligeait à m'y rendre, mais j'avais le sentiment que le nombre de fois où Allie m'inviterait à l'accompagner à l'un de ses rencards – ou plutôt *pseudo*rencards – serait limité à un. Autrement dit, je ne devais pas laisser passer cette opportunité.

Je trouvai Eddie au même endroit, endormi dans le fauteuil, la télévision rugissant. Je l'éteignis, ouvris le placard et sortis le minuscule piano de Timmy. Il s'y mit immédiatement et je me dis que je venais de m'offrir une dizaine de minutes de calme, bien qu'elles soient bruyantes.

Normalement, je demanderais à Laura de jouer à la baby-sitter, mais même si Mindy n'appartenait pas au club de surf, elle avait décidé d'aller au repas. Et elle avait aussi donné la permission à ma meilleure amie de venir à la plage (« tant que tu promets que tu ne feras rien pour m'embarrasser ») et cela signifiait que nous devions déplacer notre rencard avec le démon plus tôt dans l'après-midi. Maintenant, en fait. Sinon, nous devrions laisser le cadavre dans le coffre pendant que nous gambadions à la plage. Et je ne pensais pas que Laura serait partante pour ça. Ni pour le risque d'être découverte ni pour gambader.

Après l'expérience de recherche en cosmétiques de ce matin, il était hors de question que je laisse Tim avec Eddie. À moins de vouloir retrouver ma maison en ruines, mon fils se balançant aux rideaux et chaque petite quantité de maquillage que je possédais utilisée dans une guerre colorée.

J'attrapai le téléphone sans fil et commençai à contacter les autres femmes du voisinage. Dix minutes et trois conversations sur le mec mort au sous-sol de l'école plus tard, je trouvai quelqu'un qui pouvait surveiller mon fils.

— Tu en es sûre ?

— Pas de problème, répondit Sylvia Foster. Susan est chez Carl pour le week-end, donc je suis toute seule à la maison. Franchement, tu me rends probablement service.

Sylvia et Susan vivaient à l'autre bout du quartier, en face de la piscine. La jeune fille allait souvent à l'école plus tôt pour s'entraîner avec l'orchestre, mais lorsqu'elle ne le faisait pas, elle prenait la voiture avec nous. Quand les filles étaient en cinquième, Sylvia et Carl avaient divorcé. Je ne voyais pas souvent Susan, mais même moi j'avais pu remarquer les changements en elle. Dernièrement, elle avait retrouvé un peu d'audace, mais cela arrivait deux ans trop tard.

Je songeai à Allie et aux années après la mort d'Eric. Et je songeai ensuite à Stuart et comme j'étais frustrée par ses absences récentes. Je notai mentalement de lui en parler. Il y avait beaucoup de choses dans ce monde pour lesquelles il valait la peine de se battre. C'était même plus important que de maintenir les démons hors du quartier. Ma famille était tout en haut de la liste.

— J'apprécie vraiment, dis-je à Sylvia.

Je proposai ensuite de déposer Timmy en sortant de la maison.

— Si je peux faire quoi que ce soit pour te rendre ce service…

Elle bondit sur l'occasion.

— En fait, je vais avoir une soirée Pampered Chef dans une semaine. Peut-être que tu pourrais venir ?

— Bien sûr.

Je songeai à la crise cardiaque qu'aurait Stuart quand je lui dirais que j'avais commandé encore une demi-douzaine d'ustensiles de cuisine, dont aucun n'améliorerait vraiment mes aptitudes aux fourneaux.

Sylvia venait de me promettre qu'elle était disponible, donc je me précipitai à l'étage pour me changer. Timmy était toujours en train de s'affairer sur les touches et Eddie était toujours profondément endormi. Ma maison ne serait jamais aussi calme et j'étais un peu déprimée à l'idée de partir. Je me souvins ensuite : Allie, la plage, les maillots de bain, les garçons. Oh, ouais, je m'y voyais déjà.

Puisque l'aspect « maillot de bain » n'était que pour les enfants, je choisis un pantalon blanc que j'avais acheté pendant l'une des séances shopping de rentrée d'Allie. J'ajoutai un t-shirt violet, puis peaufinai la tenue avec des tennis blanches.

Je tirai mes cheveux en arrière dans une queue de cheval, attrapai mon sac, puis me jetai un coup d'œil dans le miroir. Pas mal, vraiment. Ce n'était clairement pas à cause de mon allure que ma fille passerait la soirée à m'éviter.

Des années auparavant, je m'habillais pour le côté pratique. J'enfilais des tenues faites pour tenir des armes et faciliter le mouvement. Désormais, je m'habillais pour ma famille. Des vêtements commodes pour faire les courses, des habits décents, appropriés aux événements politiques de Stuart et, maintenant, une tenue digne d'une mère, choisie prudemment afin que ma fille puisse me saluer en public sans fondre sur le sable tant elle serait embarrassée.

Un jour, pensai-je, ce serait amusant de m'habiller comme *moi*.

La seule chose qui n'allait pas avec le reflet dans le miroir était le sac à main imposant et marron. C'était bien trop pour une soirée à la plage. Je trouvai un petit sac en tissu acheté lors d'une foire de rue, une année, et je commençai à transvaser le contenu lorsque j'entendis la sonnette de la porte.

— DES DÉMONS ! cria Eddie.

Sa voix fit écho dans toute la maison.

— Les monstres sont partout ! PARTOUT !

J'attrapai mon sac à moitié rempli et me précipitai dans les escaliers. Eddie avait traversé beaucoup d'épreuves ces dernières années. Au point même que c'en était étonnant qu'il ait encore toute sa tête. En revanche, ce contrôle était significativement plus ténu lorsqu'il dormait.

En général, je considérais ses rêves comme étant simplement les cauchemars d'un vieil homme. Cela semblait satisfaire Allie, qui était si éprise de l'idée d'avoir un arrière-grand-père dans sa vie que même s'il brandissait une hache, elle s'en moquerait. J'avais cru que Stuart serait plus inquiet concernant les éclats de colère d'Eddie. Il s'en moquait. Stuart réussissait tellement bien à ignorer le vieillard qu'à mon avis, il ne l'entendait même plus.

Cependant, les voisins n'étaient pas prêts pour les petites manies de mon pseudo-beau-grand-père, et je me précipitai dans l'escalier. Il fallait désespérément que j'atteigne la porte avant Eddie. Ou avant que la personne qui était dehors et qui avait entendu ses cris s'enfuie en courant dans le quartier.

— Arrêtez ! hurlai-je.

Je me glissai dans le couloir de l'entrée, avec autant de grâce qu'un joueur junior qui atteignait la base lors d'un match de baseball. Eddie se tenait là, les yeux écarquillés, un poignard qui paraissait létal serré dans sa main.

— La porte, ma fille, dit-il. Les démons passent par cette foutue porte !

— Eddie, non.

Je refermai ma main au-dessus de la sienne et saisis l'arme blanche.

— Vous faisiez un rêve et la sonnette vous a réveillé.

Je le regardai dans les yeux.

— Ce n'est rien. Nous sommes en sécurité. Tout va bien.

Dans le salon, Timmy commença à chouiner. Honnêtement, je ne pouvais pas lui en vouloir. À ce moment-là, moi aussi j'aurais bien aimé pleurnicher.

— Maman, Maman, Maman, cria-t-il. Tu es où, Maman ?

— Je suis là, chéri, répondis-je. Tout va bien. Maman arrive tout de suite.

Je me tournai vers Eddie.

— Vous vous sentez mieux ?

Il jeta un coup d'œil méfiant en direction de la porte, mais acquiesça.

J'hésitai, voulant en être certaine, mais la sonnette résonna à nouveau, cette fois-ci accompagnée par la voix de Sylvia.

— Kate ? Tout va bien là-dedans ?

Je plongeai sur le verrou, me plaçant entre Eddie et la porte. Je l'ouvris, espérant que mon sourire avait l'air sincère.

— Sylvia ! Salut.

Je cachai le couteau derrière mon dos et m'appuyai contre le mur.

— Je, euh... pensais que je conduirais Timmy jusqu'à chez toi.

Comme s'il avait reçu un signal, le petit me rappela.

— J'arrive ! criai-je.

— Ils peuvent sentir quand on s'en va, n'est-ce pas ? déclara Sylvia.

Elle me contourna pour rejoindre l'entrée.

— J'ai dû faire une course à l'épicerie, donc je me suis dit que j'allais passer et voir si tu préférais que je l'emmène.

Elle tendit la main vers Eddie.

— Bonjour. Je suis Sylvia.

— Hmm.

Il saisit sa main, l'attirant jusqu'à lui avant qu'elle – ou moi – puissions réagir. Il prit une longue inspiration en sentant son haleine, puis acquiesça.

— Elle est O.K., déclara-t-il.

J'avais beau essayer, je ne pouvais convaincre le sol de s'ouvrir et de m'avaler.

Eddie se tourna vers le salon. Sylvia me regarda, bouche bée.

— Je te promets qu'il n'est pas dangereux, déclarai-je. Il vient juste de se réveiller et est un peu désorienté.

Elle le fixa du regard.

— Pourquoi je ne demanderais pas à Laura de m'accompagner à la soirée Pampered Chef ? demandai-je dans une tentative très peu subtile de la distraire.

Tous les habitants du quartier savaient que Laura était physiquement incapable de ne pas acheter des ustensiles de cuisine. Nous prenions parfois un chemin plus long afin d'éviter

Williams-Sonoma et ses rayons terriblement attirants, afin de nous assurer que Paul et elle pourraient encore payer leur prêt.

— Oh, oui, couina-t-elle. Il faut que tu invites Laura.

Derrière moi, la porte d'entrée s'ouvrit et ma meilleure amie entra.

— M'inviter où ? s'enquit-elle.

— À la soirée Pampered Chef. Le week-end prochain, tu peux venir ?

— Tu plaisantes ? me répondit-elle.

C'était comme si je venais de lui demander si elle aimerait avoir vingt millions en cash.

— Dis-moi juste où et quand.

Puisque Sylvia n'était pas idiote, elle sauta sur l'occasion et pendant que Laura et elle discutaient des joies des ustensiles de cuisine, je récupérai les affaires de Timmy, étreignis Eddie et lui rappelai de fermer ainsi que d'activer l'alarme s'il allait faire une balade nocturne.

Laura prit le volant et nous déposâmes Timmy chez Sylvia, puisque je n'étais pas fan de l'idée de le voir monter dans la voiture de quelqu'un d'autre, même si je faisais confiance à cette femme pour être sa baby-sitter. Je lui transmis toutes les petites particularités sur mon fils, suggérai quelques livres pour l'endormir et m'assurai ensuite qu'elle avait les numéros de Stuart et de l'hôpital. Je lui donnai le mien et celui de Laura également, bien sûr. Néanmoins, le réseau était merdique sur la plage, donc Stuart allait devoir gérer, ce soir.

— Prête ? s'enquit Laura en allumant le contact.

Je vérifiai mon sac, trouvai mes clés, mon portefeuille ainsi que mes lunettes de soleil. J'acquiesçai.

— Allons-y.

Lorsque nous atteignîmes le boulevard Rialto, la route principale de notre quartier, Laura se tourna vers moi.

— Est-ce que ça va aller pour nous ? Si on n'attend pas qu'il fasse nuit pour sortir le démon du coffre, je veux dire.

Je haussai les épaules. J'avais songé à cette question.

— Je pense que tout ira bien. La messe du samedi ne commence pas avant une heure.

Elle grimaça.

— Le délai n'est quand même pas très long, annonça-t-elle.

— Je sais. Mais le père Ben a dit que nous devrions passer par l'entrée de service. Selon lui, personne ne vient de ce côté, le week-end.

— J'espère qu'il a raison, déclara Laura. J'ai besoin de vêtements sur-mesure. J'aurais l'air horrible avec les tenues de prison.

— On pourrait attendre. Mais dans ce cas-là, on louperait la soirée du club de surf.

Elle soupira.

— Si on la manque, elles ne nous réinviteront jamais.

— Je sais.

Elle prit une profonde inspiration, puis attrapa le volant avec deux mains.

— D'accord. Finissons-en.

Elle me lança un rapide regard.

— Honnêtement, Kate. Parfois je me dis que la vie est plus exaltante, maintenant que je connais ton secret. Et parfois, je me dis que j'aurais simplement préféré rester chez moi, cette nuit-là.

J'avais tout avoué à ma meilleure amie parce que je n'avais pas eu le choix. Elle m'avait suivie, une nuit, puis avait assisté à la mort assez immonde d'un démon. Soit je devais lui dire, soit je devais la laisser penser qu'elle perdait la tête.

— Si c'est d'une consolation quelconque, je suis ravie que tu sois au courant. Je détesterais devoir traverser ça toute seule.

— Je suis ravie d'être au courant, moi aussi. Mais certains jours, comme aujourd'hui...

— Ouais, dis-je. Je sais.

Nous conduisîmes en silence pendant quelques minutes. Laura se tourna ensuite vers moi.

— En fait, peut-être que nous devrions attendre qu'il fasse nuit. Si on ne participait pas au dîner, on ne pourrait pas embarrasser nos filles.

— Ce n'est pas faux, confirmai-je.

J'étais ravie que mon univers redevienne normal. Je n'avais jamais souhaité que Laura soit impliquée, mais désormais elle l'était et je réalisais à quel point j'avais besoin d'elle. À la fois pour trimballer des cadavres et pour le soutien moral.

— Toi aussi, elle t'a fait une leçon sur la gêne ? demandai-je.

— J'ai reçu une leçon, un mémo et un coup de fil pour me le rappeler.

Elle haussa les sourcils derrière ses lunettes de soleil.

— Ce serait agaçant si ce n'était pas si amusant.

— Tu as la liste de choses à faire et à ne pas faire ? lui demandai-je.

Elle tapota son sac.

— Juste ici.

Je mis un doigt sur ma tempe.

— J'ai laissé la mienne sur la commode.

— Je suis particulièrement fan de l'élément huit : ne pas ajuster les cheveux de Mindy en public. Avec des points négatifs en plus si un garçon se trouve à moins de cent mètres.

— Ne pas participer aux karaokés, ajoutai-je. Comme si elle s'en inquiétait vraiment.

— J'aime les karaokés, déclara Laura.

— Ne m'embarrasse pas, rétorquai-je d'une voix impassible.

— Tu sais, déclara-t-elle d'une voix pensive, il n'y avait rien sur ma liste concernant une danse hawaïenne toute nue.

— Sur la mienne non plus. C'est un oubli flagrant.

— Ni un flirt avec les professeurs, ajouta-t-elle.

Je pensai à David et dus reconnaître silencieusement que cet élément pourrait également être sur ma liste.

— On a le droit d'avouer qu'on a un lien de sang avec elles ? demandai-je. Enfin, je pense que c'est important de comprendre les règles.

La conversation dégénéra plus ou moins à partir de là, alors que nous trouvions des façons de plus en plus outrageuses d'embarrasser nos filles. Cela allait de demander à un garçon s'il trouvait nos filles mignonnes à sniffer du Coca Light.

Lorsque nous nous garâmes derrière la cathédrale, les Kate et Laura imaginaires surfaient avec des garçons, en culotte et soutien-gorge puisque nous n'avions pas de maillot de bain, tout en chantant au karaoké et en invitant la foule dans notre quartier pour une fête.

La cathédrale Sainte-Mary dominait le plus haut point de San Diablo, un point de vue sur toute la ville. C'était une architecture splendide et spectaculaire également, puisqu'elle était perchée sur la colline, l'océan battant à un rythme régulier en dessous.

Et elle n'était pas seulement fantastique sur le plan visuel. Il y avait aussi un côté sensationnel dans la façon dont la cathédrale combattait le mal, rien que par sa simple présence. L'édifice était en fait l'une des raisons pour lesquelles Eric et moi avions déménagé pour San Diablo. Construite des siècles auparavant, la structure abritait les reliques les plus saintes. Même le mortier était béni, ayant été orné d'os de saints.

Il n'y avait que quatre voitures sur le parking et j'en reconnaissais deux : celle du père Ben et celle de Delores Sykes, la coordinatrice bénévole.

— Gare-toi derrière.

Elle prit l'allée étroite qui partait vers le bout du parking, puis tourna vers le presbytère, le manoir de l'évêque et d'autres bâtiments jusqu'à une voie sans issue derrière la cathédrale elle-même.

Tandis que Laura se garait, j'appelai le père Ben, et il nous retrouva dehors.

— On devrait réussir sans se faire remarquer, déclara-t-il. Où est le corps ?

Son visage était tordu, et il paraissait fatigué.

— Qu'y a-t-il, mon père ? Vous avez appris quelque chose sur le livre ? Ou à propos de quoi que ce soit, en fait ?

Il secoua la tête.

— Non, j'ai bien peur que non. Ayons simplement un moment de pitié pour cette femme qui n'aura pas d'enterrement décent. Et pour sa famille, qui ne pourra jamais lui dire au revoir.

— Oui, dis-je.

Je détestais ça également, mais aucun de nous ne pouvait trouver une échappatoire. Le père Ben en avait même parlé avec le père Corletti au Vatican. Mais le dirigeant de la Forza Scura n'avait pas eu de meilleure suggestion.

— Au moins, elle sera enterrée avec les os de saints autour d'elle.

— Oui, confirma-t-il. Cela me permet d'être un peu plus en paix.

Il leva les yeux pour regarder Laura.

— On devrait commencer.

Puisque c'était ainsi que ma semaine s'était déroulée, je m'attendais au pire. Mais Dieu avait dû décider que j'avais eu suffisamment de drames dans ma vie – ou que je n'aurais pas une très belle allure en vêtements de prisonnière –, puisque nous réussîmes à sortir le corps du coffre et à rentrer dans la cathédrale sans incident.

Après cela, tout fut vraiment facile. Nous saisîmes le corps plus fermement, puis je suivis le Père Ben dans le couloir sombre qui menait de la porte du fond jusqu'à la sacristie. Cependant, nous ne l'atteignîmes pas, puisque nous tournâmes vers une porte en métal épaisse que Ben ouvrit avec une clé visiblement ancienne.

J'étais déjà descendue auparavant, mais ce n'était pas le cas de Laura. Le prêtre lui dit de faire attention aux marches. Les escaliers étaient étroits et taillés dans la roche. Nous suivîmes la courbe jusqu'à arriver tout en bas et nous nous retrouvâmes dans une pièce digne d'une cave avec des murs en pierre brute.

Tandis que Laura et moi gardions une poigne ferme sur le corps, le père Ben attrapa une lampe torche dans un creux du mur. Il illumina le côté droit, éclairant encore une autre porte.

— C'est la crypte, expliquai-je à Laura. Les prêtres de la cathédrale reposent ici.

— D'accord, répondit-elle.

Son teint n'était que légèrement verdâtre.

Le père Ben tint la porte ouverte et nous entrâmes dans l'espace humide.

— Nous sommes sous l'autel, désormais.

Une crypte immense s'ouvrait devant nous, ornée de tablettes de pierre qui apparaissaient comme des décorations, mais qui avaient plus un côté pratique pour sceller les tombes individuelles.

Une barre en métal était appuyée contre le mur du fond et le père Ben la saisit, la plaçant prudemment entre la pierre et l'un des caveaux. Il poussa, mais rien ne se produisit. Laura et moi posâmes le corps et nous le rejoignîmes, tirant tous ensemble après avoir compté jusqu'à trois. La pierre bougea, se dégagea et prudemment, nous libérâmes l'espace avant de poser la tablette par terre.

— Oh, waouh, déclara doucement Laura.

Elle regarda dans la tombe, voyant la robe d'un prêtre en décomposition, même si seuls les bords du vêtement et le bas des pieds étaient visibles depuis cet angle.

— Voici Père Michael, déclara Ben. Il s'est occupé de l'église à la fin du dix-neuvième siècle.

Je fermai les yeux et fis mon signe de croix, remerciant rapidement le père Michael de nous aider actuellement.

— À votre avis, ça ne le dérangera pas ? s'enquit Laura. Enfin, être enterré avec un démon… ?

Je haussai les épaules et laissai le père songer à la question.

Il resta silencieux pendant un moment, puis il parla lentement.

— Quand le père Corletti est venu de Rome et m'a dit ce qu'il s'était passé l'été dernier, quand il m'a raconté ce que tu faisais, Kate, je n'arrivais presque pas à y croire. Le séminaire ne m'a pas préparé pour ça. Rien de ce que j'avais vu, entendu ou lu ne m'avait préparé pour ça.

— Je sais, confirma Laura d'une voix tremblante. Mais c'est réel. Je n'arrivais pas à y croire, mais je ne pouvais pas le nier non plus.

— Et c'est abominable, poursuivit le père Ben. Dès que le père Corletti m'a demandé de l'aider, de m'entraîner pour être un nouvel *alimentatore*, j'ai su que je devais dire oui. Parce que d'après mon point de vue, rien de ce que je pourrais faire dans cette vie sera plus important que de me rallier à l'armée de Dieu contre le mal. J'essaie de le faire lors de mes homélies, de préparer ma congrégation à combattre l'influence de Satan. Mais me tenir là et voir les résultats tangibles de cette lutte…

— Ça va aller, dis-je en lui saisissant la main. Nous comprenons.

— Je sais que vous comprenez. Mais ce que je veux dire, c'est que ces prêtres auraient pris la même décision. Alors pour répondre à votre question : non, je ne pense pas que cela les dérangerait. À mon avis, ils seraient heureux d'avoir une chance d'aider d'une façon ou d'une autre.

— C'est vrai, répondit Laura en regardant la crypte d'un air douteux. Dommage qu'ils doivent accueillir un corps possédé par un démon dans l'endroit de leur repos éternel.

Le père Ben sourit.

— Eh bien, on ne peut pas tous être dehors à botter des culs de démons. On fait ce qu'on peut.

— Mon père ! m'exclamai-je en feignant d'être outrée.

— Allez-y toutes les deux, déclara-t-il en faisant un signe vers la crypte ouverte. L'espace est limité.

Il avait raison, mais Laura et moi réussîmes, grinçant des dents à cause du bruit poisseux lorsque nous poussâmes le corps dans le petit espace. Le père Ben peut bien vénérer ce que je fais, parfois certains détails de ce boulot sont franchement dégueulasses.

Une fois que le démon fut installé confortablement avec le père Michael, nous replaçâmes la pierre, la faisant glisser pour la mettre au bon endroit jusqu'à ce qu'il soit presque impossible de constater qu'elle avait été déplacée.

Nous suivîmes le père Ben jusqu'en haut des escaliers. La cathédrale était toujours silencieuse, et je me demandai si les saints dans le mortier de la structure nous surveillaient. Juste au cas où, je les remerciai dans un souffle. Toute aide était la bienvenue.

Nous nous dîmes au revoir, puis repartîmes dans la voiture de Laura. Elle manœuvra avant de rejoindre l'autoroute de la Côte Pacifique, et je me rendis compte qu'elle n'avait pas prononcé un mot.

— Tu vas bien ?

Elle haussa une épaule d'un air peu convaincu.

— Je commence simplement à accepter l'idée, tu vois ?

Je comprenais. Et je tendis donc la main vers elle.

— On s'en est bien sorties.

— Tu mettras des bons points dans mon dossier ?

— Un tas, lui promis-je. Bien que...

Elle gigota sur son siège suffisamment longtemps avant de me jeter un regard méfiant.

— Bien que ?

— Les mauvais points peuvent être marrants aussi, déclarai-je.

Elle tourna sur le parking de la plage.

— Embarrasser nos filles, ça doit en valoir cinq ou six, au moins, tu ne crois pas ? demandai-je.

— Même plus si on surfe en sous-vêtements.

Elle souriait désormais. D'ailleurs, moi aussi.

Alors que Laura cherchait un emplacement libre, je tirai sur le col de mon t-shirt et jetai un coup d'œil triste à l'intérieur.

— Je crois que je ne peux pas y aller, déclarai-je. Mon soutien-gorge est trop ennuyant.

— Pas le mien, déclara-t-elle d'un ton malicieux. Bon sang, ce parking est plein.

— Essaie celui de l'hôtel. Demande au voiturier, si besoin.

L'hôtel Coronado Crest était l'un des bâtiments de type californien qui remontait à l'âge d'or d'Hollywood, quand les stars commençaient à s'échapper de Los Angeles pour des rendez-vous galants dans le Nord. Il possédait de grandes chambres avec des cheminées et des balcons, un service excellent et un restaurant de renommée mondiale avec une terrasse et une salle en intérieur. Le patio donnait sur la plage et on pouvait s'asseoir pour boire du vin et écouter le bruit des vagues.

Eric et moi y étions restés lors de notre première semaine à San Diablo. Nous avions passé nos journées à chercher des maisons et nos nuits à écouter l'océan. J'adorais cet hôtel, mais je n'avais pas franchi ses portes depuis le décès de mon premier mari.

Laura trouva une place libre sur le parking pour nous garer. Nous nous frayâmes un chemin au milieu de ce méli-mélo de voitures jusqu'à atteindre la passerelle qui partait de l'hôtel jusqu'au nord, parallèle à l'autoroute de la côte et du centre artistique qui faisait la réputation de la vieille ville de San Diablo. À l'ouest, il n'y avait rien que du sable et de l'océan. C'est là que nous repérâmes nos filles.

Nous avançâmes sur le chemin, la plage à notre gauche et l'hôtel à notre droite.

— Tu te rends compte que je n'ai pas oublié ton commentaire, déclarai-je.

— Mon commentaire ? s'enquit-elle d'une voix trop innocente.

Je tendis la main vers l'intérieur de mon t-shirt et tirai sur la bretelle de soutien-gorge qui ressortait.

— Ce que tu as dit, complétai-je. Balance.

Elle me lança un sourire sournois, regarda autour d'elle pour confirmer que nous n'avions pas de public, puis déboutonna son chemisier. Elle l'ouvrit rapidement et me montra sa poitrine, dévoilant un soutien-gorge en satin et en dentelle rouge.

— Waouh, waouh. J'imagine que tu es vraiment venue prête à surfer en sous-vêtements.

— Personne ne me voit dans ce genre de trucs à part Paul.

J'inclinai la tête, comprenant enfin le programme.

— Tu sors l'artillerie lourde ?

Elle lorgna son 90B.

— Je ne crois pas qu'ils soient vraiment gros, mais je ne suis pas peu fière de les utiliser, déclara-t-elle. J'ai passé mon jeudi après-midi au centre commercial à vagabonder chez Victoria's Secret.

Je profitai d'un banc pour m'asseoir.

— Qu'a dit Paul ?

Son regard s'assombrit.

— Il n'est pas rentré à la maison depuis jeudi matin.

Elle forma des guillemets avec ses doigts, complétant :

— Il travaille.

— Il doit vraiment travailler, déclarai-je surtout parce que je voulais que ce soit vrai. Tu ne sais pas s'il...

— Ce n'est rien. Tu n'as pas besoin de me réconforter. Enfin, c'est logique. On est mariés depuis presque vingt ans. Et même s'il ne...

Elle s'éclaircit la gorge.

— Même s'il est totalement fidèle, ça ne veut pas dire que notre mariage n'a pas besoin d'un peu de piquant, n'est-ce pas ? Enfin, tout le monde finit par se satisfaire du minimum, au fil du temps, n'est-ce pas ?

— Bien sûr.

Je lui donnai la réponse qu'elle attendait, néanmoins, je me demandai si c'était vrai. Stuart et moi nous satisfaisions-nous du minimum ? Était-ce la raison pour laquelle c'était si facile pour lui de passer toutes ces soirées à travailler sur sa campagne ? Parce que je faisais simplement partie du décor ? Sa femme, sa maison, ses enfants, sa famille.

Cette pensée m'inquiéta et me rendit furieuse. Même après dix ans, Eric ne s'était jamais satisfait du minimum. La comparaison était injuste et je le savais. Ils étaient deux hommes différents et je les aimais tous les deux. Mais Eric avait une chose que Stuart n'avait jamais eue. Eric comprenait avec une précision microscopique à quel point la vie était fragile. Comme la vie de tous les jours était un don. Il ne me tenait jamais pour acquise parce qu'il ne le pouvait pas. Des gens nous avaient été arrachés. Et pour Eric et moi, survivre jusqu'au coucher du soleil était un miracle à chérir.

Je fronçai les sourcils, mes pensées se focalisant à nouveau sur le vol dont il avait été victime. Était-ce la raison pour laquelle je n'avais pas été suspicieuse ? M'étais-je satisfaite du minimum ? Avais-je passé notre mariage entier à savoir qu'une épée de Damoclès planait au-dessus de nous ? Et quand elle était tombée, même si c'était une tragédie, avais-je considéré que ce n'était pas vraiment une surprise ?

Je secouai la tête, n'appréciant pas la direction que prenaient mes idées. Le crime avait ressemblé à un vol. J'avais cru que c'était un vol. À cette époque, rien dans notre vie n'aurait pu suggérer qu'Eric avait été intentionnellement assassiné. Peut-être que je l'avais abandonné en n'enquêtant pas, mais il m'avait abandonnée en ne me disant pas ce qu'il se passait.

Et, honnêtement, c'était aussi douloureux que les longues heures de Stuart loin de la maison.

— La Terre à Kate.

— Pardon.

— Je t'ai perdue, hein ? Tu as quitté ma vie sentimentale pour le sujet tout aussi fascinant des démons.

— Je devrais y réfléchir, dis-je. Surtout que nous ne savons toujours pas ce qu'est ce livre. Mais non. Je pense à autre chose.

Puis, parce que Laura avait besoin d'une distraction, tout autant que j'avais besoin d'une amie, je lui parlai du petit mot. Et de ses implications.

— Et tu ne sais toujours pas qui a laissé le paquet devant ta porte ?

— Aucune idée, déclarai-je.

Cela me taraudait vraiment, en fait. Eric était mort. Le coffre-fort avait été à nos deux noms. Personne à San Diablo ne connaissait notre secret à l'époque. Alors à quelle personne de confiance aurait-il donné la clé ? Et pourquoi attendre tout ce temps avant de me la donner ?

— Il se passe quelque chose de bizarre, réagit Laura.

Cela résumait plus ou moins l'évidence.

— Il faut que tu fasses attention, Kate. Tout ça ne me paraît pas net du tout. Et tu ne penses pas que c'est plus que flippant que le petit mot apparaisse au moment où tout ce bordel avec cette histoire de livre commence ?

— Je sais, répondis-je. Mais je dois au moins me renseigner. Si c'était un meurtre... Si son assassin court toujours...

— Ça fait cinq ans. Toutes les pistes ont probablement disparu, maintenant.

— Je dois essayer.

— Je sais. Simplement, ne laisse pas ce petit mot te distraire.

Je traînai un orteil dans le sable devant le banc.

— Qu'est-ce que tu veux dire ?

— Exactement ça : ne laisse pas ce petit mot te distraire. Ne va pas courir pour chercher des indices sur Eric et oublier ce livre. Eric est mort, Kate, et rien ne va le ramener. Mais nos enfants sont vivants et ce livre était caché dans leur école. S'il se passe quelque chose...

— Je sais. Je vais trouver une solution. Et je te jure qu'il n'arrivera rien à nos filles.

C'était une promesse folle, peut-être, mais je comptais bien la tenir.

Elle renifla, puis cligna des yeux, avant d'acquiescer.

— Pardon. Je sais que jamais tu ne... Enfin, je sais que tu surveilles nos arrières. Je ne voulais pas suggérer que tu...

— Ce n'est rien. Et si tu penses un jour que j'ai besoin de revenir sur Terre, tu as le droit de me mettre une claque, d'accord ?

— Pas de problème.

Nous recommençâmes à marcher sur le chemin, passant derrière le patio du restaurant. Des couples se trouvaient là, installés pour profiter du coucher de soleil. Je regardai la mer et l'astre qui commençait à s'enfoncer sous l'horizon, puis j'observai à nouveau l'hôtel, me souvenant des soirées lors desquelles moi aussi, j'étais assise ici, à tenir la main d'Eric et à attendre cet éclat vert quand les rayons disparaîtraient au loin.

— Tu as déjà... ? commençai-je.

Je me demandai si Laura avait fait la même chose avec Paul. Son expression m'en empêcha cependant. Elle fixait le patio, la bouche grande ouverte et les mains levées, rien qu'un peu, comme si elle voulait montrer quelque chose du doigt et qu'elle n'y arrivait pas.

— Laura ?

Alarmée, je pris son bras et la secouai légèrement.

— Laura, qu'est-ce qu'il y a ?

— Paul, chuchota-t-elle.

Sa main réussit à montrer quelque chose. Un couple, d'un côté, près du fond, presque dissimulé par les ombres. Mon cœur hésita dans ma poitrine et alors même que je me disais qu'elle devait avoir tort, je savais que ce n'était pas le cas. Paul était là, avec une femme. Et ce n'était pas un dîner d'affaires.

— Ce n'est peut-être pas lui, déclarai-je bêtement. C'est difficile à voir d'ici.

— C'est lui, répondit-elle d'une voix impassible et résignée.

— Peut-être que c'est innocent.

Elle me lança un regard éloquent et je repris :

— Ou peut-être pas. Qu'est-ce que tu veux qu'on fasse ? Je pourrais lui enfoncer un pic à glace dans l'œil ? Ou on pourrait tenter une approche plus calme et aller lui parler.

— C'est tentant. Le pic à glace, je veux dire. Pas la conversation.

Elle prit une inspiration, puis une autre. Elle ferma ensuite les yeux, et je me mis à compter jusqu'à dix. Quand j'eus fini, elle sembla s'éveiller, redressa les épaules et montra la plage du doigt.

— Je ne vais pas gâcher cette soirée à cause de Paul Dupont. Je vais voir ma fille. Je lui poserai des questions à ce propos quand il rentrera à la maison. Peut-être qu'il a une explication pour avoir dîné avec une femme dans l'hôtel le plus romantique de San Diablo alors qu'il m'a affirmé qu'il était hors de la ville. Enfin, je dois lui accorder le bénéfice du doute, pas vrai ?

Vrai. Mais je doutais, moi aussi. En bonne meilleure amie, je me contentai cependant d'acquiescer.

— C'est vrai. Tu as absolument raison.

— D'accord, alors.

Elle recommença à marcher.

— Il vaudrait mieux qu'on se dépêche. Je ne veux pas louper les hot-dogs.

Nous parcourûmes le reste du chemin en silence, Laura faisant des pas raides et prudents tandis que je gardais un œil sur elle. Elle tenait le coup. Quand nous atteignîmes l'extrémité nord de la plage et que la passerelle s'enfonça dans le sable juste à l'endroit où les collines s'élevaient, nous pûmes entendre la musique et voir la fumée des feux de camp juste à côté de petites cuvettes de marée. Des lycéens étaient éparpillés le long des collines, certains dansant, d'autres courant dans les vagues et certains glissant dessus avec leurs planches.

— Ça sent bon, déclara Laura d'une voix aiguë et sèche. Je meurs de faim.

— Moi aussi.

Après quelques minutes supplémentaires de marche en silence, elle ajouta :

— Alors, à ton avis, pourquoi ils le veulent ?

Je ne fis même pas semblant de ne rien comprendre. Nous

parlions du livre, désormais, à la fois par nécessité et pour nous sortir Paul de la tête.

— J'aimerais bien le savoir, déclarai-je. Peut-être que les démons du coin veulent se lancer dans le scrapbooking.

— Les engrenages tournent déjà, chuchota Laura.

Elle resserra son gilet autour de ses épaules.

— C'est ce qu'on m'a dit, déclarai-je. Il faut juste qu'on découvre comment faire dérailler tout leur plan.

— Tu sais que je t'aime et ne le prends pas mal, mais parfois, la vieille époque me manque, celle où nos décisions les plus sérieuses étaient de savoir si on devait s'inscrire chez Basic-Fit ou Fitness Park, et où le secret le plus sombre qu'on partageait, c'était que Jennifer Tate prenait la Ritaline de sa fille.

Je jetai un coup d'œil en biais à ma meilleure amie.

— Elle faisait ça ?

Ses joues prirent immédiatement une teinte rose.

— Tu n'étais pas au courant ?

— Non, je ne savais pas. Pourquoi tu ne me l'as pas dit ?

Elle haussa une épaule.

— C'était un secret. Je suis douée pour garder des secrets. Tu le sais.

Oui, je le savais. Mais tout de même.

— La Ritaline de sa fille ?

— Chuuut ! siffla Laura.

Elle se retourna, à la recherche d'oreilles grandes ouvertes aux alentours et reprit en chuchotant :

— Laisse-tomber et dis-moi ce que je dois faire à propos de ton secret.

Nous n'avions cependant plus le temps d'en discuter, puisque nous grimpâmes sur les derniers rochers abîmés, marquant l'entrée dans la cuvette de marée et David Long nous faisait un signe de la main à quelques mètres de là. Il plongea la main dans une glacière et en sortit deux bouteilles qui ressemblaient étonnamment à des panachés avant d'avancer dans notre direction.

Il n'avait pas sa canne, mais il se déplaçait avec grâce, même s'il boitait légèrement. Lorsque nous le retrouvâmes à mi-chemin, j'étais furibonde. C'était un événement sponsorisé par l'école ! Le responsable pédagogique était censé donner le bon exemple, pas fournir de l'alcool à chaque adulte qui se pointait. Autorisait-il les Terminale à boire une bière ? Et les première année ?

Je m'apprêtais à lui faire la leçon quand il me donna la bouteille.

— Voilà pour vous, Madame Connor.

Je lus l'étiquette et me dégonflai immédiatement. De l'eau pétillante.

Je retirai le bouchon et bus une grande gorgée, me sentant un peu comme une idiote.

— Merci, dis-je. Et appelez-moi Kate.

Allie me présenta Troy dix minutes plus tard, et après avoir rougi et gratté le sable avec ses orteils, elle me donna l'occasion de dire quelques mots à ce garçon. Lorsqu'elle sourit et m'étreignit rapidement, je me dis que j'avais passé le test. Les vêtements, la conversation, l'attitude. Tout était parfaitement approprié pour une mère qui assistait à un événement du lycée.

Et je devais l'admettre, Troy avait agi de façon convenable également. Il me présenta aux autres membres de l'équipe de surf qui étaient venus au repas, expliquant que seule une moitié avait pu venir puisque c'était une idée de dernière minute.

— Je suis ravi que vous soyez venue, Madame Connor.

Il lança un sourire radieux à ma fille, qui rougit jusqu'aux doigts de pieds.

Même si je le regardais comme un faucon, je ne repérai aucun geste impoli envers Allie. Il lui apporta des sodas et de la nourriture, la fit rire et alla libérer une place sur l'une des grandes couvertures de plage afin qu'elle puisse s'asseoir. Dans l'ensemble, je devais approuver.

Je n'allais pas lever mon interdiction de rencards, mais peut-être, juste peut-être, nous pourrions inviter ce gamin à venir voir un film. Avec les lumières allumées. Et en présence de Stuart et moi – et d'Eddie et Timmy.

Quand le soleil plana juste au-dessus de l'horizon, Laura et moi nous assîmes avec quelques autres parents, qui étaient tous là pour surveiller leur progéniture. Je vis David circuler parmi les ados, mettant les surfeurs sur le côté et les rassemblant au bord de l'eau.

Lorsqu'il arriva au niveau d'Allie et de Troy, je vis le garçon serrer la main de ma fille avant de partir. David dit quelque chose à Allie et un large sourire fendit son visage. J'ignorais totalement ce qu'il avait dit, mais je devais admettre qu'il était bon avec elle. D'après ce que j'avais vu, il était doué avec tous les jeunes.

En fait, je ne voyais pas une seule chose qui clochait avec David Long. Alors pourquoi cette petite alarme se déclenchait-elle dans ma tête chaque fois que j'étais près de lui ?

Je me penchai vers Laura.

— Lui, dis-je en faisant un signe de tête vers David.

— Est-ce qu'on joue aux vingt questions ? s'enquit-elle. Qu'est-ce qu'il y a, chez lui ?

— Tu peux commencer tes recherches avec David Long.

Elle gigota sur la couverture afin d'être face à moi, puis regarda autour d'elle pour s'assurer que personne ne nous écoutait. Il n'y avait aucune oreille indiscrète. Les autres parents rassemblaient leurs affaires, prévoyant de se rapprocher de l'eau pour voir l'équipe de surf faire sa démonstration.

— Tu penses vraiment qu'il mijote quelque chose ? s'enquit Laura. Il a l'air tellement gentil.

— C'est ce que je n'aime pas, répondis-je.

J'avais rencontré David le jour où tout cela avait commencé. Soit il était un démon, soit le livreur de clé mystérieuse, soit il avait été au mauvais endroit au mauvais moment. Je voulais savoir.

— Honnêtement, Kate, tu n'étais pas aussi paranoïaque, avant.

Je me contentai de la fixer et elle se reprit :

— Bon, d'accord : la paranoïa, c'est bien. Je le sais. Alors, qu'est-ce que tu veux savoir sur lui ?

— Tout ce que tu peux trouver. Depuis combien de temps il

enseigne ? Depuis combien de temps il est au lycée Coronado ? D'où il vient ? Est-ce qu'il est marié ? Tu vois. Les trucs habituels.

— Je vais réfléchir à ce que je peux faire, déclara-t-elle en se redressant. Pendant ce temps-là, je vais regarder les mecs surfer.

Nous nous rapprochâmes et depuis notre point de vue, je voyais les garçons sur leur planche, alignés pour la photo. Le mec au milieu, grand blond clairement pas lycéen, me paraissait familier, mais je n'arrivais pas à retrouver son nom.

— C'est Cool, annonça Laura quand je demandai si elle le connaissait. Tu sais, le surfeur.

— En fait, je ne savais pas. Et je suis époustouflée par le fait que *toi*, tu le saches. Tu connais tous les joueurs de basket du coin, aussi ?

Elle grimaça.

— Il est passé au journal, Kate. Si tu enlèves la télécommande des mains de Stuart et d'Eddie, peut-être que tu verras plus que des reportages politiques ou de vieilles rediffusions de matchs.

— Mon répertoire est plus large que ça, la contredis-je. Je connais parfaitement tous les épisodes des *Mélodilous*. Et je sais toujours quelle célébrité viendra dans l'épisode de *Sesame Street*.

— Ah ouais ? Eh bien, Cool est l'invité célèbre du jour. C'est indiqué sur la pancarte du stand de hot-dog.

J'inclinai la tête, le regardant de plus près. S'il était si local que ça, peut-être que je l'avais vu au journal ou dans une pub du coin. Je ne pouvais certainement pas imaginer où j'aurais pu voir un surfeur d'un mètre quatre-vingt-deux, bronzé et huilé. Enfin, je n'avais pas regardé d'épisode d'*Alerte à Malibu* depuis des années.

Laura leva sa bouteille d'eau pétillante.

— Je vais prendre un truc plus fort, annonça-t-elle. Coca Light. Tu en veux un ?

Je secouai la tête, me rendant compte que j'avais déjà vidé quatre bouteilles d'eau et que je commençais à le sentir. Je me redressai.

— Je reviens tout de suite, déclarai-je.

Je regardai autour de moi, m'orientant, puis montrant l'hôtel du doigt.

— Les seules toilettes sont de ce côté, n'est-ce pas ?

Laura acquiesça.

— On est passées à côté juste après avoir quitté la passerelle. Elles sont contre les collines et il y a un petit chemin en béton pour y arriver. Tu ne peux pas les louper.

Je partis dans cette direction, songeant toujours à Cool. Oui, il y avait des démons qui se préparaient à frapper. Et oui, quelque chose était clairement en train de se tramer. Mais ça ne signifiait pas que je devais me méfier du surfeur, simplement parce qu'il paraissait familier. Les publicités avec de petits budgets que les commerçants du coin diffusaient à la télé étaient souvent plutôt mauvaises, mais elles ne franchissaient qu'en de rares occasions la frontière du démonisme.

Les toilettes publiques étaient désertes et remarquablement propres. J'attribuais cela au fait que nous étions en décembre. Même si on pouvait aller à la plage toute l'année à San Diablo, seules les âmes les plus enhardies bravaient la froideur de l'eau pendant les mois d'hiver, et les touristes ne pullulaient pas. Le Pacifique était assez froid en été. Si on baissait la température ambiante de quelques degrés, la situation devenait plus acceptable pour les ours polaires que pour les humains.

Non pas que la température de l'eau ralentisse les surfeurs. Alors que je sortais des toilettes, je pus entendre les rires et les applaudissements des étudiants alors qu'ils acclamaient les sportifs. De ce point de vue là, l'affleurement de rochers m'empêchait de voir les ados sur la plage. Toutefois, j'avais un panorama dégagé sur l'océan et je pouvais distinguer six surfeurs, rebondissant sur les vagues, faisant un signe de main à la foule et passant un bon moment.

Alors que je me précipitais sur le chemin, je passai près d'un agent de collecte des ordures qui avait un balai ainsi qu'une pelle à la main. Son uniforme vert familier attira mon regard. D'ailleurs, cela me sauva probablement la vie.

Car si je ne l'avais pas regardé, je n'aurais peut-être pas vu la façon dont il ralentit. La manière dont sa main se serra sur le manche du balai alors qu'il laissait tomber la pelle sur le côté.

Et j'aurais certainement manqué l'air dangereux qu'il prit avant de viser directement ma gorge.

10

Je levai mon bras droit dans un geste vif comme l'éclair pour parer son coup. En même temps, mon bras gauche se plaça devant mon corps dans un mouvement défensif. Je tirai sur le manche, les doigts serrés.

Mon assaillant grogna avec frustration, son cri prenant de l'ampleur quand je lui arrachai le balai des mains. Je l'écrasai contre le béton, utilisant mon talon pour retirer la partie brosse.

Tout cela prit moins d'une seconde et je fis tourner le bâton avant de le bloquer et de donner un coup dans le ventre du démon avec le bout du manche. Son souffle lui échappa dans un *ouf* et il tituba en arrière, croisant les bras sur son estomac.

Je le reconnus. La salopette verte, le visage rondelet. Et, bien sûr, le monogramme « Ernesto Ruiz, Lycée Coronado » sur la poche fut un indice fatal – sans jeu de mots.

J'avais été attaquée par le concierge du lycée.

Puisque je doutais qu'il m'ait sauté dessus simplement parce que j'avais mis le bazar dans son placard, j'étais presque certaine qu'il s'agissait d'un démon.

— Pourquoi es-tu là ? m'enquis-je.

Ma voix était basse et mon ton mortel.

— Et qui est ton maître ?

Il resserra ses mains autour du bâton, essayant de relâcher la pression sur son ventre.

— Idiote, déclara-t-il d'une voix rauque. Tu ne peux pas gagner. Donne-nous ce que nous cherchons et nous te laisserons en vie.

— Le livre ? Je l'ai brûlé.

— Tu mens ! siffla-t-il.

— Tu peux aller le chercher en enfer, déclarai-je.

Je levai le bâton juste assez haut pour le frapper une nouvelle fois, cette fois-ci afin de lui transpercer l'œil.

Néanmoins, je n'y arrivai pas. J'avais sous-estimé sa force et je desserrai ma poigne alors qu'il tendait la main avant de réussir à récupérer la pelle à la longue poignée. Il l'agita, la partie en métal déchirant mon t-shirt et égratignant mon ventre. Je criai à cause de la vive douleur, me reculant par réflexe pendant le plus bref des instants.

Mais ce fut suffisant. Il se releva et grogna en cognant avec force la pelle contre le trottoir, dans un mouvement qui ressembla au mien. La partie la plus large se détacha, le laissant avec un bâton de la même taille et du même poids environ que le mien.

Il s'y accrocha, plongeant vers moi, agitant le manche avec des mouvements hachés, mais funestes. Je ne m'étais pas battue avec ce genre d'arme depuis vingt ans, et alors que je bondissais en avant et esquivais ses coups, je notai mentalement de suggérer un changement de cursus à Cutter. J'avais clairement besoin d'un cours de rattrapage.

Non pas que mon manque d'entraînement ait beaucoup d'importance. Les aptitudes formelles n'étaient pas vraiment au programme pour le moment. C'était du combat de rue. Immoral et sale. Aucun coup n'était retenu. La pratique m'aiderait à me perfectionner, mais ce soir, ce serait mon état de nerfs qui m'aiderait à vaincre.

Parce que franchement, j'étais agacée.

M'attaquer dans ma maison ? Laisser des livres démoniaques inexplicables dans le coin ? Me mettre en retard pour le seul rencard auquel ma fille m'inviterait ?

Oh, ouais, j'étais prête à botter des fesses de démon et celui-ci me convenait parfaitement.

Nous nous battîmes comme des sauvageons, perdus dans un brouillard de coups de pied et de poing. Mes mouvements étaient surtout défensifs, puisque j'essayais de rester en vie tout en cherchant une ouverture pendant laquelle je pourrais lui enfoncer le bâton dans l'œil.

Mon sac s'était libéré un peu plus tôt et désormais, alors que je le voyais par terre, je commençai à plonger dans cette direction, puis je me souvins. J'avais été interrompue quand je déversais le contenu d'un sac vers l'autre. Mon eau bénite, mon couteau et d'autres petites choses pratiques étaient toujours à la maison. Bon sang.

Il se précipita vers moi, le bout de son bâton visant ma tête. C'était un mouvement ridicule et je le bloquai rapidement par un coup vers le haut de mon arme. Cependant, quand je le fis, je reculai... et me retrouvai étalée par terre, mon pied dans un mélange de métal et de chaînes.

Du disc golf ! J'avais trébuché sur un but de disc golf à moitié enterré.

Alors que je libérais mon pied, le démon me bondit dessus, ses genoux serrés autour de ma taille alors qu'il me retenait avec une main sur la gorge.

Les miennes étaient coincées sous moi et je luttai pour bouger, mais je n'arrivai qu'à me tortiller. Sa respiration immonde m'arrivait en plein visage et je fis une prière silencieuse. Ça ne pouvait pas être la fin. Pas quand j'avais deux enfants à élever. Deux enfants à protéger des démons dans ce monde.

Sa main se resserra autour de ma gorge et je luttai inutilement, le monde commençant à devenir gris.

— Où ? chuchota-t-il à nouveau.

Sa voix était aussi rauque que du gravier. Il parlait juste au-dessus de mon visage et je faillis avoir un haut-le-cœur à cause de la puanteur.

— Où est-il ?

J'ouvris la bouche et fis comme si j'allais essayer de parler. Il plissa les yeux, mais ne relâcha pas sa prise. J'agitai davantage ma main, tordant mon corps alors que je faisais semblant de lutter, ce qui, je l'espérais, camouflait ce que je faisais en réalité : creuser dans le sable, tentant de libérer une seule main.

— Où ? s'enquit-il à nouveau.

Je m'obligeai à émettre un son. Juste un gargouillis, puis je toussai. J'essayai à nouveau. Un autre bruit. Et cette fois-ci, merci, mon Dieu, cela avait vraiment fonctionné. Le démon relâcha sa poigne sur mon cou. Pas totalement, mais assez pour que je respire.

— Le livre, croassai-je. Va... va...

— Oui ?

— Va au diable !

Il écarquilla les yeux tant à cause de mes mots que de ma main désormais libre que j'avais dégagée, pour le saisir au niveau de la gorge, au même endroit que lui. Il s'éloigna instinctivement, et cela m'offrit l'ouverture dont j'avais besoin.

Je relevai un genou ainsi que ma paume , réussissant à le repousser au loin. Puis je tanguai vers l'arrière et dans un mouvement de bascule, je me remis sur pied.

J'avais désormais l'avantage et j'avais bien l'intention de l'utiliser.

— Essayez-vous de libérer les démons du Tartare ? Pourquoi avez-vous besoin du livre ? Pour avoir des instructions ? Un rituel ? Quoi ?

Je crachai les questions en lui tournant autour, attendant le bon moment pour attaquer.

— Tu l'apprendras bien assez tôt, chasseuse, déclara-t-il.

Il plongea vers moi et je me décalai pour me défendre. Mais au lieu d'attaquer, il tendit la main, saisit une poignée de sable et avant d'être totalement relevé, il me la jeta au visage.

Je rugis de douleur alors que le sable me rentrait dans les yeux. Seule une demi-seconde s'écoula avant que je me souvienne comment réagir, mais c'était déjà trop tard. Je me préparai pour l'attaque, puis... rien. Je plissai les paupières malgré la douleur, des larmes commençant à se former dessous. Il était parti. Au lieu de m'attaquer, il avait fui, et je pouvais le voir courir sur la plage, loin de moi. Et, plus important, loin des lycéens.

J'envisageai de le poursuivre, mais me convainquis du

contraire. Il allait falloir que je le trouve et l'éradique, sans aucun doute. Mais si je n'étais pas obligée de le faire maintenant, alors ce ne serait pas le cas. Déjà, je n'avais pas d'armes décentes. Ensuite, il faudrait que je cache le corps.

Je pouvais l'attirer dans l'eau ou creuser un trou dans le sable, mais ces deux solutions pouvaient prendre du temps et n'étaient pas optimales. Et si des étudiants venaient pendant que j'enterrais leur concierge, qu'allais-je dire ? Que la cafétéria n'était pas assez propre à cause de lui ? Curieusement, je pensais que ça ne suffirait pas.

Non, j'étais au courant pour le concierge, désormais. Il valait mieux le laisser tranquille et poursuivre cet assassinat plus tard.

Je repensai au moment où je l'avais vu à l'école, dans le fond, alors que la police sortait le corps de Sinclair du placard. Avait-il déjà été un démon à ce moment-là ? Je ne pensais pas. Cela aurait été plus logique que le gardien-démon cherche (ou cache ?) le livre. Pourquoi envoyer Sinclair alors que j'aurais pu le découvrir ?

En plus, il ne m'avait pas paru particulièrement démoniaque quand je l'avais vu. Bien sûr, les apparences pouvaient être trompeuses, mais il avait marmonné, mécontent à cause des foutus enfants. Ce n'était pas la litanie habituelle d'un démon, mais probablement plus une plainte habituelle pour un concierge de lycée.

Le démon était toujours dans mon esprit quand je retournai à la fête. Laura me lança un regard curieux, écarquillant les yeux quand elle vit mon t-shirt déchiré.

— Qu'est-ce que… ?

Je balayai sa question d'un revers de la main, fermant ma veste pour dissimuler les dommages causés à mon haut.

J'allais le raconter à Laura, bien sûr. Mais plus tard.

J'avais eu mon compte de soucis pour la soirée. Et même si j'allais garder un œil ouvert à la recherche de démons et autres maléfices, je ne pouvais pas être de service pour le reste de la nuit. Il allait falloir que je fasse comme si j'étais une mère normale avec une vie normale, dans une ville normale.

L'illusion dura exactement deux heures et trente-six minutes. Après cela, Allie, Laura, Mindy et moi retournâmes à la maison.

Nous trouvâmes ma porte grande ouverte et trois voitures de police garées devant, leurs lumières bleues, blanches et rouges illuminant le quartier comme dans une fête foraine.

Timmy !

La peur me transperça alors que j'ouvrais brusquement la portière de la voiture et sortais avant que Laura ait le temps de ralentir. Je me précipitai vers la porte, criant le nom de mon petit garçon, un millier d'images infernales dansant dans ma tête.

Une policière en uniforme se tenait dans l'embrasure de la porte, la main tendue comme pour m'arrêter. Je repoussai son bras et franchis la porte, trébuchant presque sur Sylvia.

— Il va bien, déclara-t-elle.

Elle posa ses deux mains sur mes épaules et me regarda droit dans les yeux.

— Tout le monde va bien. Personne n'est blessé. Il y a eu un cambriolage. C'est un vrai bazar, mais personne n'est blessé.

— Où est-il ? demandai-je.

Je n'étais pas prête à croire quoi que ce soit jusqu'à voir mon bébé.

Mais Sylvia n'eut pas besoin de répondre puisque mon petit garçon en pyjama se précipita dans le couloir, une paire de menottes pendant depuis ses mains.

— Maman ! Maman ! Je suis un défective !

Je le pris dans mes bras et l'enlaçai, mes yeux se fermant sous l'horreur. Allie et les Dupont entrèrent également dans la maison et je sentis les bras de ma fille passer autour de moi, ses sanglots discrets furent suffisants pour me briser le cœur.

— Ce n'est rien, dis-je. Il va bien. Ce n'est rien.

Je continuais de le répéter, me disant que si je n'arrêtais pas, je finirais par y croire.

Après avoir tenu mes enfants pendant une éternité, je passai Timmy à Allie. Il paraissait vraiment aller bien. Ma fille était aussi secouée que moi. Et ce n'était pas étonnant. Son frère et elle avaient été dans de beaux draps à la fin de l'été. Les cauchemars de Timmy avaient disparu, mais je savais que les souvenirs assaillaient toujours Allie. Je savais aussi que je ne pouvais rien faire à part lui dire que je l'aimais. Nous avions tous nos propres démons à affronter. Et nous devions tous le faire à notre façon.

Dans mon cas, bien sûr, beaucoup de ces démons étaient réels. Et, en septembre, j'avais passé plusieurs jours à repenser ma décision de reprendre un service actif. En fin de compte, j'avais décidé que San Diablo avait besoin d'une chasseuse. Quelqu'un d'entraîné pour faire face au mal. Quelqu'un qui se battrait du bon côté.

Désormais, je ne pouvais m'empêcher de me demander si j'avais fait le meilleur choix. Et si c'était une erreur, était-ce trop tard pour tout arranger ?

Je l'ignorais, et ce n'était pas une question à laquelle je pouvais répondre pour le moment, pas quand ma fille regardait, horrifiée, notre maison sens dessus dessous, et mon petit garçon courir en agitant des menottes pour chasser un officier blond qui avait volontiers accepté le rôle du « méchant ».

— Que s'est-il passé ? s'enquit Laura.

Elle était arrivée à mes côtés et me prit la main, serrant mes doigts pour montrer son soutien.

Un ombre traversa le visage de Sylvia, alors qu'elle nous disait qu'elle avait entendu un bruit sourd et était donc sortie de chez elle, avant de voir les gyrophares de la police au bout de notre quartier. Elle s'était inquiétée, mais pas excessivement. Mais elle avait alors essayé d'appeler notre maison et personne n'avait répondu.

Elle pensait que peut-être, il était arrivé quelque chose à Eddie, que peut-être, une ambulance était arrivée et elle avait donc eu le sentiment qu'elle devait aller voir. Timmy et elle avaient traversé la rue et avaient appris que la maison avait été cambriolée.

Eddie était parti faire un tour à pied et pendant le temps qu'il lui avait fallu pour faire quatre pâtés de maisons, quelqu'un était entré et avait retourné notre foyer.

Le vieil homme avait appelé la police à la seconde où il était revenu, mais, bien sûr, ils ne pouvaient rien faire.

— Où est Eddie ? demandai-je. Il doit se sentir terriblement mal.

— Il est dans la cuisine. Il était... je ne sais pas, un peu flippé. Il n'arrêtait pas de parler de démons. Mais il va bien, ajouta-t-elle précipitamment. Les flics ont dit qu'ils voyaient tout le temps d'étranges réactions après des cambriolages. Donc ce n'est pas comme s'il était dérangé ou quelque chose comme ça.

— C'est bon à savoir, déclarai-je.

Je lançai un regard suppliant à Laura.

— Je vais le voir, dit-elle.

Elle se précipita vers la cuisine avant même que je puisse la remercier.

— Il faut que j'appelle Stuart, dis-je à personne en particulier.

— Je l'ai appelé, dit Sylvia. Je lui ai laissé un message sur son répondeur. Et la police a appelé aussi.

Elle secoua la tête.

— Il est probablement très occupé à cause de sa campagne, n'est-ce pas ?

Je comptai jusqu'à dix. Ce n'était pas vraiment le moment de dire à ma voisine ce que je pensais de cette campagne.

Je pris une inspiration.

— Alors, que s'est-il passé ensuite ?

— Ils ont simplement fait le tour de la maison. Ce qui est bizarre, c'est que les voleurs n'ont pas emporté tes équipements électroniques ni rien. Je pense qu'ils se demandent si peut-être, c'était une question de politique. Quelqu'un qui ne voudrait pas que Stuart soit candidat.

Je songeai à cette idée et dis à Sylvia que ça n'était pas une piste à écarter. C'était un mensonge, bien sûr. Parce que je savais ce que les voleurs cherchaient.

Mais le livre n'était pas là. Je l'avais emmené à la cathédrale pour qu'il soit en sécurité.

Au moins, ce plan-là avait fonctionné.

Le plus grand plan, celui qui consistait à garder ma famille en sécurité, au chaud et loin de toute vie de chasseuse de démons ? Celui-ci ne se déroulait pas aussi bien, j'en avais peur.

— Tu vas me dire pourquoi tu me gardes ici ? Je ne gagne pas vraiment ma croûte, là.

Eddie serra une tasse de thé chaud entre ses deux mains et me regarda par-dessus ses lunettes, ses sourcils s'agitant comme des chenilles grises et poilues.

Je posai ma main sur la sienne.

— Parce qu'on vous aime.

Les policiers et Sylvia étaient enfin partis et j'avais également renvoyé Mindy et Laura. Ma meilleure amie avait voulu que nous venions chez elle, mais pour moi, c'était comme céder au mal. En plus, je ne m'attendais pas à revivre d'autres drames ce soir. La recherche avait été minutieuse et ils n'avaient pas trouvé le livre. Les méchants ne reviendraient pas. Pas ce soir, en tout cas. Surtout pas avec les flics passant fréquemment devant la maison.

Eddie ferma les yeux et ses épaules commencèrent à trembler.

— Je me fais vieux. Je suis plus ou moins inutile. Ensuite, je pars et j'oublie d'activer cette fichue alarme.

— C'était une erreur, Eddie. Ça aurait pu arriver à n'importe qui.

— Ça n'aurait pas dû m'arriver, à moi.

Il retira sa main, emportant sa tasse de thé avec lui, et but une longue gorgée.

— Bon sang, insista-t-il. Ça n'aurait pas dû m'arriver, à moi.

Il prit ensuite de l'élan et lança le mug, qui vola avant de s'écraser de l'autre côté de la cuisine. Du thé s'éparpilla sur la peinture blanche en fines coulures, alors que Kabit miaulait et se précipitait vers le salon.

— Eh bien, dis-je après un moment. Au moins, vous n'avez pas fait ça après le nettoyage.

Un léger sourire se dessina sur ses lèvres.

— Vu la façon dont tu gères ta maison, tu penses vraiment qu'on pourrait voir la différence ?

— Attention, vieillard, fis-je d'un air de reproche, mais il dût voir que j'étais ravie de retrouver l'ancien Eddie.

Des pas résonnèrent depuis le salon et Allie contourna le coin, Timmy serré dans ses bras.

— C'était quoi, ça ? demanda-t-elle d'une voix essoufflée.

— Gros bruit ! cria Timmy. Gros, gros bruit !

— Eddie a fait tomber sa tasse, expliquai-je.

Allie me regarda, puis scruta Eddie avant de voir le mur.

— O.K., très bien. Moi aussi j'ai le droit de casser quelque chose ?

— Oh, bon sang.

Je lui donnai ma propre tasse désormais vide.

— Défoule-toi.

Elle le fit, l'envoyant valser à une vitesse qui lui aurait probablement permis d'être choisie dans une équipe de softball. Le mug se brisa et elle tapa dans la main d'Eddie. Elle croisa mon regard et le sien brillait.

— Je crois que je me sens mieux.

— Bien, dis-je.

— Moi aussi, Maman ! Moi aussi.

Eddie gloussa et je fis une rapide gymnastique mentale, me demandant si toute ma vaisselle allait finir brisée, si j'autorisai Timmy à faire tomber une tasse.

Finalement, je décidai que je n'en avais pas grand-chose à faire.

— Toi aussi, mon petit gars, déclarai-je.

Je me levai et trouvai deux mugs horribles dans le placard.

— Je vais même me joindre à toi.

Je lui tendis la tasse et nous comptâmes jusqu'à trois avant de les laisser tomber. La mienne s'écrasa en petits morceaux sur le carrelage, juste devant le mur. Le craquement intense de la céramique en train de se briser était étonnamment cathartique.

Celui de Timmy fit environ quinze centimètres avant d'atterrir à ses pieds, la poignée se brisant et une fissure la parcourant de la base jusqu'au bord. Ce n'était pas aussi satisfaisant qu'un million de morceaux, mais tout de même, il sautillait et criait.

— Encore ! Encore !

— Je pense qu'une, c'est suffisant.

Puis, avant que je puisse y songer et me mettre à pleurnicher, j'ajoutai :

— Pourquoi Allie et toi vous n'iriez pas ramasser les peluches dans le salon ?

— D'accord, répondit Allie.

Elle ne cillait même pas alors que je venais de lui demander de nettoyer l'intérieur du canapé.

— On va le faire, ensuite je lui fais prendre son bain.

Elle inclina la tête.

— Où est-ce qu'il dort, ce soir ?

— On dort tous dans ma chambre, déclarai-je. On va empiler des couvertures sur le matelas. On ne remarquera même pas les déchirures.

— Nous tous ? demanda Allie en haussant un sourcil.

— Pas moi, répondit Eddie.

Il me montra du pouce.

— Elle ronfle.

— Merci bien, répondis-je alors que ma fille riait. Et vous avez ma permission de dormir où vous voulez.

— Ma chambre sera très bien, merci.

— Apporte des couvertures à Eddie pour qu'il recouvre les déchirures de son matelas, demandai-je à Allie. Ensuite, va t'oc-cuper du salon.

— Je vais chercher mes propres couvertures, déclara-t-il. Ça, je peux m'en occuper.

— Eddie...

Je tendis la main vers la sienne, mais il était déjà debout et balaya ma remarque d'un geste de la main.

— Je vais bien. Et je vais me coucher.

Je le regardai partir, mon cœur se pinçant légèrement, mais j'ignorais totalement comment le réconforter.

Allie tira une chaise et s'assit à la table, Timmy en équilibre sur ses genoux.

— Alors, ton lit va être un peu bondé, hein ?

— Ce sera confortable, dis-je.

— C'est Stuart, qui ronfle, répondit-elle.

— C'est vrai, confirmai-je.

— Et on ne l'a pas beaucoup vu, ce soir.

— Non, répondis-je, c'est clair.

Je jetai un coup d'œil au portable qui n'avait toujours pas sonné, alors que j'avais déjà laissé deux messages à mon époux. J'avais dit que j'étais agacée, mais il s'agissait sûrement du pire euphémisme du monde.

— Alors, euh, il partagera le lit aussi ?

Je croisai le regard de ma fille. Ma fille perspicace et qui grandissait trop vite.

— Non, répondis-je. Il ne le partagera pas.

Avec un timing parfait, le craquement de la porte du garage fit écho dans la cuisine.

— En parlant du loup, dit Allie.

— Ce n'est pas un loup, la corrigeai-je. Mais il va devoir me le payer.

Je me levai.

— Laisse tomber les peluches et emmène Timmy à l'étage, O.K. ? Va au lit. Regarde un film approprié pour ton frère si tu veux. Je monte dans un petit moment.

— D'accord, dit-elle en récupérant Timmy. Stuart va en prendre pour son grade, hein ?

— Oh que oui, répondis-je. Ça ne sera pas beau à voir.

Quand Stuart entra enfin dans la cuisine, je l'attendais, les bras croisés sur ma poitrine et ma fureur grimpant comme du mercure. Il me regarda, puis tendit une rose rouge.

— Tous les fleuristes étaient fermés. Ils avaient un seau à l'épicerie.

— Tu m'as apporté une fleur, dis-je d'une voix assez cassante pour briser une baie vitrée.

— Si je t'avais amené du chocolat, tu te serais plainte de ton tour de taille.

Cet homme me connaissait bien.

— Et n'est-ce pas l'intention qui compte ?

Je m'appuyai contre le plan de travail et secouai la tête.

— Pas aujourd'hui.

Il fronça les sourcils alors qu'il me regardait, puis il vit le reste de la pièce. La cuisine était en bazar, mais ce n'était pas pire que lors d'un désastre post-préparation du dîner. Cependant, quand il atteignit la table, il vit clairement les tasses écrasées et une grande partie du salon. C'était un foutoir qui ne pouvait être dissimulé. Et il ne pouvait pas non plus mettre ça sur le compte de mes aptitudes de mauvaise maîtresse de maison, même si c'était souvent le cas.

— Oh merde, dit-il. Que s'est-il passé ?

— Si tu consultais ton portable de temps en temps, déclarai-je d'une voix glaciale, peut-être que tu l'aurais su.

— Je n'avais plus de batterie. Et je n'arrive pas à trouver le chargeur de la voiture. La dernière fois que j'ai emmené Timmy au…

Je levai une main.

— Oh non. Tu ne vas pas mettre ton manque de communication sur le dos de ton fils. Ne t'engage même pas sur ce terrain.

— Kate…

— On a été cambriolés, Stuart ! Et tu me racontes une histoire de merde à propos d'un chargeur de téléphone !

Toute couleur disparut de son visage.

— Où sont les enfants ?

Je serrai les poings, voulant retenir ma colère. Et oui, j'avais envie de le punir. C'était mesquin, petit et méchant, mais bon sang, c'était ce que je ressentais. Et dès que je m'en rendis compte, la bulle éclata. Mon souffle accéléra et malgré tout mon entraînement, toute ma colère et tout ce stupide self-control auquel j'avais tant fait appel ces derniers mois, je commençai à pleurer.

— Nom de Dieu, Kate, dit Stuart en m'attrapant les épaules. Les enfants ? Où sont les enfants ?

— Ils vont bien, réussis-je à dire entre les sanglots.

Je plongeai mon visage contre son torse et le laissai me tenir contre lui, l'émotion vive inondant mon corps alors que l'adrénaline le quittait.

— Ils sont à l'étage. Ils vont bien.

— Je suis désolé, murmura-t-il. J'essayais de maîtriser ce bazar de subdivision dont je devais m'occuper au travail. Je savais que tu étais à la plage avec Allie, donc je ne m'inquiétais pas en me disant que je devais rentrer plus tôt, et je n'ai même pas cru que je devais appeler depuis le bureau. Et quand je suis monté en voiture, je me suis rendu compte que je ne pouvais pas t'appeler du tout.

Il me caressa les cheveux.

— Si seulement j'avais su.

— Ce n'est rien, dis-je. Ce n'est rien.

Mais pourtant, c'était quelque chose. Nos deux boulots se mettaient en travers de notre vie de famille, de notre mariage. Et, honnêtement, je n'étais pas certaine que notre union le supporterait.

— Kate ?

Il inclina mon menton vers le haut et déposa un baiser sur mes lèvres, soufflant :

— Qu'y a-t-il ?

— Rien, répondis-je automatiquement. Non, attends. Ce n'est pas vrai. J'ai l'impression que tu as une maîtresse ou quelque chose dans le genre. Seulement, c'est à moi de me trouver un peu de temps avec toi.

Il me caressa les cheveux.

— C'est difficile pour le moment, dit-il. Je le sais. Et je t'aime encore plus pour tout ce que tu supportes.

— Je sais, chuchotai-je. Je t'aime aussi.

Je pris une profonde inspiration, puis une autre. Je reculai ensuite pour me mettre sur la pointe des pieds et déposer un baiser sur sa joue alors que le chat émergeait du salon pour décrire un huit entre mes jambes.

— Mais, ce soir, mon chéri, tu vas dormir sur le canapé.

Je partis à l'étage pour rejoindre les enfants, me demandant vaguement si je me montrais hypocrite. Enfin, au moins, je savais ce que Stuart mijotait quand il était loin de la maison, le soir. Lui, en revanche, ignorait totalement ce que je préparais.

Et, en vérité, je ne prévoyais pas de lui dire un jour.

11

Le concept de culpabilité ne m'est pas inconnu. L'été dernier, par exemple, j'avais faussement cru que Stuart avait aidé un démon particulièrement maléfique qui souhaitait prendre le contrôle de San Diablo, et ensuite, du monde. C'était une erreur honnête que n'importe quelle épouse aurait pu commettre, mais je me sens toujours coupable à ce propos. Et Stuart en récoltait les bénéfices depuis des mois, non pas qu'il ait connu les raisons de mon changement soudain en super femme.

Ce que je veux dire, c'est que je reconnais un comportement motivé par la culpabilité quand j'en vois un. J'en avais d'ailleurs vu un la veille et désormais, ce n'était qu'un immense déjà vu, cette fois-ci avec des pancakes aux pépites de chocolat, du jus d'orange et du café livré sur un plateau, sur le canapé de la chambre parentale.

— Il est l'heure de se réveiller, fredonna Stuart en ouvrant les rideaux.

— Waouh, dis-je en clignant des yeux à cause du soleil. Des pancakes, hein ?

— C'est en forgeant qu'on devient forgeron. En plus, la plaque était toujours sur le plan de travail.

Il tira sur la couverture. Allie grogna avant de la repasser par-dessus sa tête.

— Allez, les filles. On a juste suffisamment de temps avant la messe pour manger et nous habiller.

Je me relevai sur un coude, le scrutant. J'allais à la messe au moins une fois par semaine, et j'emmenai les enfants chaque dimanche. Toutefois, c'était une autre histoire avec mon mari. Il y allait, mais à contrecœur. Et à mon avis, le nombre de fois où Stuart avait lancé l'idée d'aller à l'église était exactement de... zéro.

Oh ouais. J'assistais clairement à une crise de culpabilité.

Cependant, je n'étais pas difficile. Je roulai donc hors du lit, réveillai les enfants et commençai à me préparer.

Mon plaisir provoqué par la concentration soudaine de Stuart sur les aspects spirituel et familial prit un virage désagréable lorsque nous fûmes en train de finir le petit déjeuner.

— Je me disais qu'on pourrait passer dans un magasin de meubles en rentrant, déclarai-je. Les matelas sont défoncés. Et autant qu'on achète un nouveau canapé maintenant.

Nous voulions attendre que Timmy n'ait plus l'âge des couches qui fuient et des biberons renversés. Toutefois, notre canapé avait clairement une odeur âcre que même la couverture luxueuse dont je l'avais recouvert ne pouvait dissimuler.

Stuart, en revanche, n'eut pas l'air aussi enthousiaste.

— Quoi ? m'enquis-je.

J'essuyai du sirop d'érable sur les mains de Timmy – puis son visage, ses jambes et l'extrémité de ses oreilles.

— Rien, répondit mon époux.

Il était en train de laver la vaisselle et je sentis une culpabilité supplémentaire.

— Mouais, dis-je.

— Je pensais simplement qu'on pourrait y aller à deux voitures.

— Deux, répétai-je. Et pourquoi ça ?

— Kate...

Je levai les mains en signe de reddition.

— D'accord. Tu dois travailler. Je comprends.

Il arriva derrière moi et glissa ses bras autour de ma taille.

— Il y a la récolte de fonds au musée, ce soir. Il faut juste que je passe quelques coups de fil à ce sujet et que je rattrape deux ou trois petites choses. Je serai à la maison à dix-neuf heures. Je te le promets.

— Tout ça pour repartir et te rendre à la soirée.

Je luttai contre l'envie urgente de grimacer. Il fallait encore que j'achète une robe pour assister à ce truc.

— Ma chérie...

— Je sais, je sais. C'est bon.

Il me lança un regard méfiant.

— Tu en es sûre ?

— Absolument.

Je n'étais pas ravie, mais j'avais moi-même du boulot.

— Simplement, ne sois pas surpris si quand tu reviens à la maison, tu vois que j'ai acheté un nouveau canapé.

— Ça me donnerait sans doute une bonne leçon.

— Sans doute, confirmai-je.

Vingt minutes plus tard, nous étions habillés et montions en voiture. Allie et moi rejoignîmes le monospace tandis que Stuart et Timmy prenaient l'Infiniti. J'aurais les deux enfants après la messe, mais au moins pendant une partie de la matinée, je pouvais écouter les infos plutôt que Radio Disney.

J'avais espéré discuter avec le père Ben après la messe, mais à mon grand étonnement, il n'était pas là. L'évêque assurait le service, ce qu'il faisait souvent le dimanche. Néanmoins, généralement, Ben participait à la messe. Aujourd'hui, je ne le vis nulle part.

La messe se termina environ à midi et après nous être levés et avoir dit quelques mots à l'évêque, Stuart nous embrassa, moi et les enfants, pour nous dire au revoir. Il partit ensuite avec la promesse d'être de retour à dix-neuf heures. Aujourd'hui, bien sûr, je me fichais de savoir s'il était en retard. Je préférerais rester à la maison, en jean, à manger des sandwichs au beurre de cacahuète, plutôt que de me mêler aux autres à un gala de récolte de fonds, surtout quand j'allais être exposée aux côtés de mon mari.

Cette fois-ci, cependant, j'étais certaine que mon cher et tendre serait à l'heure.

Une fois Stuart parti, je laissai Timmy sur l'aire de jeux avec Allie pendant que j'allais trouver Delores.

— Le père Ben ? s'enquit-elle en réponse à ma question. Il est allé à Los Angeles hier soir. Il a dit qu'il voulait faire quelques recherches dans les archives.

— Il a dit sur quoi il travaillait ?

— Pas un mot.

— D'accord. Merci.

Je réprimai l'envie urgente d'appeler Ben sur son portable et j'allai plutôt retrouver mes enfants. Il me le ferait savoir quand il aurait une information concrète et, pour l'instant, j'étais déjà bien occupée puisque je devais remettre ma maison en ordre.

Sans grande surprise, Allie ne contredit pas mon plan, qui était de passer quelques heures au centre commercial. Et une fois que je proposai de lui acheter une nouvelle tenue à Gap, elle fut même d'accord pour s'occuper de son frère et se charger de quelques courses de Noël pendant que je partais faire quelques emplettes de mon côté.

J'allai d'abord dans un magasin de décoration luxueux, mais je ne pouvais justifier de dépenser autant d'argent dans un canapé, peu importait à quel point il pouvait être confortable. Surtout que j'allais devoir passer les deux prochaines années à le dissimuler sous des couvertures si je voulais qu'il reste plus ou moins propre. Je tentai de trouver un canapé au prix adapté à la fois aux revenus moyens et à la présence d'un petit enfant, mais j'appris bientôt que tous les grands magasins de meubles se situaient en dehors du centre commercial, dans leur propre bâtiment.

Sympa pour eux, tant pis pour moi. J'étais coincée dans un centre commercial avec une adolescente qui venait tout juste de commencer à faire des folies. Et même si j'avais été d'accord pour lui acheter une nouvelle tenue, je connaissais suffisamment ma fille pour savoir que le choix de ces vêtements pouvait prendre jusqu'à quatre heures.

Ce fut à ce moment-là que je me rappelai que moi aussi, j'avais besoin d'une tenue. Je ne savais pas vraiment comment j'avais pu oublier, en fait. J'imagine que j'avais espéré que ce soit annulé. Si je n'avais rien de décent à me mettre, peut-être que Stuart ne m'emmènerait pas.

Je fronçai les sourcils, agacée par mon chemin de pensées.

Cette élection était importante pour Stuart. Ce qui signifiait qu'elle l'était également pour moi. Certes, j'étais énervée – une façon politiquement correcte de dire que j'étais carrément en rogne – par ses absences de plus en plus fréquentes de notre maison. Mais c'était entre lui et moi. L'élection était entre nous et les votants. Parce que, même si je n'aimais pas ça, j'étais la femme d'un politicien, désormais. Et je ne laisserais pas ma méchanceté gâcher ses chances d'être élu.

En d'autres termes, ma mission était d'acheter une robe. Une robe qui disait « ce candidat a une femme sympa, votons pour lui ». Avec des chaussures assorties. Et rien que parce que j'étais heureuse d'avoir mon mari à la maison à l'heure, pour une fois, je me dis que j'allais suivre les conseils de Laura et passer par Victoria's Secret, également.

La robe parfaite était disponible dans toutes les tailles sauf la mienne, mais la robe presque parfaite m'allait bien. C'était une variation de la noire classique, avec une taille haute accentuée par une ceinture rouge, un corset serré et une jupe qui voletait quand je marchais et gonflais quand je me retournais. Je n'étais certainement pas un mannequin, mais si on me mettait quelques robes comme ça dans mon placard, je pourrais très bien le devenir.

Bien sûr, j'achetai cette tenue, ainsi qu'une paire de talons assortis. J'envisageai de prendre un autre châle également, mais je décidai que j'avais causé suffisamment de dommages à notre carte de crédit. Mon plan original était de dépenser mon argent de la Forza pour la robe, mais cette idée s'était envolée quand Stuart avait annoncé qu'il ne viendrait pas à la soirée d'Allie sur la plage. Et quand il n'avait pas été là pour le cambriolage ? Eh bien, les chaussures avaient été ajoutées au panier. C'était très peu raisonnable, mais c'était agréable. Très agréable. C'était même si bon que deux heures passèrent avant que je retrouve Allie avec mon petit monstre.

Même si elle s'était acheté une tenue et avait fait quelques achats pour Timmy également, le total dépensé par Allie était significativement moins élevé que le mien. Nous nous arrêtâmes dans la boutique de cookies avant d'aller nous asseoir sur un banc alors qu'elle me faisait l'inventaire de ses achats – en ignorant remarquablement les cadeaux de Noël. Même si elle me décrivit chaque article avec force détails, cela ne se résumait qu'à des vêtements et des jouets. Je trouvai ces derniers bien plus intéressants.

— Tu lui as acheté un arsenal ? demandai-je en jetant un coup d'œil dans le sac de courses que j'avais scruté.

— Je me suis dit que ce serait amusant, déclara-t-elle. Des pistolets à eau pour Timmy et Stuart. Et les plus petits pour toi et moi.

Je sortis l'un des pistolets et testai la gâchette. Pas mal pour un jouet en plastique à l'image d'un dessin animé. Et je ne doutais pas que ces achats permettraient à ma famille de partager au moins une heure de divertissement. Après ça, j'imaginais qu'ils se perdraient quelque part dans le jardin, puis seraient brisés par la tondeuse à gazon à l'été. J'avais déjà traversé cela auparavant.

Mais je ne m'en plaignais pas. Une heure était une heure et l'idée me paraissait amusante.

Dès que Timmy termina son cookie, nous mîmes nos sacs de courses dans la voiture et Allie s'occupa la poussette en se plaignant de la difficulté de faire du shopping avec son frère dans les pattes. Je restai silencieuse. Curieusement, je crus que c'était mieux.

Nous nous rendîmes ensuite dans des magasins de décoration et pendant qu'Allie s'échinait à empêcher Timmy de rebondir sur chaque coussin, je pris en otage l'un des vendeurs et fis sérieusement augmenter sa moyenne de vente. Quand nous franchîmes la porte et retournâmes dans le monospace, nous étions sur le point de mourir de faim. Nous nous garâmes devant le premier McDonald's que nous vîmes. Ce n'était pas vraiment exaltant pour Allie ou moi, mais le gnome – qui devenait doucement ronchon– en fut ravi. Étant donné la force qu'il pouvait mettre dans de simples gémissements, je préférais éviter une crise.

Devant la queue insensée pour le drive, je trouvai une place, donnai mon sac à main à ma fille et lui dis d'aller me prendre un Big Mac, de commander un Happy Meal avec un cheeseburger pour Timmy et de choisir ce qu'elle voulait pour elle. Elle partit, semblant ravie de ce plan.

Lorsqu'elle réapparut, je ne pus m'empêcher de remarquer

qu'elle paraissait significativement moins heureuse. En fait, elle était clairement mal lunée. Puisque les changements d'humeur fréquents étaient normaux pour quelqu'un qui vivait avec une adolescente – entre les siens et les miens… –, je n'y songeai pas trop longtemps. Cependant, je lui posai tout de même la question. Elle me coupa avec un amer :

— Je vais bien. Je suis juste fatiguée. C'est rien.

Elle posa ses pieds sur le tableau de bord, s'enfonça sur son siège et ferma les yeux.

Génial. Je combattais la mauvaise humeur d'un côté et c'était mon autre enfant qui s'y mettait.

Le reste de l'après-midi fut beaucoup plus plaisant. Allie n'était pas vraiment un rayon de soleil, mais elle ne se morfondait pas non plus et j'attribuai sa petite crise précédente à sa glycémie en baisse.

Plus important, la journée se démarquait à merveille par son absence de démon. Allie et moi entamâmes le nettoyage du désastre domestique, pendant que Timmy ajoutait un peu plus de bazar dans sa chambre. Eddie voulut aider, mais je devais lui donner des ordres spécifiques et je finis par ne pas le contredire quand il annonça qu'il partait à la bibliothèque, qui ouvrait à quatorze heures le dimanche. (J'étais presque certaine que son ignorance de l'utilisation d'un aspirateur était une ruse, mais je décidai de ne pas le lui faire remarquer.)

À seize heures, Laura et Mindy arrivèrent et nous partîmes manger une glace. Ou plutôt, ma meilleure amie et moi mangeâmes de la crème glacée. Je n'étais pas vraiment certaine que Timmy en ait ingéré, mais si quelqu'un trouvait un jour un lien entre le soin à la glace et la peau parfaite, alors je pouvais dire sans problème que mon petit garçon aurait le plus beau teint du monde. Les filles commandèrent deux minuscules portions de sorbet, puis mangèrent très lentement, avant de jeter à la poubelle la majeure partie de leur commande quand nous partîmes.

— Pourquoi ne pas simplement boire de l'eau ? demandai-je.

Ma fille et Mindy partagèrent un regard de pitié.

— Parce que sinon, on n'aurait pas le goût, Maman. Enfin, ce n'est pas comme si on se privait ni rien.

Comme dirait Allie : *peu importe.*

Je laissai tout le monde devant la maison de Laura avant de me garer chez moi. Je n'avais pas discuté des arrangements de ce soir avec ma fille, mais elle ne protesta pas. Après le cambriolage de la nuit dernière, je ne m'attendais pas à ce qu'elle le fasse.

En revanche, ce fut une autre histoire avec Eddie. Il avait insisté plus tôt pour rester à la maison et avait promis de « botter le cul de n'importe quel taré aimant les démons qui aurait la malchance d'essayer de rentrer ». Mais puisque cela me convenait, je ne le contredis pas.

Ni le vieux ni Stuart n'était encore rentré, donc j'avais la maison pour moi toute seule pour me doucher et me maquiller. Mes cheveux ont tendance à tomber mollement autour de mon visage. C'est l'une des raisons pour lesquelles je me fais souvent une queue de cheval. Ainsi ils retombent toujours, mais pas devant mes yeux.

Cependant, je peux les dompter quand j'en ai vraiment besoin, et j'avais le sentiment qu'un gala de Tabitha Danvers figurait dans cette catégorie d'événements.

Je passai donc les vingt minutes suivantes à appliquer du soin sur mes cheveux, avant de les sécher. C'était une véritable leçon d'humilité, devrais-je ajouter. J'étais une femme qui avait, un jour, détruit un nid de vampires tout en agitant une épée en bois d'une main et un crucifix de l'autre. Mais rien de tout cela n'avait d'importance dans le domaine capillaire. J'étais apparemment incapable génétiquement de me servir à la fois d'un sèche-cheveux et d'une brosse ronde.

Malgré mon incompétence, je réussis à sécher mes cheveux. Et il y avait même un peu de volume, ce qui signifiait plus ou moins qu'ils ne tombaient plus aussi mollement que d'habitude. Je résistai à l'envie urgente de les attacher dans ma queue de cheval familière et allai plutôt chercher mon fer à friser. J'ignorais peut-être ce que mijotaient les démons de cette ville, mais j'allais certainement dompter mes cheveux.

Trente minutes et une demi-bouteille de laque plus tard, j'étais assez belle, autant que je puisse en juger. Mon visage était encadré d'une mer de boucles, mes yeux paraissaient encore plus grands avec les trois couches de mascara que j'avais appliquées, et mes lèvres étaient à la fois rouges et pulpeuses. Je m'attendais à ce que le maquillage coule en une demi-heure et que mes cheveux retombent avant même que nous atteignions le musée, mais au moins, mon mari pourrait voir les résultats de mes efforts.

J'enfilai la robe avant de regarder l'heure. Dix-neuf heures moins le quart. Dans une autre vie, je me serais attendue à ce que Stuart rentre à la maison en avance. Plus maintenant. Ce qui signifiait que j'avais encore quinze minutes à tuer et il fallait que je m'occupe d'une façon qui ne froisserait pas ma robe, ne ferait pas suer mon nez et n'ébourifferait pas mes cheveux.

J'allumai la télévision et zappai, mais malgré le fait que nous avions plus de trois cents chaînes, je ne trouvai absolument rien d'intéressant. Je cédai et l'éteignis. J'attrapai ensuite mon sac et sortis le petit mot d'Eric.

Je le relus entièrement une fois, puis une seconde et mon cœur fut douloureux. À la fois à cause d'Eric et de la vie que nous avions perdue, ainsi que pour Stuart et la vie que nous avions.

Je fermai les yeux, le petit mot appuyé contre ma poitrine alors que je songeais à mon second mari. Même si je détestais l'admettre, malgré tout le temps que j'avais passé mariée à Stuart, je comparais toujours mes deux unions. Pas ouvertement. À peine inconsciemment. Mais comment pouvais-je m'en empêcher ? J'en étais certainement incapable. Et un fait simple ressortait : Eric avait connu mon secret. Il avait connu mon passé. Bon sang, il l'avait vécu avec moi.

Stuart ignorait cette part de moi et cela me rendait un peu triste. Parce que lors de mon premier mariage, il n'y avait pas eu de cachotteries. Et je mettais de ce fait ma première union sur un petit piédestal. Une représentation d'une perfection maritale que Stuart et moi ne pourrions jamais atteindre.

C'était horriblement injuste pour Stuart. Je le savais. Néanmoins, les sentiments et la justice n'allaient pas toujours de pair.

Mais désormais, je devais m'interroger sur le possible effondrement de ce piédestal. Parce que le monde que j'avais imaginé avec Eric était une illusion. J'avais cru que nous n'avions aucun secret. Ce n'était pas vrai. Le coffre-fort me l'avait démontré.

Cela me menait à une conclusion inéluctable : mon mari avait été assassiné à cause d'un secret.

Une flamme enragée me brûla et je ne pus m'empêcher de me demander : et s'il m'avait dit la vérité, s'il m'avait appelée à l'aide… est-ce qu'Eric serait encore en vie aujourd'hui ?

Et dans ce cas, à quoi ressemblerait ma vie aujourd'hui ?

— Tu es absolument magnifique, déclara Stuart en tendant son bras pour que je le saisisse.

Nous étions sur le trottoir devant le musée, à quelques pas des marches qui nous mèneraient à la grande entrée. Derrière nous, le voiturier alluma le contact et s'en alla. Je passai mon bras au creux du coude de Stuart et sourit.

— Tu l'as déjà dit.

En fait, il l'avait dit trois fois. La première quand il était rentré à la maison, à nouveau quand il avait enfilé son costume et encore une fois en ouvrant la portière pour moi.

En toute équité, je le lui avais dit aussi. Stuart n'était pas trop mal fagoté, en règle générale, mais il était vraiment époustouflant dans son costume gris qui lui cintrait les épaules, ses yeux brillant d'anticipation.

Il avait l'air si délicieux que je me répétai, juste pour bien me faire comprendre.

— Tu es superbe, dis-je.

— Et c'est encore mieux à ton bras.

— Évidemment. Cela va sans dire, confirmai-je.

Nous nous esclaffâmes et je me sentis toute chaude et légère quand les souvenirs de nos premiers rendez-vous me submergèrent. Je m'étais à peine libérée de l'état étrange dans lequel j'avais glissé après la mort d'Eric et ce dont je me souvenais mieux à propos de ces premières semaines était la façon dont Stuart m'avait fait rire. Et la façon dont il arrivait toujours à me surprendre. Il m'avait emmenée pour un tour sur l'autoroute Pacifique et m'avait offert le dîner à Spago, à Los Angeles, alors que je m'étais simplement attendue à un rapide burger. Une nuit blottis sur le canapé devant *Sacré Graal* des Monty Python, complété par de la nourriture chinoise et un vin apéritif. Un petit week-end sur l'île Santa Catalina quand Allie avait mentionné qu'elle n'y était jamais allée et qu'elle en avait vraiment envie.

Et, bien sûr, ce qui m'avait totalement séduite c'était qu'il avait demandé à mon adolescente la permission de m'épouser.

— Tu vas bien ?

Stuart étudia mon visage et je me rendis compte que les larmes me montaient aux yeux.

— Oh non ! criai-je. Mouchoir ! Le mascara n'est pas waterproof !

— J'ai loupé une crise ? s'enquit-il.

Je me tapotai les yeux, me maudissant de ne pas avoir choisi mon standard Maybelline.

— Tout va bien, déclarai-je enfin.

Je vérifiai mon reflet dans mon miroir de poche.

— Je repensais juste au jour où tu m'as demandé de t'épouser.

— Ah. Les larmes sont parfaitement logiques alors.

Je me mis sur la pointe des pieds et l'embrassai ardemment.

— Je t'aime, dis-je. Allez, rentrons et allons chercher de sérieuses donations pour ta campagne, d'accord ?

Je commençai à ouvrir la porte, mais il retint ma main.

— Merci, répondit-il simplement.

Je me retournai et lui lançai un regard interrogateur.

— Pour quoi ?

— Pour ça. Pour tout. Je sais que tu n'as jamais signé pour être femme de politicien.

Sa bouche se tordit, révélant une fossette réticente.

— Et j'aime que tu supportes tout ça.

— J'ai épousé l'homme, Stuart. Pas le boulot. Et je t'aime quoi qu'il arrive.

J'espérais simplement que si, un jour, il découvrait ma vie secrète, il ressentirait la même chose pour moi.

Je ne dirais qu'une chose sur Tabitha Danvers. Cette femme savait organiser une fête. Même moi, qui avais tendance à éviter ce genre de petite sauterie autant que possible, je passai un assez bon moment. Ce qui signifiait que je bus le vin gratuit, que j'échangeai des banalités quand c'était nécessaire, puis que je déambulai dans le musée afin de regarder quelques objets exposés.

Vraiment, le meilleur moment de ces fêtes était quand on échappait à la foule.

Le musée était techniquement fermé jusqu'au mois de janvier, afin que les employés puissent faire l'inventaire et préparer de nouvelles expositions. Toutefois, Tabitha l'avait ouvert pour nous, nous assurant que nous pouvions nous promener dans le bâtiment et même observer quelques-uns des objets prochainement révélés au public.

Je l'avais avidement prise au mot, voulant échapper à la cohue. La plupart des invités restèrent cependant dans l'atrium, où ils pouvaient être proches à la fois de mon mari et du bar.

Je connaissais assez bien le musée Danvers. Quand j'étais enceinte de Timmy, je m'étais promenée dans ses couloirs lors de la dernière semaine de grossesse comme pour inciter le travail à commencer MAINTENANT. (Cela n'avait pas fonctionné. Ce petit voyou était né avec six jours de retard, faisant voler en éclats les contes de bonnes femmes selon lesquels les deuxièmes enfants arrivaient plus tôt.)

Après cela, j'avais brûlé mon ventre de grossesse en marchant dans le musée, Timmy collé à ma poitrine dans le porte-bébé BabyBjörn que j'avais acheté lors d'une de mes folies shopping provoquées par le post-partum. (Je marchais également au centre commercial, mais ces promenades semblaient me coûter de l'argent. Avec un bébé et un mari qui touchait un salaire du gouvernement, je m'étais dit que le moins que je pouvais faire afin de stabiliser le budget de la famille était d'éviter tout endroit clos avec des magasins de déco, de vêtements et des librairies.)

Étant donné que j'avais passé tant de temps ici quand il était jeune, ce n'était pas étonnant que Timmy apprécie toujours les musées. Il se promenait tout seul, désormais, et nous explorions la section d'histoire naturelle, observant les fossiles exposés et le squelette de baleine suspendu au plafond. Nous étions d'ailleurs venus une semaine plus tôt, juste avant qu'ils ferment pour le changement d'exposition.

Je déambulais maintenant dans la pièce, mes talons cliquetant sur le sol carrelé, le mammifère marin gigantesque planant au-dessus de moi. La pièce évoquait les voyages et j'étais curieuse de voir ce qu'ils installaient. Je marquai une pause sur le seuil, faisant un signe de tête poli au gardien qui se tenait juste devant la porte.

Puis, parce que j'avais été attaquée la veille seulement par un démon en uniforme, je lui jetai un coup d'œil plus insistant. Sa posture n'avait pas changé et il me prêtait à peine attention. Je me détendis, mais rien qu'un tout petit peu.

On ne peut jamais être vraiment sûr avec les démons.

La pièce en elle-même était étrange, ne dévoilant que des supports pour des vitrines dont je ne voyais pas le contenu depuis la porte. Un velours sombre couvrait les murs et le plafond, et la seule lumière était noire.

Je m'approchai d'un trépied et vis qu'il était dominé par une grande tablette en pierre, couverte de formes géométriques qui semblaient briller sous la lumière violette. Des triangles sur des triangles. Des carrés sur des carrés. Des carrés divisés en triangles.

Je saisis un prospectus à côté de la vitrine principale et le parcourus rapidement. Tous ces artéfacts étaient apparemment des reliques macédoniennes, découvertes l'année dernière lors de fouilles organisées par le British Museum. D'après le texte, elles dataient de plusieurs milliers d'années avant la naissance du Christ.

Je ne m'y connais pas beaucoup en histoire, mais je trouvai cela assez fascinant. Encore plus quand j'appris que les experts n'étaient pas certains de la fonction de ces tablettes ou de la signification des symboles.

Je m'assis sur un banc et retirai mes nouvelles chaussures,

agitant mes orteils, en extase. Je n'avais plus l'habitude de porter des talons et mes pieds étaient douloureux.

Je me massais la voûte plantaire quand je me rendis compte que quelqu'un se trouvait dans l'embrasure de la porte. Embarrassée, je levai les yeux pour voir ce grand mec blond et bronzé. Cool.

J'eus une révélation quand je réalisai pourquoi il me paraissait si familier. Je l'avais aperçu ici, au musée. Ce n'était pas le genre d'endroit où je me serais attendue à croiser un surfeur célèbre, mais les gens nous surprenaient tout le temps.

Je glissai ma chaussure et me levai pour aller entretenir une conversation polie, mais lorsque j'arrivai dans le cadre de la porte, il était déjà parti.

Je haussai les épaules et avançai vers la pièce suivante où, au moins, la lumière était normale et les objets, reconnaissables. Des bols, des cuillères. Pour ça, je n'avais pas besoin d'un prospectus.

Puisque je n'avais pas pris de nouvelles des enfants, je sortis mon portable et appelai Laura. Ils allaient bien, me répondit-elle. Timmy était déjà endormi. Elle me demanda si je préférais passer les récupérer demain matin. J'y songeai et décidai que c'était le cas. Une fois Timmy réveillé, il était impossible de le rendormir. Il valait mieux ne pas le perturber une fois qu'il avait commencé sa nuit.

Je continuai à déambuler dans l'exposition, y prêtant à moitié attention, mais laissant surtout mon esprit vagabonder. Vers les démons, Stuart, Eric, mes enfants. Mon mari vint me trouver, entra et passa ses bras autour de ma taille.

— Hé, souffla-t-il. Tu es prête à y aller ?

Je regardai ma montre. Il était encore tôt.

— *Toi*, tu es prêt à y aller ?

Il embrassa le sommet de mon crâne.

— J'ai serré des mains. J'ai fait du relationnel. J'ai joué au politicien. Et maintenant...

Il me retourna dans ses bras et m'attira contre lui.

— Je crois qu'il est temps pour moi de jouer au mari.

— Dans ce cas-là, dis-je, étonnée mais ravie, je pense que je peux me libérer.

Le lendemain matin, j'allai récupérer Timmy chez Laura à l'aube, l'emmenai à la garderie, puis me précipitai à la maison pour me plonger dans le livre mystère et mon problème de démon. J'avais appelé Gretchen, hier, lui expliquant que j'allais sûrement rentrer tard et la suppliant de me remplacer pour emmener les filles à l'école. C'était donc plus que légèrement ironique si j'étais désormais à la table de Laura, trente minutes avant l'heure habituelle où je m'habillais.

— Tu es impatiente ? s'enquit-elle.

Elle bâilla et resserra son peignoir autour de sa taille.

— Non, juste prête à botter des culs.

C'était incroyable de constater l'impact qu'une soirée romantique dans une maison sans enfants pouvait avoir sur votre vision du monde.

— Toi et ta fille. C'était quoi cette attitude ce matin ?

Je fronçai les sourcils, toute pensée sur les démons chassée par l'inquiétude pour ma gamine.

— De quoi tu parles ?

— Je ne sais pas, dit-elle en nous servant du café. C'est ça le truc. Hier, elle m'a à peine décroché deux mots. Et quand je l'ai mentionné à Mindy ce matin, elle a dit qu'Allie ne lui avait parlé de rien non plus.

— Bon sang. Elle est restée silencieuse hier, après notre sortie au centre commercial, mais je croyais qu'elle avait simplement faim.

Désormais, je ne savais pas quoi en penser. Ne pas me parler, ou même à Laura, était un paramètre normal chez une adolescente entre quatorze et seize ans (du moins, d'après tous les livres sur la parentalité que j'avais lus). Mais ne pas parler à Mindy ? C'était un mystère.

— Peut-être qu'elles sont amoureuses du même garçon ? suggérai-je.

— Peut-être, déclara Laura dubitative. Mais j'ai pensé que tu devais le savoir.

— Merci.

Enfin, je ne voyais pas trop quoi faire de cette nouvelle information. C'est l'ennui, quand on est parent. Chaque fois qu'on règle un problème – comme l'entraînement au pot –, un nouveau apparaît.

Et même si les soucis des bambins comme le changement des couches, la sécurisation de la maison et le premier jour de crèche m'avaient incroyablement effrayée, c'était bien les problèmes des plus grands enfants qui faisaient vraiment peur. Les garçons, les drogues, les voitures rapides et le sexe. Et parce que ma vie n'était pas assez compliquée encore, j'avais ajouté des démons à ce mélange.

Honnêtement, certains jours, ça ne valait pas la peine de se lever tôt.

— Je suis sûre que ce n'est rien, annonça Laura. Bref, ce n'est pas pour ça que je t'ai appelée.

Je bus mon café, puis la fixai du regard.

— Que tu as appelé ? Quand est-ce que tu m'as appelée ?

— Hier soir. Tu n'as pas eu mon message ?

La chaleur me monta aux joues et je m'éclaircis la gorge.

— Ah, euh, non. On n'a pas vraiment consulté le répondeur, hier soir. Après la collecte de fonds, je veux dire.

— Ah, vraiment ?

Elle haussa les sourcils avec intérêt.

Je me penchai en avant, puis baissai la voix, comme si les voisins pouvaient entendre ma confession.

— J'ai suivi ton exemple, expliquai-je. Victoria's Secret.

— Et je dois comprendre que ça a fonctionné ?

— Oh, ouais, déclarai-je sans retenir mon sourire idiot. Comme un charme. Même si, étant donné l'humeur de Stuart, je pense que de la lingerie premier prix aurait été tout aussi efficace.

Je m'éclaircis la gorge, mon sourire disparaissant alors que je me souvenais pourquoi elle avait mentionné la lingerie sexy, au départ.

— Tu as parlé à Paul ? m'enquis-je.

— Oui, répondit-elle d'une voix presque trop détendue. En fait, il a appelé hier matin. Et sans que je l'évoque, il m'a dit qu'il avait dû conduire jusqu'ici pour dîner et partager une bouteille de vin avec un gros client qui n'avait pas pu venir à la conférence.

— Alors il est rentré à la maison, hier soir ?

— Euh, je dois dire que non. Il a également dit qu'il avait prévu de rentrer à la maison, mais qu'il avait reçu un coup de fil urgent et donc il a dû faire demi-tour pour repartir à Los Angeles.

Elle haussa les épaules.

— Ça m'a l'air plausible. Pas pour toi ? conclut-elle.

Je décidai de contourner la question.

— Tu le crois ?

Elle ferma les yeux et but une longue gorgée de café.

— Disons juste que je lui accorde le bénéfice du doute. Pour l'instant.

Je tendis la main vers l'autre côté de la table pour serrer la sienne.

— J'espère que tout se terminera bien.

— Ce sera le cas.

Elle me lança un sourire larmoyant.

— Peu importe comment ça se finit, tout ira bien pour moi.

Elle se leva rapidement et avança vers l'évier, avant de regarder par la fenêtre. Après une seconde, elle fit couler un peu d'eau, referma le robinet puis se retourna pour me faire face.

— Bref, ça n'a aucun rapport avec la raison pour laquelle je t'ai appelée.

— D'accord. Je suis désolée de ne pas avoir vérifié mes messages.

— Aucune importance. Mais tu dois voir ça.

Sa voix était devenue sérieuse.

— O.K., dis-je un peu alarmée. Dis-moi.

Elle se leva et se dirigea vers son téléphone avant de commencer à fouiller dans une pile de papiers.

— J'ai trouvé ça sur Internet hier soir et je l'ai imprimé pour toi. Je ne veux pas risquer de perdre le site encore une fois.

— Quoi ?

— Attends. Je vais le chercher.

Elle jeta quelques dossiers en papier kraft, ainsi que quelques feuilles volantes sur le plan de travail.

— Voilà. C'est ici.

Elle libéra une pochette et la claqua sur la table devant moi.

— Je suis désolée, Kate, déclara-t-elle avant même que je finisse de lire.

Je parcourus l'article, me sentant de plus en plus absorbée par chaque mot. L'article datait de plusieurs mois auparavant. Il s'agissait de la description d'un grave accident de voiture. Le genre dans lequel la police ne s'attendait pas à trouver de survivants.

Mais dans ce cas-là, le conducteur avait survécu. Un enseignant du lycée Coronado, qui avait eu une rotule et un tibia cassés. Et, miraculeusement, aucune autre blessure.

Le nom de l'enseignant était David Long.

12

Je plongeai sur le téléphone de Laura et commençai à composer le numéro avant d'attendre impatiemment que les sonneries cessent. Finalement, la voix d'Allie sortit du combiné, me disant qu'elle ne pouvait pas décrocher pour l'instant, mais que je pouvais laisser un message.

Je recommençai. Une fois de plus, je tombai sur répondeur.

Je raccrochai rageusement le combiné de Laura.

— Bon sang, je vais directement à l'école.

— Je viens avec toi.

— Tu n'es pas habillée.

— Deux minutes, déclara-t-elle en partant vers la salle de bain.

Fidèle à sa parole, environ trois minutes plus tard nous étions dans la voiture et partions vers l'école.

— Tout ira bien, déclara Laura. Aucune des filles n'a cours avec lui, pas vrai ? Et Allie est restée dans ses parages pendant des jours et des jours sans que rien ne se passe. Il n'y a aucune raison pour que quelque chose d'horrible arrive aujourd'hui. N'est-ce pas ? s'enquit-elle.

Elle s'arrêta à une intersection et se retourna pour me regarder.

— N'est-ce pas ?

— Des clés mystérieuses. Des démons gériatriques. Des

concierges infernaux. Et une maison complétement retournée. Tout ça en un week-end. Je ne sais pas. Curieusement, je ne pense pas qu'on puisse en vouloir à Mercure de rétrograder.

— Ouais, eh bien, formulé comme ça...

Elle mit les gaz pour traverser la rue.

Je m'accrochais à l'accoudoir comme si ma vie en dépendait. Mon portable sonna. Je décrochai sans vérifier l'identité de mon interlocuteur.

— Maman ? demanda-t-elle sans même attendre que je dise bonjour. Qu'est-ce qui ne va pas ? C'est Timmy ?

— Non, non, dis-je précipitamment.

Je regardai Laura et acquiesçai quand elle articula silencieusement *Allie* ?

— Tout le monde va bien. Et toi ?

Il y eut un long silence.

— Euh, je sais que tu agis un peu comme une flippée et tout, mais je suis censée être en cours d'anglais, là, et j'ai dû supplier le prof d'aller aux toilettes parce que mon stupide téléphone a sonné deux fois, ce qui n'arrêtait pas de faire vibrer mon sac. Alors, euh, tu n'es pas censée m'appeler uniquement en cas d'urgence ?

— C'en est une, lui assurai-je. C'était urgent que je te contacte.

— D'accord. Donc...

— Donc ?

— Maman ! Pourquoi tu devais me contacter ?

Pour m'assurer que tu n'avais pas été attaquée par un démon. Mais je pouvais difficilement le lui avouer.

— Je, euh, vérifiais juste quelques trucs. Tu as une seconde ?

— Maman ! Je suis dans le couloir et je loupe le cours d'anglais. Que se passe-t-il ?

— Tu as des cours avec David Long, aujourd'hui ?

Elle marqua alors une longue pause.

— Je n'ai aucun cours avec M. Long. Pourquoi ?

— Et le club de surf ? Vous vous retrouvez après l'école ?

— Mam-*man* !

— Réponds simplement à la question Allie.

— Non. Le club de surf ne se réunit pas aujourd'hui. Satisfaite ?

Je pouvais l'imaginer en train de se tenir dans le couloir, le téléphone collé à son oreille, tapant du pied.

— Alors tu ne verras pas M. Long aujourd'hui ?

— Non. Mon Dieu, Maman. Je te l'ai dit une douzaine de fois. Je crois qu'il n'est même pas à l'école, aujourd'hui. Bethany a entendu dire qu'il était remplacé. Pourquoi ? Tu veux que j'aille le trouver pour toi ?

— Non. Non, non. C'est juste que… j'ai entendu des choses sur ses méthodes d'enseignement peu orthodoxes. Je veux me renseigner là-dessus.

Silence.

— Allie ?

— Tu perds la tête, Maman.

— Peut-être, confirmai-je.

Je fis signe à Laura d'effectuer un demi-tour et de retourner à la maison.

— Tu rentres tard à la maison, ce soir, c'est ça ? Entraînement de pom-pom girl ?

Elle marqua une autre pause.

— Ouais, mais je n'y vais pas.

Cela attira mon attention.

— Tu n'y vas pas ? Pourquoi ? Quelque chose ne va pas ?

Elle n'avait pas raté un seul entraînement depuis qu'elle avait rejoint l'équipe. Et ce dernier mois, du moins jusqu'à ce qu'elle découvre le génialissime Troy Myerson, elle vivait et respirait pom-pom girl.

— Je dois y aller.

Elle raccrocha. Pas de « je t'aime ». Pas d'au revoir. Elle avait simplement raccroché.

Je songeai à ce que Laura avait dit et un brin d'inquiétude s'insinua dans ma colonne vertébrale. Ma fille mijotait quelque chose. Et j'ignorais totalement ce que c'était.

Puisque le lundi était le jour habituel où je faisais du bénévolat à la maison de retraite Brumes Littorales, et comme je voulais jeter un coup d'œil aux affaires de Sinclair de toute façon, je partis directement là-bas après avoir quitté Laura.

Je trouvai Jenny dans la chambre de Delia, en train de se faire battre par la vieille femme lors d'une partie d'échecs.

— N'est-ce pas horrible ? déclara Jenny. Le pauvre M. Sinclair. Enfin, il se réveille d'un coma et juste après, il fait une crise cardiaque.

Delia secoua la tête.

— Il n'était pas bien dans sa tête, celui-là. Je lui ai parlé une fois après son réveil et tout ce que je peux dire, c'est qu'il n'était pas bien dans sa tête.

— Comment ça ? m'enquis-je.

Je me demandai si Sinclair avait dévoilé son plan démoniaque à la vieille dame.

— A-t-il dit quelque chose en particulier ?

Delia leva les yeux vers moi et cligna des paupières.

— Qui, ma chère ?

— Peu importe.

J'échangeai des banalités pendant quelques minutes avant de focaliser une nouvelle fois la conversation sur Sinclair.

— Je pensais aller trier ses affaires, dis-je à Jenny. Vous savez, tout remettre en ordre pour sa famille. Tout est encore dans sa chambre ?

— Je crois, dit-elle.

Comme si ma requête n'était aucunement bizarre. Elle fronça les sourcils vers le plateau d'échecs, perdue dans sa concentration. Je fis un pas en arrière vers la porte. Elle leva les yeux.

— Mais il me semble que tout a déjà été trié.

— Oh.

Je marquai une pause. C'était ce que je craignais.

— Alors, c'est dans une boîte au bureau administratif ?

Je pouvais m'y faufiler et y jeter un coup d'œil. Mais je n'en avais vraiment pas envie.

— Oh, je ne crois pas. Il me semble que son neveu a déjà tout réglé. Il est si charmant !

— Son neveu ? m'enquis-je.

J'aurais aimé que ce soit plus facile de poursuivre une conversation normale avec Jenny.

— Oh, ouais. Et il m'a même adressé la parole !

— Jenny, de quoi parlez-vous ?

Elle souffla, frustrée.

— C'est une célébrité, Madame Connor ! Je ne savais même pas que M. Sinclair avait de la famille, mais son neveu s'est pointé et il était genre, carrément bien gaulé !

— Il a sa photo dans le journal et tout, confirma Delia. C'est un canon, cet homme-là.

— Un canon ? répétai-je.

Delia cherchait déjà sur la table le journal d'hier. Elle le feuilleta, trouva la section Vie culturelle et art, avant de me le tendre. Et juste là, sur la première page, se trouvait une photo de Cool lors du barbecue de samedi, au milieu de surfeurs alignés derrière lui.

Sinclair était l'oncle de Cool ? Peut-être. Mais si ce n'était pas le cas, alors pour quelle raison Cool aurait-il fouillé les affaires d'un démon mort ?

Inutile de dire que mon intérêt était piqué.

Je me dis alors que j'avais obtenu autant d'informations que possible de la part de Jenny et Delia, donc je les laissai à leur partie et retournai dans la vieille chambre de Sinclair. Comme je m'y étais attendu, elle avait été nettoyée. Je cherchai diligemment, juste au cas où. La seule contrebande que je trouvai fut un Snickers coincé entre le matelas et le sommier. Cela faisait peut-être grossir, mais c'était difficilement démoniaque.

Je fermai la porte de Sinclair, me perchai au bord de son lit désormais défait, et appelai Laura sur son portable. Pas de réponse. Je tapotai mon genou, attendant que son répondeur prenne le relais, et lorsqu'il le fit, je dus lutter contre l'envie urgente de tout déballer. J'étais presque sûre que Laura était la seule à vérifier les messages sur son portable. Mais je ne pouvais pas en être convaincue à cent pour cent.

Donc dans un acte sans doute plus clandestin que nécessaire, je lui laissai un message cryptique pour lui dire que j'avais appris quelques petites choses intéressantes sur la célébrité locale dont nous avions discuté et que peut-être qu'elle pouvait voir ce qu'elle trouverait en ligne à son propos.

Cela me paraissait assez clair. Avec un peu de chance, ce serait également le cas pour Laura.

Je venais juste de raccrocher quand mon téléphone sonna à nouveau. Je regardai l'identité de l'appelant et vis qu'il s'agissait de Cutter. Je souris en répondant.

— Salut. Comment ça va ?

— Mon conseil concernant la banque a-t-il fonctionné ?

— Tout à fait. Vous êtes brillant.

— J'ai gagné un bon point ?

— Cinq, en fait. Encore dix et je vais officiellement devoir vous qualifier de gentil garçon.

— Combien de points jusqu'à ce que vous m'avouiez tous vos secrets ?

— Doucement, Cutter, déclarai-je.

Ma voix était sévère malgré mon sourire quand j'ajoutai :

— Continuez d'insister et vous allez également accumuler les mauvais points.

— Bon sang. Dire que j'étais si proche.

Je ris.

— Que se passe-t-il ?

— Vous venez, aujourd'hui, n'est-ce pas ?

— Bien sûr.

Je faisais du sport avec Cutter presque tous les lundis. Nous avions développé une petite routine agréable et je perfectionnais mes capacités atrophiées.

— Pourquoi ?

— Le nouvel étudiant que j'ai mentionné, celui qui a besoin d'un partenaire de lutte ? Je lui ai dit de venir aux alentours de seize heures. Ça vous va ?

— Trop tard, si ça ne m'allait pas, répondis-je.

Cutter avait invité le mec à venir exactement quand ma session privée était censée commencer.

— Il est doué, Kate. Il vous permettra de vous améliorer.

— Il est si bon que ça ?

— Non. Pas encore. Mais il est surprenant. Et il n'est pas moi. Vous commencez à être paresseuse.

— N'importe quoi.

Il rit.

— Ah oui ? Prouvez-le-moi cette après-midi.

— Vous êtes un crétin, Cutter.

— Je sais. Mais je suis un crétin qui vous supporte.

C'était vrai. Je lui répondis que je serais là, puis je raccrochai et j'eus hâte de me battre avec cet homme mystérieux. Un peu de viande fraîche allait me faire du bien.

Quand j'avais repris le sport, j'avais été surprise de voir avec quelle facilité je retrouvais mes routines familières. Il y avait plaisir indiscutable dans le fait de savoir que vous pouviez botter le cul de quelqu'un et, pour être honnête, cela m'avait manqué.

J'avais trouvé des substituts, bien sûr. Je reconnais qu'on peut aussi ressentir une intense satisfaction dans le fait d'aider son enfant à apprendre à compter, à s'assurer que notre famille a des vêtements propres – la plupart du temps – ainsi que des repas décents – si ce n'est gastronomique. Et même si je méprise toutes les tâches domestiques, il y a un contentement pervers dans le fait de racler le savon séché à l'intérieur de la vitre de la douche. (L'huile de citron. Elle fait des merveilles. Croyez-moi.)

Mais rien de cela ne rivalisait avec le bourdonnement de joie pure qui vous traversait quand vous exécutiez un coup de pied parfaitement rythmé et que vous assommiez votre opposant.

Je passai les heures suivantes à effectuer ma routine habituelle de bénévole pour Brumes Littorales. Je posai des questions aux résidents à propos de Sinclair, mais personne n'avait grand-chose à dire. Il n'y avait que des commentaires macabres sur sa mort horrible et comme c'était malheureux d'avoir une crise cardiaque et de finir avec une tige en métal en travers de l'œil.

Je repensai donc à tout ce qui s'était passé et au fait que je ne savais rien. Quand j'arrivai chez Cutter, j'étais prête à me défouler.

— J'espère que ce mec est bon, déclarai-je, parce que je suis d'humeur à botter des culs.

— Je suis bon, répondit une voix familière.

Je levai les yeux, étonnée, et effectivement, David Long sortit de derrière le rideau qui séparait la salle d'entraînement des vestiaires.

— Ou du moins, je l'étais.

Il leva sa canne.

— Mais je ne vous arriverai peut-être pas à la cheville.

Mon souffle se coupa dans ma gorge, et je me rendis compte que je me tenais là comme une statue et que je ne le regardais pas.

— Kate ?

Cutter fronça les sourcils dans ma direction.

— Qu'y a-t-il ?

— Rien.

Sauf que j'avais envie d'arracher la sale petite gorge démoniaque de David, ici et maintenant. À quel genre de jeu jouait-il ? Il se rapprochait de ma fille, il se rapprochait de moi, et il se préparait ensuite à combattre ?

Ces foutus démons étaient chaque jour plus audacieux.

— D'après ce que je vois, ce n'est pas rien, déclara David.

Il fit un pas vers moi. Je reculai.

— Vous vous sentez bien ?

— Parfaitement bien. Et vous ? La jambe va mieux depuis votre accident ?

— Quel accident ? s'enquit Cutter en nous regardant.

— Monsieur Long a eu un accident. Il s'est cassé la rotule. Et le tibia.

— C'était il y a un moment, répondit David. Je vais mieux, maintenant. Je boite un peu et je garde la canne à portée de main juste au cas où mes jambes se fatigueraient.

— Je ne savais pas que vous vous connaissiez, tous les deux.

— Ah oui, dis-je. David et moi sommes de vieux amis. N'est-ce pas ?

— Oui, répondit-il sans arrêter de me regarder. Nous le sommes.

Je frissonnai, la chair de poule naissant sur ma peau alors que je combattais l'envie urgente de m'enfuir. J'ignorais où et pourquoi, mais il y avait quelque chose dans ses mots. Quelque chose dans sa voix...

Je me ressaisis, obligeant ce moment à passer.

— Je ne crois pas que ce soit une si bonne idée, déclarai-je à Cutter. Je n'aime pas me battre avec des hommes qui traînent des cannes.

David la fit tourbillonner comme si c'était un bâton, avant de l'écraser sur le tatami à deux centimètres de mon pied.

— Pourquoi pas ? Vous croyez que vous seriez désavantagée ?

— Calmez-vous un peu, tous les deux, intervint notre instructeur.

Sa voix était ferme, mais il me lança un nouveau regard interrogateur. Mon visage demeura stoïque et mon regard, lointain.

— Kate, David va se battre avec la canne.

— Je suppose que puisque je suis coincé avec ce truc, il vaut mieux que j'en tire avantage et que je la transforme en arme.

— À vous de voir, Kate. Mais je pense que ça vous fera du bien.

— D'accord, dis-je.

J'avais voulu m'entraîner avec des bâtons, dans tous les cas, non ?

Je me déplaçai au milieu du tatami.

— Allez-y.

David me regarda de haut en bas.

— Vous n'allez pas vous changer ?

— Je vais aller poser mon sac, dis-je. Mais je peux me battre en jean. Et je ne pense pas qu'une personne qui m'attaquera dans la rue me laissera le temps de rentrer à la maison pour que j'enfile mon survêtement, si ?

Un ombre traversa son visage et il acquiesça.

— Pas faux.

J'acquiesçai brièvement, puis allai déposer mon sac. Je regardai leurs reflets dans le mur de miroirs et quand David se tourna pour parler à Cutter, je glissai ma bouteille d'eau bénite dans ma poche. Je tirai ensuite mes cheveux en arrière et les attachai avec ma barrette préférée. Celle avec une longue pièce en métal tranchante.

Dès que je saurais avec certitude que David était un démon, je l'abattrais pendant que sa chair brûlerait et crépiterait. Cutter allait le voir, bien sûr, mais je ne pouvais pas faire grand-chose à ce propos. David s'était trop rapproché de ma petite fille pour que je le laisse tranquille. Il ne sortirait pas vivant de ce bâtiment. Et si cela signifiait qu'aujourd'hui était le jour où je révélai tout à mon sensei, alors qu'il en soit ainsi.

Et, honnêtement, une part de moi avait hâte de faire cette révélation.

Je me levai, roulant mes épaules en arrière ainsi que mon cou, puis je traversai le tatami vers David, qui avait coincé sa canne sous son bras.

— Je promets d'y aller doucement, annonça-t-il avec le plus minuscule des sourires.

— Ne le faites pas, contrattaquai-je.

Puis, avant que Cutter nous fasse signe de commencer, David se déchaîna, guidant sa canne pour balayer mes genoux. Si là, il y allait doucement...

Notre instructeur cria pour protester, mais je roulai sur le côté et me redressai, les yeux rivés sur David tout en faisant signe à Cutter que tout allait bien. Nous luttâmes gentiment pendant un moment, de simples petits coups et pichenettes pour tester les réflexes de l'autre.

Malgré moi, je sentis mon respect grandir pour cet homme, même s'il était un démon. Il savait ce qu'il faisait. Ses mouvements étaient répétés et nets. Ses réflexes étaient bons et j'aurais aimé que les miens le soient autant. Il boitillait, mais cela ne le ralentissait pas du tout et la canne sur laquelle il aurait pu se reposer s'avérait être un atout.

Si l'homme n'avait pas été un démon, je l'aurais peut-être vraiment apprécié.

Non, le problème était que je l'avais apprécié. Et j'avais détesté ce que j'avais appris.

Il sentait que mon esprit vagabondait et il attaqua à toute vitesse, utilisant la canne pour cogner et frapper dans un mouvement qui faisait danser mes pieds alors que je prenais des poses défensives et cherchais une façon de prendre l'offensive.

Je compris l'enchaînement de ses frappes et au lieu de bondir sur la gauche pour éviter un coup, je me glissai sur la droite et la canne heurta mon bras, puis je levai l'autre main pour la refermer autour du bois. Je tirai vivement et désarmai David. Je le surpris, l'expression sur son visage le dit pour lui.

— Pas mal, dit-il. Mais amusons-nous maintenant, passons aux choses sérieuses.

Je me raidis, mon corps déjà prêt. Il tendit la main pour effectuer le fameux geste de Laurence Fishburne dans les films *Matrix*, me faisant signe d'avancer. Il se tapota ensuite le nez et me montra du doigt. Je me figeai. Je n'avais vu qu'une seule personne faire ce geste. Un unique combattant, depuis toutes les années où je me battais.

Eric.

Mon souffle se coupa dans ma gorge. Je vacillai et David me fit tomber sur le dos. Il avait attendu une faiblesse, et il avait su qu'elle viendrait. Rien que pour ça, à ce moment-là, je le détestai.

Il était sur moi, me retenant, les mains sur mes poignets et le genou contre ma taille.

— Vous me concédez la victoire ?

La pièce devint rouge sous le coup de ma fureur et mon poing se resserra autour de la canne que je tenais toujours dans ma main. Concéder ? Concéder ? À un foutu démon qui avait volé le mouvement de mon mari ? Qui l'avait utilisé contre moi pour me déstabiliser ? Qui me faisait passer pour une idiote ?

Non, je ne croyais pas que j'allais concéder quoi que ce soit. Et dans un mouvement totalement illégal, je relevai brusquement la tête, heurtant mon front contre le sien. La douleur me traversa, le brouillard rouge sur le monde virant à un gris contre lequel je dus lutter.

Néanmoins, je restais motivée et alors que David reculait, surpris, je combattis la douleur et relevai mon genou contre ma poitrine avant de planter mon talon dans son pelvis.

Derrière nous, je pouvais entendre Cutter crier mon nom. J'étais même vaguement consciente qu'il courait vers moi. Je m'en moquais. Alors que les doigts de mon entraîneur effleuraient mes épaules, je bondis vers l'avant, renversai David jusqu'à le chevaucher. La canne était collée contre sa gorge, bloquant sa respiration. Il lutta, sa peau devenant d'un bleu pâle alors que Cutter hurlait et tirait, essayant de me faire lâcher.

Je le fis, mais seulement d'une main. Et avec mes doigts libres, je récupérai la fiole d'eau bénite dans ma poche. Je la mis dans ma bouche et dévissai le bouchon avec mes dents.

David me regarda, les yeux injectés de sang.

— Bon sang, Kate ! hurla Cutter.

Il avait abandonné l'idée de me faire bouger et désormais il était agenouillé sur le tatami et tentait de m'arracher la canne.

David ne tenta même pas de lutter contre nous, puisque la fiole était ouverte désormais et je renversai le contenu sur le visage de David, maintenant ses bras, anticipant la vague de force pure qui accompagnerait la douleur.

Rien ne se produisit.

J'attendis, tendue, mes mains serrées autour de ses triceps.

Toujours rien. Ou plutôt, rien à part un David bredouillant et toussant.

Je n'arrivais pas vraiment à y croire. Et pourtant, étrangement, ce n'était pas de l'embarras, mais du soulagement qui me traversa. David Long n'était pas un démon. Je pouvais l'apprécier sans avoir le sentiment d'être une idiote. Plus important, je n'étais pas obligée de le tuer.

Cutter s'accroupit à côté de nous, tenant fermement la canne dans ses mains.

— Bon sang, Kate, chuchota-t-il. Il faut apprendre à se détendre.

Il se leva, puis me tendit la main. Je la saisis honteusement, réussissant à lâcher un « désolée » en direction de David, qui roula sur le côté et continua à tousser dès que je fus loin de lui.

J'attendis qu'il reprenne sa respiration, puis lui offris ma propre main. Il me regarda d'un air méfiant avant de la saisir. Je l'aidai à se relever.

— Euh, désolée pour ça.

— J'imagine que vous allez vous expliquer ?

— C'est juste la façon de Kate d'apprendre à vous connaître, déclara ironiquement Cutter. Bonne chance si vous vous attendez à ce qu'elle en dise plus.

Je me contentai de sourire et de prendre un air mystérieux.

— Vous me pardonnez ?

— Si je dis oui, vous allez encore m'arroser ?

— Je crois que vous l'avez suffisamment été.

Du moins, je l'espérais. Je devais admettre à contrecœur que j'avais déjà été dupée par le test de l'eau bénite auparavant. Tout de même, je voulais croire à ses résultats. David Long ne paraissait simplement pas démoniaque. Étrange, peut-être. Et même un peu mystérieux. Mais démoniaque ? Je ne le croyais pas.

Surtout quand on considérait qu'il avait l'air déconcerté. Je me dis alors que j'allais être un peu plus indulgente avec lui. J'allais lui faire confiance. Pour l'instant. Mais j'allais également garder un œil sur lui.

Je passai le trajet entre la salle d'entraînement de Cutter et la garderie de Timmy à penser aux démons, à David et au fait que j'avais toujours plus de questions que de réponses. Ce prof n'était peut-être pas un démon, mais quelque chose clochait clairement chez lui. Et j'ignorais totalement à qui les démons du Tartare parlaient. Et plus important, pourquoi.

Dans l'ensemble, je n'aimais pas le tableau qui se dressait et j'avais le sentiment que le temps s'écoulait.

Cependant, j'oubliai tout quand je vis mon fils. Il leva les yeux, me lança un sourire radieux, puis se précipita dans mes bras. Je le fis tourbillonner, ce qui provoqua des éclats de rire de la part de mon petit homme.

— Qu'est-ce que tu as fait à l'école, aujourd'hui ? lui demandai-je en l'attachant sur son siège auto.

Silence.

Je lui donnai Bounours et réessayai.

— Rien, Maman, dit-il.

Il plongea son pouce dans sa bouche.

Je fermai la portière et partis vers le siège conducteur. Une fois sur la route, je réessayai.

— Allez, mon petit gars. Je sais que tu as dû faire quelque chose. Raconte-moi ta journée.

En fait, je savais qu'ils avaient joué avec de la mousse à raser, parce que c'était ce que le petit mot dans son casier avait annoncé. En revanche, Timmy me dissimulait cette information comme si c'était un secret d'État.

— Je peux pas te dire, Maman. Je suce mon pouce.

— D'accord, dis-je. C'est logique. Peut-être que tu pourrais retirer ton pouce assez longtemps pour en dire plus à ta mère ?

Le silence se prolongea, à part pour les bruits de succion qui s'associaient à son geste concentré.

— Timmy ? Allez. Je veux vraiment savoir.

J'ajustai mon rétroviseur afin de le voir. Il sortit son pouce de sa bouche et écarquilla les yeux.

— Maman, dit-il avec une voix exaspérée qui m'était un peu trop familière. Je t'ai dit. C'est un secret !

— D'accord. Un secret.

C'était quoi ce délire ? J'esquissai un rictus et décidai de ne pas insister. Après tout, je savais tout des secrets.

Je souriais toujours quand j'ouvris la porte qui menait de notre garage à notre cuisine. Timmy entra précipitamment criant à pleins poumons qu'il voulait regarder *Blue et ses amis*. Je le suivis, mon sourire disparaissant lorsque je vis ma fille assise à la table de la cuisine, les yeux gonflés, les joues rougies et les larmes marquant la petite couche de poudre qu'elle avait appliquée sur son visage.

— Allie ? Ma chérie, qu'y a-t-il ?

Je laissai tomber mon sac et partis à ses côtés, essayant de passer mes bras autour d'elle. Elle se tourna, évitant mon contact. Puisque je ne la contentais jamais, je tirai l'une des chaises et m'assis en face d'elle, mon cœur tambourinant dans mon torse alors que j'attendais que ma fille me dise ce qui n'allait pas.

— Allie ? C'est un propos d'un garçon ?

Je ne croyais pas que c'était le cas, pas vraiment. Mais j'espérais. Oh, comme j'espérais que ce n'était pas mon secret qui lui avait fait monter les larmes aux yeux.

— Un garçon, dit-elle avant de secouer la tête. Non, j'imagine que ce n'est pas vraiment à cause d'un garçon. Elle leva les yeux vers moi, et depuis mon nouveau point de vue, plus près, je voyais à quel point ses yeux étaient injectés de sang.

— Ma chérie...

Elle me coupa, agitant un morceau de papier.

— Ça vient de Papa.

Je me figeai, le sang dans mes veines se transformant en glace.

— De Stuart ? m'enquis-je.

Je prononçai ces mots comme s'ils devaient traverser de la mélasse.

Mais je connaissais la réponse. Avant même qu'elle la dise. La lettre venait d'Eric. Et curieusement, d'une façon ou d'une autre, notre fille l'avait trouvée.

— Tu vas me dire ce qu'il se passe ? demanda Allie.

Je secouai lentement la tête, trop choquée pour dire quoi que ce soit.

— Maman ? J'ai le droit de savoir. Et s'il se passe quelque chose d'étrange à propos de mon père, tu dois me le dire.

— C'est une lettre d'Eric ? m'enquis-je.

Je n'arrêtai pas une seconde de regarder le papier.

Elle se pinça les lèvres, clignant rapidement des paupières.

— Oui.

Je tendis la main et elle me passa le petit mot. Voilà ce qu'il disait :

Katie, ma chérie,

Si tu lis ceci, je suppose que tu as également trouvé le coffre-fort (si ce n'est pas le cas, si tu as simplement trouvé cette lettre, il faut que tu ailles à la Mutuelle du Comté. Dis-leur que tu as perdu la clé et donne-leur ton nom. Ils devraient s'occuper de toi.)

Mon autre lettre explique le pourquoi de tout ça. Ou, du moins, elle te donne un indice sur le pourquoi. Je ne veux pas en dire plus ici. Il faut que tu ailles trouver le professeur retraité, notre ami quand on était à Los Angeles. Tu te souviens de lui ? Trouve-le, Katie. Il saura où t'envoyer ensuite.

Je vous aime, Allie et toi, plus que tout. Garde cette vérité en sécurité dans ton cœur.

Éternellement tien,
Eric

Je finis de lire le petit mot et le posai sur la table, ignorant les larmes qui coulaient sur mes joues.

— Où as-tu trouvé ça ?

Allie secoua la tête.

— Nan. Non non. Hors de question. Pas tant que tu ne me diras pas ce qu'il se passe.

— Alison Elizabeth Crowe, je t'interdis de jouer à ce jeu avec moi. Je ne suis pas vraiment d'humeur.

— Ah oui ? Eh bien, moi non plus, je ne suis pas d'humeur, hurla-t-elle.

Elle se leva, saisit la lettre, puis l'agita devant mon visage.

— C'est mon père qui a écrit ça ! J'ai le droit de savoir ce qu'il s'est passé !

Je savais que je devais intervenir, lui rappeler que c'était moi, la mère, et qu'elle n'avait pas le droit de me parler ainsi. Toutefois, une part de moi pensait qu'elle en avait le droit. C'était à propos d'Eric et elle méritait de connaître la vérité. Si ce n'était tout, au moins une partie.

Depuis le salon, Timmy commença à pleurnicher.

— J'arrive !

Allie me jeta la lettre, puis sortit précipitamment de la pièce. Je restai assise là, paralysée, prenant de profondes inspirations alors que j'essayais de retrouver mon équilibre.

Finalement, je m'éloignai de la table, puis partis dans le salon où Allie berçait son frère sur ses genoux. Elle me regarda, puis baissa immédiatement les yeux vers le sol.

— Je lui ai fait peur, déclara-t-elle. Je n'aurais pas dû crier.

— Tout ira bien pour lui.

Je m'assis sur le canapé et passai mon bras autour d'eux deux. J'ignorais ce que j'avais prévu de dire, mais lorsque j'ouvris la bouche, tout parut si simple.

— Je ne sais pas encore pourquoi, annonçai-je. Mais je pense que ton père a été assassiné.

Elle se raidit dans mes bras, mais demeura silencieuse.

— J'ai trouvé un petit mot, l'autre jour. Tu te souviens de la clé ? Elle menait à un coffre-fort. Je ne me rappelais pas qu'Eric et moi l'avions loué, mais on a dû le faire puisque mon nom était dessus aussi. Et tout ce qu'il y avait à l'intérieur, c'était une lettre pour moi.

— Pourquoi tu ne l'as pas dit à la police ?

— Pour dire quoi ? Le petit mot était mystérieux. Ce n'était qu'un tas de phrases illogiques, franchement.

Je n'ajoutai pas que la police serait probablement inutile. Eric avait été chasseur de démons. Un jour, j'avais cru que sa mort n'avait aucun rapport avec son travail. Je n'y croyais plus, à présent.

— Le petit mot ne racontait pas toute l'histoire, ajoutai-je. Et je ne savais pas quoi faire ensuite.

— Ouais, répondit-elle. Je sais.

Je la regardai, comprenant alors.

— Tu as vu la première lettre.

Ce n'était pas une question, j'étais absolument sûre de connaître sa réponse.

Elle acquiesça d'un air coupable. Timmy saisit l'opportunité pour gigoter et se libérer. Allie partit à l'autre bout du canapé, avant de serrer un coussin contre sa poitrine, me regardant par-dessus l'objet dans ses bras serrés.

— Quand j'ai pris ton sac pour aller à McDonald's dit-elle, je ne voulais pas fouiner, franchement. Mais j'ai vu un petit bout et j'ai reconnu l'écriture de Papa, alors je...

Elle se pinça les lèvres, battant furieusement des paupières.

— Ce n'est pas grave, ma puce, je comprends.

Je ne croyais pas à tout ce jargon de psy sur le subconscient, mais j'avais laissé le petit mot dans mon sac. Et j'avais laissé ma fille fouiller dedans comme dans son cœur meurtri. Si quelqu'un était à blâmer ici, c'était moi. Pas Allie.

— Mais comment as-tu trouvé cette lettre-là ? demandai-je en montrant la cuisine où je l'avais laissée sur la table.

— Papa t'a dit où elle était, déclara-t-elle.

Elle venait d'utiliser le même ton que si elle m'avait traitée d'idiote.

— Apparemment, Papa *t'a* dit où c'était. Moi, je l'ignorais.

— Le meilleur de nous, annonça-t-elle. C'est comme ça que Papa m'appelait, tu te souviens.

Effectivement, et dès qu'elle me le dit, la réponse fut évidente.

— Ta boîte à souvenirs.

Je n'étais pas très douée pour le scrapbooking, mais je gardais quelques bibelots dans une vieille boîte à chaussures. Des souvenirs du baptême – le programme de l'église, le cierge de la cérémonie –, des trucs de naissance comme le chrysanthème rose séché que l'hôpital avait accroché à la porte de ma chambre privée. Sa première tétine. La couverture de l'hôpital que j'avais mise dans sa poussette. D'autres trucs.

Et ce n'était pas des objets que j'allais souvent regarder. La boîte était simplement là, dans le placard, prête à être sortie et examinée quand ce serait le moment. Par exemple, quand Allie aurait son propre bébé.

— Il était enroulé autour du cierge, annonça-t-elle. La bougie et le petit mot étaient tous les deux dans la boîte de protection.

— Je suis impressionnée, déclarai-je.

— Alors, quand est-ce qu'on va à Los Angeles ?

— Excuse-moi ?

— Le prof, dit-elle en tapotant la lettre. Tu vas lui parler, hein ?

— Oui, dis-je. Je vais le faire.

Je n'avais pas vu le père Oliver depuis des années, mais j'étais certaine qu'Eric parlait de lui.

— Je viens avec toi, décréta-t-elle.

— Allie, au cas où tu aurais oublié, tu as un truc qu'on appelle « école », demain.

— Je suis carrément en avance sur mes cours.

Je ne pris même pas la peine de dissimuler mon incrédulité.

— *Tous* tes cours ?

Elle aspira ses joues, puis laissa échapper un peu d'air.

— Eh bien, pas en SVT, mais franchement, en quoi ça m'intéresse, la photosynthèse, déjà ?

Puisque je n'étais pas sûre de savoir ce qu'était la photosynthèse, encore moins pourquoi elle devrait s'y intéresser, je décidai d'éluder totalement la question.

— Tu ne peux pas louper l'école sur un coup de tête, Allie. Et tu ne peux pas refuser d'étudier un sujet uniquement parce que ça n'implique pas les garçons ou les entraînements de pom-pom girl.

— J'aime bien l'algèbre, répondit-elle.

Je la regardai, bouche bée.

— Tu es sûre d'être ma fille ? Parce que j'ai l'impression que tu es possédée.

Elle grimaça.

— N'essaie même pas de changer de sujet. Je viens avec toi demain, et c'est tout.

Elle croisa les bras sur sa poitrine et s'enfonça sur sa chaise, me ressemblant tellement à ce moment que c'en était effrayant.

— Je ne pense vraiment pas que ce soit une bonne idée.

Et si le père Oliver laissait échapper quelque chose sur notre travail de chasseurs de démons ?

Ses épaules parurent s'affaisser et je fus certaine d'avoir gagné la bataille.

— C'est juste… C'est juste que je commence à l'oublier.

Mon cœur s'effrita sur les bords.

— Papa ?

Elle acquiesça avant de passer le dos de sa main sous son nez. Elle semblait si petite, jeune et perdue. Je ne supportais pas l'idée qu'elle oublie un jour son père.

— Je n'en ai pas envie, mais je n'avais que neuf ans, tu vois ? Et quand je regarde des photos, tout me revient, mais j'ai vraiment peur, Maman. Si un jour je regarde une photo et que je ne ressens rien ?

— Oh, chérie.

Désormais, je pleurais aussi et j'ouvris mes bras en grand pour l'enlacer fermement. Timmy se désintéressa de la télévision et vint nous rejoindre, rampant sur le canapé pour se placer entre nous et se blottir.

Je voulais toujours refuser. Croyez-moi, j'avais envie de le hurler. Mais dans mon cœur, je savais qu'elle devait venir avec moi. Si Allie découvrait la vérité demain, j'allais devoir le gérer et faire avec.

Après tout, pensais-je, n'était-ce pas le lot de la parentalité ?

Comme Allie était nerveuse, elle me réveilla à l'aube, avant même que Stuart soit sorti du lit.

Il s'assit, clignant des yeux dans l'obscurité.

— Qu'est-ce que…

Je l'embrassai sur le front.

— Rendors-toi, chuchotai-je. Tu as encore douze minutes avant que ton réveil sonne.

Quand je fus douchée et habillée, Allie attendait à la table de la cuisine, le déjeuner de Timmy était prêt et le petit mangeait des Miel Pops en buvant du lait dans son biberon.

— On peut y aller ?

Je m'effondrai sur l'une des chaises.

— Tu m'administres une dose de caféine en intraveineuse. Ensuite, on parlera.

— Mam-*man*.

— La garderie de Timmy n'ouvre pas avant quinze autres minutes. J'ai le temps pour une tasse.

— D'accord. Mais je le mets dans le thermos de Stuart. Si tu n'as pas fini dans cinq minutes, tu peux l'emporter.

Exactement cinq minutes plus tard, nous étions dans le monospace, le thermos Starbucks coincé dans la console à côté de moi. Nous arrivâmes à la garderie avec trois minutes d'avance et finîmes par attendre sur le parking que Nadine déverrouille les portes.

— Pourquoi tu ne peux pas faire ça les jours où tu as cours ? demandai-je dès que nous fûmes en route. Tu as une idée du calvaire que c'est de te pousser à te lever, le matin ?

Elle se contenta de rouler des yeux, avant de mettre ses pieds sur le tableau de bord.

— On peut passer à McDonald's pour prendre un muffin à la saucisse ?

— Je croyais que tu suivais un régime sans gras, entièrement bio et qui devait être un parangon de vertu ?

— C'est un road-trip, Maman. Je peux enfreindre les règles pour un road-trip.

— C'est vrai.

Et puisqu'un muffin à la saucisse me faisait aussi saliver, je m'engageai sur le parking du premier McDonald's que je vis. Pourquoi pas ? Avec cette dernière augmentation d'activité démoniaque, je brûlais un nombre incroyable de calories. Et, en plus, une longue route nous attendait. Plus d'une heure sans grosse circulation, mais puisque l'heure de pointe de Los Angeles s'étalait sur quatre heures, je m'attendais à ce qu'on avance à la vitesse d'un escargot léthargique une fois que nous arriverions en banlieue.

Puisque je ne voulais pas passer toute la journée dans le monospace, nous évitâmes l'autoroute de la côte, choisissant plutôt la route 101, beaucoup moins jolie. Naturellement, Allie s'endormit environ dix minutes après avoir fini son muffin, me laissant dans un méli-mélo de pensées et de questions. Un terrain familier. Que mijotaient les démons ? Lequel était leur maître ? Qu'allait me révéler le père Oliver ? Et la plus grande question de toutes : pourquoi Eric avait-il eu des secrets pour moi ?

Mes pensées tourbillonnèrent encore et encore jusqu'à ce que je sois si lasse que j'allumai la radio. Un CD était dans le lecteur, donc la première chose que j'entendis fut *Patate Chaude*. J'écoutais toute la chanson ainsi que le début de *Danse, danse* avant de me souvenir que Timmy n'était pas dans la voiture, donc je n'étais pas obligée d'écouter des comptines. Je passai sur la radio et cherchai le canal des vieilles chansons, laissant *Wake me up before you go-go* de Wham ! emplir l'habitacle.

Cette chanson fit l'affaire. À côté de moi, Allie gigota, puis tendit la main vers son Coca Light avant d'en boire la moitié d'un coup.

— La musique est nulle, déclara-t-elle avec désinvolture.

Elle baissa ensuite le pare-soleil, vérifia son reflet dans le miroir et toucha ses lèvres.

— Tu es magnifique, dis-je en ignorant la critique sur la musique.

— Je serais mieux avec du fard à paupières, répondit-elle pleine d'espoir.

— Bien essayé. Tu n'as pas besoin de porter du fard à paupières à l'école. Ce n'est pas un défilé de mode.

— Je ne suis pas à l'école, là, me fit-elle remarquer assez raisonnablement.

Vraiment, ma fille devrait rejoindre le club de débat.

— Pendant les heures de cours, corrigeai-je. Pas de fard à paupières sur le temps où tu devrais être à l'école.

— Et pendant les rencards ?

— Bien sûr. Dès que Stuart et moi disons que tu peux avoir des rencards, tu pourras porter du fard à paupières.

— Seize ans, c'est ça ?

Je jetai un coup d'œil dans mon rétroviseur, changeai de voie, puis acquiesçai.

— C'est ça.

— Alors si c'est un double rencard, je devrais pouvoir y aller à quinze ans. Enfin, c'est logique, non ?

— Je n'arrive même pas à décrire à quel point c'est illogique.

— Maman ! Mais si, c'est logique. Simplement, tu ne fais pas attention.

— Allie. Seize ans. C'est la règle.

Elle s'enfonça sur son siège.

— C'est ça.

— Et enlève tes pieds du tableau de bord.

Elle les laissa retomber dans un souffle qui représentait le début d'une crise de mauvaise humeur qui dura sur une vingtaine de kilomètres. Elle bâilla ensuite et s'étira, avant de se tordre pour me regarder.

— Et si tu en parlais à Stuart ? S'il pense que je peux avoir un double rencard, tu pourrais au moins y réfléchir ?

— Allie...

— Allez. S'il te plaît ? Je suis responsable. Non ?

Je réprimai l'envie urgente de fermer les yeux puisque nous étions actuellement à cent trente, mais je laissai mes épaules s'affaisser.

— Oui, tu es responsable. Je suis très fière de ma fille responsable et manipulatrice.

— Alors tu vas en parler avec Stuart ?

— Oui, je vais parler à Stuart.

Elle se réinstalla sur son siège, un sourire fendant son visage. Après un moment, l'intensité en diminua.

— Tu peux lui parler, hein ? Enfin, il n'est pas souvent là, dernièrement.

— Bien sûr que je peux lui parler. Qu'est-ce que tu crois ? Qu'on se laisse des Post-it dans la salle de bain ?

— Je ne sais pas. Mindy dit que ses parents se parlent à peine, maintenant. Elle pense qu'ils vont divorcer.

Je me retournai vivement.

— Ah bon ?

— Oui.

Elle marqua une pause avant d'ajouter :

— Toi et Stuart, vous allez bien ?

— Oh, chérie. Oui. Stuart et moi allons très bien. Il travaille d'arrache-pied et oui, je m'agace quand il ne revient pas souvent à la maison, mais rien ne cloche dans notre mariage.

— Tu en es sûre ?

Je tendis la main et serrai mes doigts autour de son genou.

— Certaine.

Je ne l'étais pas, cependant. Pas vraiment. Les choses avaient changé ces derniers mois, se décalant légèrement de leur axe. Je ne voyais pas de divorce à l'horizon, mais je ne tenais pas non plus notre mariage pour acquis. C'était probablement une bonne chose, quand on y pensait, mais cela me rendait un peu triste.

— Et pour Papa ?

— Qu'est-ce que tu veux dire ?

— Je ne sais pas. J'imagine, enfin, eh bien, tu m'as toujours dit à quel point tu l'aimais.

— Je l'aimais. Je l'aime encore.

Je lui jetai un coup d'œil en biais, essayant de penser comme une fille de quatorze ans pour voir où elle voulait en venir.

— Eh bien, ouais, mais il gardait tout ça secret. Ça ne te rend pas folle ?

— Non, bien sûr que non.

Je parlai automatiquement, servant des mensonges à ma fille. En vérité, c'était difficile puisque j'avais effectivement mal. Le filtre au travers duquel je regardais mon premier mariage perdait sa teinte rosée. Mais c'était ma fille, pas ma meilleure amie, et il y avait certaines choses qu'on ne partageait pas avec son enfant.

Elle haussa ses sourcils sur cinq centimètres.

— Tu n'es vraiment pas en colère ? s'enquit-elle.

Elle avait pris la même voix que si je venais de lui annoncer que je me lançais dans une carrière de chef cuisinière.

— Papa a des secrets, si immenses qu'il laisse des indices dans tout l'État, et tu n'es même pas un tout petit peu agacée ?

Maligne, ma fille.

— Ton papa aimait les secrets, dis-je.

Je pensais à la façon dont lui et moi nous étions officieusement mariés bien avant la cérémonie officielle. Et personne à part nous deux ne l'avait su.

— Vous m'avez même caché des secrets, hein ? ajoutai-je.

Elle rougit.

— Eh bien, ouais, évidemment. Mais ce n'est pas la même chose. Si deux personnes sont au courant, ce n'est pas vraiment un secret. C'est quelque chose que vous partagez. Mais la clé et le petit mot, ce sont des secrets. Je ne sais pas. C'est simplement différent.

Ouais. Clairement futée.

— Ça ne te rend vraiment pas furieuse ? s'enquit-elle en insistant.

— Je suis surprise, répondis-je. Et je déteste l'idée qu'il y ait eu une chose pour laquelle j'aurais pu l'aider avant qu'il meure. Mais ça ne change rien quant à mes sentiments pour ton père. Je l'aimais et il m'aimait. Tout le monde a des secrets, Allie. Tout le monde.

Je le savais mieux que quiconque. Simplement, je ne m'étais jamais attendu à ce qu'Eric en ait pour moi.

— J'imagine.

Elle enroula une mèche de ses cheveux autour de son doigt, apparemment perdue dans ses pensées à propos de mes brillantes paroles de sagesse. (En fait, j'étais assez fière de moi. Quand il s'agissait de me comporter en parent, je me disais que je gérais plutôt bien.)

— Un peu comme Stuart et toi, n'est-ce pas ?

— Qu'est-ce que tu veux dire ?

— Eh bien, je veux dire, il n'est pas au courant pour le petit mot de Papa, si ?

Je resserrai ma main autour du volant.

— Non, dis-je d'une voix naturelle. Il n'est pas au courant.

— D'accord. Donc il y a des secrets.

Elle commença à érafler son vernis à ongles, l'arrachant par lambeaux.

— Alors, tu avais quel âge quand Papa et toi, vous vous êtes rencontrés ?

Je faillis commenter son changement de sujet, mais puisque j'étais plus qu'heureuse de passer à une autre conversation, je n'en fis rien.

— Treize.

— Tu as su tout de suite ? Qu'il était le bon, je veux dire ?

— Eh bien, c'était un ado de quatorze ans bien plus sophistiqué, donc je me suis dit qu'il était impossible qu'il s'intéresse à une gamine comme moi.

— Mais il était intéressé.

— Pas au début, en fait.

Je souris, me souvenant comme Eric avait protesté quand on lui avait demandé à travailler avec moi sur mes aptitudes minables de lancer de couteaux.

— Mais il a fini par changer d'avis. Enfin, quand tu as eu quatorze ans, tu as su que tu voulais être avec lui pour toujours, non ?

— Oui, répondis-je. Il a changé d'avis.

Elle haussa les épaules et quand ses joues prirent une teinte rose, je compris.

— Ton père et moi, c'était quelque chose d'unique. Toute notre situation à Rome, à l'orphelinat... On s'est liés plus que d'ordinaire, tu vois ?

Je m'arrêtai là, parce qu'Allie ne connaissait pas plus de détails.

— On a eu de la chance de se trouver si tôt, mais on a aussi loupé beaucoup de choses. La plupart des ados, elles sortent. Elles ont des rencards. Elles s'amusent et voient beaucoup d'hommes différents avant d'enfin rencontrer le mec qui leur fait tourner la tête. Ce n'est pas forcément l'homme dont on tombe amoureuse quand on a quatorze ans.

Elle s'enfonça dans son siège et regarda par la fenêtre.

— Oh stop, Maman. Je sais. Je demandais juste histoire de parler.

Je la laissai digérer l'information alors que nous continuions sur la route rapide 101, au travers de Reseda, Encino et Sherman Oaks. Je me concentrai sur les panneaux jusqu'à trouver la sortie pour Pasadena. Une fois insérée sur la 134 et après avoir choisi une voie, je me détendis un peu.

— Alors, parle-moi de lui, déclarai-je.

— De qui ? s'enquit Allie.

Elle ressemblait un peu à un lapin confronté au grand méchant loup.

— Du Père Noël, répliquai-je sarcastiquement. À ton avis, de qui je veux parler ?

— Oh, Troy ? dit-elle un peu trop nonchalamment. Nous sommes juste amis.

— Ouais.

— Enfin, je l'aime bien et tout. Et, bah, je crois qu'il m'aime bien. Mais...

— Mais ton enquiquineuse de mère ne veut pas te laisser avoir un rencard avec lui ?

— Ce n'est pas ce que j'ai dit.

— Non et je t'aime encore plus grâce à ça.

Je n'y songeai qu'un instant avant de plonger dans le vif du sujet.

— Et si je l'invitais à dîner, vendredi ? Pour que Stuart et moi, on ait la chance de le rencontrer.

— Vraiment ? Et vous n'allez pas, genre, m'embarrasser ?

Enfin, vous n'allez pas sortir des photos de moi bébé, ou un truc comme ça, hein ?

— Des photos ? Hors de question. Je me suis dit que les vidéos seraient plus efficaces.

— Ha ha. Ma mère est tellement marrante.

— Je ne dis pas que tu pourras partir en voiture avec lui ou avoir un double rencard, mais une fois qu'on l'aura rencontré, vous pourrez probablement sortir en groupe.

— C'est déjà ce qu'on fait.

— Un rencard en groupe. Et quand est-ce que vous sortez ?

Elle haussa une épaule.

— Je ne sais pas. Au club de surf, j'imagine. Il est toujours aux réunions et je le regarde s'entraîner tout le temps.

— Tout le temps ? répétai-je.

— Enfin, il n'y a pas que moi. Les autres mecs de l'équipe sont là aussi. Et parfois, Mindy vient aussi. JoAnn et Bethany sont presque toujours là aussi.

— Merveilleux, dis-je. Plein d'adolescents en train de glousser sur la plage sans supervision adulte.

— Franchement, Maman. Ce n'est pas comme si on vivait à la vieille époque.

— Je sais. Je suis ringarde à un niveau pathétique.

Elle leva les yeux au ciel.

— Bref, on a un chaperon. Cool a assisté à presque tous les entraînements.

Cela attira mon attention.

— Ah bon ?

— Oui. Il est brillant sur une planche, mais il doit s'entraîner. Et il est un peu comme le coach. Il a montré tout un tas de figures aux mecs. Troy est bien meilleur, maintenant.

— Hmm.

L'idée que ma fille soit si proche de Cool me fichait la trouille, et ce n'était pas simplement ce nom étrange qui m'inquiétait. N'importe quelle personne qui traînait du côté de la maison de retraite Brumes Littorales et qui avait fouillé dans la chambre d'un résident transformé en démon était suspicieuse, selon mes critères. Je n'avais aucune base plus concrète pour mes peurs. Pas encore, en tout cas. Mais quand il s'agissait de mes enfants, une seule mauvaise vibration, c'était une de trop.

Je tapotai le volant, essayant de décider ce que je devais faire. Je voulais lui interdire de s'approcher de Cool, mais si je le faisais, il allait falloir que j'invente une raison. Et rien de rationnel ne me vint en tête.

— Est-ce que Cool est le seul adulte présent ?

— M. Long est toujours là, aussi.

— D'accord, répondis-je immédiatement soulagée. C'est le responsable pédagogique, non ? Donc bien sûr qu'il est là. D'accord. C'est bien.

Allie se tourna sur son siège, me regardant comme si j'avais perdu la tête.

— Quoi ?

— On n'est pas des bébés, Maman. Et on ne se roule pas dans le sable comme des stars du porno, non plus.

— Merci. Je me sens beaucoup mieux, maintenant.

— Je veux juste dire que tu m'as bien éduquée, d'accord ? Alors, détends-toi.

Je ne pus m'empêcher de sourire.

— D'accord. Je me détends.

— Mon Dieu, marmonna-t-elle assez fort pour que j'entende.

Elle avait raison. J'avais fait du bon boulot avec ma fille. Mon unique regret, en fait, était que je n'avais pas commencé à lui enseigner comment botter des fesses quand elle avait trois ans. Mais tout de même, mieux valait tard que jamais. Et, au moins, David Long demeurait dans le coin pour garder un œil sur tout ça.

Étant donné que la veille seulement, j'avais cru qu'il était le candidat parfait pour mon infestation démoniaque, mon soulagement soudain à l'idée qu'il surveillait ma progéniture paraissait un peu abrupt. Mais la réaction était honnête. Pour le meilleur ou pour le pire, et malgré toutes les questions en suspens, je finissais par avoir confiance en David Long. Et jusqu'à trouver une façon d'éloigner Allie de Cool, je remerciai Dieu que le professeur soit là pour faire tampon entre eux.

— Ici ! cria Allie. Tourne ici !

Elle agita la carte dans une main et fit un signe frénétique avec l'autre.

J'appuyai sur la pédale de frein, mais loupai le virage.

— D'accord, d'accord. Pas de problème.

Je fis un demi-tour illégal, me préparai pour le bruit des sirènes, mais n'en entendit aucune. Je fonçai ensuite dans la rue.

Nous étions désormais à Pasadena, suivant les indications vers l'église catholique Saint-Ignatius qu'Allie avait téléchargées sur Internet. Le père Oliver y avait été le pasteur jusqu'à sa retraite. Après cela, il avait continué à travailler en secret en tant qu'*alimentatore*. Il n'avait jamais été mon mentor ni celui d'Eric, mais nous le connaissions tous les deux et le respections.

Quand mon mari et moi avions pris notre retraite de la Forza, nous avions quitté notre base d'Italie pour rejoindre Los Angeles. Le père Oliver avait été notre seule connexion à notre ancienne vie et même si nous avions quitté la Forza de notre plein gré, sans prévoir de regarder derrière nous, nous voulions parfois nous entourer de personnes qui nous comprenaient. Nous partagions nos connaissances des mauvaises choses qui vivaient dans ce monde. Non pas parce que nous l'avions vu dans un film ou lu dans un livre, mais parce que nous l'avions également vécu.

Le père Oliver remplissait ce rôle à merveille. Et même si nous n'avions jamais rejoint sa paroisse, nous le retrouvions pour manger des hot-dogs dans un restaurant de West Hollywood. Nous nous asseyions et regardions la circulation tout en parlant de choses complétement banales. Jamais de démons. Jamais de chasse. Mais curieusement, rien qu'agir normalement avec quelqu'un qui était au courant rendait le monde bien plus sûr.

Nous avions perdu le contact avec le père Oliver après notre déménagement à San Diablo. Ou, au moins, c'était mon cas. J'avais toujours supposé que c'était le cas d'Eric également. Qu'il s'était perdu en banlieue avec moi, se délectant de notre nouvelle vie dans notre nouvelle ville sécurisée.

Mais désormais, il fallait que je m'interroge ; Eric était-il resté en contact avec le père Oliver pendant toutes ces années ? Et si oui, alors pourquoi ?

Allie fit un signe frénétique vers une allée presque dissimulée, et je tournai. L'église s'élevait devant nous, une structure de style californien qui avait été bâtie dans les collines des centaines d'années plus tôt. Le parking était presque désert, ce qui n'était pas inhabituel en pleine semaine. Je conduisis jusqu'au bout de l'allée, plissant les yeux vers les panneaux alors que j'essayais de trouver la résidence des prêtres.

Comme bon nombre de paroisses, Saint-Ignatius accueillait des hommes d'Église ayant pris leur retraite. Je ne vis aucune pancarte et réprimai un froncement de sourcils. J'avais été certaine qu'il vivrait ici. S'il avait un appartement quelque part avec un numéro de téléphone sur liste rouge, j'allais avoir du mal à le retrouver.

Au bureau, une brunette d'une vingtaine d'années nous accueillit avec un sourire guilleret.

— Bonjour, dis-je. Je suis une vieille amie du père Oliver et puisque je passais en ville, je me suis dit que j'allais lui rendre une petite visite. Mais je n'arrive pas à trouver la résidence.

— Oh, waouh. La résidence est tout au fond.

Elle montra vaguement une fenêtre. Je commençai à la remercier, mais elle n'en avait pas fini.

— Le truc c'est que... Enfin, le père Oliver est décédé l'année dernière.

— Oh, bon sang.

Cela venait d'Allie, mais j'étais totalement d'accord avec ce qu'elle pensait.

— Désolée de l'apprendre. Était-il malade ?

Le père Oliver n'était pas jeune, mais il était en bonne santé, la dernière fois que je l'avais vu.

— Cancer, répondit la jeune femme. Nous l'aimions tous beaucoup. Il me manque terriblement. Il mangeait avec moi pendant mes pauses déjeuner, parfois.

— Il n'a rien laissé derrière lui, si ?

Ce n'était pas gagné, mais je devais le demander. Le père Oliver était mon dernier lien avec Eric. Si cela s'avérait une impasse, alors j'aurais effectivement laissé tomber mon mari.

— Quoi, par exemple ? s'enquit-elle.

— Je n'en suis pas sûre. Des lettres, peut-être ? Ou des legs spécifiques, comme dans un testament.

— Je crois qu'il a tout légué à l'église.

— Ses affaires, bien sûr. Mais peut-être qu'il a laissé des petits mots pour ses proches. Il semble qu'il savait qu'il allait mourir et je...

Ma gorge se serra, soudainement bloquée par des larmes inattendues.

— On se demande s'il a laissé un message pour ma mère, déclara Allie. Ou peut-être pour mon père ?

— Je ne crois pas, déclara la jeune femme.

Elle me lança un coup d'œil inquiet, comme si elle avait peur que je m'effondre et qu'elle soit obligée de me ramasser à la petite cuillère.

— Mais laissez-moi demander au père Carey. Quels sont vos noms ?

— Crowe, répondit Allie qui paraissait bien plus vieille que quatorze ans. Katherine ou Eric Crowe.

La secrétaire se leva avant de se glisser silencieusement par la porte au fond de la pièce.

— Tu vas bien, Maman ?

Je reniflai bruyamment. Un son mouillé.

— Oui.

Après une inspiration tremblante, je demandai à Allie :

— Quand as-tu grandi, exactement ?

— Si je suis si grande, pourquoi je ne peux pas avoir de rencard ?

— Et tu es intelligente, aussi, dis-je. J'ai une fille sacrément grande et maline.

— Ce n'est pas juste de me flatter.

— Ce n'est pas juste d'être aussi maligne.

— Je ne vais pas gagner cette discussion, hein ?

— Dans quelques années, je finirai par céder.

— Merci, dit-elle. Merci beaucoup.

Je n'eus pas besoin de trouver une réponse malicieuse puisque la réceptionniste réapparut, avec cette fois-ci dans son sillage un prêtre aux cheveux gris, à la posture avachie et au sourire amical.

— Bonjour, dit-il. Je suis le père Carey. Vous devez être Katherine Crowe ?

J'acquiesçai.

— Connor, désormais.

— Oui, bien sûr. J'ai été mis au courant de la mort de votre mari. Toutes mes condoléances.

— Merci, répliquai-je automatiquement.

L'insinuation dans ses mots me frappa.

— Vous avez été mis au courant de la mort d'Eric ? Par le père Oliver ?

J'imaginais que c'était logique. Après tout, j'en avais notifié tout le monde dans la Forza et quelques-uns étaient même venus aux funérailles. Mais le père Carey ne faisait pas partie de ce groupe et j'étais surprise que le père Oliver lui ait mentionné la mort de mon époux.

Mais l'homme continua et me surprit encore plus.

— J'aimais tellement discuter avec lui quand il rendait visite au père Oliver. Votre mari était un homme très charmant.

— Oui, réussis-je à répondre.

J'espérais ne pas avoir l'air aussi surprise que je l'étais.

— Il était le meilleur, ajoutai-je.

Allie nous regardait tour à tour, son visage pincé par la réflexion.

— Alors, euh, est-ce que le père Oliver a laissé quoi que ce soit pour ma mère ?

— Madame Taylor m'a dit que vous le demandiez. Non, j'ai bien peur que le père Oliver n'ait laissé aucun legs particulier. Je me suis personnellement occupé de ses affaires et je peux vous assurer que je n'ai vu aucun papier ni correspondance qui pourrait vous intéresser.

— Oh. Eh bien, merci.

Je commençai à pivoter avant de m'arrêter.

— Encore une chose. Eric venait souvent voir le père Oliver ?

Les yeux gris du père Carey semblèrent s'adoucir. Je ne voulais pas de sa pitié. Je ne voulais pas que quiconque, encore moins Allie, sache qu'Eric m'avait caché ses visites. Mais je devais savoir.

— Je dirais environ une fois par mois. Parfois plus fréquemment. Mais souvent, il se contentait d'une fois par mois.

— Je vois. Et vous savez de quoi ils discutaient ?

— Ce doit être confidentiel, entre un pénitent et son confesseur. Je m'interdis de partager cela avec vous, même maintenant qu'Eric est décédé.

— Mais...

Il leva la main.

— C'est un débat stérile, mon enfant. J'appréciais la compagnie d'Eric, mais je n'avais aucune conversation avec lui que je considérerais comme importante. Et le père Oliver ne m'a jamais révélé la nature de leurs échanges.

J'acquiesçai, étrangement satisfaite. Alors, c'était fini. J'avais suivi la dernière piste qu'Eric m'avait laissée, mais je l'avais suivie des années trop tard.

J'avais tout perdu. Et le meurtre de mon mari ne serait jamais vengé.

Après avoir entendu la nouvelle du père Carey, je n'avais qu'une envie : rentrer à la maison, dormir et m'apitoyer sur mon sort. Puisque Allie était avec moi, ce n'était pas une option. Et, honnêtement, il n'y a rien de plus psychotrope qu'une virée shopping avec une adolescente de quatorze ans. Si vous étiez de bonne humeur, cela vous rendrait sûrement revêche et irritable. Mais si vous commenciez déjà de mauvaise humeur, eh bien, ça ne pouvait que s'améliorer.

Nous achetâmes des décorations pour chez nous, des gadgets électroniques pour Stuart, ainsi qu'une maison remplie de jeux, de vidéo et de livres pour Timmy. C'était plus difficile pour Eddie, mais nous finîmes par trouver un couteau de poche gravé qu'Allie décrivit comme « carrément dément ». Je ne pouvais pas vraiment la contredire. Ma fille se retint admirablement de me supplier pour avoir d'autres choses. Cependant, elle fit une liste détaillée.

Lorsque nous quittâmes le Beverly Center, mon attitude avait sérieusement changé. (Nos cartes de crédit avaient bien flambé, mais j'avais trente jours avant que les factures n'arrivent ; j'allais trouver le courage d'annoncer une mauvaise nouvelle fiscale à Stuart avant.)

Pendant le trajet du retour, Allie me raconta des histoires sur Troy, sur l'entraînement de pom-pom girl et sur les choses idiotes que faisaient ses professeurs.

— M. Creasley nous tapote sur la tête quand on est censé lire, dit-elle. C'est carrément flippant.

— Creasley ? Ce n'est pas ton prof d'anglais ? Le chauve avec la mèche rabattue colorée ?

Allie gloussa.

— C'est lui. Alors, peut-être que nous tapoter la tête, c'est freudien ?

Nous analysâmes cette hypothèse pendant un moment, puis ma fille changea de conversation pour évoquer sa série préférée. J'écoutai, commentai, protestai et passai dans l'ensemble un très bon moment à parler avec elle. Je lui en étais reconnaissante. Puisqu'en vérité, Allie parlait rarement pendant les trajets. Elle était du genre à dormir dans la voiture. Mais cette fois-ci, je ne doutai pas qu'elle essayait de me distraire. N'avais-je pas élevé une fille géniale ?

Alors que nous nous garions dans l'allée, Allie pivota sur son siège et fixa l'assortiment de sacs.

— Stuart va faire une crise d'apoplexie.

— C'est Noël, répondis-je. Oh, oh, oh.

— Peut-être qu'on devrait lui dire de ne pas venir dans le garage parce que son cadeau s'y trouve. Ensuite, on pourra y mettre tous les sacs quand il aura le dos tourné.

— Parfait, dis-je.

Ma fille si intelligente et moi entrâmes dans la maison, prêtes à duper mon mari quant à la raison de notre voyage à Los Angeles et la somme d'argent que nous avions dépensée.

Dès que nous franchîmes la porte, Allie partit directement vers le répondeur. Quant à moi, j'avançai dans les pièces pour trouver Stuart. Sa voiture était dans le garage, donc je savais qu'il devait bien être quelque part. Je finis par le trouver, dans la chambre de Timmy.

— Salut, chuchotai-je en arrivant et en passant un bras autour de lui.

Devant nous, mon petit garçon était endormi, Bounours serré dans ses bras.

— Comment as-tu réussi à le coucher si tôt ?

Il n'était même pas dix-neuf heures. Dernièrement, c'était aussi difficile de le mettre au lit avant vingt et une heures que si on essayait de lui arracher une dent.

— Il est malade, répondit Stuart. Le pauvre. Les médicaments l'ont assommé.

— Malade ?

Je me penchai et posai la main sur son front. Il était assez frais.

— Que s'est-il passé ? Pourquoi tu n'as pas appelé ?

— Je l'ai fait.

Il se pencha et serra la couverture de Timmy autour de ses épaules, avant de me faire signe de le suivre dans le couloir.

— Je t'ai appelée deux fois sur ton portable, affirma-t-il après avoir fermé la porte. Apparemment, la garderie aussi. Je suis passé le chercher vers treize heures.

Des sanglots de culpabilité me submergèrent.

— Oh, Stuart. Oh, mon pauvre bébé.

— Ne t'inquiète pas. Je vais bien.

Je grimaçai.

— Pas toi. Qu'est-ce qu'il a ? Tu l'as emmené chez le médecin ?

— Otite, et oui.

— J'aurais dû être là.

Je bougeai mes épaules, ajustant ma culpabilité maternelle dans une position supportable.

— Pourquoi ? J'ai géré.

— Oui, mais…

Je m'interrompis. Stuart avait géré. Et étant donné ses absences, dernièrement, il avait besoin d'une bonne dose de corvées paternelles. Ce qui n'apaisait en rien ma propre culpabilité, et je me réconfortai en pensant que *je* serais sur le pont, demain. Le règlement de la garderie était strict : un enfant ne devait plus avoir de fièvre depuis vingt-quatre heures avant de pouvoir revenir. Donc Timmy devrait rester à la maison demain. Je me disais qu'il pourrait y retourner jeudi. Jusqu'à maintenant, il avait toujours guéri de ses otites grâce à une bonne dose de médicament rose et immonde.

Je passai à côté de Stuart et poussai une fois de plus la porte. Je pouvais l'entendre respirer – mon petit de deux ans ronflait –, mais à part ça, il dormait comme un ange. Je refermai la porte, m'assurant qu'elle ait bien cliqueté, puis je suivis Stuart dans les escaliers vers le salon.

Nous y trouvâmes Allie, un téléphone appuyé contre son oreille. Elle nous vit entrer et dit à la personne qui se trouvait à l'autre bout du fil qu'elle la rappellerait tout de suite. Je supposai qu'il s'agissait de Mindy.

— Oh mon Dieu, Maman ! Tu te souviens de M. Creasley ? Celui dont je te parlais ?

— Le prof d'anglais ? Celui qui tapote les têtes ?

— Oui ! Il a failli mourir. Tu le crois, ça ?

— Je…

Je ravalai automatiquement ma réponse selon laquelle oui, je pouvais clairement y croire.

— Que s'est-il passé ?

— Il est allé faire du bateau, ce matin, ou un truc dans le genre. J'imagine qu'il va souvent pêcher avant les cours, enfin bref. Ils l'ont trouvé à l'heure du déjeuner, à moitié noyé. Ce n'est pas trop flippant ?

J'étais d'accord pour dire que c'était incroyablement flippant.

— Je suis tellement contente qu'il aille bien. Troy pense que Creasley est un crétin, mais je l'aime bien. J'aimerais qu'il arrête de me tapoter la tête, mais autrement, il est chouette.

Cependant, je l'entendis à peine. J'étais trop occupée à me demander ce que ce professeur en bonne santé mijoterait ce soir. Et s'il y avait une raison pour que je l'intercepte. Les nouveaux démons étaient plus vulnérables pendant les vingt-quatre premières heures, mais les chasseurs n'étaient généralement pas encore au courant de leur existence.

C'était une opportunité que je ne voulais pas laisser passer.

Néanmoins, ça tombait plutôt mal ; lors d'une soirée normale, Stuart bûcherait au travail et j'arrangerais mon emploi du temps afin d'avoir assez de temps pour me balader en ville. Mais maintenant que je voulais m'échapper, Stuart se mit en tête que ce soir serait le bon moment pour raviver la flamme de notre mariage.

Je lui donnai un A plus pour l'intention et un D moins pour le timing.

— Alors, euh, où est Eddie ? m'enquis-je.

Nous avions dîné, Allie avait battu en retraite dans sa chambre et désormais, Stuart et moi étions blottis sur le canapé, un verre de vin à la main. Les pensées de Stuart étaient clairement amoureuses. Les miennes étaient distraites.

— Il est parti environ trente minutes après notre retour avec Timmy. Il a dit que les gamins malades n'étaient pas sa tasse de thé, mais je pense que c'était surtout à cause de moi.

Je ne pris pas la peine de le corriger. Eddie ne savait pas vraiment quoi faire de Stuart. Et vice versa.

— Où est-il parti ? Il est presque vingt-deux heures.

— Le Paramount diffuse des classiques de Noël toute la journée et tous les jours jusqu'au Nouvel An. Il a dit qu'il y allait.

Curieusement, je n'imaginais pas Eddie s'inquiéter du fait que M. Potter veuille prendre le contrôle de Bedford Falls[1]. J'espérais que le père Ben était revenu et que ces deux-là étaient tapis quelque part à faire un tas de progrès. Mes doigts me démangeaient. J'avais envie de prendre le téléphone et d'appeler la cathédrale, mais je réprimai cette envie. Ben appellerait quand il saurait quelque chose. Et Eddie rentrerait à la maison quand il le voudrait.

J'eus du mal à m'en préoccuper pendant longtemps puisque Stuart gigota sur le canapé et commença à me masser les épaules. Oui, j'avais été un peu agacée contre mon mari pour avoir fait passer sa campagne devant sa famille, mais nous parlions là d'un massage des épaules. Et il avait gagné de très bons points en s'occupant de son fils aujourd'hui. En plus, mes clavicules étaient douloureuses et son contact était agréable. Ce fut même mieux quand ses mains commencèrent à progresser et que ses lèvres trouvèrent mon cou.

Il fallait que je sois dehors à chasser des démons, je le savais. Mais dans ces circonstances, avec mon mari juste ici, insistant silencieusement pour que je n'aille nulle part ailleurs qu'en haut, avec lui... Eh bien, c'était le genre de persuasion à laquelle il était trop difficile de résister.

Je me réveillai en sursaut, puis roulai loin du bras de Stuart afin de vérifier le réveil. Il était un peu plus de deux heures.

Je me retournai prudemment, me relevant sur un coude alors que j'examinais le visage de Stuart et écoutais sa respiration. Il dormait, sans aucun doute.

J'attendis un peu plus longtemps, rien que pour m'en assurer. Puis je glissai hors du lit, faisant attention à ne pas faire rebondir le matelas, à ne pas trop bouger les draps ou quoi que ce soit qui indiquerait à mon mari endormi que la situation changeait.

Je marquai une pause, m'arrêtant dans l'obscurité. Néanmoins, sa respiration resta régulière et calme, ses yeux fermés. Je vérifiai le babyphone et constatai qu'il était allumé. Je mis le volume à fond, rien que pour m'assurer que Stuart puisse l'entendre. Si Timmy se réveillait en pleurant, Stuart allait se rendre compte que j'étais partie. Mais c'était un aléa que j'allais devoir gérer si j'y étais obligée.

Pour le moment, je partis vers la salle de bain à pas feutrés. Je trouvai un survêtement propre dans le dressing et l'enfilai, avant d'affirmer mon style avec un t-shirt noir, trouvé dans le panier de linge propre de mon mari. Je mis des chaussettes, plongeai mes pieds dans des tennis et attachai mes cheveux pour les écarter de mon visage. Prête.

J'éteignis la lumière de la salle de bain, avant d'ouvrir la porte et de marcher dans la chambre sur la pointe des pieds, jetant un dernier coup d'œil à mon mari. Il dormait toujours. Bien.

J'ouvris la porte juste assez pour me glisser dans le couloir. Puis, quand elle fut bien refermée derrière moi, je recommençai à respirer.

S'il y avait bien une chose que j'aimais dans notre maison, c'était que nous avions un escalier normal qui menait à un petit grenier, plutôt que l'une de ces échelles sur lesquelles on devait tirer pour monter. En fait, la porte et le grenier en eux-mêmes ressemblaient à la chambre pour laquelle Greg et Marcia se battaient dans *The Brady Bunch*, comme Allie me l'avait fait remarquer pendant l'un de ses discours sporadiques sur la conversion de cet endroit en suite privée pour elle.

Non pas que notre grenier se pare de perles et de couleurs psychédéliques. Nous n'étions pas allés si loin. Mais le sol était fini, tout comme l'isolation. Il y avait une lumière décente et beaucoup de cartons de rangement rempli d'objets que je n'étais pas prête à garder dans notre abri brûlant et infesté d'insectes.

Je fermai la porte derrière moi et pris les escaliers, montant prudemment puisque Stuart était juste en dessous. Je naviguai au milieu des cartons, jusqu'à atteindre l'autre côté du grenier et le coffre en cuir et bois que j'avais caché sous des draps moisis.

J'écartai les tissus et testai machinalement le verrou, constatant qu'il était toujours fermé. Bien.

J'avais caché la clé sur un petit clou, derrière l'un des chevrons. Je saisis une vieille chaise, tâtonnant jusqu'à ce que mes doigts se referment autour. Le verrou était poisseux, mais il tourna. Les gonds grincèrent quand je soulevai le couvercle et je grimaçai. J'aurais dû apporter du dégrippant.

À l'intérieur, je vis le plateau creux, exactement comme je

l'avais laissé, rempli d'un méli-mélo d'articles que j'avais déchirés dans divers magazines féminins. Quiconque prenait la peine de regarder de près serait suspicieux. Je n'étais pas vraiment du genre à cuisiner des soufflés et j'arrivais à peine à faire du collage, donc je faisais encore moins des montages. Mais ces pages étaient un camouflage assez efficace.

Je levai le plateau pour révéler le velours noir qui couvrait mes outils. Je tirai dessus et observai les armes. Je préférais ne pas me charger, ne me voyant pas vraiment déambuler dans les rues de San Diablo avec une arbalète sur l'épaule. Je récupérai donc le petit couteau à cran d'arrêt, fin et aiguisé, qu'Eric m'avait offert pour notre troisième anniversaire. C'était du sur-mesure, avec un double système de libération de la lame. J'aimais mieux simplement pousser la cale pour la sortir, mais le couteau pouvait également ment être ouvert manuellement.

Je le posai sur le côté, avant de déplier ma veste en cuir usée. Je m'étais essayée à la couture seulement deux fois dans ma vie. La seconde était quand j'avais vaillamment tenté de faire une robe de baptême pour Allie (nous avions fini par en acheter une). La première tentative avait été un vrai succès. J'avais attaché une bande élastique sur la manche gauche de la veste.

Désormais, je l'enfilais, récupérais le couteau et le glissais sous l'élastique. Je secouai le bras, m'assurant que tout soit sécurisé. Des années plus tôt, j'étais capable de tendre la main et sortir l'arme en quelques secondes. Je n'avais pas retrouvé ma vitesse d'antan, mais je m'étais entraînée et je devenais plus forte à chaque tentative.

J'avais déjà de l'eau bénite dans mon sac, pour en avoir fait un stock ces derniers mois, la collectant dans de grosses gourdes. Je remplis alors quelques fioles et les mis dans les poches de ma veste.

Je me rassis sur mes talons et me demandai ce que je devrais prendre d'autre. Je n'avais pas besoin du crucifix. Bien que les démons charnels détestent ça, les crucifix n'étaient une arme que face aux vampires. Rien d'autre ne me paraissait particulièrement utile pour ce soir. Pendant une seconde, je touchai le sabre japonais dans son fourreau et j'aurais aimé pouvoir m'en équiper.

Eddie en avait un similaire et je souris au souvenir de la comparaison de nos armes, partageant un lien de chasseurs de démons.

Je réarrangeai l'arme dans le coffre. J'avais décidé de ne pas prendre les plus grandes d'entre elles et aucun des trophées de mon passé de chasseuse ne me serait utile.

Résolue, je fermai et verrouillai le coffre. Je me levai ensuite, armée, dangereuse et plus prête que je ne le serais jamais.

Puisque les démons laissaient rarement une carte de visite avec l'adresse de leur repaire, je ne savais pas vraiment où je devais patrouiller. Je débarquai à la marina, puisque Allie avait mentionné que Creasley avait été « blessé » lors d'un accident de bateau. Comme rien de démoniaque ne me sauta dessus là-bas, au sens propre comme au figuré, je patrouillai sur la plage pendant un moment, en insistant près des toilettes où le gardien m'avait attaquée. Rien non plus.

Je commençais à me décourager et envisageais de mettre fin à ma balade nocturne quand j'eus une autre idée. Brumes Littorales. Creasley n'était pas un résident, mais Sinclair l'avait sans doute été. Si on ajoutait cela au fait que Cool avait fouillé dans ses affaires, cela me paraissait être un bon point de départ. En plus, je n'avais pas de meilleur plan.

Malheureusement, je n'avais pas de programme concret. Seule une idée vague. Et cela impliquait de marcher dans le périmètre de la maison de retraite, de jeter des coups d'œil par les fenêtres et de surveiller les lieux de façon générale. S'il s'avérait qu'il n'y avait aucun démon, j'irais devant la porte et feindrais un besoin urgent de discuter avec les résidents insomniaques.

Je me garai dans la rue, avant de remonter l'allée de Brumes Littorales. Je restai dehors, faisant le tour du périmètre et marchant au bord de la colline jusqu'à me retrouver derrière. Puis je m'accroupis et me hâtai vers l'arrière-cour du jardin dans laquelle les résidents n'avaient pas le droit d'aller puisqu'il n'y avait pas de barrière pour bloquer l'accès aux collines. Cela signifiait en fait qu'il y avait une excellente vue sur les fenêtres d'un côté de la maison dont on pouvait profiter.

Aucune n'était allumée, cependant, et je ne vis aucun mouvement à l'intérieur. Frustrée, je pesai mes options : aller dans le bâtiment, tâter le terrain, ou abandonner et rentrer à la maison. Puisque j'avais déjà gâché plus d'une heure dans cette excursion, et comme Timmy allait certainement se réveiller à six heures du matin, je décidai de rentrer.

Je commençais à pivoter quand ma tête fut tirée en arrière par la force d'une personne utilisant ma queue de cheval pour me relever.

Je criai de douleur, et me retrouvai dans les airs. J'atterris sur la zone du jardin recouverte de gravier, mon visage trop près d'un cactus pour que ce soit confortable et la lame tranchante d'un couteau appuyée contre ma gorge.

14

— Debout, chasseuse, chuchota une voix rocailleuse à mon oreille.

Son souffle putride était porté par le vent, accompagné d'une senteur d'eucalyptus.

Le bord plat d'un couteau était appuyé contre la peau douce sous mon menton, le métal froid tel un contrepoids à la colère qui brûlait en moi. La lame effleura à peine mon cou quand je me levai et mon assaillant était toujours invisible derrière moi.

En revanche, Cool se tenait devant moi, la lune éclairant ses cheveux blonds, contrastant avec la colère sombre dans son regard. Il fit un pas dans ma direction et je me tendis, mon esprit tourbillonnant à cause de toutes les possibilités. En prenant en compte la lame contre mon cou, aucune d'entre elles ne parut particulièrement prometteuse.

— Où ? chuchota-t-il alors que son visage n'était qu'à quelques centimètres du mien.

— Juste ici, dis-je.

J'espérai que les fissures dans mon aplomb ne se verraient pas.

— Juste ici, répétai-je, et maintenant. Annule la venue de tes chiens d'attaque et finissons-en.

Il plissa les yeux, puis ce salaud se mit à rire. Il fit un pas en arrière et s'esclaffa, ses mains tapant dans un semblant d'applau-dissements.

— Ravie d'avoir pu rendre ta vie morne un peu plus amusante.

— Oh, mais c'est le cas, dit-il. Mais ça va se terminer. Par ma main, non par la tienne. Et clairement pas ici.

— J'imagine que tu ne me dirais pas où ?

— J'imagine que tu ne me diras pas où tu as mis le livre ?

— Hors de question, répliquai-je avec plus de courage que je n'en ressentais.

Il inclina légèrement la tête.

— C'est revigorant, affirma-t-il.

— De quoi ?

— Ce vieux cliché de « il faudra me passer sur le corps ». Je suis impressionné que tu ne l'aies pas utilisé.

Mon pouls tambourina dans mes oreilles et je résistai à l'envie de tourner la tête afin de chercher une échappatoire. La lame était toujours là, tranchante. Un simple mouvement de tête et on me crèverait comme une outre.

— Cela aurait cependant été approprié, ajouta-t-il avant de s'approcher. Bon. Où est le livre ?

Mes poings étaient serrés et je m'obligeai à me détendre. À réfléchir. À trouver un plan.

— Il n'est pas ici, répondis-je lentement.

Il ne dit rien, faisant seulement un signe de tête vers mon assaillant qui bougea le couteau jusqu'à ce qu'il soit fermement appuyé contre mon ventre. Je sentis un vif picotement, puis le sang couler.

— Tue-moi et tu ne le sauras jamais.

— Dis-le-moi.

Je me pinçai les lèvres, me demandant jusqu'où je pouvais me montrer téméraire. D'un côté, je ne pensais pas qu'ils iraient jusqu'à me tuer. Pas avant d'être certains que je ne leur avouerais jamais ce qu'ils souhaitaient savoir. D'un autre côté, je pouvais facilement voir la torture sur la liste des méthodes de persuasion acceptables selon Cool.

Je ne savais pas non plus qui tenait le couteau, ce qui signifiait que je ne savais pas contre qui ou quoi je me battais.

— Dis-moi !

Il rugit ces mots et en même temps, sa silhouette changea avec la force de sa rage, bien plus puissante parce qu'il ne pouvait pas simplement se débarrasser de moi. J'en étais certaine.

La puanteur du soufre et de la décomposition tourbillonna autour de nous. Cool sembla vibrer, chaque pulsation de son cœur détruisant l'image de ce qui était humain et faisant plutôt ressortir la bête grondante qu'était son démon intérieur. Ses yeux lançaient des éclairs et quand il me fixa, c'était comme regarder la damnation éternelle.

J'eus froid et mon cœur accéléra dans ma poitrine. Je combattis l'envie urgente de crier. J'avais vu cela auparavant, plus de fois que j'aimais m'en souvenir, mais on ne s'habituait jamais à regarder l'enfer en face.

Même mon assaillant, un démon lui-même si j'en croyais son haleine, fut étonné par ce spectacle. Le couteau appuyé contre ma chair se détendit très légèrement.

Puisque je ne savais pas si une meilleure chance se présenterait, je décidai de prendre le risque. Je levai mon poing, auparavant au niveau de ma taille, afin de heurter solidement son poignet. Oui ! Le couteau s'éloigna et je me retournai, tout en m'accrochant à son bras, me délectant du bruit sec satisfaisant quand l'os se brisa.

Je donnai un sérieux coup de pied en même temps, réussissant à le coucher par terre. Alors qu'il tombait en arrière, je lui pris l'arme blanche des mains, puis donna un coup visant l'œil alors même que je reconnaissais l'homme qui avait un jour été le prof d'anglais de ma fille.

Je fis plonger la lame vers l'avant, mais alors qu'elle était à quelques millimètres de sa cible, quelqu'un m'attrapa les jambes et me tira en arrière. Mon coup manqua et l'extrémité de la lame creusa un chemin sur la joue de Creasley.

La personne qui venait de me tirer me relâcha, probablement pour avoir une meilleure position d'attaque. Je roulai sur le côté alors qu'Ernesto Ruiz, le concierge, bondissait. Avec mon nouveau point de vue, je percevais Cool, toujours derrière nous, toujours enragé et sous sa forme démoniaque. C'était un petit chiot énervé, mais je n'avais pas le temps de m'inquiéter à propos de lui, parce qu'un plus gros problème essayait de m'étrangler.

Nous roulâmes sur le côté, nous battant sur la pelouse qui menait aux collines. Mon adrénaline connut un pic, chacun de mes sens s'aiguisant alors que je m'attendais à ce que Creasley saute dans la mêlée. Il n'en fit rien et alors que je songeais à cette étrangeté, je réussis à grimper sur Ruiz tandis que ses mains se resserraient autour de ma gorge.

Ses doigts raides pressèrent et ses pouces s'enfoncèrent dans mon cou. J'eus un haut-le-cœur, m'étouffai et tentai de prendre une profonde inspiration. Soit j'avais eu tort à propos du fait qu'ils n'allaient pas me tuer, soit Ruiz était suffisamment furieux pour n'en avoir que faire.

Dans les deux cas, j'étais dans de beaux draps.

Néanmoins, j'avais toujours un atout dans ma manche. Et alors même que mon cerveau criait pour avoir de l'oxygène, ma main droite se tendit vers le couteau. Mes doigts se refermèrent sur la garde et je poussai le cran à l'instant où il fut libéré, afin de faire monter la lame.

Ruiz écarquilla les yeux, surpris, ce qui était une réponse instinctive plutôt utile dans ces circonstances. Avec ses deux mains autour de mon cou, il était foutu et il le savait. Il n'eut qu'une milliseconde pour intégrer ce fait. Je glissai la lame au bon endroit. Les doigts autour de ma gorge se détendirent alors que le démon en Ruiz était aspiré avec une étincelle et un sifflement.

Je roulai loin de lui avant de me relever, mon couteau brandi.

Cependant, il n'y avait personne contre qui me battre.

Je fronçai les sourcils, n'y croyant pas vraiment alors que je décrivais des cercles lents, observant chaque centimètre du jardin éclairé par la lumière de la lune.

Personne.

Comme c'était étrange.

En fait, l'absence de Cool ne me surprenait pas. Si vous tuiez un démon charnel, tout ce qu'il se passait, c'était qu'il était aspiré et retournait dans l'éther. Une fois qu'il trouvait un corps, il pouvait revenir.

Mais tuer un démon dans son état démoniaque était une tout

autre histoire, qui mettait généralement un terme définitif à celle du démon.

Le problème était qu'ils ne révélaient pas leur état naturel très souvent. Cool avait montré à quel point il était furieux contre moi en se transformant, et comme son plan lui importait. Quoi que ce plan puisse être.

L'absence de Creasley était plus surprenante. Généralement, les démons n'étaient pas des poules mouillées. Il n'aurait pas simplement fui parce que j'avais gagné le premier round. Alors où était-il ?

Aucune réponse ne me vint en tête. Et puisque je n'avais pas le temps de m'en inquiéter, je repoussai la question en faveur d'une autre : qu'allais-je faire du corps ?

Je trouvai la réponse environ vingt mètres plus loin. Les collines. Je fis rouler Ruiz dans cette direction, puis marquai une pause pour regarder en bas. Ici, il n'y avait pas de plage à proprement parler, simplement les vagues qui s'écrasaient sur les rochers abîmés.

Je pris une profonde inspiration, appuyai mon pied contre le flanc de Ruiz et poussai.

Il glissa le long de la colline, atterrissant finalement dans un bruit sourd sur les cailloux. J'aurais préféré livrer le corps à la cathédrale, mais c'était impossible. Au moins, ces rochers étaient à l'écart et la foule de chercheurs de trésor était significativement moins importante en décembre. Quand le cadavre serait découvert, la vie sauvage aurait sûrement effacé tout signe de couteau dans l'œil de Ruiz.

C'était brutal, songeai-je, mais satisfaisant.

La maison était sombre quand je me glissai à l'intérieur. Je marquai une pause devant la cuisine, à l'affût. J'avais peur que le grincement de la porte du garage ait pu réveiller ma famille.

Silence.

J'attendis une autre minute, regardai la seconde aiguille de

l'horloge parader lentement autour des chiffres romains. Dix…
onze… et finalement s'aligner avec le douze.

Toujours rien que le silence.

Je soupirai de soulagement avant de monter les escaliers sur la
pointe des pieds. Je réussis à atteindre l'étage sans poser le pied sur
une marche grinçante. Je parcourus ensuite le couloir à pas
feutrés vers la double porte de ma chambre. Toujours fermée, ce
qui était visiblement bon signe, puisque cela signifiait que Stuart
ne s'était probablement pas réveillé pendant la nuit et n'était pas
parti me chercher.

Je fermai prudemment ma main autour de la poignée et la
tournai. Dès que le loquet s'enclencha, j'ouvris la porte d'environ
vingt centimètres et me glissai à l'intérieur. Stuart était au lit, sa
silhouette endormie illuminée par les doux rayons de la lumière
de la lune filtrant au travers des voiles légers.

Je restai figée un moment, m'assurant de ne pas l'avoir
perturbé, puis je continuai jusqu'à la salle de bain. Je fermai la
porte, enfilai mon pyjama dans l'obscurité, puis repartis dans la
chambre.

Je m'assis prudemment au bord du lit, avant de me glisser
silencieusement sous les couvertures. Finalement, je laissai ma tête
retomber sur l'oreiller et fermai les yeux.

Je l'ai fait.

— Tu t'es bien amusée ?

Je sursautai, me relevant brusquement, et je me tournai pour
voir Stuart qui avait roulé sur le côté et me regardait d'un air
impassible.

— Je… euh…

N'était-ce pas une justification brillante ? La chasse aux
démons, je pouvais gérer. Un mensonge au dépourvu ? Dans ce
domaine, je manquais clairement de compétences.

Stuart tendit la main vers la lampe de la table de chevet et l'alluma. Je plissai les yeux, essayant d'éviter à la fois la lumière et le
regard sévère de mon époux.

— Tu veux me dire où tu étais ?

— Euh, non ?

C'était la vérité, après tout. Et n'étais-je pas constamment en train de sermonner Timmy pour qu'il ne raconte pas de bobards ?

Stuart souffla par le nez, sa mâchoire se resserrant dans un effort pour contrôler son calme. J'avais vu cette expression auparavant, mais elle avait toujours été dirigée vers les enfants. Jamais vers moi.

— Kate...

Je levai une main, l'interrompant alors que j'essayais de m'occuper de ce petit drame.

— Je suis fatiguée. On pourra en parler demain matin.

À ce moment-là, je devrais avoir trouvé une excuse plausible pour me glisser hors de la maison après minuit.

— Kate.

Sa voix était sévère et exigeante.

— Je le pense vraiment, Stuart. Je suis fatiguée.

La seule excuse que j'avais pour le moment était un besoin urgent d'aller à l'épicerie. Je pouvais faire en sorte que ça fonctionne. Mais curieusement, je ne pensais pas qu'il allait me croire.

Il ne s'apprêtait pourtant pas à laisser tomber.

— Ce n'est pas la première fois que tu sors en pleine nuit, Kate. Je ne suis pas un idiot et je ne suis pas aveugle. Tu me dois une explication.

Je combattis l'envie de fermer les yeux, vaincue. Il avait raison. Ces deux derniers mois, je sortais régulièrement en patrouille nocturne, chaque fois que le journal évoquait un accident qui aurait dû être mortel, mais dont la victime survivait miraculeusement. J'avais fait ces rondes la nuit, espérant rencontrer les nouveaux démons. Parfois, j'y arrivais. Parfois, j'échouais. Mais j'essayais toujours.

Avec le point de vue de Stuart, j'imaginais que mes petites balades paraissaient un peu suspicieuses. Je n'étais simplement pas sûre de savoir comment gérer la situation.

Il tendit la main pour prendre la mienne.

— C'est le mec du karaté ?

Je clignai des yeux, reculant comme s'il m'avait mis une claque.

— Cutter ?

Mon Dieu, cet homme était fou. Cutter était un homme bien et, évidemment, il y avait quelques étincelles étranges entre nous, mais jamais je ne...

Je retirai brusquement ma main, mon tempérament s'emballant.

— Espèce de salaud ! Tu penses vraiment que j'ai une liaison avec Cutter ?

Une grande partie de la tension disparut de son visage.

— Plus maintenant. Mais si ce n'est pas avec Cutter...

— Waouh, calme-toi, l'interrompis-je. Je n'ai pas de liaison. Ni avec Cutter ni avec quiconque. Je t'aime. Même si dernièrement, tu me rends carrément folle, tu es le seul homme sur terre que j'aime.

— Alors pourquoi...

— À cause de toi.

J'enfonçai un doigt dans son torse. Je n'étais pas juste et je le savais. Mais bon sang, il m'avait énervée. Et oui, la vengeance pouvait être vicieuse.

— Les seules fois où tu n'as pas été absent, ces derniers temps, c'est quand tu t'excusais. Donc soit je sors de la maison pour faire un tour en voiture et réfléchir, soit je tape une crise, provoque une dispute et effraie les enfants. J'ai décidé d'opter pour la solution la plus civilisée.

Je m'assis contre l'oreiller, mes bras croisés sur ma poitrine alors que j'arborais un air boudeur. Je me demandai si j'irais en Enfer pour mes mensonges. Je notai mentalement d'aller me confesser cette semaine, juste au cas où un démon finissait par m'achever.

À côté de moi, Stuart s'était complétement dégonflé.

— Oh, chérie. Je suis désolé.

Il roula sur le dos et fixa le plafond.

— Tu as raison. Je me suis tellement laissé absorber par tout ça que je n'ai pas vu que toi et les enfants, vous vous êtes sacrifiés. C'est juste que jamais je ne...

Il se tut.

— Jamais tu n'as quoi ?

Pendant une seconde, je crus qu'il n'allait pas répondre, puis il se tourna sur le côté et me fit face.

— Simplement, je ne m'étais jamais imaginé que quelqu'un aurait un jour foi en moi comme Clark.

— Stuart ! m'exclamai-je, choquée.

— Non, je suis sérieux. Je sais que je suis un bon avocat. Mais être un représentant du peuple ? Honnêtement, c'est plus que je n'en ai jamais rêvé. Et maintenant que c'est une réelle possibilité, je veux la saisir.

Il roula à nouveau pour être face au plafond plutôt que face à moi.

— Mais je n'en veux pas si ça gâche ce que nous avons. Et ça ne fera qu'empirer avant de s'améliorer.

— Je sais, répondis-je.

Stuart allait formellement se présenter en janvier. Il travaillerait ensuite d'arrache-pied jusqu'à la primaire, en mars. S'il la remportait, il faudrait encore des mois et des mois de campagne jusqu'à l'élection de novembre.

— Est-ce qu'on peut le gérer ? Parce que si ce n'est pas le cas, je laisse tomber. Je vais passer un coup de fil à Clark et lui dire qu'il peut aller soutenir quelqu'un d'autre.

— Tu ferais ça ?

Il tourna la tête et me sourit.

— Bien sûr que oui.

Je frissonnai. Pouvais-je en dire de même ? Je n'avais pas demandé à sortir de ma retraite. À ce moment-là, je m'étais battue bec et ongles, désespérée à l'idée de protéger la vie normale que j'avais bâtie.

Mais à présent, cela était devenu mon quotidien et je ne pouvais m'imaginer arrêter. Que ce soit un secret ou non, ce que je faisais était important. Crucial, même. Plus que ça, j'adorais.

Je me rendis compte que c'était la même chose pour Stuart. Dans un sens, un procureur combattait les démons aussi. Et Stuart voulait être en première ligne.

Je l'aimais, parce qu'il proposait de tout abandonner. Cependant, je ne pouvais le laisser faire.

— Essaie simplement de rentrer à la maison pour dîner de

temps en temps. Et préviens-moi au moins douze heures en avance si je dois mettre une robe et du maquillage. Seize si je dois avoir une maison propre pour recevoir du monde.

— Je peux faire huit et dix heures, répondit-il.

Le sourire que j'aimais tellement apparut brièvement.

— Dix et quatorze, contrattaquai-je.

— Marché conclu.

Il tendit la main pour serrer la mienne. Il m'attira vers l'avant et passa ses bras autour de moi.

— Il est plus de cinq heures. Je me lève dans un peu moins d'une heure, dit-il. Je crois que ça ne vaut pas le coup de me rendormir.

— Hmm, murmurai-je alors qu'il m'embrassait sur l'oreille. Mais il fait trop froid. Je déteste sortir du lit avant d'y être obligée.

— Ne t'inquiète pas. Je crois que je connais un moyen de nous occuper jusqu'à ce que le réveil sonne.

Il tendit le bras et éteignit la lumière. Je me perdis dans la chaleur et l'obscurité des bras de mon mari.

Le bruit détonnant d'un klaxon perça au travers du chaos matinal.

— Allie ! hurla Timmy. Voiture !

— J'arrive, j'arrive, j'arrive !

Ma fille descendit bruyamment les escaliers, son corps de quarante-cinq kilos réussissant à créer environ le même écho au travers de la maison qu'un troupeau de petits éléphants.

— Attends, dis-je.

Je me précipitai pour la retrouver dans l'entrée.

— Maman ! Je suis en retard !

— Juste une seconde.

J'ouvris la porte et fis un signe de la main à Sylvia avant de lever un doigt. Elle leva un bras et tapota sa montre. J'acquiesçai, avant de me tourner vers Allie.

— Alors qu'est-ce que tu as prévu, aujourd'hui ?

Elle cligna des yeux, avant d'arracher les écouteurs de ses oreilles.

— Hein ?

— Tu as une réunion du club de surf, aujourd'hui ? Vous allez préparer quelque chose pour la démonstration ?

— Eh bien, ouais. Enfin, c'est samedi. Je suis horriblement occupée cette semaine.

— C'est vrai.

Ce n'était pas la réponse que je souhaitais. Je poursuivis :

— À la plage ?

Elle me lança un regard las, avant de s'effondrer contre le mur, apparemment submergée par la fatigue puisqu'elle devait gérer sa mère flippante.

— Non, *Mère*. Les réunions se tiennent dans la salle de chimie, avec M. Long.

— Bien sûr. C'est vrai.

C'était mieux.

— Mais Cool ? Je suppose qu'il ajoute son grain de sel à la planification ?

Sylvia klaxonna deux fois. Je lui fis un signe de la main. Elle leva les bras et fit signe à Allie de se dépêcher.

— Je dois y aller.

Allie fit un pas en avant, réussissant à me contourner pour rejoindre la porte. Je la regardai se précipiter sur le trottoir, avant de se glisser dans la voiture à côté de Susan, la fille de Sylvia.

Je me disais qu'il n'y avait aucune raison pour que Cool soit là. Après m'avoir attaquée hier soir, et pire, s'être révélé en tant que démon, je pensais qu'il éviterait l'école et la maison de retraite jusqu'à ce que le plan qu'il avait amorcé se poursuive. Pour le moment, il allait passer ses journées et ses nuits à parcourir San Diablo, à lancer toute sorte de choses démoniaques. Il n'avait aucune raison d'embêter ma fille. Aucune raison du tout.

Sauf que, bien sûr, elle était ma fille.

Non, non, non !

Je me précipitai dans la cuisine et attrapai le téléphone fixe. Je tapai alors le numéro d'Allie et attendis impatiemment qu'elle réponde.

— Maman ?

— Salut, chérie.

— Euh, ne le prends pas mal, mais… genre, qu'est-ce qu'il t'arrive, aujourd'hui ?

— Tu ne m'as simplement pas répondu. Cool assistera-t-il à ces réunions de planification ?

— Pourquoi ?

— Allie, dis-je en utilisant ma voix de maman. Réponds à la question.

— D'accord. Non. Il ne vient jamais à l'école. Seulement aux entraînements sur la plage.

— D'accord. C'est bien. O.K.

— Maman ?

— Oui, chérie ?

— Tu veux me dire ce qu'il se passe ?

Je n'en avais pas envie, bien sûr, mais il fallait qu'elle sache quelque chose. Non seulement elle allait croire que sa mère était folle si je ne disais mot, mais je préférais en plus qu'elle soit sur ses gardes.

— J'ai entendu certaines choses sur Cool, annonçai-je. Je ne veux pas que tu traînes avec lui.

— Quel genre de choses ?

— Je te le dirai plus tard.

J'espérais qu'à la fin de la journée, elle aurait oublié la question.

— Maman…

— Je suis sérieuse, Allie. Ce n'est pas le moment ni l'endroit.

— D'accord. C'est ça. Mais tu te trompes à son sujet. Ce n'est pas un surfeur qui a le cerveau grillé. Il est carrément intelligent.

Elle marqua alors une pause.

— Attends.

J'entendis une conversation étouffée alors qu'elle gardait une main sur le micro.

— Susan dit qu'il n'est pas seulement intelligent, mais qu'il est totalement impliqué dans la communauté. Et sa copine est même guide bénévole au musée. Je l'ai vue la semaine dernière et elle est carrément timide.

— Et en quoi est-ce pertinent ?

— Parce que si c'était une ordure, il sortirait avec une bimbo qui se balade tout le temps en bikini, non ?

Les erreurs dans son raisonnement étaient immenses et menaçantes, mais ce n'était pas vraiment le moment d'en discuter. Je les complimentai alors, Susan et elle, pour leur logique implacable. Je leur demandai ensuite de me faire plaisir et d'éviter Cool. Allie dut également me promettre de rentrer directement à la maison après la réunion du club de surf.

Lorsque je raccrochai, je ne me sentais qu'un tout petit peu mieux. Au moins, David serait présent. Quoi qu'il arrive, il protégerait Allie.

À contrecœur, je chassai mes pensées de démons surfeurs. J'aurais aimé passer la journée à vagabonder dans la ville à la recherche de Cool, mais ce n'était même pas une option. J'avais un petit garçon malade à la maison. En plus, j'avais une livraison de meubles prévue. Les démons ne prenaient peut-être pas de jour de congé, mais moi, je n'avais pas le choix.

— Maman ?

Timmy arriva à pas feutrés dans la cuisine, Bounours sous un bras.

— C'est un jour d'école ?

— Non, mon chéri. Aujourd'hui, tu restes à la maison avec moi.

Je me penchai et posai la main sur son front. Il était froid, merci mon Dieu.

— Tu auras école demain, à moins que tu continues à être malade.

Il gonfla son petit torse.

— Je suis pas malade.

— Non, tu es vraiment en forme. Tu veux lire un livre ?

— *Poche* ! cria-t-il. *Il y a une poche dans ma poche* !

Je répondis rapidement que j'étais d'accord, plus que ravie de tuer un peu le temps avec un bouquin du Dr. Seuss.

Je trouvai le livre, installai Tim sur mes genoux, puis commençai à lire, riant alors qu'il rebondissait et déclarait du grand n'importe quoi (et quelques vrais mots). Après avoir lu ce livre – deux fois –, nous passâmes à *Un poisson, deux poissons*, puis enchaînâmes sur *Le Chat Chapeauté*. Après ça, je mis fin à la lecture, me disant que si nous continuions ainsi, j'allais penser en rimes pour le reste de la journée.

— Allons regarder la télé, dis-je en l'allumant.

Dora l'Exploratrice apparut sur l'écran et mon petit émit de petits bruits joyeux.

— Assois-toi avec moi, Maman !

— Bien sûr, mon chéri.

Je me blottis à ses côtés et me laissai porter par l'émission, sentant la douleur de Dora, Babouche et Tico, ainsi que les autres personnages, alors qu'ils essayaient de sortir de la Cité des Jouets Perdus pour trouver leur trésor disparu. Je fredonnai même les chansons. Laura tapa à la porte de derrière. Je réussis à m'éloigner de Timmy et déverrouillai pour elle, faisant bien attention à refermer la porte et à réactiver l'alarme.

Puisque Timmy était fasciné, nous battîmes en retraite vers le bar.

— J'ai des nouvelles, dit Laura dès que nous nous assîmes.

— Moi aussi. Cool est un démon.

Tout son visage se froissa.

— Eh merde ! C'est quoi le but d'être l'acolyte qui fait les recherches si je ne peux pas te dire ce que je sais ?

— Si ça te réconforte, je n'ai pas eu la chance de le vérifier avec de l'eau bénite. Mais je l'ai vu se transformer en monstre de l'enfer. Ce n'était pas beau à voir.

Je lui parlai du démon nouvellement créé, Creasley, et comme j'étais allée le chercher.

— Et je l'ai trouvé. Je les ai trouvés, Cool et lui.

— Waouh.

Elle tendit la main vers son sac en tissu et en sortit quelques feuilles imprimées.

— Là, dit-elle en en poussant une dans ma direction.

C'était un article de journal datant de la fin novembre. L'histoire parlait de la chute terrible du célèbre surfeur Cooley Claymore, connu par ses fans sous le nom de Cool. *Un soupir de soulagement a submergé toute la communauté du surf quand un*

Cool inconscient a été ressuscité par des sauveteurs ayant agi rapidement, en lui faisant un massage cardiaque et du bouche-à-bouche, même si le surfeur était inconscient depuis plus de huit minutes.

— Eh bien, maintenant nous savons depuis quand c'est un démon, déclarai-je. Simplement, on ne sait pas ce qu'il veut.

Nous passâmes le reste de la journée à balancer des théories inutiles et à tenter de pister Cool. Laura trouva une adresse sur Internet, mais lorsque nous appelâmes le complexe d'appartements, nous fûmes informées qu'il avait déménagé.

Laura partit quand les livreurs de meubles arrivèrent, promettant de continuer à travailler. Je n'avais pas grand espoir, cependant. Cool le démon ne voulait pas être trouvé.

Sur un coup de tête, j'appelai l'école et demandai à parler à David Long. Miraculeusement, il me rappela dans l'heure, m'expliquant que je l'avais contacté juste avant un cours.

— Alors, qu'y a-t-il ?

— Cool, déclarai-je. Vous avez une adresse ?

— Vous êtes sur le marché pour un gigolo célèbre ?

— Absolument.

— Attendez. Laissez-moi vérifier mon dossier.

Je l'entendis feuilleter des papiers, puis sa voix résonna une nouvelle fois à l'autre bout du fil. Il me lut une adresse, mais je ne la copiai pas. Laura et moi avions déjà appelé. Je savais que Cool avait déménagé.

Je confirmai auprès de David que Cool n'allait clairement pas assister à la réunion de planification dans l'après-midi. Puis je raccrochai et tapotai la table jusqu'à ce que les livreurs me fassent un signe de la main. Je passai l'heure suivante à leur montrer où les différents meubles allaient et à leur indiquer quelle pièce détruite ils pouvaient enlever.

Le reste de l'après-midi, je déplaçai mon nouveau mobilier ici et là, faisant comme si j'avais une once de talent dans le domaine de la décoration d'intérieur. Finalement, je remis le canapé là où l'ancien s'était trouvé et je décidai que c'était suffisant.

Allie rentra à la maison, dit que les meubles étaient « sympa », puis monta à l'étage pour faire ses devoirs. Timmy mit immédiatement des taches de chocolat sur le nouveau canapé.

Eddie annonça que l'imprimé floral était « beaucoup trop nian-nian ». Et Stuart arriva si épuisé qu'il ne le remarqua même pas.

C'était agréable de savoir que mes efforts domestiques étaient appréciés.

Dès que je mis Timmy au lit, j'en fis de même, nerveuse à l'idée que cette journée se termine et que le lendemain arrive. Au moins, je pouvais me relancer dans la chasse aux démons. Mes efforts n'étaient peut-être pas reconnus, mais moi, je savais qu'ils avaient de la valeur.

15

J'étais tellement anxieuse à l'idée de me remettre au boulot ce jeudi matin que je ne ressentis qu'une minuscule culpabilité maternelle en déposant mon fils à la garderie. Quand Mlle Sally lui annonça qu'ils allaient faire de la peinture avec les doigts aujourd'hui, la culpabilité disparut dans un souffle, effacée par le sourire qui s'étira sur le visage de mon enfant qui serait bientôt violet, orange et bleu. (La garderie a beau insister pour que les enfants portent des blouses, mon Timmy revient toujours à la maison couvert de couleurs psychédéliques. C'est un petit prix à payer pour me sentir moins coupable.)

De retour à la maison, je préparai du café et tentai de décider par où je devais commencer. Alors que le café coulait, je feuilletai le journal, mon cœur s'arrêtant quand je vis le petit article de la rubrique locale.

Jason Palmer, un élève de première du lycée Coronado, avait été retrouvé battu à mort dans une allée près du centre universitaire. « M. Palmer avait une moyenne parfaite, était membre de la fanfare, éditeur du journal et trésorier du club de surf. » L'article se terminait avec des détails concernant les funérailles et le mémorial.

Je venais juste de finir de le lire quand le téléphone sonna.

— Tu as vu cet article sur Jason ? s'enquit Laura dès que je décrochai.

Je lui annonçai que je venais de finir de le lire.

— Allie va être dévastée, dis-je. Je ne connaissais pas ce garçon, mais elle devait être proche de lui s'il était au club de surf.

— Mindy aussi, répondit Laura. Puisqu'elle travaille au journal. Tu crois que...

Elle se tut, mais je savais où elle voulait en venir.

— Je ne peux pas en être sûre. Mais avec tout ce qu'il se passe dernièrement...

— Ouais, répondit Laura d'une voix menaçante. Et tout semble nous ramener au lycée. Je jure que je vais inscrire Mindy ailleurs. Sainte-Mary a une école catholique, non ? Encore mieux, un couvent. Peut-être que ma fille pourrait devenir nonne.

Je ris.

— Tu n'es même pas catholique.

— C'est un détail mineur, déclara-t-elle.

Elle plaisantait, bien sûr. Du moins, à propos du couvent. Mais je savais ce qu'elle pensait de l'école. Ces mêmes idées avaient également germé dans mon esprit.

— Au moins, on est jeudi. Encore aujourd'hui et demain, puis elles seront en vacances pendant deux semaines. On va certainement comprendre ce qu'il se passe et l'interrompre avant que le nouveau trimestre commence.

En fait, je pensais même garder Allie à la maison demain, puis trouver une excuse pour qu'elle loupe la présentation de samedi. Je ne savais pas encore laquelle, mais j'avais le sentiment que du chantage et des menaces devraient être employés. Je pouvais y arriver. Quand il s'agissait de sauver mes enfants, je n'avais pas beaucoup de fierté.

Après ça, ce serait le moment de passer du temps en famille et je prévoyais de faire vraiment de mon mieux pour garder ma fille enfermée à la maison, avec le système d'alarme activé, un crucifix autour de son cou et des chants de Noël résonnant en fond.

Le téléphone bipa, signalant un appel entrant et je raccrochai donc avec Laura.

— *Katherine ? Sei tu ?*

Je posai une main sur ma gorge et m'assis sur ma chaise. Bêtement, mes yeux se remplirent de larmes.

— Père Corletti. C'est bon d'entendre votre voix.

— Père Ben m'a parlé des épreuves que tu as traversées récemment. Tu vas bien ?

— Je vais bien. Ma famille va bien. Mais je m'inquiète.

— Ah, *mia cara*, mon cœur et mes prières t'accompagnent.

— Merci, déclarai-je. Mais nous pourrions avoir besoin de quelques chasseurs, ici.

— Tu sais que c'est la seule demande que je ne peux t'accorder. Nos ressources sont limitées et le besoin est grand aussi dans d'autres parties du monde.

— Je sais.

Je me sentais comme une enfant capricieuse.

— Notre problème n'est pas vraiment le manque de main-d'œuvre, admis-je. C'est le manque d'informations. Nous n'avons toujours pas trouvé ce que les démons du Tartare mijotent. Nous travaillons à l'aveugle, ici.

— *Si*, répondit-il. Mais si nous avons raison et que ce livre est le *Malevolenaumachia Demonica*, ces événements pourraient être le début d'un règne du mal tel que nous ne l'avons jamais vu.

Je frissonnai. Le père Corletti n'était pas du genre à exagérer. S'il disait que le livre pouvait amorcer une crise comme personne n'en avait jamais vu sur terre, je n'allais certainement pas le contredire.

— Sois forte grâce à ta foi, *mia cara*. Tu trouveras bientôt des réponses. J'y crois.

— Merci, mon père, déclarai-je.

Je me sentais comme une petite fille dont le papa faisait les louanges.

Je commençai à lui dire au revoir, mais m'interrompis, me souvenant de l'autre question que j'avais pour lui. Celle à propos d'Eric.

— Katherine ? Tu es toujours là ?

— Je suis là, répondis-je soudain hésitante.

— Tu as quelque chose en tête, mon enfant ?

Je ne pus m'empêcher de sourire. Le père Corletti me connaissait presque mieux que quiconque. Il avait été professeur, entraîneur, père, infirmier. Il était resté assis pendant des heures à mon chevet, quand j'avais contracté une pneumonie après m'être battue contre un démon dans les catacombes de Paris, en plein hiver. Et lors de mon seizième anniversaire, il m'avait offert le crucifix en argent délicat que je chérissais toujours.

Je ne pouvais lui cacher aucun secret. Et honnêtement, je n'en avais pas envie.

— Je pensais à Eric, dis-je.

— Ah, mon enfant. Eric et toi, vous avez partagé un amour merveilleux, mais tu dois le laisser partir. Le garder dans ton cœur pour toujours. Honore le mari que tu as désormais.

— Je sais, répondis-je. Je le sais bien. Ou, du moins, j'essaie.

Je déglutis.

— Le truc, mon père, c'est que j'ai trouvé un petit mot.

J'expliquai ma découverte des lettres mystérieuses d'Eric, les mots se déversant naturellement de ma bouche. Mon incertitude quant à la nécessité d'en parler à Allie sans trop en dire et quand. Ma blessure en apprenant qu'Eric avait eu des secrets pour moi qui paraissaient de plus en plus nombreux à chaque information que je découvrais.

— Mais je suis tombée dans une impasse. Le père Oliver est décédé et ne m'a laissé aucune lettre. Ce qu'Eric voulait que je trouve a disparu. J'ai l'impression de l'avoir abandonné, mon père. Mais en même temps, je suis tellement blessée, tellement en colère qu'il m'ait caché quelque chose de si énorme.

— Je comprends, mon enfant. Ce n'est jamais facile d'apprendre que ce que vous avez cru n'était pas entièrement vrai. Même dans le mariage, il y a toujours une certaine autonomie, non ? Vous ne faites qu'un en tant qu'unité, néanmoins vous restez uniques aux yeux du Seigneur.

— Je... eh bien, oui.

Ses mots ne me réconfortaient pas. Eric gardait toujours ses secrets.

J'entendis le petit gloussement du père et me rendis compte qu'il savait exactement ce que je pensais.

— Que veux-tu savoir, mon enfant ?

Ma respiration se coupa dans ma gorge, parce que je réalisais ce qu'il me proposait. Le père Corletti savait ce qu'Eric avait mijoté. La piste que mon premier mari m'avait laissée s'était peut-être refroidie, cependant, je pouvais toujours apprendre la vérité. Ou je pouvais m'éloigner du mystère, dire au revoir à Eric et me concentrer sur la famille que j'avais désormais.

Je fermai les yeux, essayant de penser rationnellement pour prendre une décision en fonction de la logique et de l'amour. Finalement, je fis le seul choix possible. Je demandai au père de me parler d'Eric.

Si je le déçus, il ne le montra pas. Pour ça, je l'aimais encore plus. Il me dit plutôt de m'asseoir, que ce qu'il avait à dire pouvait être difficile à entendre.

Je m'assis, déchirant une serviette en papier d'un air distrait alors qu'il me racontait des choses sur mon premier mari que je n'aurais jamais imaginées.

— Eric rendait visite au père Olivier parce qu'il étudiait pour devenir *alimentatore*, déclara-t-il.

J'essayai de ne pas être choquée, mais le monde tourna sous mes pieds.

— Quand ? Quand nous étions à San Diablo ?

— *Si.*

— Mais... Mais... pourquoi ne me l'a-t-il pas dit ?

— Ça, mon enfant, je l'ignore. Je suppose qu'il ne s'était pas encore décidé à revenir dans la Forza, et il ne voulait pas t'inquiéter inutilement.

— C'est fou. Il devait y avoir une autre raison.

— Mon enfant, je n'ai pas plus d'informations ni de réconfort à t'offrir. Je peux simplement dire qu'Eric Crowe t'aimait terriblement.

Je reniflai légèrement, mais acquiesçai, même si le père Corletti ne pouvait pas me voir.

— Je le sais. Vraiment. C'est juste... difficile. Tout ça me tombe dessus d'un coup.

— Peut-être que tu devrais parler à Père Donnelly.

— Pourquoi ?

Le père Donnelly était sur la petite liste de prêtres destinés à tenir les rênes de la Forza une fois que mon mentor prendrait sa retraite.

— Il supervisait le travail de Père Oliver avec Eric. Peut-être qu'il aura plus d'informations pour toi.

— D'accord.

— Si tu es certaine de vouloir poursuivre dans cette voie, je te mettrai en relation avec Père Donnelly.

— J'en suis sûre.

— Très bien. Et Katherine, souviens-toi que Dieu est toujours avec toi. Mon enfant, moi aussi je le suis.

J'entendis un cliquètement à l'autre bout de la ligne tandis que Corletti me mettait en relation. Il y eut une sonnerie, puis une autre voix masculine résonna.

— *Si* ?

— *Padre Donnelly* ? Est-il disponible ?

— Pas pour le moment, répondit la voix dans un anglais haché avec un soupçon d'accent. Puis-je prendre un message ?

Je décidai de ne pas laisser mon nom. À supposer que le père Corletti n'avait pas mentionné mon appel, j'allais peut-être surprendre le père Donnelly avant qu'il ait le temps de réfléchir aux réponses qu'il pouvait me donner.

— Ce n'est pas la peine. Merci beaucoup.

Je n'étais pas sûre de savoir combien de temps je restai assise là, la tête entre mes mains. J'entendis ensuite une chaise glisser sur le carrelage. Je levai les yeux et vis Eddie me lancer un regard sévère.

— Qu'est-ce que tu as en tête, ma fille ?

— Quoi ?

— Soit tu es constipée, soit tu réfléchis ardemment. Alors ?

Je fronçai légèrement les sourcils à cause du choix des mots, mais je n'étais pas sa mère, donc je laissai couler.

— Je réfléchis.

— Tant mieux. On n'a plus de jus de pruneaux.

— Merci pour l'info, rétorquai-je.

— Alors, à quoi penses-tu ? Le livre ? La vie amoureuse de ta fille ? Ces foutus démons qui n'arrêtent pas de se pointer dans cette ville maudite ?

— En fait, je pense à Eric.

Ses sourcils broussailleux s'élevèrent au-dessus de la monture de ses lunettes.

— Mon petit-fils, hein ?

Il tira une chaise.

— Dans ce cas, je vais m'asseoir et tu peux m'en parler.

À ce moment, Eddie était la chose la plus proche que j'avais d'un père. Et puisque j'avais besoin d'une épaule sur laquelle pleurer, j'acceptai son offre et vidai mon cœur.

Laura frappa à la porte de derrière quand je finissais mon histoire. Je la laissai entrer, puis la mis au courant alors que nous nous traînions jusqu'à la table. Eddie nous y suivit, ses doigts tapotant le Formica en rythme.

— Père Donnelly, dit-il. Intéressant.

— Pourquoi ? demandai-je en tendant l'oreille.

— Il est simplement plus véreux que quiconque. Si Eric travaillait avec celui-là, alors il devait être corrompu lui aussi.

Je reculai avant autant de force que s'il m'avait donné une claque, la rage bouillonnant en moi.

— Mais de quoi parlez-vous ? C'est Eric ! Vous ne le connaissez pas. Vous pouvez faire comme si vous faisiez partie de sa famille, mais ce n'est pas le cas. Vous ne nous connaissez pas et il est clair que vous ne connaissez pas Eric !

Je m'éloignai de la table, ma main plaquée sur ma bouche, une colère féroce luttant contre une humiliation totale. Je sortis de la pièce et montai les escaliers, avant de tomber sur le lit et de serrer un oreiller contre ma poitrine.

Je savais que je réagissais trop intensément. Je le savais bien. Mais dernièrement, j'avais été trop malmenée pour tenter de contrôler mes émotions. Bon sang, Eddie ! Quel droit avait-il de cracher sur le nom d'Eric ? Mon mari n'était pas corrompu. Cette idée était totalement absurde.

Je fermai les yeux et plongeai mon visage contre l'oreiller. Aussi agacée que je fusse, je me détestais de m'être autant lâchée. Je ne connaissais peut-être Eddie que depuis quelques mois, mais je l'aimais et je savais que c'était réciproque. Il était brusque, odieux et parfois même indélicat, mais il n'avait jamais fait exprès de me blesser.

En revanche, par accident, c'était déjà arrivé. Et il m'avait totalement cueillie, là.

J'entendis qu'on frappait doucement à ma porte, puis je sentis le matelas s'enfoncer alors que quelqu'un s'asseyait à côté de moi. J'ouvris les yeux et vis Eddie en train de m'observer.

— Tu veux me frapper ? Fais-le dans le ventre. Ce serait un crime de gâcher un nez aussi parfait.

Je souris malgré moi.

— Pas de coup de poing. Je suis désolée de vous avoir crié dessus.

Il me caressa les cheveux.

— Non, ma fille, je le méritais. Je n'ai jamais aimé le père Donnelly et j'ai ouvert la bouche sans réfléchir. Peut-être qu'il n'est pas corrompu, après tout. Le père Corletti aime cette sale chochotte, donc peut-être qu'il n'est pas si mal.

Je m'appuyai sur un coude, écoutant toujours.

— Et même si ce rat est aussi véreux que le soleil est brillant, eh bien, il n'y a aucune raison pour que j'accuse Eric de manigancer avec lui. Ton mari n'était peut-être pas au courant. Ou peut-être qu'il essayait de piéger Donnelly.

Laura s'assit à l'autre bout du lit.

— Comme un shérif qui va nettoyer une ville de voyous.

— C'est ça, ma fille.

Je réussis presque à sourire, m'inventant des images d'Eric en train d'intervenir pour combattre la corruption, peu importait où il la trouvait. Je n'appréciais toujours pas le fait qu'il m'ait caché cette lutte, mais s'il avait un secret, je voulais que celui-ci soit noble.

En fait, plus j'y songeais, plus la théorie d'Eddie – la révisée et acceptable – me paraissait plausible. Après tout, chasser la corruption pouvait facilement faire tuer un homme...

— Kate ?

Laura posa une main sur mon épaule.

— Tu vas bien ?

Je m'assis, acquiesçant et me sentant un peu étrange.

— Je vais bien. Je suis désolée, dis-je à Eddie.

— Pas besoin de l'être. Et cette offre de me frapper tient toujours.

Je lui lançai un regard désabusé.

— Je garderai ça pour le moment où ce sera réellement nécessaire.

Je m'éclaboussai ensuite le visage dans la salle de bain et nous repartîmes tous au rez-de-chaussée. Je venais de me servir une tasse de café quand le téléphone sonna. Je dérochai, surprise de découvrir que c'était David Long à l'autre bout du fil.

— J'ai besoin de vous parler. On peut se retrouver ?

— Quoi ? Maintenant ?

— Oui. Maintenant.

— Je...

Je faisais des signes de la main réprobateurs à Laura et Eddie qui demandaient de qui il s'agissait sans vraiment chuchoter.

— David, de quoi parlez-vous ?

— Vous avez lu le journal ce matin ?

Je me raidis, craignant la direction que prenait cette conversation.

— Oui.

— Alors vous avez vu l'article à propos de Jason Palmer.

— Oui. Je suis désolée. Il avait l'air d'un bon garçon.

— C'en était un.

J'entendis David prendre une inspiration bruyante.

— Tout est lié, déclara-t-il. Jason. Le vieillard mort dans le sous-sol du concierge. Et plus.

Oh oh.

Je demeurai silencieuse.

— Kate ?

— Je vous retrouve, déclarai-je. À la cathédrale.

J'avais beau détester l'admettre, je n'étais toujours pas sûre de moi à propos de David Long. Il y avait trop de questions. Il avait peut-être passé le test de l'eau bénite, mais il en savait trop, et je n'allais pas être totalement satisfaite jusqu'à ce qu'il marche sur un sol béni. Et même à ce moment-là, j'aurais besoin d'une foutue explication.

— La cathédrale, répéta-t-il en parlant lentement.

— Ça ne vous dérange pas ?

Il marqua alors une pause.

— Non. Bien sûr. Je peux venir.

— Génial. Je vous y retrouve.

Je raccrochai et regardai tour à tour Laura et Eddie.

— J'imagine qu'on va voir de quel bois David Long est fait.

Eddie et le père Ben étaient avec moi. Nous étions assis tous les trois sur la marche devant la table de communion quand David franchit les portes. Il marqua une pause avant de nous voir et de lever le menton dans un salut silencieux.

— Venez vous joindre à nous, déclarai-je en le regardant prudemment.

Il hésita avant de venir, faisant un pas, puis un autre dans la nef vers l'autel. Je scrutai son visage à la recherche d'un soupçon de douleur. Rien.

Je n'étais toujours pas convaincue de connaître l'histoire de David, mais au moins, je savais qu'il n'était pas un démon.

— Je ne m'étais pas rendu compte que nous aurions de la compagnie, remarqua-t-il en nous atteignant.

Je haussai les épaules.

— Le père Ben et Eddie s'intéressent au genre d'histoires que vous êtes venu nous raconter. De plus, je leur relaterai tout après, quoi qu'il arrive. Autant qu'ils l'entendent directement.

Il y réfléchit avant d'acquiescer, tendant la main pour tenir la table de communion.

— J'imagine que vous n'allez pas me dire ce que vous mijotez, les trois mousquetaires ?

— Vous ne vous trompez pas. Vous êtes venu me dire quelque chose. Alors dites.

— C'est à propos du garçon qui est mort. Jason Palmer. Il a été horriblement mutilé. Mais il portait une veste du club de surf, donc la police m'a fait venir de sorte que je puisse identifier le corps.

— Vous le pouviez ? demanda le père Ben.

— Oui.

Il frissonna et son teint prit une couleur verdâtre.

— Oui, je pouvais le reconnaître.

— Je suis tellement désolée, dis-je en effleurant sa manche.

Il se ressaisit et redressa les épaules.

— J'ai vu quelque chose. Quand ils m'ont fait venir. Le garçon avait une bague. Il la portait sur une chaîne, autour de son cou.

— Une bague ? s'enquit Eddie. Quel genre de bague ?

— Épaisse, comme une chevalière familiale, mais avec des symboles de planètes gravés dessus.

Il scruta nos visages, mais aucun de nous ne réagit. Peut-être que Ben et Eddie comprenaient quelque chose, mais personnellement, je ne savais pas pourquoi je devais m'intéresser à une bague avec des planètes.

— Asmodée, déclara-t-il enfin d'une voix impassible. Nous faisons face à Asmodée.

— *Nous* faisons face *à* ? répétai-je.

Au même moment, Eddie lâcha :

— Sainte Marie mère de Dieu ! Oh, pardon, mon père, ajouta-t-il en faisant son signe de croix.

— Le sentiment est mutuel, répondit l'homme d'Église.

Il se tourna vers David.

— Vous en êtes sûr ?

— Pour Asmodée ? Non. Comment pourrais-je l'être ? Mais avec la bague, avec tout ce qui est en train de se passer, je dirais qu'il y a de fortes chances.

— Attendez, attendez, attendez.

Je levai une main et la pointai vers David.

— Vous êtes qui, bordel, et pourquoi vous êtes au courant pour les démons ?

— Je suis de votre côté, Kate.

Je secouai la tête, tenant mes positions.

— Ce n'est pas suffisant. C'est loin de l'être.

— Kate.

La main du père Ben se referma autour de mon bras.

— Regarde où nous sommes.

Il balaya la pièce du bras, m'indiquant la longueur et la largeur du sanctuaire.

— Nous avons du pain sur la planche, ici. Pour le moment, faisons-lui confiance.

Je regardai alternativement l'homme d'Église et Eddie, qui acquiesça. Je pris une inspiration, serrant mes poings, et cédai. Ils avaient raison.

— Mais nous allons parler, annonçai-je. Et j'espère vraiment que ça vaudra le coup.

— Nous parlerons.

— Asmodée, déclara le père Ben pour en revenir à nos moutons.

— Attendez. J'ai du retard sur vous. Qui est Asmodée ?

— Un démon, répondit David.

— Merci, rétorquai-je. Ça, j'avais compris.

— Un Haut Démon, le corrigea Eddie. Et l'un des escrocs. Il apprend à ses disciples quelles capacités développer, puis il les leur transmet avec une bague spéciale.

— Avec des planètes dessus, devinai-je. Mais qu'est-ce qu'il y a de si spécial à propos de cette bague ?

— Elle octroie à ses disciples le pouvoir d'invisibilité.

— Waouh, dis-je en regardant le père Ben pour confirmation. Vraiment ?

— J'ai déjà lu beaucoup de choses sur ce démon, déclara-t-il. On dit qu'il a possédé Jeanne des Anges, une nonne de Loudun. Cela demande un pouvoir extrême. Ce n'est pas un démon à qui tu veux chercher des ennuis.

— Mais il est ici. Et il nous cherche des ennuis.

— Visiblement, répondit David.

— Mais si Jason avait la bague du démon, alors nous devons nous rapprocher de la réponse, non ? demandai-je. Enfin, il a bien dû l'avoir de la part de quelqu'un. Ou quelque part.

Je regardai les hommes.

— Est-ce que cela aurait pu traverser le livre ? Vous êtes au courant pour le livre ? demandai-je directement à David.

— Je l'ai compris, répondit-il. Je ne sais pas si le grimoire peut produire une bague.

Je fronçai les sourcils.

Honnêtement, la possibilité me paraissait ridicule. Enfin, si on ajoutait une chevalière d'invisibilité à tout ça, peut-être que ce n'était plus si absurde.

— Je ne crois pas, répondit le père Ben.

Apparemment, il ne trouvait pas cette idée ridicule du tout.

— D'après ce que j'ai entendu, le livre ne peut conjurer que des mots. Bien que...

— Bien que ? Je n'aime pas les « bien que ».

— Sous certaines circonstances, le livre peut conjurer des esprits.

— D'autres démons ?

— Je n'en suis pas certain, admit-il. Mais il est clair qu'il ne peut pas faire apparaître d'objets.

— Alors quelqu'un a dû donner la bague à Jason. Mais qui ?

Dès que je posai la question, je sus la réponse.

— Cool, poursuivis-je. C'était forcément Cool.

David se renfrogna.

— Qu'est-ce qui vous fait penser ça ?

Je lançai un regard interrogateur au père Ben, qui acquiesça. Je pris une inspiration, espérant que nous ne nous trompions pas à propos de David. Je le mis ensuite au courant, lui disant ce que nous avions appris sur Cool, Brumes Littorales et Dermott Sinclair.

— Alors Cool est un démon. Mais est-il Asmodée ? Et si c'est le cas, que veut-il ?

— J'ai quelques idées à ce propos, annonça Eddie. Notre pote Asmo faisait partie de l'ordre des séraphins, n'est-ce pas ?

— Ne faites pas attention à moi surtout, répliquai-je. Je ne faisais que passer.

— Bon, répondit David.

Il passa son poids d'un pied sur l'autre. Je le scrutai, les yeux plissés.

— Je suis en pause, annonça-t-il. Si je ne reviens pas à l'heure, je serai convoqué dans le bureau du principal.

Il fit un signe de tête vers Eddie.

— Mais j'ai un peu de temps. Vous disiez ?

— Séraphin est l'un des ordres angéliques les plus puissants. Alors Asmo est celui qui est tombé du plus haut. Et ça l'agace sans doute, vous ne croyez pas ?

— Une revanche ? m'enquis-je.

— Bingo. S'il libère ces démons du Tartare, il aura des alliés redoutables. Une armée presque invincible pour provoquer l'enfer sur terre.

— D'accord, mais comment ?

Nous nous regardâmes tous, sans avoir de réponse.

— Visiblement, on doit reprendre les recherches, annonça le père Ben.

Je regardai ma montre.

— Si c'est le moment de passer à l'étude, alors je vais y aller. En plus, je dois aller sauver Laura de mon fils.

— Je dois retourner à l'école, répondit David.

Eddie annonça qu'il allait rester et se documenter avec le prêtre. Père Ben promit de le raccompagner à la maison ce soir.

David et moi marchâmes ensemble vers le parking, le silence entre nous était un mélange curieux de tension et de familiarité. Ou peut-être que c'était la familiarité qui me tendait.

— Montez, lui intimai-je. Nous devons discuter.

— J'ai ma propre voiture.

— Montez.

Je pensais qu'il allait protester à nouveau, mais il acquiesça. Il garda une main appuyée contre son ventre en grimpant sur le siège passager. Il se pencha ensuite en arrière et ferma les yeux.

— Vous êtes blafard.

C'était vraiment le cas. Et des gouttes de sueur perlaient sur son front.

— J'ai un rhume.

Je lui lançai un regard noir. Je n'aimais pas qu'il ait l'air en si mauvaise santé, mais en même temps, je savais que je me montrais idiote. Le fait qu'il ait une sale tête – loin de la cathédrale, dans la voiture, sur l'asphalte – était une pure coïncidence. Il était absolument impossible qu'il ait pu se tenir dans la cathédrale et ait pu nous parler s'il était un démon. Mes suspicions n'étaient pas seulement absurdes, elles étaient méchantes. Comme une méfiance résiduelle à cause de la façon dont il avait balancé toute sa connaissance sur Asmodée. Comme si j'étais jalouse à l'idée que David ait été sous le feu des projecteurs ou quelque chose dans ce genre. Complétement débile.

À côté de moi, il ferma les yeux et se frotta les tempes.

— Je crois que le rhume est en train de l'emporter, déclarai-je.

Il ouvrit les yeux suffisamment longtemps pour me jeter un petit sourire.

— Et moi qui pensais que je remportais tous les combats.

Je n'étais pas certaine de savoir quoi répondre, donc je ne dis rien. Je me concentrai seulement sur ma conduite. Lorsque nous atteignîmes le bas de la colline et nous engageâmes sur la grande route de la côte, les yeux de David étaient ouverts. Il s'était redressé et sa peau n'était plus verte.

— Vous allez mieux ?

— Ouais. Je ne sais pas. C'est peut-être à cause de ce que j'ai mangé. Ça vient et ça repart. Pour le moment, j'imagine que ça repart.

— Bien.

Je lui jetai un coup d'œil.

— Quelle est votre histoire David Long ?

— Bon sang. Je croyais que mon statut d'invalide allait retarder l'inévitable.

— Pardon. Vous n'aurez pas une telle chance.

— Que voulez-vous savoir ?

— Eh bien, pour commencer, pourquoi vous en savez autant sur les démons ? Et pourquoi avez-vous ressenti l'urgence de m'appeler pour me parler de la bague de Jason ?

— Vous avez l'air d'une femme avec des goûts particuliers pour les bijoux ?

— Bien essayé, mais non.

— Est-ce que j'ai des bons points pour la créativité ?

— David...

— J'avais l'impression que c'était la chose à faire. Quand on trouve une bague qui suggère une activité démoniaque, qui appeler d'autre qu'une chasseuse de démons ?

Je me raidis, mes bras devenant rigides sur le volant.

— Je ne vois pas de quoi vous parlez.

— Ah non ? Eh bien, je peux vous renseigner. Katherine Connor, née Andrews, anciennement Katherine Crowe. Chasseuse de démons de Niveau Quatre à la Forza Scura, récemment revenue de quinze ans de retraite.

Ses mots me traversèrent dans un frisson glacial et je fis virer le volant à droite. J'appuyai fermement sur les freins alors que nous arrivions sur la bande d'arrêt d'urgence. En même temps, je tendis la main gauche vers le vide-poches avant de saisir le pic à glace que j'avais caché là. Mon bras droit se dressa dans un mouvement protecteur et coinça le professeur au niveau de la gorge. Je me tordis pour le regarder, appuyant la pointe d'acier contre sa carotide.

— Nom de Dieu, Kate !

Je gardai une voix basse et dangereuse.

— Il n'y a que quelques personnes sur cette planète qui savent ce que vous venez de dire. Vous n'en faites pas partie.

— Kate, non. Je suis de votre côté.

— Comment savez-vous tout ça ? sifflai-je. Si je n'aime pas la réponse, je vous glisse ça dans la gorge. Et dans votre œil aussi, rien que pour être sûre.

— Vous pensez que je suis un démon ?

Il fit un petit *hmm* et acquiesça.

— Ouais, eh bien, j'imagine que dans les circonstances, c'est logique, ajouta-t-il.

J'appuyai sur le pic, faisant couler une minuscule goutte de sang.

— Parlez.

— Je suis au courant pour vous parce que je connais des chasseurs.

— Vous faites partie de la Forza ?

Je ne pouvais l'imaginer. Après mes suppliques pathétiques pour avoir de l'aide, le père Corletti me l'aurait sûrement dit si un autre chasseur était en ville.

— Non, répondit-il après la plus brève des hésitations. Je suis un solitaire. Et je vous ai appelée quand j'ai vu la bague car je me suis rendu compte que c'était trop gros pour que je m'en charge tout seul.

— Les chasseurs de la Forza n'ont pas pour habitude de partager des informations avec les loups solitaires, répondis-je.

Nombre de ces derniers étaient trop dangereux, prêts à sacrifier des humains pour « le bien commun » à éradiquer les parasites démoniaques de la surface de la terre. Pour moi, et pour la Forza, cette décision revenait à Dieu.

— Je n'ai jamais voulu rester isolé. Je le jure. Mais il y a un besoin. Bon sang, Kate, vous ne pouvez pas nier qu'il y a un manque d'effectifs.

Je le regardai, ne répondant rien alors que le monospace tanguait à cause des voitures qui passaient à côté. Il ne cligna pas des yeux, ne sua pas, ne se recroquevilla même pas. Il regarda simplement droit devant lui et attendit que je décide.

Je lui retirai le pic à glace du cou, mais je restai prête, au cas où. Je recommençais à lui faire confiance, mais ce n'était pas encore total.

— Qui ? dis-je. Dites-moi qui sont les chasseurs de la Forza que vous connaissez si bien. Ceux dont vous m'avez parlé.

Il ferma les yeux et je vis son torse s'élever et retomber sur une longue respiration. Il se tourna pour me faire face, ses yeux gris aiguisés.

— Kate, avez-vous vraiment besoin de le demander ?

Un frisson me traversa et le pic me tomba de la main alors que je levai celle-ci vers ma bouche. Il se pencha en avant et récupéra mon arme avant de me la rendre. Je l'ignorai.

— Eric ?

— C'était... Disons juste que je le connaissais bien.

— C'est vous qui m'avez laissé la clé.

Il acquiesça.

— Eric me l'a demandé.

— Mais pourquoi maintenant ? Après cinq ans ?

— Pour beaucoup de raisons. Mais qui se résument à vous retrouver. Il m'a fallu aussi longtemps que ça.

— Pourquoi ?

Il soupira.

— Une autre fois, Kate. Si vous ne me faites pas confiance, alors utilisez ce pic à glace. Mais je ne vais pas revivre ces années pour l'instant. Pas même pour vous.

Je digérai ces informations et décidai que je pouvais faire avec. Enfin, je n'avais pas le choix. Je voulais entendre parler d'Eric. Et savoir comment David le connaissait. Savoir quelles conversations ils avaient eues et ce qu'avait vu David. Je voulais soutirer à cet homme chaque once de mon mari, puis les serrer contre mon corps.

Alors je devais lui faire confiance. J'avais besoin de lui.

Je le savais.

Frustrée, je passai la première et attendis de pouvoir m'insérer dans la circulation. J'accélérai ensuite. Le reste du trajet se fit en silence et je me garai sur le parking de l'école alors que le prochain cours commençait.

— Juste à temps, déclarai-je.

Il ouvrit la portière et sortit, mais repassa la tête à l'intérieur avant de la refermer.

— Je vais chasser Cool ce soir, annonça-t-il. Je serai sur la passerelle, près du poste des sauveteurs entre la Grande Rue et Ocean, à dix-neuf heures. Je vous y verrai ?

— Je ne sais pas.

Mais au fond, si, j'en étais sûre. Jusqu'ici, nous n'avions pas eu la chance de débusquer Cool. Je doutais que les planètes s'alignent assez pour le trouver près de la mer, mais je devais au moins essayer.

Il faudrait que j'échappe à ma famille, bien sûr. Mais j'allais y arriver.

— Kate ?

David me regardait, sa main prête à claquer la portière.

— Je serai là, conclus-je.

D'une façon ou d'une autre, j'y serais.

16

Je m'appuyai contre la porte du cellier, me demandant si ma famille remarquerait si je leur servais de la pâtée pour chat pour le dîner. Il y avait un risque. J'eus envie de commander une pizza, mais je me dis que cela prendrait trop de temps. Je mis alors de l'eau à bouillir. Ce seraient des pâtes au fromage.

Pourquoi m'embêter, franchement ? Stuart allait sans doute être en retard, Allie viendrait picorer son assiette avant d'aller manger des biscuits dans sa chambre, et Timmy serait extrêmement joyeux.

Comme s'il pouvait m'entendre réfléchir, Timmy entra dans le salon, Bounours serré dans ses mains.

— Cookie, Maman ? Je veux un cookie.

— Hors de question, mon petit gars. C'est presque l'heure du dîner. On mange des pâtes au fromage.

Il me fixa, ses lèvres pincées. Je me tendis, mais c'était trop tard.

— NOOOOON. Dinde pommes ! J'aime pas les pâtes, c'est nul !

Je croisai les bras sur ma poitrine et baissai les yeux vers lui.

— Timothy Connor, tu adores les pâtes au fromage. Et ce n'est pas bien de dire que c'est nul.

— Tu es nulle ! hurla-t-il.

— D'accord, jeune homme. Tu es puni.

Je le pris par le bras, ignorant ses cris de protestation qui me perçaient les tympans. Je le mis au coin, puis dressai mon index pour l'avertir quand il commença à s'éloigner.

— Reste-là, déclarai-je de ma voix de maman la plus ferme.

Il bouda, mais demeura au coin.

Dans la cuisine, je sortis un paquet de tranches de dinde, ainsi qu'une pomme rouge et brillante. Alors que je lavais le fruit avant de commencer à le peler et à le trancher, je pris le téléphone, composai le numéro de Laura et coinçai le combiné contre mon oreille.

— Il y a une chance pour que tu puisses garder Timmy ce soir ? demandai-je.

— Rencard torride ?

— Torride comme l'Enfer, dis-je.

Mes pensées sur les démons se mêlèrent à celles sur David.

— Quand as-tu besoin de moi ?

— Dans une heure environ ? Ça devrait être assez facile. Allie est dans sa chambre en train de faire ses devoirs et Timmy vient juste d'être puni, donc il sera content d'avoir quelqu'un pour le couver.

Comme s'il avait reçu un signal, mon fils m'appela.

— La punition est finie ?

— Oui. Viens ici pour manger ta dinde et tes pommes.

Sa voix filtra au travers du mur.

— Noooooon ! Pâtes au fromage ! Pâtes. Au. FROMAGE !

Je résistai à l'envie de lâcher un cri primaire.

— Pas de problème, mon chéri. Ce sera des pâtes au fromage.

À Laura, je répondis simplement :

— À l'aide.

Elle éclata de rire.

— J'arrive tout de suite.

Fidèle à sa parole, elle apparut à la porte de derrière avec sa fille environ dix minutes plus tard, alors que je versais des pâtes au fromage dans le bol de Timmy, pour un repas 100 % équilibré.

Mindy monta les escaliers à toute allure et Laura me suivit dans la cuisine.

— Je sais où se trouve Stuart, déclara-t-elle. Mais où est Eddie ?

— Encore avec Ben, je pense.

Je la mis au courant de tout ce que nous avions appris grâce à David.

— J'espère qu'ils font des progrès, parce que j'ignore totalement ce que Cool prévoit.

La porte du garage crissa et je bondis.

— Stuart ?

Je jetai un coup d'œil à Laura.

— Il n'est jamais en avance !

Pourtant, à moins que quelqu'un d'autre ait la télécommande de notre porte de garage, mon mari s'apprêtait à franchir le seuil de la maison. Et je pariais qu'il était rentré plus tôt pour me faire plaisir. Pour dîner avec moi. Pour passer un moment agréable en famille.

Malheureusement, j'avais un rencard pour chasser le démon.

— Salut, toi, dit-il en jetant son attaché-case sur le plan de travail de la cuisine.

Il m'embrassa sur la joue.

— Et salut à toi aussi.

Il déposa un baiser sur la tête de Timmy.

— Pâtes au fromage ! déclara joyeusement Timmy.

— C'est ce que je vois. Salut, Laura.

Elle agita mollement la main.

— Tu as assez de pâtes pour moi aussi ?

— À peine. Mais...

Je me tus, regardant Laura d'un air impuissant.

— J'ai en quelque sorte réquisitionné Kate pour la soirée, déclara-t-elle en intervenant comme une meilleure amie. Je, euh, j'espère que ça ne te dérange pas. J'ai besoin d'elle pour, tu vois, m'aider avec des trucs.

Elle fit un signe vague vers sa maison.

— Je suis désolée, mon chéri. Je ne savais pas que tu rentrais dîner, donc j'ai dit à Laura que je pourrais l'aider, tu vois.

— D'accord, répondit-il. Bien sûr.

Je pouvais percevoir la déception dans son regard et pendant un moment, la culpabilité me submergea. Je le méritais.

Je laissai Timmy avec Stuart – qui me surprit en ne protestant pas trop –, puis je partis chez Laura pour l'aider avec son faux projet. Je n'avais pas pu me glisser discrètement jusqu'au grenier, donc ma seule arme ce soir serait l'eau bénite dans mon sac à main, ma barrette bien pratique et un pic à brochettes que j'avais emprunté à Laura. Ce n'était pas si mal. J'allais faire en sorte que ce soit suffisant.

Puisque je n'avais pas non plus de voiture, Laura me prêta sa Lexus pour retrouver David. Tout cela me mit environ dix minutes en retard quand j'arrivai au poste des sauveteurs. J'attendis, décrivant un cercle lent alors que j'observais la zone à la recherche de David… et d'un démon potentiel.

Rien.

Je consultai ma montre. Dix-neuf heures quinze. Et aucun signe de David. Bon sang.

Je déplaçai mon poids d'un pied sur l'autre, essayant de déterminer quoi faire. Mais cette décision n'était pas bien difficile. J'étais là. David n'y était pas. Ce qui signifiait que j'allais chasser toute seule.

J'avançai sur la passerelle en direction de l'hôtel Coronado Crest, gardant un œil ouvert à la recherche de démons.

Je ne voyais personne, cependant. Personne à part les groupes d'acheteurs de cadeaux de Noël qui entraient et sortaient des petits magasins dans la rue ainsi que quelques couples marchant main dans la main sur la plage.

Mes yeux dérivèrent vers le patio de l'hôtel quand je passai et je songeai à Paul et Laura ; Stuart et moi. Je secouai la tête, chassant ces pensées. J'étais une cible ambulante ici, je devais rester concentrée.

La passerelle se terminait sur le parking de l'hôtel et je campai là une seconde, essayant de décider ce que je devais faire. Je pourrais traverser la plage jusqu'à l'océan et continuer de marcher ou je pouvais revenir sur mes pas, afin de vérifier une nouvelle fois si David était arrivé au poste des sauveteurs.

J'optai pour la seconde possibilité. Même si j'avais envie de trouver Cool et compagnie, je n'avais vraiment aucune raison de croire que ce monstre serait là ce soir. Et si je déambulais sur la plage, cherchant sans but un signe au néon annonçant « démon » alors je ne voulais pas le faire seule.

J'avais fait environ vingt mètres quand je les entendis : de petits pas derrière moi, au même rythme que les miens et marquant des pauses quand je m'arrêtais. Je me tendis avant de me figer. Les pas s'interrompirent également.

— Vous êtes en retard, déclarai-je.

Je me retournai et trouvai David en train de sourire derrière moi.

— *Vous* étiez en retard.

— Ce n'est pas une excuse pour m'espionner.

— Vous saviez que j'étais là. Donc par définition, je n'espionnais pas.

— Je suis sûre qu'il y a une faille dans cette logique. Laissez-moi un peu de temps pour découvrir laquelle.

Il commença à marcher à côté de moi.

— Je vous laisserai tout le temps dont vous avez besoin.

Je lui jetai un coup d'œil, me posant des questions à la fois sur son ton et ses mots. Mais son visage était impassible, son regard focalisé sur la zone.

Je pris cela pour un signal et nous passâmes l'heure suivante à chasser les démons... sans succès. Frustrée, je m'arrêtai sur la passerelle et regardai autour de moi, observant la plage et les magasins de l'autre côté de la rue. Si nous nous arrêtions ici, je pouvais m'occuper de quelques courses de Noël avant que les boutiques ferment à vingt-deux heures.

— Faisons un autre tour de la zone et si rien ne nous saute dessus...

— Littéralement.

— ... alors on s'arrêtera là, conclus-je.

Je lui lançai un coup d'œil, l'air de lui dire qu'il fallait être sérieux.

Nous parcourûmes une nouvelle fois la passerelle avant de partir sur la plage. Nous marchâmes au bord de l'eau, ne parlant pas, écoutant et regardant.

À côté de nous, l'océan s'agitait aussi bruyamment que les pensées dans ma tête. Je n'avais pas patrouillé avec quiconque depuis qu'Eric était mort. Même lors des quelques occasions où j'avais voulu faire des rondes, Eddie et moi avions couvert des sections différentes de la ville. Marcher au côté de cet homme à présent rendait la situation irréelle.

Un sentiment mitigé m'étreignait, surtout parce que David avait connu Eric. De temps en temps, je me raidissais, ne me tournant que légèrement, et les mots étaient sur le bout de ma langue. Néanmoins, je ne pouvais les prononcer. Je voulais lui poser tellement de questions sur Eric et lui. Pour partager des histoires. Pour lui demander de me raconter de petites anecdotes amusantes qui rendraient mon mari vivant à nouveau.

Je n'arrivais cependant pas à le faire. Ce n'était pas le moment. Et, honnêtement, je n'étais pas sûre que ce serait un jour le cas.

Nous marchâmes au bord de l'eau jusqu'à nous retrouver une nouvelle fois devant le poste des sauveteurs. Puis nous remontâmes la dune de sable pour rejoindre la passerelle.

— Personne, déclara-t-il. Je suis déçu, mais pas trop surpris.

— Pareil.

Nous étions au coin de la rue, attendant que le feu passe au vert pour traverser la route et arriver devant les magasins de la rue principale, dont d'adorables petites galeries d'art, des bijouteries, des glaciers et des boutiques d'accessoires de plage. Autrement dit, il s'agissait d'un méli-mélo d'articles surtout pour les touristes, mais qui étaient toujours amusants pour les habitants du coin.

Le feu changea et je commençai à traverser, David à mon côté.

— Je veux aller chercher quelque chose pour Allie et Laura. Mais j'ai une idée pour Cool. Vous êtes partant pour un peu de shopping ?

— Du shopping ? fit-il d'un air affligé. Je suppose que ça ne me tuera pas.

— Probablement pas, confirmai-je.

Nous entrâmes dans la première boutique, Escape, un petit magasin avec une gamme très étendue, allant de petites boîtes en bois aux bijoux en argent ornés de perles, passant par des peintures et des bibelots faits avec des coquillages. Je levai un nautile et le tendis à David pour qu'il le regarde.

— Je pense qu'il doit y avoir un rapport avec l'océan, dis-je. Peu importe lequel.

— Je vous écoute.

— Pourquoi Asmodée posséderait-il un corps de surfeur, sinon ?

— Peut-être qu'il ne l'a pas choisi, répondit David. Les démons ont tendance à ne pas être difficiles. Ils prennent le corps qui est disponible.

Il marquait un point, et j'y songeai, retournant ma théorie dans tous les sens alors que je passais devant un présentoir de bracelets pour chevilles avec des perles polies.

— Qu'est-ce que vous en pensez ? Pour Allie.

David m'en prit un des mains et le leva.

— Joli. Elle aime le bleu ? J'ai toujours cru qu'elle était du genre à préférer le rose.

Je ris.

— Quand elle était petite, elle a eu une phase où elle ne portait que du rose. Heureusement, on a réussi à traverser cela sans perdre la vie ou un membre.

— Il vaut mieux ne pas réveiller la bête, alors.

Il attrapa un bracelet sur le présentoir et me le passa.

— Et celui-ci ?

De l'orange et du marron discret, des couleurs naturelles qui seraient non seulement jolies sur le bronzage d'Allie, mais qui correspondraient parfaitement à sa période bio, amie de la Terre et écologique.

— Je suis impressionnée, dis-je. Un homme avec des suggestions d'achat raisonnables.

— Ne le dites à personne. Ils révoqueraient mon inscription au Club des Hommes Virils.

— Je suis émerveillée qu'ils vous aient laissé y entrer.

Il posa une main sur son cœur.

— Kate, vous me faites mal.

— Attendez une seconde, dis-je. Je crois qu'on a mis le doigt sur quelque chose.

— On ?

— D'accord. J'ai mis le doigt sur quelque chose. Ce que j'ai dit il y a une minute sur le fait qu'on ne vous aurait pas laissé entrer dans le Club des Hommes Virils.

Sa bouche se tordit.

— Vous pensez que Cool en fait partie ?

— Ce que je pense, Monsieur l'humoriste, c'est que cette démonstration de surf est la clé, d'une façon ou d'une autre.

— Développez ?

— Quand avez-vous ajouté Cool au spectacle ?

— Il y a environ trois semaines, répondit David.

— Il a eu son accident il y a quasiment un mois. Alors, à moins qu'il ait besoin des surfeurs, de la plage ou de l'océan, pourquoi un démon prendrait-il la peine d'assister à une performance de lycéens ?

— C'est Jason qui a fait venir Cool dans le club de surf, déclara David d'une voix pensive.

— Qu'est-ce que vous voulez dire ?

— À l'origine, ça ne devait être qu'une simple présentation. Les lycéens auraient fait quelques figures. Nous aurions vendu de la nourriture et quelques tickets de loterie. On aurait fait ça pour une œuvre de charité, mais on ne prévoyait pas de récolter beaucoup d'argent.

— Et quand Jason est arrivé un jour avec l'idée d'intégrer Cool, le surfeur célèbre ? Quelqu'un qui ferait vraiment vendre des tickets...

— Exactement, asséna David.

— Et désormais, Jason est mort. Ce n'est pas logique.

— Si, ça l'est si Jason n'a pas réalisé dans quoi il mettait les pieds...

— Et s'il avait voulu ne rien avoir à faire avec ça, déclarai-je en disant le fond de ma pensée.

— Voilà.

— Ce n'est pas simplement l'océan ou la plage, alors. Tout cela doit être centré sur la démonstration.

— Samedi. Peu importe le plan de Cool, on dirait qu'il se déroulera samedi à midi. Cela nous donne un peu plus de trente-six heures pour sauver San Diablo. Peut-être le monde.

— Génial, déclarai-je. J'avais peur que nous soyons dans la précipitation.

— Mam-*man* ! Tu es devenue folle ?

— Pourquoi ça ? Pour avoir suggéré que tu restes à la maison aujourd'hui ? Je pensais que tu me baiserais les pieds !

Allie et moi étions face à face, elle en haut des escaliers, moi en bas. Elle était habillée pour les cours, après avoir enfilé toute sa tenue de pom-pom girl pour la dernière assemblée du trimestre qui marquerait le début des vacances de fin d'année.

— J'ai des responsabilités, Maman ! Je suis au bout du premier rang, pendant la deuxième routine. Si je ne suis pas là, tout va s'effondrer et *brûler*.

— C'est vrai. Je suis désolée. Tu as raison.

Je levai les mains, vaincue. Je n'étais peut-être pas allée au lycée, mais j'étais assez intelligente pour savoir que j'étais battue. Et David serait là. Au moins, je savais qu'il garderait un œil sur elle.

Dès qu'Allie franchit la porte, je mis Timmy dans le monospace et l'emmenai à la garderie. Sur le chemin du retour, j'essayai de penser à ce que je devais faire maintenant. J'avais toute la journée pour moi. Toute une journée, sans mari ni enfants. Tout un moment entier et ininterrompu que je pouvais dévouer à l'éradication des démons de la surface de la terre.

Dommage que j'ignore totalement par où commencer.

Je retournai chez moi et attrapai le spray nettoyant avant de m'occuper des plans de travail de la cuisine avec une frénésie née d'une énergie nerveuse. C'était le dernier jour de cours avant les vacances et il n'y avait plus qu'une journée avant la démonstration du club. Tous les points convergeaient vers demain, mais je ne savais absolument pas quoi faire.

Si je ne trouvais pas quelque chose rapidement, ma maison serait immaculée. Ce n'était pas mal pour ma famille, mais pour San Diablo en général, cela aurait des conséquences terribles.

Eddie entra à pas feutrés dans la cuisine, me grogna dessus et partit en ligne droite vers le café.

— Vous avez appris quelque chose hier ?

Il plissa les yeux, mais ne dit rien, se contentant d'avancer vers la table de la cuisine et de boire une gorgée. Je le scrutai en retour avant de jeter mon chiffon et d'attraper le Swiffer Wetjet dans le cellier. Pendant que j'attaquais le nettoyage des sols, Eddie commençait à boire son café.

J'avais récuré toute la cuisine et j'étais passée au bar quand il maugréa finalement dans ma direction.

— Pas une information. Des milliers de livres dans les archives de la cathédrale et pas une seule mention du *Malevole-naumachia Demonica*.

Il pointa un doigt décharné dans ma direction.

— Tu veux combattre des démons, donc tu as besoin d'informations. Cette foutue organisation a des années de retard, voilà le problème. Ils vivent au quinzième siècle.

— Ils ne vivent pas avec leur temps ? La Forza ?

— Des bases de données ! Des fichiers PDF ! Des numérisations et des téléchargements ! Tout ce baragouinage technologique que ta fille lance à longueur de journée. Tu peux me dire pourquoi aucun livre de recherche de la Forza n'est disponible sur Internet ? D'après ce que je sais, ta chère organisation antique n'a même pas de site Internet.

Je m'appuyai contre le manche de mon Swiffer et le fixai du regard.

— Vous voulez des informations sur Internet ? Est-ce que les poules ont des dents ? Est-ce que les ânes ont des ailes ?

— Tu rigoles, mais j'ai raison. N'oublie pas ce que je viens de dire.

— C'est à propos d'Allie ? Ou de cette bibliothécaire que vous aimez ben ?

L'extrémité de ses oreilles devint rose.

— Laisse-la en dehors de ça. Cette femme sait des choses. Elle n'est pas enfermée dans le passé.

— D'accord.

Je me retournai pour dissimuler mon sourire.

Eddie grommela quelque chose que je n'arrivai pas vraiment à distinguer. Quand je réussis à reprendre le contrôle de mon expression afin de me retourner, je le vis en train de me lancer un regard noir.

Je levai les mains, comme pour le supplier.

— Je ne suis pas en désaccord avec vous, mais vous êtes l'homme qui, jusqu'à il y a un mois, pensait qu'Internet était une autoroute en Allemagne.

— Je n'ai jamais imaginé une telle chose.

— Ouais.

— Enfin, ils appellent ce truc une super-autoroute, marmonna-t-il.

— Bref, dis-je en tombant sur la chaise en face de lui. Je comprends que vous n'avez rien trouvé d'utile. Dans vos livres ou en ligne.

— Tu as bien compris.

Il fronça les sourcils dans ma direction.

— Le père et moi avons continué jusqu'à vingt-deux heures. Quand je suis rentré, ton amoureux a dit que tu étais avec Laura. Pour gérer une certaine crise. Elle va bien ?

La chaleur dans sa voix me fit sourire. Comme avec nous autres, Eddie avait adopté Mindy et Laura, comme si elles faisaient partie de la famille.

— Elle va bien, dis-je. Enfin, pas vraiment, en fait. Toute cette histoire avec Paul la bouffe. Mais je n'étais pas avec elle hier soir.

Eddie agita ses sourcils broussailleux.

— Ah non ? Où étais-tu, alors ?

— J'étais en patrouille. Avec David.

Je baissai les yeux vers le plan de travail de la cuisine, me sentant incroyablement coupable.

— Oh oh, dit-il. Et tu ne voulais pas que ton petit Stuart le sache.

— Je ne veux pas que Stuart sache que j'allais patrouiller, déclarai-je vivement. David n'a rien à voir avec tout ça.

— Bien sûr, répondit Eddie. Bien sûr.

Je me levai et me servis une tasse de café. Il fallait que j'occupe mes mains afin de ne pas étrangler cet homme.

— Vous avez fini de me faire culpabiliser ? demandai-je en lui tournant le dos. Ou devrais-je attendre un peu plus longtemps pour vous dire ce que nous avons appris ?

— Attends un peu plus longtemps. Ça m'amuse de te voir gigoter.

— Eddie !

Je fis volte-face et le fusillai du regard. Il but une gorgée de café avant de claquer la tasse sur la table. Puis il me fixa, toute trace d'humour ayant disparu.

— Dis-moi ce qu'il s'est passé, exigea-t-il.

Je m'exécutai.

Une demi-heure plus tard, je lui avais tout raconté. D'abord quand j'avais appris que David était un solitaire, puis notre chasse de la veille et enfin notre théorie quant au fait que tout était centré sur le spectacle du club de surf.

— C'est une bonne théorie, déclara-t-il. Qu'est-ce que tu vas faire ?

— Je ne sais pas, admis-je. Garder Allie loin de Cool, c'est sûr. Et en même temps, j'espère comprendre ce qu'il mijote et l'arrêter. Mais Ben et vous, vous ne l'avez pas encore découvert et nous manquons de temps.

— Tu vas devoir attacher cette gamine pour l'obliger à rester à la maison, remarqua Eddie. Ou alors, tu lui dis la vérité.

Mon estomac se tordit.

— Ouais. J'y ai réfléchi.

Je n'étais pas à fond pour ce deuxième plan. Pas encore. Mais je n'aurais peut-être pas le choix. Si j'en venais à une décision entre laisser ma fille foncer vers le danger ou révéler mes secrets afin de la convaincre de rester à la maison... eh bien, disons que la question ne se posait pas. Simplement, c'était un dilemme que je n'avais pas forcément envie d'affronter.

— Et c'est David qui t'a parlé de Jason, n'est-ce pas ?

— Vous voulez dire que c'est lui qui m'a informée que Jason avait recruté Cool pour la démonstration ? Oui.

Je lui jetai un coup d'œil.

— Pourquoi ?

— Je me demande simplement si tu devrais faire confiance à ce David. Si on veut la jouer intelligemment.

— De quoi parlez-vous ?

Il haussa les épaules.

— C'est toi qui as dit qu'il te rappelait Eric. Peut-être qu'il joue là-dessus.

Je déglutis, luttant contre la bile qui montait dans ma gorge. Mais Eddie avait raison. David avait connu Eric. Et à cause de ça, je voulais être près de lui tout autant que j'avais envie de courir me réfugier chez moi pour pleurer.

Tout de même, je ne pouvais ignorer ce qu'Eddie disait, même si je pensais qu'il se plantait totalement.

— Je ne lui faisais pas confiance au début, vous vous souvenez ? C'est moi qui lui ai jeté de l'eau bénite au visage.

— Et ça t'a convaincue ?

Le regard d'Eddie me brûla en se rivant sur le mien. Des années auparavant, rien ne m'aurait davantage convaincue.

— Il n'y a pas seulement l'eau bénite. La cathédrale, aussi. On était à l'intérieur, dans le sanctuaire, et on est resté presque une heure. Il a entretenu la conversation. Il parlait clairement. Il était concentré. Il ne pourrait pas être un démon.

— Son teint avait un petit côté verdâtre.

— J'ai déjà pensé à tout ça, Eddie. Je lui ai même demandé. Il m'a dit qu'il avait un rhume.

— Et tu l'as cru.

— Oui ! S'il était un démon, on l'aurait su. Aucun démon n'aurait pu survivre aussi longtemps à côté de l'autel, et surtout pas celui de Sainte-Mary.

— Alors peut-être qu'il n'est pas un démon, déclara Eddie.

— N'est-ce pas ce que je dis depuis le début ?

— Peut-être qu'il est autre chose.

Cela me perturba.

— Autre chose ? Comme quoi ?

— Je ne sais pas. Mais si un démon peut posséder un corps, alors pourquoi pas une âme ? J'ai entendu des rumeurs, tu sais. Des histoires chuchotées sur des *alimentatores* séduits par la possibilité. Ils s'accrocheraient à l'immortalité en se glissant dans l'âme d'un humain mourant.

— Qu'est-ce que vous êtes en train de suggérer, exactement ? demandai-je.

C'était à peine plus qu'un murmure.

— Je ne suggère rien. Je ne fais que parler. Mais si quelqu'un devait s'essayer aux arts sombres, et si ce quelqu'un jouait à un jeu dangereux avec son âme, eh bien, il aurait été changé, non ? Pas un démon, pas un humain non plus. Alors, est-il bon ? Est-il mauvais ?

Eddie me jeta un coup d'œil, avec un regard sombre et des yeux plissés.

— Est-ce que la malveillance l'a contaminé comme une maladie ?

— Êtes-vous en train de dire qu'Eric a pu...

— Se cacher dans le corps de David ?

Ses épaules décharnées s'élevèrent avant de retomber.

— Eh bien. C'est possible.

— Non, chuchotai-je en secouant la tête. Eric ne ferait jamais...

— En es-tu sûre, Kate ? s'enquit-il doucement. Sais-tu vraiment ce dont Eric était capable et incapable ?

Je ne pouvais répondre. J'avais perdu tous mes mots et je restai simplement ici, assise et désespérée, ma tête remplie de souvenirs de l'homme que j'avais cru connaître avant de trouver des lettres qui prouvaient le contraire.

David pouvait-il être Eric ? Et si c'était le cas, si Eric s'était glissé dans le corps de David, qu'est-ce que cela signifiait ? Était-il toujours mon Eric ? Ou quelqu'un de totalement différent ?

17

Ce fut presque un soulagement quand le téléphone sonna. J'avais chassé Eddie en faisant mine de vouloir être seule et désormais, je devais soit laisser sonner, soit répondre. Puisque je mourais d'envie d'être distraite, je décrochai, priant pour que ce soit du démarchage.

Je n'étais pas prête à entendre la voix de David Long à l'autre bout du fil.

— Pouvez-vous venir à l'école ? s'enquit-il d'une voix basse. Creasley est ici. Mais il est en train de partir. J'étais dans le bureau et j'ai entendu certains profs lui parler. J'ai cours pendant les deux prochaines heures, mais si vous venez maintenant, vous pourrez le suivre depuis le parking. Peut-être qu'il va même vous mener à Cool avant que vous l'acheviez.

— Je me mets en route, déclarai-je.

J'étais soulagée de ne pas être obligée de voir David. Et j'étais un peu trop enthousiaste à l'idée qu'il soit possible d'envoyer un démon en Enfer. Que pouvais-je dire ? J'étais stressée et clairement d'humeur à botter des culs de démons.

— Bien. Retrouvez-moi chez Cutter à dix-sept heures. Vous pourrez me raconter comment vous avez tué ce salaud. Ensuite, on pourra s'entraîner un peu.

Je marquai une pause, souhaitant protester, mais les mots ne purent sortir. Et alors que je restais silencieuse, il me salua, disant que ses élèves l'attendaient. Je me retrouvai à écouter la tonalité.

Il ne fallut que quelques secondes pour m'éclaircir les idées. J'avais rencard avec un démon, après tout. J'attrapai mes clés et mon sac, puis je courus rapidement dans la maison pour vérifier les verrous. Je poussai les rideaux qui cachaient la porte du fond, puis je vis un visage à quelques centimètres du verre et hurlai.

Le son venait à peine de quitter ma gorge quand mon esprit comprit la situation. *Laura*. Sa peau était rouge et marbrée, des larmes traçant leur route au travers de la poudre et des traces noires de mascara coulant sous ses yeux.

J'ouvris brusquement la porte.

— Laura ! Mon Dieu, qu'y a-t-il ?

— Paul, gémit-elle. Ce salaud demande le divorce.

Elle tomba contre moi et je la serrai dans mes bras, mes propres sanglots se joignant aux siens. Je songeai à Creasley, au démon que j'avais inscrit dans mon agenda cette après-midi. Le tuer était ma responsabilité. J'étais la chasseuse de démons de cette région, après tout.

Ça n'avait pas d'importance. Dans ma tête, mon rendez-vous avec Creasley venait juste d'être annulé. Il avait été devancé par un démon de genre humain. Un salaud de mari menteur et infidèle.

Pour le moment, au moins, Creasley continuerait de vivre. Parce que j'avais d'autres responsabilités à San Diablo également. Et l'une d'entre elles était d'être présente quand ma meilleure amie avait besoin de moi.

J'ouvris violemment les portes vitrées du dojo de Cutter à dix-sept heures moins dix et me retrouvai face à ma fille, la jambe tendue alors que David tombait par terre.

Elle releva brusquement la tête en entendant la cloche au-dessus de la porte, un large sourire fendant son visage. En un instant, elle passa de Reine des arts martiaux à Reine du bal de promo en sautillant sur le tatami pour venir vers moi, couinant en affirmant qu'elle avait « tout déchiré ».

— Tu as vu ? Ce n'était pas *trop* cool ? Je travaille avec Cutter depuis des semaines et des semaines, mais je ne pensais pas que j'avais tout intégré. Sauf que si. Je l'ai défoncé !

Je regardai la personne qu'elle venait de *défoncer* qui roula sur le côté et se rasseyait en observant ma fille avec amusement et affection.

Mon estomac se tordit légèrement et je ne pus m'empêcher de me demander... était-il en train de voir sa fille aussi ?

Allie me prit les mains en continuant de sautiller.

— Dites-lui, Cutter ! Dites-lui comme j'ai été fabuleuse.

— C'est vrai, répondit l'entraîneur derrière son bureau. Cette gamine s'en sort très bien. Elle vient de botter le cul de David.

— Merci beaucoup, dit-il en se relevant.

Je vis que sa canne était à quelques mètres de là et je me demandai s'il avait combattu avec ou s'il l'avait mise de côté en luttant contre Allie.

Il la saisit et me regarda.

— Vous allez bien ?

— Oui. Je suis juste un peu étourdie.

J'attirai Allie dans une étreinte.

— T'es géniale, ajoutai-je.

— Je sais.

Elle sautilla ensuite joyeusement dans la pièce jusqu'à atteindre Cutter. Il l'attira sur le côté et l'incita à s'asseoir sur le banc. Je les regardai analyser chacun de ses mouvements, les mains du sensei bougeant dans une illustration élégante.

Ce n'était pas un jour de cours habituel et je me rendis compte qu'elle avait dû appeler Cutter pour prendre un rendez-vous. Je me demandai combien de fois elle avait fait cela, et je notai mentalement de poser la question à Cutter. Si ce que je voyais était d'une quelconque indication, non seulement elle s'entraînait fréquemment, mais son entraînement payait. Ma petite fille apprenait visiblement à botter des fesses.

— Je ne m'étais pas rendu compte qu'elle serait là, annonça David.

J'étais arrivée à ses côtés et il parla doucement, ses mots n'étant prononcés que pour moi.

— En fait, je ne pensais pas que Cutter serait là non plus.

— Comment prévoyiez-vous de rentrer dans le dojo, alors ?

— Avec la clé. Je me suis entraîné ici après les heures de bureau. Cutter est quelqu'un de bien. Je lui fais confiance.

J'inclinai la tête.

— Vous lui faites confiance jusqu'à quel point ?

— Pas autant que ça, répondit-il en comprenant ce que je disais. Alors, que s'est-il passé avec Creasley ?

Je jetai un coup d'œil à la ronde, mais Allie et Cutter étaient toujours profondément plongés dans leur conversation.

— Je n'y suis pas allée, dis-je.

Je lui donnai la version courte du dilemme de Laura.

— Il fallait que je reste avec elle.

— Vous êtes restée avec Laura plutôt que d'aller abattre un démon ?

— Oui, dis-je d'une voix ferme. Je viens juste de vous le dire.

Je me tendis, prête à répliquer s'il me lançait une critique. J'espérais presque qu'il le ferait. Même si ce n'était pas raisonnable, je voulais me battre avec cet homme, qui qu'il soit.

Néanmoins, il ne paraissait pas réprobateur. Il parut plutôt amusé et roula des yeux alors qu'il tournait la tête sur le côté, nous faisant signe de partir à l'autre bout de la pièce.

Je marchai à ses côtés. Nous mesurions le silence, étrangement déphasés. Cela planait entre nous, aussi épais qu'un brouillard alors que je luttais contre l'envie urgente de partir sur des commérages de parent d'élève, histoire de briser le silence.

Nous allâmes devant la fenêtre pour regarder les clients qui entraient et sortaient de l'épicerie, et la circulation le long du Rialto. Après quelques minutes de silence, David le brisa pour moi.

— Vous avez bon cœur, Katie-kins.

— Comment venez-vous de m'appeler ? m'enquis-je d'une voix remarquablement stable.

— Je vous ai appelé Kate. C'est votre nom, n'est-ce pas ?

— Non, dis-je. Vous m'avez appelée Katie-kins.

Eric me surnommait comme ça. Je détestais ça, mais il le disait quand même, juste pour que je réagisse. Cela avait commencé quand nous nous étions rencontrés. J'avais treize ans et lui avait un an de plus. Il m'avait avoué plus tard que cela avait été un coup de foudre pour lui aussi, mais je ne l'avais jamais vraiment cru. Comment le pouvais-je alors qu'il avait passé tant de temps à me tourmenter ?

David leva les yeux, puis regarda vers la gauche, comme pour s'en souvenir.

— Ouais, j'imagine que oui.

— Pourquoi ?

Je m'obligeai à faire sortir la question même si ma bouche et ma gorge s'étaient complétement asséchées.

— Pourquoi ? répéta-t-il.

Je voulais le confronter. Insister pour qu'il me dise la vérité, mais peut-être que je n'avais pas vraiment envie de savoir.

— Eric m'appelait comme ça.

Je ne pus pas en dire plus.

— Ah bon ? demanda David avec un regard étrangement doux. Je ne sais pas, Kate. Ça roule bien sur la langue, c'est tout. Bon sang, peut-être même qu'Eric m'a dit qu'il vous appelait comme ça. Je ne m'en souviens pas, c'est tout.

Je clignai des yeux avant de déglutir.

— C'est vrai. C'est logique.

Je serrai les poings, me demandant à quoi je m'étais attendue. À ce qu'il révèle tout ? À ce qu'il dise qu'il était Eric ? Qu'il était désolé de m'avoir laissée et d'avoir eu tous ces secrets ?

Qu'il m'aimait ?

Et puis...

Je fronçai les sourcils, me détournant de David alors que je scrutais le sol. Et ensuite quoi ? L'Eric que j'aimais pouvait-il me revenir ? Et même si c'était le cas, que ferais-je ? Le temps changeait tout. J'avais une nouvelle vie, désormais. Une nouvelle famille. Même si cet homme était Eric, voulais-je vraiment le savoir ?

Je n'en étais pas certaine, mais à la fois, je *devais* le savoir. Je n'étais pas sûre de savoir si j'étais obsédée par la question à cause de l'espoir ou de la peur, mais je n'arrivais pas à me la sortir de la tête. Je ne pouvais pas non plus la sortir de ma bouche.

Mais même si je n'étais pas capable de la formuler, il y avait une autre façon de m'en assurer : un combat. Un vrai combat cette fois. Je n'allais pas tâtonner pour l'asperger d'eau bénite, comme je l'avais déjà fait plus tôt.

Je connaissais le rythme de combat d'Eric. Je connaissais son style, ses modèles. Je n'avais pas fait attention la première fois que j'avais lutté contre David. Mais je ne commettrais pas la même erreur cette fois-ci. Et si Eric était plongé quelque part en cet homme, je le saurais.

Toutefois, ce que je ferais de la réponse…

Ça, je ne le savais pas vraiment.

— C'est tellement cool. Vous allez vraiment vous battre ?

Allie sautilla devant nous, clairement ravie à l'idée de voir sa mère et son professeur se bastonner.

— Tu n'as pas de devoirs ?

— Pas beaucoup.

— Allie, tu devrais rentrer à la maison. Tu es déjà dans de beaux draps pour ne pas m'avoir dit que tu venais ici, aujourd'hui.

Je jetai un coup d'œil à Cutter et posai mes mains sur mes hanches, pour montrer que j'étais sérieuse.

— Étant donné que tu te bats si bien, je pense que ma petite fille a quelques secrets concernant son planning d'entraînement.

— C'est toi qui voulais que je reste en forme !

— Et maintenant, je veux que tu rentres à la maison.

— Tu veux que je rentre à pied ?

Elle prononça ces mots avec le même ton outré que si je lui avais dit de faire une danse du ventre.

— Oui, dis-je. Je veux que tu…

Je m'interrompis. Notre maison était à environ deux kilomètres et je n'avais vraiment pas envie qu'elle marche toute seule.

— Peu importe. Je vais te raccompagner en voiture.

Je jetai un coup d'œil à Cutter et David.

— On reprendra un autre jour, annonçai-je.

— Maman ! hurla Allie.

Au même moment, Cutter et David formulèrent des protestations d'une voix tout aussi puissante.

— Ce n'est pas comme si votre fille ne vous avait jamais vue combattre, Kate, déclara Cutter.

Je voulais le contredire, mais je savais que j'allais échouer. En plus, je me disais que plus je protestais, plus Allie aurait des soupçons. Elle n'avait jamais vu son père combattre. Ce n'était pas comme si David pouvait lui raviver des souvenirs. Je m'inquiétais plutôt de mes propres réactions. Mais peu importait ce que j'apprenais ici, je pouvais garder mes émotions et mes expressions sous contrôle. Après tout, ce n'était pas comme si je n'avais pas été entraînée.

— D'accord, conclus-je en levant les mains. Vous avez gagné.

Je me retournai vers David.

— Visiblement, c'est entre vous et moi.

Cette fois-ci, il combattit sans sa canne. Nous commençâmes plus facilement, ne faisant que tester le rythme de l'autre. Il y eut quelques coups de poing et quelques parades, alors que nous évaluions les réflexes et les réactions, Cutter et Allie nous acclamant depuis le bord du tatami.

Il fut le premier à mettre fin à ce rythme et nous combattîmes avec enthousiasme jusqu'à être tous les deux essoufflés. Aucun de nous n'avait l'avantage. Il était doué et je devais admettre que nous avions plus ou moins le même niveau.

Il eut l'avantage en premier, me donnant un coup de pied dans la poitrine. Je l'avais vu venir à la dernière seconde, et je me défendis avec un pas sur le côté avant de lui attraper la jambe et d'essayer de le renverser. Il me surprit cependant en anéantissant mon mouvement astucieux. Il pivota et libéra son pied. En même temps, ses mains frappèrent le sol molletonné et il donna un coup de pied, me heurtant sous le menton et me faisant tomber.

Je me redressai, mon adrénaline montant réellement, maintenant. J'avais déjà vu ce tour, auparavant, et pas seulement pendant les entraînements avec Cutter. Il était difficile et chaque combattant bougeait avec certaines nuances. L'homme qui s'agitait actuellement sur le tatami bougeait comme mon premier mari.

Mon cœur hésita et David le remarqua. Il donna un coup que je bloquais automatiquement, puis je me baissai et roulai sur le côté, voulant à la fois de l'espace et du temps pour réfléchir. Je fus relevée avant même qu'il puisse m'atteindre, mais pendant la seconde où je m'étais retrouvée par terre, j'avais remarqué les lumières dans le dojo. Elles n'avaient jamais été importantes auparavant, elles se mêlaient dans le fond. Mais désormais...

Désormais, les fixations en métal des barres fluorescentes, entourées par une cage solide semblaient m'appeler. Et alors que David se précipitait vers moi, je fis exactement la même chose, courant dans sa direction tout en lâchant les mots clés.

— Hail Mary !

Il cligna des yeux, mais s'interrompit et je pus jurer l'avoir vu acquiescer. Je continuai, m'attendant à ce qu'il m'attrape par la taille et me jette en l'air comme Eric l'avait fait tant de fois auparavant.

C'était notre mouvement « Hail Mary », nommé d'après le football américain. C'était quelque chose que nous avions concocté ensemble. Cela ne fonctionnait que dans quelques situations de combat, mais nous nous étions sortis de moments délicats grâce à Eric qui me lançait et me permettait d'avoir un nouveau point de vue, au-dessus de nos ennemis.

Cette fois-ci, le mouvement ne sembla pas fonctionner aussi bien. Au lieu de ça, la réalité s'écrasa contre mes attentes. Et par « écraser », je voulais littéralement dire broyer.

Je fonçai dans David, remarquant à peine son expression étonnée alors que nous tombions à terre. Allie et Cutter crièrent et se précipitèrent vers nous. J'étais allongée sur le matelas, fixant les lumières que j'avais visées et me demandant ce qui s'était mal passé.

Sauf que je savais ce qui s'était mal passé : David n'était pas Eric et une part de moi l'avait toujours su. De plus, j'avais été idiote de laisser cette pensée entrer dans ma tête. Eric n'aurait jamais utilisé de la magie noire pour laisser son âme glisser dans un autre corps et je n'arrivais pas à croire que j'avais laissé mon imagination suivre l'incroyable théorie d'Eddie.

Alors que je restais allongée là, Cutter, Allie et David me fixant avec des airs ébahis, le reste de la situation me submergea. Cet homme n'était pas Eric.

Je fermai les yeux et pris une profonde inspiration, entendant à peine les cris inquiets d'Allie.

— Maman ? Maman !

Je ne devrais pas être triste. Je ne voulais pas être triste. J'étais heureuse en ménage. Et un mari ressuscité ne ferait que des ravages sur la vie que j'avais créée et que j'aimais tant. Donc non, je n'avais vraiment, vraiment pas envie d'être triste.

Ça n'avait pas d'importance, les larmes menaçaient tout de même de couler. Je réussis à cligner des yeux pour les chasser, mais je voyais grâce aux expressions autour de moi que je n'étais pas très douée pour dissimuler mes émotions.

David s'agenouilla à côté de moi.

— Kate ? Vous allez bien ? Que s'est-il passé ?

— Je... J'ai mal évalué un mouvement. J'essayais quelque chose de nouveau. Ça n'a pas fonctionné.

— Sans déconner, déclara Allie.

Elle était également à côté de moi, sa main sur mon coude. Si elle ou les autres pensaient que mon « Hail Mary » était étrange, personne ne le mentionna.

David m'étudia, les yeux plissés.

— Vous n'avez pas l'air en très grande forme. Vous vous sentez bien ?

— Je suis...

Je secouai la tête.

— Vous savez quoi ? Non, je ne vais pas bien. Je suis un peu dans les vapes.

À ce moment-là, j'avais simplement envie de m'échapper. Et j'étais prête à feindre la maladie pour le faire.

— Rentrez chez vous, dit-il. En plus, vous n'avez pas de la compagnie, ce soir ?

— De quoi ?

— Troy, Maman ! s'exclama Allie. M. Long a raison. Je dois me préparer.

Elle se leva, me tirant derrière elle.

— C'est vrai, ajoutai-je.

Je lançai un sourire faiblard à Cutter et David.

— Et j'ai un dîner à préparer.

Je déposai Allie à la maison afin qu'elle puisse se pomponner, puis j'allai chercher Timmy à la garderie. En route pour la maison, je m'arrêtai pour supplier Laura de m'aider. Je me disais qu'elle ne voudrait pas être seule chez elle à se morfondre à propos de Paul, mais en vérité, je souhaitais ses ustensiles de cuisine, ses livres de recettes et son côté cordon-bleu.

Elle n'était pas une cuisinière droite et organisée, mais le résultat était toujours comestible. Et tant que je passais derrière elle pour nettoyer le bazar et recoller les morceaux, j'étais presque sûre que nous finirions avec quelque chose qui serait digne de Troy Myerson quand il arriverait à vingt heures.

— Tu es sûre que ça ne te dérange pas ? déclarai-je.

Nous étions dans la cuisine, mettant une variété d'ustensiles Pampered Chef dans une boîte. Chacun était absolument essentiel pour créer un repas fabuleux, m'assurait Laura.

— Je te le promets, dit-elle. En fait, je suis ravie que tu l'aies demandé. Autrement, je resterais assise sur mon canapé à planifier son meurtre.

Elle me lança un regard perçant.

— Enfin, je sais déjà où cacher le corps, non ? Je suis à mi-chemin de mon plan.

— Il faut vraiment qu'on t'emmène dans la cuisine, affirmai-je. En fait, peut-être que Mindy et toi devriez venir dîner, aussi. Comment va ta fille, au fait ?

— Elle ne le sait pas. Enfin, je pense qu'elle soupçonne quelque chose, mais ce n'est pas la même chose. On va attendre janvier pour le lui dire. J'ai assuré à Paul que je lui prendrais le dernier de ses centimes s'il gâchait le Noël de Mindy.

— Ah oui ?

Elle me lança un petit sourire.

— Bien sûr, je prévois de lui prendre jusqu'à son dernier centime dans tous les cas. Mais il ne le sait pas.

— Je vais croiser les doigts. Peut-être que Mindy et toi, vous devriez prévoir de passer un peu de temps chez nous pendant les vacances.

— Ça me plaît bien, répondit-elle. Même ce soir, d'ailleurs. Mais c'est bien de faire ça ? De faire venir une autre adolescente à la table quand le *garçon du jour* est présent ?

— Je n'en suis pas sûre, en fait. Je vais devoir consulter le manuel.

Je grimaçai.

— Oh, attends. Les adolescentes n'ont pas de manuel. Quelqu'un devrait vraiment penser à écrire ça.

Alors que Laura continuait de prendre suffisamment d'ustensiles pour fournir un restaurant cinq étoiles, j'appelai l'adolescente en question, ravie de découvrir que dans ce cas particulier, l'étiquette me permettait d'accueillir sa meilleure amie.

Je transmis l'information à Laura, avant de jeter un coup d'œil dans le carton qu'elle avait préparé.

— On va juste nourrir un lycéen, tu sais. Ce n'est pas le monarque d'un petit pays.

— Allie a un coup de cœur pour lui, déclara Laura. Tu ne voudrais pas qu'elle mette ça sur le compte d'un mauvais dîner si ça tombe à l'eau. Si ?

Puisqu'elle marquait un point, nous remplîmes tous les cartons – cinq ! – avant de cambrioler le réfrigérateur de Laura ainsi que son congélateur. À nous deux, elle m'assura que nous avions assez à manger pour un repas décent. Étant donné que ma voiture était remplie à ras bords, je la croyais.

Une fois que nous rapportâmes le tout à la maison et qu'elle me demanda de couper des oignons, la conversation commença à tourner autour des démons. Certaines femmes discutaient de séries télévisées avec leurs amis. Laura et moi taillions le bout de gras à propos des morts ressuscités.

Je vérifiai qu'Allie n'était pas à portée de voix, mais je mis Laura au courant des dernières nouveautés en finissant avec la théorie que David et moi avions établie et qui proposait que d'une façon ou d'une autre, tout avait un rapport avec la démonstration du club de surf.

— Et c'est un chasseur solitaire, hein ?

Elle claqua fermement le couteau contre la planche à découper, tranchant nettement un poivron en deux.

— Visiblement, je n'ai pas de chance avec le genre homme d'affaires en costard. Peut-être que je devrais voir si ton ami académicien chasseur de démons veut un rencard. Parce qu'apparemment, je suis à nouveau sur le marché.

Sa voix s'était élevée, tout comme le couteau accélérait et tranchait plus sévèrement.

Je la regardai silencieusement, attendant qu'elle se calme. Quand le poivron ne fut plus qu'un amas de minuscules bouts verts, elle me lança un sourire béat.

— Cuisiner, c'est vraiment cathartique, tu ne crois pas ?

— Absolument, répondis-je.

Je m'éclaircis la gorge.

— En fait, il y a quelque chose à propos de David dont je voulais te parler.

— Oh, vraiment ?

Elle haussa ses sourcils parfaits.

— C'est le moment où tu dis à ta meilleure amie de reculer, parce que tu as déjà des vues sur ce mec ? Pauvre Stuart. Sa femme pense à un autre homme.

— Plus ou moins, déclarai-je.

Cela attira son attention et elle arrêta de couper des champignons suffisamment longtemps pour se retourner vers moi.

— Kate, de quoi tu parles ?

Je fermai les yeux et pris une inspiration.

— Mon Dieu, Laura, je suis tellement une idiote. Je m'en suis fait toute une histoire, en pensant que David était Eric. Mais...

— Waouh !

Elle leva une main.

— David est Eric ?

— Non, non. Je croyais juste qu'il l'était. Mais je me trompais. J'avais forcément tort.

Un long moment s'écoula pendant lequel elle me regarda, scrutant mon visage à la recherche d'une crise de démence récente. Puisqu'elle reprit la parole, je me dis qu'elle ne trouva rien.

— Tu es sérieuse, annonça-t-elle. Tu l'as vraiment pensé ? Mais pourquoi ? Enfin… comment ? Comment ce serait possible ?

Je lui racontai la théorie d'Eddie, avant de conclure en évoquant le « Hail Mary » raté.

— Alors je pense que ça veut dire qu'il n'est pas Eric. Et, honnêtement, j'ai été ridicule de l'envisager ne serait-ce qu'une seconde. Eric n'aurait jamais pris le contrôle du corps de quelqu'un d'autre.

— Tu en es sûre ?

J'ouvris la bouche pour dire qu'évidemment, j'en étais sûre, mais je n'arrivais pas à faire sortir les mots.

— Peut-être que c'est lui. Peut-être qu'il ne se souvient pas de tous les détails ou de vos noms de code pendant les combats, suggéra Laura. Peut-être que c'est un genre d'amnésie étrange où il pense que son ancienne vie est celle d'un ami ou quelque chose comme ça.

— Peut-être… Enfin, j'imagine que ça pourrait être possible.

Mais Eric ferait-il cela ? Jouerait-il avec les forces du mal de cette façon ? Une semaine plus tôt, j'aurais clairement dit que non. Désormais, je n'en étais pas sûre.

— Ou peut-être que c'est Eric et qu'il s'en souvient parfaitement bien, continua Laura.

Je fronçai les sourcils.

— Alors, pourquoi ne pas me le dire ? Pourquoi me taquiner en m'appelant Katie-kins ?

— Sa langue a fourché ?

— Je ne sais pas, dis-je.

Je n'étais plus certaine de savoir ce que je voulais croire.

— Pourquoi même faire semblant d'être David ? ajoutai-je.

— Qu'est-ce que tu ferais s'il te l'avouait ?

— Je n'en sais rien.

C'était une question que je m'étais posée toute la journée et je n'avais toujours pas de réponse.

— Je continue de penser à quel point Eric me connaissait si bien, alors qu'avec Stuart, j'ai cette vie secrète.

— Tu pourrais le lui dire, annonça Laura.

— Je ne peux pas. Je ne veux pas que la Forza fasse partie de ma vie avec Stuart. Ce n'était pas dans le package, à la base, tu vois ? Et je ne veux pas qu'il se réveille un jour et se rende compte qu'il est marié à une autre femme. Une femme qui patrouille dans les rues avec de l'eau bénite et un couteau. La seule fois où Stuart pense à moi avec un couteau à la main, c'est quand il m'emmène dans un restaurant chic.

— Kate...

Je levai une main.

— Je ne suis pas cette femme avec lui, Laura. Je ne veux pas qu'il me regarde de cette façon. Qu'il pense aux choses que j'ai faites, les choses que j'ai vues. Si je lui disais, il saurait peut-être la vérité, mais ce ne serait pas totalement honnête. Parce que la femme que j'ai décrite n'est pas celle qu'il retrouve tous les soirs.

— Si, Kate. Tu l'es.

Je fermai les yeux et laissai la vérité me submerger.

— Peut-être, mais je ne veux pas l'être.

Je ne savais pas ce que cela indiquait sur mon mariage. Mais j'aimais mon mari et je n'avais pas envie de le perdre. La chose que je ne partageais pas avec Laura, c'était que j'ignorais comment Stuart réagirait si je le lui disais. Cela refermerait-il le gouffre entre nous ? Ou le fossé se creuserait-il encore plus ?

Parce que la vérité était que j'avais déjà perdu mon premier mari à cause de la chasse aux démons. Je ne pensais pas pouvoir supporter de perdre l'autre pour la même raison.

— Je ne voulais pas lancer une discussion si sérieuse, annonça Laura. Tout ça a commencé avec la question David-Eric, et c'est assez compliqué.

— Sans déconner.

— Ça pourrait être vrai, lança-t-elle. David passe visiblement beaucoup de temps avec Allie. Et si Eric revenait, il voudrait la voir. Il voudrait voir ce qu'elle fait et comme elle a grandi.

— Et il ferait en sorte que ce soit un secret pour moi, dis-je plus à moi-même qu'à Laura. Après tout, je suis remariée, maintenant.

Laura jeta un regard ironique dans ma direction.

— Oui, toi tu auras deux maris et moi je n'arrive même pas à en garder un.

— Oh, ma chérie. Je suis tellement, tellement, désolée.

Laura agita une main.

— Peu importe. Je ne voulais pas recommencer tout ça.

Le minuteur sonna et Laura souffla lourdement.

— Et nous n'avons pas le temps, de toute façon.

Peut-être que j'étais une mauvaise amie, mais j'étais ravie de l'interruption. Je me sentais horriblement mal pour Laura, ne vous méprenez pas, mais mon esprit était trop occupé avec mes propres maris, à la fois passé et présent.

Sans mentionner les démons.

— Tu es sûre que je suis belle ? Sinon, je pourrais enfiler le haut bleu.

Depuis son podium improvisé en haut des escaliers, Allie le leva pour illustrer son propos.

— Oh, bon sang, gémit-elle.

Elle s'appuya contre la rambarde, comme pour figurer une impuissance abjecte.

— Mam-*man*, tu pourrais m'aider un peu ?

— Le jaune, dis-je. Il faut clairement que tu choisisses le jaune.

— Tu en es sûre ?

— Absolument. Je ne pourrais pas en être plus certaine.

— Je peux porter du fard à paupières ?

Elle claqua puis serra les mains devant elle, dans une intense prière.

— S'il te plaît ? Je te promets que je ne reposerai plus jamais la question jusqu'à mes seize ans. Non, mes dix-huit ans. Mais s'il te plaît, s'il te plaît, s'il te plaaaaaît, je peux en porter ce soir ?

— Dix-huit ans ? Tu le jures ?

— Croix de bois, croix de fer, dit-elle en agitant la main pour montrer son insistance.

Je ne la croyais pas, bien sûr. D'ailleurs, je me disais que la question reviendrait sur le tapis dans une semaine environ, quand elle commencerait à assister aux fêtes avec ses amis. Puis cela se reproduirait au début du prochain semestre. J'avais tenu tout un trimestre, malgré le peu de chance que j'avais et les gémissements de mon ado. Aux vacances de printemps, il y avait de grandes chances pour que j'aie totalement cédé sur le sujet.

— Attends, dis-je. Je vais vérifier ce qu'il y a sur le feu, et je te rejoins dans la salle de bain.

Je levai un doigt en guise d'avertissement.

— Ne touche à rien.

— Allô ? Je ne suis pas Timmy.

Elle n'avait pas tort. Mais juste au cas où, j'avais l'intention de m'assurer qu'elle n'ait pas la main aussi lourde sur le maquillage que son frère.

Toutes les concoctions de Laura étaient visiblement en train de cuire, bouillir ou mijoter sans problème. Je me disais donc que je pouvais quitter la cuisine. En fait, en considérant mon aptitude naturelle dans ce domaine, ce repas aurait probablement plus de chance si je le laissais en paix.

Laura était rentrée chez elle pour se changer, après s'être assurée que tout soit sous contrôle, et que j'avais lu et compris toutes ses instructions griffonnées. Elle promettait d'être de retour – habillée et avec Mindy – à temps pour des modifications de dernière minute. Je jetai un coup d'œil à l'horloge. Il était presque vingt heures. Les Dupont, ainsi que notre invité d'honneur, allaient arriver d'une minute à l'autre.

Je ne mettais pas souvent de maquillage. La plupart du temps, je n'en voyais pas vraiment l'intérêt, mais mes talents naturels dans ce domaine étaient significativement meilleurs que pour la cuisine. Alors j'avais confiance dans le fait que nous avions sélectionné un eyeliner et un fard à paupières parfaitement appropriés, sans être trop exagérés.

Avec ses cheveux bouclés et relevés, mes boucles d'oreille en perle, et le léger maquillage, je devais admettre que les larmes me montèrent aux yeux lorsque je vis ma petite. Elle grandissait tellement. (Je comprenais cela quotidiennement, ces derniers jours. J'avais presque connu la même expérience presque deux mois plus tôt quand nous étions allées au centre commercial pour acheter des soutiens-gorge et que nous nous étions rendu compte qu'Allie et moi portions désormais la même taille. Mon ego en a été détruit et j'ai encore du mal à m'en remettre.)

Puisque rien ne pouvait plus faire dégénérer un dîner que la mauvaise humeur d'un bambin, j'avais donné à manger plus tôt à Timmy. Désormais, Allie et moi le mettions au lit, puis nous appelâmes Stuart pour le bisou de bonne nuit obligatoire.

Après avoir géré cette corvée, avec quelques minutes à tuer avant l'arrivée de Troy, Allie arriva dans le salon, enleva quelques peluches sur des coussins, organisa les magazines afin que le journal et le *Time* se retrouvent au-dessus, artistiquement placés pour dissimuler la presse féminine et de divertissements.

Elle lança un regard noir à Stuart, qui avait les pieds sur la table basse, et vérifia par deux fois que j'avais acheté de véritables serviettes plutôt que celles en papier que nous avions habituellement. Elle changea de chaîne à la télévision pour passer du *Miracle de la 34ᵉ rue* à CNN, puis elle supplia Eddie de garder ses blagues de mauvais goût.

Je restai assise en silence, craignant que lire un quelconque magazine provoque la rage de la fille, jusqu'à ce que Mindy et Laura arrivent à la porte. Si j'avais cru que leur présence égayerait l'ambiance, je me trompais tristement. Mindy était tout aussi angoissée qu'Allie et elles discutaient en chuchotant avant de se déplacer dans la pièce pour arranger des coussins, des bibelots et, oui, faire la poussière. Je me serais sentie totalement incompétente en tant que mère et maîtresse de maison si je n'avais pas été si amusée.

Cependant, mon taux d'amusement diminua progressivement, jusqu'à quatre-vingt-cinq pour cent. Je regardais la télévision d'un œil aveugle, n'absorbant pas un seul mot du commentateur sur la dernière crise fiscale, quand je me rendis compte qu'Allie faisait la même chose. Son pied rebondissait et elle jetait un coup d'œil vers l'horloge environ toutes les dix secondes. Entre-temps, elle regardait l'horloge digitale de la box télé ainsi que sa montre.

Aucun doute. Troy était en retard.

Encore cinq minutes passèrent sans lui. Puis cinq autres. Et encore cinq autres.

— Peut-être qu'il est perdu, suggéra Mindy d'une voix remplie d'espoir.

Allie bondit sur cette idée et les filles se précipitèrent dans la cuisine pour appeler le jeune homme sur son portable.

Aucune réponse.

Lorsque l'horloge sonna la demi-heure, le consensus était clair : on avait posé un lapin à ma petite fille.

— Allie.

Je me levai de l'accoudoir du canapé et posai une main sur son épaule.

Elle se dégagea brutalement avant de se lever, sans vraiment croiser mon regard.

— Ce n'est rien, marmonna-t-elle. Il s'est probablement passé quelque chose. Ou alors il est en retard. Ou un truc du genre. Non pas que je m'en inquiète.

Elle se pinça les lèvres avant de se concentrer un peu trop longtemps sur la moquette.

— Je vais attendre en haut.

Mindy se leva, comprenant apparemment qu'elle était la bienvenue là où les parents ne l'étaient pas.

— Salaud, chuchota Stuart dès que les filles furent hors de portée de voix. Si jamais je mets la main sur ce connard...

J'acquiesçai, ressentant exactement la même chose. Et quand je croisai le regard de Laura, je fus certaine qu'elle pouvait lire mon expression. À ce moment-là, j'aurais aimé que Troy Myerson soit un démon. Parce que rien ne serait mieux que de lui planter une lame dans l'œil.

Je me donnai environ une heure pour me calmer, me disant qu'Allie et Mindy avaient également besoin de temps. Je fus ensuite incapable d'en supporter davantage. Je me levai du canapé, montrant l'étage en réponse au regard interrogateur de Stuart.

— Le chocolat pourrait aider, déclara-t-il.

— Ce n'est pas faux.

Je l'embrassai sur la joue, avant de me retourner et de marcher vers la cuisine. Quand je revins dans le salon pour rejoindre l'escalier, j'avais un paquet d'Oreo, deux verres et une bouteille de lait.

— Ah. L'artillerie lourde.

— J'ai le sentiment que je vais en avoir besoin.

Je tapotai à la porte avant de l'ouvrir. Les filles étaient sur le lit, leurs t-shirts longs passés par-dessus leurs genoux. Les yeux d'Allie étaient rouges et gonflés. Mindy n'avait pas l'air mieux. Elle me lança un regard désespéré et je montrai le couloir du pouce.

— Ta mère pourrait avoir besoin d'aide avec la vaisselle.

C'était clairement un subterfuge pour me débarrasser d'elle, mais personne ne s'en souciait.

— Bien sûr, Madame Connor, déclara-t-elle.

Elle se pencha en avant et étreignit Allie, puis elle me contourna pour aller dans le couloir.

Allie roula sur le ventre et prit son oreiller entre ses bras. Je m'assis sur le lit à côté d'elle et lui caressai le dos, comme je le faisais lorsqu'elle était petite et qu'elle se réveillait après un cauchemar.

Une éternité s'écoula.

— Qu'est-ce qui ne va pas chez moi ? chuchota-t-elle. Pourquoi il m'a posé un lapin ?

— Ce n'est pas toi, chérie. Rien ne cloche chez toi. Tu es parfaite. N'est-ce pas ce que tu me dis tout le temps ?

Elle ne roula pas sur le dos, mais son épaule tressaillit et depuis mon point de vue, cela ressemblait grandement à un sourire.

— N'importe quel mec qui pose un lapin à ma petite fille manque évidemment de goût et de discernement. C'est plus ou moins un idiot. Un gros idiot, en fait.

Aucune réaction. j'ajoutai donc :

— Il mange probablement aussi ses crottes de nez.

Ses épaules se mirent cette fois à trembler.

— Franchement, tu voudrais vraiment sortir avec un crétin qui mange ses crottes de nez ? Il n'aurait sûrement même pas aimé ce que Laura a préparé pour le dîner.

— Ce n'est tellement pas drôle, Maman, dit-elle contre l'oreiller.

Le tremblement de ses épaules spasmodiques racontait une autre histoire.

Elle roula sur le côté pour me faire face.

— Je ne suis pas Timmy, tu te souviens ? Tu ne peux pas m'avoir avec des blagues dégoûtantes.

— Ah bon ?

Je lui souris en lui caressant les cheveux.

— Eh bien, dans ce cas, me voilà corrigée.

— Il commençait à montrer des signes de stupidité récemment, déclara Allie. Il était tellement gentil, au début. Mais ces derniers temps…

Elle se tut.

Je lui caressai doucement l'épaule.

— Alors, que s'est-il passé ? Est-ce que Troy a commencé à apprécier une autre fille ?

— J'aimerais bien, dit-elle. Non, ce n'est même pas comme s'il m'avait laissée tomber pour quelqu'un d'autre ; c'est ce stupide club de surf. Enfin, sans vouloir vexer M. Long ni rien.

— Je suis sûre qu'il ne le prendrait pas personnellement, dis-je en essayant de garder une voix légère.

Toutefois, mes entrailles se tordaient et mes muscles criaient pour se mettre en action.

— Alors, que s'est-il passé ?

— Je ne sais pas. Une fois qu'ils ont commencé à s'entraîner pour le spectacle, il est devenu de plus en plus tendu, et…

Elle haussa les épaules.

— Et il n'a même pas paru si en colère quand il a appris la nouvelle à propos de Jason, tu vois ? Je me suis dit que c'était parce qu'il était choqué, mais c'était comme si tout ce qui l'intéressait, c'était être nommé capitaine et avoir cette horrible bague. Aïïïïïe, Maman ! Tu me fais mal.

— Pardon.

Je relâchai ma poigne mortelle sur son bras.

— Quelle bague ? demandai-je en espérant avoir l'air plus détendue que je ne l'étais.

— Juste ces horribles trucs en or. Les deux capitaines de l'équipe en ont. Ils les mettent sur des chaînes qu'ils attachent à leur cou et ils les portent sous leurs hauts.

— Où est-ce qu'ils les obtiennent ?

— Je ne sais pas, répondit-elle en fronçant les sourcils. J'imagine que je n'y ai jamais réfléchi. C'est peut-être de la part de Cool ?

C'était ce que je pensais.

— Bref, poursuivit-elle. Troy agissait de façon vraiment bizarre depuis un moment, mais dès qu'il a obtenu cette bague, il s'est comporté en vrai con.

— Cela signifie simplement qu'il a toujours été con. Tu es bien mieux sans lui, ma chérie.

— J'imagine. Mais si c'est vrai, pourquoi ça fait si mal ?

— Si je pouvais répondre à ça, j'aurais le boulot d'Oprah. On serait riches et on aurait une grande maison.

Elle sourit à nouveau.

— Viens ici, dis-je en tendant les bras.

Elle s'avança et je la serrai contre moi, la berçant légèrement alors que je me souvenais de toutes nos crises passées et que j'imaginais toutes celles qui arriveraient par la suite. Cependant, j'espérais que ce serait la dernière déception impliquant des sbires démoniaques.

Le cœur de ma fille était peut-être en train de se briser, mais je ne pouvais m'empêcher d'être légèrement joyeuse. En aucun cas, elle n'irait au spectacle, demain, et ne risquerait de voir Troy. Ainsi cette inquiétude ne me tourmentait plus.

Et désormais, je savais pour les bagues. Cool, ou plutôt Asmodée, utilisait les capitaines du club de surf.

Pourquoi ? Je l'ignorais. Mais j'étais certaine d'une chose : quelle qu'en soit la raison, ce n'était pas bon du tout.

18

Je laissai Allie dormir pour soigner sa déprime, et je retrouvai Stuart dans le couloir, alors qu'il sortait de la chambre de Timmy.

— Il dort comme un loir, annonça mon époux. Comment va Allie ?

— Elle va survivre. Les garçons. Ce n'est jamais facile.

— Jamais, répondit-il avec un air désolé.

— Oh non. Pas toi non plus.

— Je me disais que puisque le dîner n'a pas eu lieu, je pourrais faire un saut au bureau. J'ai une pile de dossiers sur mon bureau qui fait deux kilomètres de haut et si tu veux que je sois là pour Noël, il faut vraiment que je les entame.

— Vas-y.

Étant donné mon propre emploi du temps, ce n'était pas si difficile d'être magnanime.

— Tu en es sûre ?

— Stuart, chéri, ne demande pas la permission deux fois. Quand ta femme dit oui, le seul truc intelligent à faire, c'est de prendre ce « oui » et de s'enfuir avec.

— C'est vrai. À quoi je pensais ?

Il passa un bras autour de ma taille et me donna un long baiser passionné.

— Voilà pour toi, comme ça tu m'attendras, plus tard, déclara-t-il.

Je restai plantée là, avec une petite faiblesse dans les genoux et il se précipita dans les escaliers. Je le suivis à une allure plus raisonnable et trouvai Laura, Mindy ainsi qu'Eddie me regardant depuis le salon.

— Comment va notre petite ? s'enquit Eddie en parlant pour le groupe.

— Elle va bien. Nous avons longuement discuté, ajoutai-je.

Je lançai ce que j'espérais être un regard lourd de sens aux deux adultes.

— Pourquoi tu ne monterais pas ? demanda Laura à sa fille.

Elle s'était rendu compte qu'il y avait une histoire derrière tout ça et elle voulait l'entendre.

— Allie apprécierait probablement ta compagnie, confirmai-je.

Je me disais que les filles seraient tellement prises dans leur propre analyse de la soirée et leur session d'insultes envers Troy que nous pourrions parler sans interruption ou sans avoir peur qu'elles entendent.

Pendant que Stuart rassemblait plusieurs affaires pour son bureau, je préparai du café. Je ferai n'importe quoi pour me distraire jusqu'à ce que mon mari débarrasse le plancher et que je puisse parler librement.

Eddie et Laura s'installèrent au bar, tout en continuant de me lancer des regards lourds, comme si cela pouvait pousser mon mari à s'activer.

La sonnette de l'entrée résonna dans toute la maison. Eddie, Laura et moi nous regardâmes. S'agissait-il de Troy ? Si c'était le cas, il allait regretter d'être passé. C'était déjà assez mal de fricoter avec un démon, mais poser un lapin à ma fille ? C'était complètement inacceptable.

Je jetai un coup d'œil par le judas et la vague de véritable indignation s'éloigna. Ce n'était pas Troy. C'était le père Ben.

J'ouvris la porte et il entra, ébouriffé et les traits tirés. Il avait un dossier épais sous un bras et il me le mit dans les mains.

— Nous devons parler, chuchota-t-il. Nous pouvons le faire sans problème ?

Avant que je puisse lui dire que non, cependant, Stuart arriva dans l'entrée et le père Ben bondit d'un mètre.

— Père Ben ! le salua Stuart. Je vous ai fait peur ?

— Non, non. Je vais bien.

— Qu'y a-t-il ?

Le prêtre écarquilla les yeux, comme une biche prise dans les phares d'une voiture.

Je m'éloignai du mur et levai le dossier.

— Encore des documents de Delores à trier.

J'assurais beaucoup de bénévolat à l'église et l'un de mes boulots était de ranger les différentes donations qui avaient été faites à la paroisse au fil des années. Le projet avait été intéressant, pour ne pas dire davantage. Encore plus important, Stuart savait que je m'en chargeais, donc mon mensonge était d'autant plus plausible.

— Oh, dit-il.

Il regarda sa montre.

— Je m'excuse pour l'heure, déclara le père Ben. Delores va quitter la ville un moment et je voulais que vous ayez ça. Je me suis porté volontaire pour l'amener. J'ai essayé d'appeler, mais j'ai bien peur de ne pas avoir pu vous contacter.

Allie. Mindy et elle étaient probablement en train d'analyser la trahison de Troy avec chacune de leurs amies. Nous avions donc eu des appels en absence, mais ma fille l'ignorait apparemment.

— Vous voulez entrer ? demandai-je.

J'espérais avoir l'air nonchalante.

— Stuart doit partir au bureau, mais nous avons ce qu'il faut en cuisine et vous pourriez rester pour discuter.

— J'adorerais manger un morceau. Je vous remercie beaucoup.

Il me suivit dans la cuisine où Laura avait rangé toute la nourriture dans des Tupperwares, du papier d'aluminium et des sachets sous vide. L'absence de Troy avait jeté un froid sur le dîner et les restes seraient donc au menu de nos prochains repas.

Néanmoins, le faux pas du garçon n'avait aucunement gâché l'appétit d'Eddie. Il leva les yeux des lasagnes de Laura et fit un geste avec sa fourchette, ordonnant au père Ben de « prendre une chaise et de taper dedans ».

Stuart entra dans la pièce et nous nous regardâmes tous, échangeant des banalités tout en attendant que mon mari récupère ses clés, son portefeuille et parte dans le garage. Sauf qu'il n'en fit rien. Au lieu de ça, il scruta la pièce d'un air pensif.

— Stuart ? demandai-je d'une voix méfiante. Qu'y a-t-il ?

— Je suis un hôte horrible.

Il jeta son attaché-case devant le micro-ondes.

— Le moins que je puisse faire, c'est rester et discuter avec tout le monde pendant un moment.

— Oh non, non, répondis-je.

Les autres se joignirent à moi avec des protestations similaires.

— Tu n'as pas besoin de faire ça.

— Ce n'est vraiment pas nécessaire, répondit le père Ben.

— Va donc à ton bureau et va gagner ta croûte, ajouta Eddie.

Stuart regarda Eddie puis le père Ben avant de m'observer.

— On dirait que vous essayez de vous débarrasser de moi, dit-il avant de plisser les yeux. C'est le cas ?

— Bien sûr que non, répondis-je.

Je me levai et le poussai vers le garage.

— Mais il n'y a aucune raison de changer tes plans. Tu as du boulot, non ?

— Oui, mais...

— Et il faut que tu retournes au bureau pour ça, non ?

— Kate...

— Écoute, Stuart. Si tu dois passer du temps au bureau à rattraper ton retard, je préfère que ce soit maintenant, pendant que Timmy dort. Si tu restes ici avec nous, tu devras y aller demain quand ton petit garçon voudra jouer avec toi. Et pour quoi ? Pour manger la tarte de Laura ? Si c'est ce que tu veux, je vais t'en mettre une part dans un Tupperware.

Je reculai et pris une profonde inspiration, un peu épuisée par mon discours. Stuart me regardait toujours.

— Ça ne dérangera pas le père Ben, ajoutai-je bêtement. N'est-ce pas, mon père ?

— Au contraire. Je suis sûr que Timmy sera ravi d'avoir son papa avec lui demain matin.

— D'accord, répondit Stuart. Je comprends quand on me met dehors. Je ne sais pas ce que vous manigancez, mais je vais y aller.

Je souris, avant de me laisser tomber, éprouvée, contre la porte fermée quand il l'eut franchie. Nous attendîmes tous en silence comme des conspirateurs, ce que nous étions en quelque sorte. Le bruit du moteur s'évanouit alors que Stuart reculait, puis la porte du garage crissa en redescendant. Dès que nous entendîmes le bruit sourd indiquant qu'elle avait touché le sol en béton, nous commençâmes tous à parler en même temps.

Le père Ben leva une main.

— Peu importe ce que vous avez à dire, ça peut attendre, annonça-t-il.

Je me penchai en avant, la bouche ouverte, désespérée à l'idée de lui parler des bagues. Il tapota la table devant moi.

— Croyez-moi, Kate. Ça peut attendre.

Avec ce genre de conviction, comment pouvais-je le contredire ? J'acquiesçai, m'assis sur une chaise et mordillai un bâtonnet de carotte d'un air absent.

— Nous avions raison, répondit-il en nous regardant tour à tour. Tout vient des deux démons emprisonnés dans le Tartare.

Il claqua le dossier sur la table, puis l'ouvrit en révélant un assortiment de papiers couverts d'une écriture élégante – apparemment du grec, autant que je puisse en juger – ainsi que des dessins avec différentes lignes, représentant les tourments des damnés.

— J'ai longuement parlé avec le père Corletti, ce matin. Il a trouvé ces références dans la bibliothèque du Vatican. Son assistant nous a scanné les images et nous les a envoyées.

Je lançai un regard appuyé à Eddie, que celui-ci ignora, bien sûr.

Je feuilletai les papiers, me rendant compte que je ne comprenais rien de ce que cela signifiait. Je demandai au père Ben d'aller droit au but.

— Deux démons emprisonnés, déclara-t-il. Deux démons sur terre au service des prisonniers. Et deux humains qui ont aidé les forces du mal.

— Quel genre d'aide ? s'enquit Eddie.

— L'acte en lui-même n'a pas d'importance, mais le mal contamine l'humain. Le rituel prend place lorsque le soleil est à son zénith. À la fin, les humains seront aspirés dans le Tartare et prendront la place des démons emprisonnés, perdus pour toujours dans un tourment éternel.

— Quelqu'un a poussé le concierge à devenir un démon, déclarai-je.

Je reculai pour regarder dans le salon.

— Vous avez entendu ça ?

— Quoi ? s'enquit Laura.

— Peut-être rien. J'ai juste cru entendre un bruissement.

— Un bruissement, répéta Eddie. Probablement ton sale chat.

En réalité, Kabit se trouvait au coin des rideaux, sa queue s'agitant et quelques mouvements heurtant le tissu, ce qui le faisait bouger.

— J'imagine que vous avez raison.

Je reportai mon attention sur le groupe dans la cuisine.

— Vous vouliez parler du meurtre du concierge ? Quand vous disiez que quelqu'un aidait ?

— Absolument, répondit le père Ben.

— Avant de mourir, Ruiz s'est emporté à cause des gamins. Il jurait en parlant d'eux comme s'ils l'avaient enquiquiné par le passé. Donc peut-être que des gamins se faufilaient dans son sous-sol.

— Et parlaient à des démons, conclut le père Ben. Oui, je pense que c'est probable. Ils ont trouvé le livre, lu les pages et ont appris ce qu'ils devaient faire.

Mon Dieu, cette pensée me rendait malade.

— Eh bien, le concierge est un démon mort, maintenant, déclara Eddie. Donc il ne compte pas. Mais avec Cool, ça fait un.

— Et l'autre, c'est Creasley.

— Ce sont sur les assistants qu'on devrait se concentrer maintenant, annonça l'homme d'Église. Ils sont la clé du rituel. Si nous pouvons les démasquer et les arrêter, peut-être que nous contrecarrerons le plan d'Asmodée.

— Je crois qu'on les a déjà trouvés.

J'expliquai ce qu'Allie m'avait dit, à propos des capitaines du club de surf et leurs bagues.

— Mais ce que je ne comprends pas, c'est pourquoi ces gamins feraient ça, dit Laura. Enfin, pourquoi voudraient-ils se faire aspirer en Enfer ?

— Les démons mentent, vous vous souvenez ?

Le père Ben acquiesça.

— Peut-être que les démons du Tartare ont utilisé le livre pour promettre richesse, pouvoir et immortalité aux garçons. Qui pourrait le savoir ? L'essentiel, c'est qu'ils y ont cru.

— Et ils étaient prêts à tuer pour ce mensonge, déclarai-je avec un frisson.

Dire que ma fille était tombée sous le charme d'un tel garçon. Encore une fois, j'aurais aimé pouvoir l'envelopper dans un genre de champ de force afin de la garder en sécurité pour l'éternité.

Laura paraissait toujours confuse.

— Alors, c'est ainsi que le livre s'insère dans toute cette histoire ?

— J'en ai bien peur, déclara le père Ben. Le grimoire est aussi essentiel pour le rituel. Les démons emprisonnés vont s'élever depuis les pages du livre.

— Ce sont de bonnes nouvelles, au moins, déclarai-je. C'est nous qui l'avons.

— D'autres choses doivent aussi être mises en place, annonça le père Ben. Le rituel inclut l'interprétation de symboles géométriques.

Il passa ses mains dans ses cheveux, les ébouriffant encore davantage.

— J'ai essayé de trouver une description ou un dessin, mais je n'en ai pas eu la chance. La seule chose que je sais, c'est qu'il y a des lignes et des angles.

— Un pentagramme, déclara Laura.

— Cliché, dit Eddie.

Laura haussa les épaules.

— Ça fonctionne dans les films.

— Je me fiche de savoir à quoi ça ressemble, dis-je. Ils vont à la plage, non ? Ils vont juste le dessiner sur le sable.

— J'ai peur que vous ayez raison, approuva le père Ben. En même temps, c'est un plan compliqué. Si on contrecarre un seul petit détail, on pourra tout empêcher.

Nous restâmes tous figés en silence, en pensant à cela. Puis j'entendis le bruissement à nouveau.

— Là, encore ! Comme une petite griffure. Vous ne l'entendez pas ?

— Je n'entends rien, affirma Laura.

J'avais déjà sauté de ma chaise et contourné le mur qui menait au salon. Personne.

Personne, à part Kabit qui se faisait les griffes sur le fauteuil d'Eddie.

Juste pour être sûre, je montai à l'étage, frappai une fois à la porte, et ouvris la porte d'Allie. Les filles, avec les écouteurs de leurs iPod dans les oreilles, ne me remarquèrent même pas.

— Tu as trouvé quelque chose ? s'enquit Laura quand je réapparus.

— Rien.

— Tu sais, dit-elle, je commence à me dire que tout ça n'est pas si horrible qu'on le pense.

Nous la regardâmes tous.

— Vas-y, ma fille, dit Eddie. Si tu as de bonnes nouvelles, c'est le moment de les partager.

— Eh bien, je pensais au livre. Ils en ont besoin, non ? Et ils ne l'ont pas. Donc même s'ils ont deux démons, ils ne peuvent pas effectuer leur rituel.

Elle regarda le père Ben avant de se tourner vers moi.

— N'est-ce pas ?

Je haussai les épaules.

— C'est le domaine de Père Ben.

— Je pense que Laura marque un point, répondit celui-ci. Et

c'est probablement important. Mais d'après ce que nous savons, le rituel n'a jamais été effectué auparavant. Peut-être que nous avons mal traduit les textes. Ou les récits peuvent être volontairement peu précis, pour nous tromper. On ne sait pas.

Le sourire de Laura fut pincé.

— Dommage pour ma théorie.

Je lui donnai une brève étreinte.

— C'était une bonne idée. Et peu importe ce qu'il se passe, je sais que je me sens mieux en étant au fait qu'un livre flippant qui peut parler pour les démons est en sécurité et caché dans l'autel.

— Merci, dit-elle. J'ai juste envie que ce soit fini.

— Ça le sera, répondis-je. D'une façon ou d'une autre, ça va se terminer demain. Timmy est assez grand pour comprendre Noël cette année et il est hors de question que les vacances de mon bébé soient gâchées par un démon qui a décidé de s'organiser ses propres fêtes de fin d'année.

Je réprimai un soupir. Je pensais ce que je disais, même si je n'étais pas sûre de savoir comment formuler mes pensées. Mais c'était la nature de ma vie dernièrement, question après question.

Mon mari actuel allait-il remporter les élections ? Mon premier mari se promenait-il dans San Diablo avec le corps d'un autre homme ? Allais-je finir les courses de Noël à temps ? Allions-nous finir par acheter un sapin de Noël ou accrocher les guirlandes dehors ? Ma fille allait-elle survivre à son premier chagrin d'amour, maintenant qu'un adolescent servant un démon l'avait laissée tomber ? Les choses habituelles.

Je pouvais gérer un peu d'incertitude. Enfin, c'était la vie, pas vrai ? Mais il y avait une question qui, je l'espérais, n'aurait qu'une réponse positive. Allions-nous arrêter Asmodée et empêcher la libération des démons du Tartare ? La réponse devait être oui.

Et le plus tôt serait le mieux.

Puisque Eddie et le père Ben avaient mangé en quantités conséquentes, nous ne finîmes par avoir besoin que de la moitié des Tupperwares que Laura avait sortis. Même après le départ de l'homme d'Église, le vieillard s'attaquait encore au dessert – une tarte aux pêches absolument délicieuse que Laura avait juré de m'apprendre à préparer.

Laura et moi finîmes par boire notre café dans le salon, essayant de ne plus penser aux démons, à Eric et à Paul en regardant *Honni soit qui mal y pense*.

— Je ne sais pas, déclara Laura quand le générique défila. J'apprécie tellement plus Cary Grant. David Niven est un incapable. Et Cary l'aime évidemment beaucoup. Et elle l'aime aussi...

— Mais Cary est un ange, lui fis-je remarquer.

— Le mariage serait peu orthodoxe, c'est sûr...

Cela me rappela nos anges déchus.

— Je t'ai déjà raconté pourquoi les démons croupissent dans le Tartare, à la base ?

Elle grimaça.

— On recommence à parler des démons ?

J'agitai une main.

— C'est intéressant, dis-je. D'une façon immonde et dégoûtante.

Je la mis au courant de ce que le père Ben m'avait raconté quelques jours plus tôt.

— Alors ces démons ressemblaient à des humains ? Et ensuite, ils ont couché avec des femmes pour qu'elles soient enceintes de ces bébés super néphilims ?

— Plus ou moins. Même si, j'imagine que techniquement, ils étaient encore des anges quand ils l'ont fait. C'est pour ça qu'ils ont été virés.

— Anges ou démons, toute cette histoire est dégueu.

Je ris.

— Et sur cette note...

Je me levai.

— Je suis épuisée. Tu veux que je te raccompagne chez toi ?

— J'ai l'impression d'être une gamine de six ans, mais ouais. Je veux bien.

J'attrapai mon sac et glissai un pic à glace dans ma poche

arrière. Juste au cas où. Quand nous arrivâmes à la porte arrière, je me figeai. Le verrou était déjà tourné.

C'était quoi ce délire ?

J'attrapai la poignée et la tournai lentement. Le loquet céda et j'ouvris aisément la porte. L'alarme ne bipa aucunement pour signaler une intrusion et je marquai une pause, soudain emplie de craintes. Je vérifiai ensuite le boîtier et me détendis. Stuart l'avait désactivée puisque nous avions tant d'invités ce soir. Après le lapin de Troy, il avait dû oublier de la réactiver.

— J'ai probablement oublié de fermer la porte derrière moi, déclara Laura en remarquant mon inquiétude. Ou alors c'était Mindy.

— Je veux quand même faire un tour de la maison. Reste ici, dis-je. Je reviens tout de suite.

Je parcourus la demeure tout entière, mais ne trouvai rien d'étrange. Pas même nos filles, qui étaient toutes les deux endormies à l'heure remarquable de vingt-trois heures.

Je finis à l'étage, puis m'occupai du rez-de-chaussée avant de retrouver Laura près de la porte.

— Tout va bien. On l'a sans doute laissée ouverte.

— Pardon, dit Laura. C'est sûrement ma faute.

— Ne t'inquiète pas pour ça. Nous étions présentes toute la soirée. Donc à moins qu'un voleur très doué ait décidé de rentrer très très silencieusement pendant que la maison était remplie de monde...

Je fermai la bouche et regardai Laura. Sa main était collée sur ses lèvres et je sus qu'elle avait également compris. La porte déverrouillée. Les bruits que j'avais entendus dans la maison. Ils n'avaient pas été provoqués par le chat. Ils l'avaient été par des adolescents invisibles servant un démon.

J'atteignis la cathédrale en un temps record, mais les flics arrivèrent en premier. Je trouvai le père Ben près de l'autel, des ambulanciers s'affairant déjà autour de lui.

— Il va bien ?

— Tout ira bien pour lui, me répondit le plus grand. Nous allons l'emmener à l'hôpital pour nous en assurer, mais on dirait que c'est un petit traumatisme.

Le père Ben tendit la main et serra la mienne.

— Ils ont le livre, Kate. Je ne les ai pas vus venir.

— C'est normal, répondis-je.

Je tapotai mon annulaire et articulai silencieusement un seul mot. *Invisible.*

Il ferma les yeux et laissa sa tête retomber en arrière.

— Bien sûr, chuchota-t-il. Ils m'ont assommé. Je suis resté évanoui pendant... Je ne sais combien de temps. J'ai vérifié l'autel. Kate, il n'y était plus.

— Ce n'est pas grave, répondis-je. Ce n'est rien. Ce n'est pas votre faute.

Non, ce n'était pas sa faute. C'était la mienne. Je les avais entendus, dans ma maison, et je n'avais rien fait à part leur dire exactement ce qu'ils avaient voulu savoir.

— Aucune réponse, dit David.

Il tapa une nouvelle fois à la porte, pour faire bonne mesure.

— Monsieur Myerson ? Madame Myerson ? Troy ? Il y a quelqu'un ?

Il se retourna vers moi.

— Il n'est pas là.

J'acquiesçai et éteignis le portable que j'avais appuyé contre mon oreille.

— Personne ne répond au téléphone non plus.

— Vous avez essayé le numéro de Troy ?

— Deux fois.

— C'est fini, alors, déclara-t-il en s'asseyant sur le perron des Myerson. Les deux capitaines de l'équipe de surf ont disparu ce soir. Je parie qu'on ne les retrouvera pas avant la démonstration de demain.

Je m'assis à côté de lui et appuyai mes coudes contre mes genoux. Je pris ensuite mon front dans mes mains. Dès que l'ambulance s'était éloignée du parking de la cathédrale, j'avais appelé Laura pour qu'elle s'occupe des enfants et pour lui annoncer les dernières nouvelles. Tout était calme, ce qui était une bonne nouvelle, selon moi.

Juste après cela, j'avais appelé David. Nous nous étions retrouvés dans un café ouvert toute la nuit, sur la grande route de la côte, et je l'avais mis aux nouvelles. Heureusement, cela n'avait pas pris trop longtemps. David était un homme brillant. Il comprenait rapidement les points essentiels. Il m'avait ensuite fait monter dans sa voiture et nous avions commencé à sillonner la ville, pour nous rendre chez les deux capitaines de l'équipe de surf.

Personne n'était à la maison. Pas un surfeur, pas un parent, pas même un animal de compagnie.

— Vous pensez que les parents sont impliqués ? m'enquis-je. Ou pire, vous croyez qu'ils sont morts ?

David secoua la tête.

— Non. Je ne pense pas qu'ils les tueraient. Notre théorie est que les garçons pensent qu'ils auront droit à quelque chose après tout ça, n'est-ce pas ? L'immortalité, l'argent, n'importe quoi. Pour ça, ils voleront, mais je ne pense pas qu'ils tueront.

— C'est vrai, répondis-je. Ils pensent qu'ils seront toujours là quand tout ça sera terminé. On ne peut pas dépenser des millions si on est en prison pour meurtre.

C'était logique, songeai-je. Et les démons auraient convaincu leurs parents de laisser le champ libre. Ils leur auraient fait croire qu'ils avaient gagné une croisière ou des vacances tous frais payés. D'ailleurs, pas besoin de les tromper. Étant donné la magnitude du plan d'Asmodée, je me disais que le syndicat démoniaque local allait joyeusement couvrir les frais de billets d'avion et d'une chambre d'hôtel.

— Allons patrouiller, dis-je. Peut-être qu'on peut amadouer un démon en train de se cacher.

Ce plan avait une certaine logique, mais il ne fonctionna pas. Nous passâmes le reste de la nuit à marcher sur la plage, à traverser la passerelle, à parcourir les rues remplies de touristes sur le front de mer de San Diablo.

Rien.

— Peut-être que les démons sont chez Denny, le *diner* sur la 101. Il y a trente mille personnes dans cette ville. Nous ne patrouillons que sur une toute petite partie.

— Ou peut-être qu'il n'y a que deux démons actuellement, répondit David. Peut-être qu'ils ne peuvent pas prendre le risque d'en dévoiler un seul.

— Parce que s'ils n'ont pas les deux, le plan ne peut pas se dérouler. Vous avez peut-être raison, répondis-je avant de bâiller. Bien sûr, si nous avions pensé à ça avant trois heures du matin, j'aurais pu dormir correctement.

D'ailleurs, j'aurais pu rentrer à la maison avant Stuart. Je lui avais laissé un message sur son répondeur, lui annonçant que j'allais voir le père Ben à l'hôpital, puisqu'il y avait eu un cambriolage à l'église. Je croisai les bras, espérant que Stuart ne s'était pas posé de questions sur mon message. Ou pire, qu'il n'était pas venu à l'hôpital pour s'asseoir à mes côtés.

David et moi étions seuls sur la passerelle, désormais, et loin de l'hôpital. Les lumières dans les vitrines s'étaient éteintes des heures plus tôt et la seule illumination provenait des vieux lampadaires et de la lune étincelante.

— Prête à repartir ? s'enquit-il.

— Bien sûr... Non. Attendez.

— Quoi ? demanda-t-il d'une voix vive et alerte. Vous voyez quelque chose ?

— Non, non. C'est juste que...

Je fermai les yeux, me sentant stupide.

— Kate ?

Je savais que je ne devrais pas enfoncer cette porte, mais je ne pus m'en empêcher. J'ouvris donc les yeux, fixai le sol, et chuchotai :

— Parlez-moi d'Eric.

Il me jeta un regard en biais avant de recommencer à marcher. C'était si inattendu que je crus que peut-être, il ne m'avait pas entendue.

— David ?

Je me dépêchai de lui emboîter le pas.

— Vous m'avez entendue ?

— Vous aimez votre mari ?

— Stuart ? Oui. Évidemment.

Il s'arrêta avant de me regarder de haut en bas.

— Vous n'avez même pas hésité.

— Eh bien, non. Pourquoi le devrais-je ? C'est la vérité.

— Alors quel est l'intérêt ?

— L'intérêt ? répétai-je.

Je compris alors. Mes yeux gonflèrent et une larme s'échappa.

Il l'essuya du pouce, ce geste intime me faisant frissonner.

— Kate ?

Je secouai la tête, luttant pour trouver une explication. Je n'en avais aucune.

— Je ne sais pas quel est l'intérêt. J'aimerais le savoir, mais ce n'est pas le cas.

Il recommença à marcher. Cette fois-ci, je ne le suivis pas. Après un moment, il reprit la parole.

— Je vous dirai une chose. Il vous aimait, Kate. Il vous aimait terriblement. Et je pense qu'il serait sacrément fier de sa fille.

Cette fois-ci, je ne pus retenir mes larmes. Je capturai ses mots et les serrai contre mon cœur. Ils n'étaient pas tout. Mais pour le moment, ils étaient suffisants.

19

La maison était silencieuse et sombre quand je rentrai, ce qui n'était pas inhabituel à quatre heures et demie du matin. Je montai et jetai un coup d'œil aux enfants. J'allai me mettre au lit, cette fois-ci sans réveiller Stuart qui m'avait laissé une rose ainsi qu'un petit mot disant qu'il avait reçu mon message et qu'il espérait que le père Ben allait bien.

Ce petit Post-it m'avait réchauffé le cœur et je me rapprochai, m'appuyant contre lui jusqu'à ce qu'il gigote dans son sommeil. Je passai son bras autour de ma taille. Je m'endormis ainsi, laissant la confusion quitter mon esprit et j'emplis mes sens avec l'odeur et le contact de mon mari.

Le matin survint bien trop rapidement, ce qui arrive souvent quand on court les rues jusqu'à quatre heures. Je me réveillai sur les insistants « Porte-moi, Maman ! Porte-moi ! » de Timmy.

Je jetai un coup d'œil vaseux à mon petit garçon dans son pyjama Buzz l'Éclair. Ses mains étaient tendues dans ma direction.

— Salut, petit bonhomme, chuchotai-je.

— Monte ! Monte, monte, monte !

— Fais monch ome, déclara Stuart.

J'interprétai cela comme un ordre pour faire monter le gnome. Je m'exécutai et Timmy commença à sauter joyeusement sur le lit en chantant le refrain de *Vive le vent* de tout son souffle.

Stuart gémit et s'assit. Il m'embrassa rapidement.

— Comment va le père Ben ?

— Il va bien. Merci pour la rose.

Il effleura mon nez de l'index.

— Tu as eu une rude journée.

— Oui, c'est vrai.

Stuart se releva sur un coude et regarda Timmy.

— Eh, petit gars. Tu veux aller au zoo avec Papa aujourd'hui ?

Cette phrase attira mon attention.

— Chéri, je ne peux pas aller au zoo, aujourd'hui.

— Eh bien, tant mieux, parce que c'est une sortie entre mecs.

— Oh, vraiment ?

Je croisai les bras sur ma poitrine en l'observant.

— Monsieur, vous ressemblez à mon mari…

— Je suis le nouveau modèle amélioré.

— Ah oui ? Je ne me souviens pas avoir commandé une mise à jour.

— C'est une installation automatique. Les logiciels s'améliorent quand c'est nécessaire.

— Est-ce nécessaire ?

Il passa un bras autour de mes épaules et m'attira contre lui.

— Je pensais à nous. Aux enfants. Donc, ouais, je pense que c'est nécessaire.

— Et tu commences avec une sortie au zoo. Il va adorer.

Je fis un signe de tête à notre enfant surexcité qui était passé de *Vive le vent* à la chanson de l'alphabet.

— On pourrait aller à la démonstration de surf, mais je me suis dit qu'il préférerait les animaux. Et à mon avis, ça ne dérangera pas Allie si je ne viens pas. Après le fiasco avec Troy, je pense qu'elle va y aller, faire son spectacle de pom-pom girl, puis rentrer à la maison.

— Je suis sûre que ça ne la gênera pas.

Je ne pris pas la peine de le corriger sur le reste. Surtout qu'il n'y avait absolument aucune chance que ma fille s'approche de la mer et des surfeurs.

Je me glissai hors du lit et tendis les bras à Timmy.

— Viens là, mon grand. On va t'habiller pour ta journée avec

Papa !

Il sauta dans mes bras en couinant et je le fis tourbillonner. Naturellement, il me demanda de recommencer. Encore. Et encore. Après la quatrième fois, ma tête tournait aussi donc je m'assis au bord du lit pour qu'on ralentisse.

Stuart vint me sauver et appuya Timmy contre sa hanche.

— Viens, mon grand. On va laisser Maman s'effondrer en paix.

Il marqua une pause devant la porte.

— J'ai presque oublié. Je me disais qu'on pourrait prendre une baby-sitter pour ce soir, ou voir si Allie et Mindy aimeraient gagner quelques dollars.

— Pourquoi ?

— Je me disais qu'on pourrait aller voir un film. Se tenir la main. Manger du pop-corn.

Un petit picotement de plaisir me traversa.

— Quel film ?

— Ça a de l'importance ?

Son sourire était malicieux et j'y répondis avec la même intensité.

— Non, j'imagine que non.

— Alors c'est un rendez-vous ?

Je songeai aux plans que j'avais déjà pour la journée. Arrêter Asmodée. Sauver le monde.

J'en aurais certainement fini à l'heure du dîner.

Je levai les yeux vers mon mari, qui était tout aussi ébouriffé que mon petit garçon en pyjama.

— Oui, répondis-je en souriant. Je pense que je peux te faire une place dans mon planning.

Allie était toujours endormie quand les garçons partirent et je ne pris pas la peine de la réveiller. Au lieu de ça, je me détendis dans le salon, bus mon café et lus le journal en profitant de la maison presque vide.

Je me disais que je méritais un peu de repos. Après tout, dans quelques heures, je serais plongée jusqu'au cou dans un monde de démons avec leurs disciples, à essayer de garder les êtres démoniaques les plus vilains de l'histoire emprisonnés dans les Enfers où se trouvait leur place. J'avais besoin de me détendre et de me préparer. Sans mentionner l'envie de me faire une intraveineuse de café.

J'en étais à ma deuxième tasse quand Allie dévala les escaliers.

— Maman ! Il est déjà neuf heures ! Comment tu as pu me laisser dormir si longtemps ?

— Tu avais l'air fatiguée.

— Je l'étais. Mais maintenant, je suis incroyablement en retard !

Une petite inquiétude remonta le long de ma colonne vertébrale.

— En retard ? Pour quoi ?

— Bah. La démonstration. Je bosse dessus depuis toujours.

— Tu y vas ? Mais je croyais...

— Quoi ? Troy ?

Elle leva le menton.

— J'en ai tellement fini avec lui.

— Oui, mais il sera là.

— Je ne suis pas un bébé, Maman. Et je ne vais pas lui donner la satisfaction de ne pas venir.

— Si, Allie. Tu vas lui donner cette satisfaction-là.

Elle cligna des yeux en me regardant.

— Quoi ?

— Je ne veux pas te voir près de cette fête du club de surf. Tu comprends ?

— Est-ce que je comprends ? Non ! Je ne comprends pas. Maman, je dois y aller.

— Non, jeune fille, tu n'iras pas.

Je me levai, ma voix restant calme et sereine.

— Je ne veux pas que tu t'approches de ce garçon, ni de Cool. On en a déjà parlé.

— Mon Dieu, Maman ! Tout ce que je vais faire, c'est servir de la nourriture et faire quelques danses d'encouragement.

— Non.

— C'est tellement injuste ! Tout le monde va penser que je suis une vraie feignasse !

— Alors on leur laissera un mot du médecin. On leur dira que tu as Ebola ou un truc du genre. Mais tu ne gagneras pas cette dispute.

Elle se retourna avant de monter les escaliers à pas lourds et de disparaître. Quelques secondes plus tard, la maison se secoua à cause de la puissance de sa porte claquée.

Eh bien.

Un jour, je lui expliquerais que je l'avais empêchée d'être blessée. Pour le moment, je me disais que j'allais gagner quelques bons points en renégociant ma position sur le fard à paupières. Mais, plus tard. Pour le moment, il fallait que je m'habille et aille au spectacle à laquelle ma fille n'avait absolument pas le droit d'assister.

Je pris une douche rapide, m'habillai, puis rassemblai mes armes et un genre de sac à dos. En sortant, je tapotai à la porte d'Allie. Aucune réponse. Je débattis, puis décidai d'entrer.

— Al ?

La silhouette sur le lit bougea.

— Tu es encore en colère contre moi ?

Aucune réponse.

— Alors tu ne me parles plus ?

Toujours aucune réponse, mais la silhouette bougea à nouveau.

— Bien. Apitoie-toi sur ton sort si tu veux, mais je vais faire quelques courses. Reste à la maison, garde l'alarme activée et appelle Mme Dupont si tu as besoin de quoi que ce soit. D'accord ?

Eddie était à l'hôpital avec le père Ben, mais j'allais lui passer un coup de fil sur la route et l'encourager à rentrer à la maison pour rester avec Allie.

Une main émergea de sous la couverture, levant le pouce. Je réprimai mon envie urgente de lever les yeux au ciel, puis je récupérai mes affaires, attachai mon ceinturon sous ma veste en cuir et m'armai du mieux possible sans que ce soit trop évident.

Je vérifiai le verrou à la porte arrière quand je remarquai deux des pistolets à eau qu'Allie avait achetés pour Timmy.

Je souris, songeant aux possibilités que cela m'offrait. J'ouvris la porte, attrapai ces deux armes et les rangeai dans mon sac à dos.

Je trouvai David au cœur de l'action, donnant des ordres à une masse de parents volontaires. Il croisa mon regard et me fit signe. Dès qu'il fut libre, il vint vers moi et m'attira vers un endroit calme.

— Il y a beaucoup de monde ici. Je vais faire ce qu'il faut, mais je déteste anéantir le mal avec tant de spectateurs.

— C'est trop tard pour annuler ?

— J'y ai pensé, hier, mais si Asmodée et les autres s'étaient éparpillés ? Au moins, pour l'instant, on sait où les trouver.

Il fronça les sourcils.

— Enfin, on croyait savoir où les trouver.

— Qu'est-ce que vous voulez dire ?

— Les surfeurs devraient déjà être là. Je commence à me demander si on ne s'y est pas mal pris.

Je me retournai et regardai la mer. Je voyais au moins six jeunes à l'horizon, en train de glisser sur les vagues.

— Ils ne sont pas là ?

— Pas les capitaines. Ni Cool.

— Eh bien, bon sang. Peut-être qu'ils sont invisibles ?

— Je ne pense pas, répondit David.

Honnêtement, je n'y croyais pas non plus.

— La cérémonie ne peut pas débuter avant midi. Peut-être qu'ils attendent la dernière minute pour arriver.

— Ou peut-être qu'ils sont totalement ailleurs, déclara David.

Je fronçai les sourcils, mais ne dis rien. Il avait raison, bien sûr. Où pouvaient-ils être d'autre cependant ? Pourquoi planifier tout cela et ne pas venir à la plage ? Il s'agissait de questions auxquelles je ne pouvais répondre, et je luttai contre une vague de désespoir.

— Non, répondis-je. Il doit bien y avoir une façon de trouver une solution.

Avec David dans mon sillage, je partis vers la mer, restant assez en retrait de l'écume et des vagues pour garder mes pieds au sec. L'un des membres de l'équipe sortit de l'eau, un sourire fendant son visage. Il leva les mains vers une fille blonde qui applaudit et rit. Je me rendis compte que cette blonde était Susan.

— Susan ! l'appelai-je.

J'agitai mon bras au-dessus de ma tête pour attirer son attention.

Elle se retourna, avant de me lancer un large sourire quand elle me vit. Elle attrapa la main du garçon et ils arrivèrent tous les deux.

— Bonjour, Madame Connor ! Bonjour, Monsieur Long ! Vous avez vu ça ? Ce n'était pas génial ?

— C'était très beau, répondis-je.

— Excellent travail, Andy, déclara David en tapotant le jeune homme dans le dos. Je suis impressionné.

Le garçon, qui devait avoir l'âge d'Allie, rougit furieusement.

— Merci. Je me suis entraîné. C'est trop tard pour aujourd'-hui, vous voyez, mais je voulais montrer au coach que j'aurais pu être capitaine de l'équipe.

— Il est bien meilleur que Troy Myerson et Brent Underhill, ajouta loyalement Susan.

Andy baissa la tête.

— Non, ces mecs sont géniaux. Mais je m'en sors pas mal.

— Tu étais super, déclarai-je. Et crois-moi, il y a de bien meilleures choses que d'être capitaine de l'équipe.

Surtout dans ces circonstances. Mais parler avec Andy m'avait prouvé une chose. Les capitaines avaient été soigneusement choi-sis. Asmodée avait fait ses devoirs, ne sélectionnant que les garçons qui seraient susceptibles d'accepter ses suggestions. Le tempérament plus doux d'Andy et sa nature modeste l'empêchait peut-être d'être capitaine de l'équipe, mais grâce à cela, le démon n'avait pas posé les yeux sur lui non plus.

J'aurais aimé le lui dire, mais je ne savais pas comment le formuler. Au lieu de ça, je lui demandais simplement où les capitaines de l'équipe et le coach Cool se trouvaient.

Il haussa les épaules et regarda Susan.

— Je ne sais pas, dit-il. Ils étaient ici à dix heures. J'ai vu Brent parler à JoAnn. Et quand je les ai cherchés après, ils étaient partis.

— Où ça ?

Andy haussa les épaules.

— Ils ne l'ont pas dit. Mais ils vont bientôt revenir. Enfin, on commence dans une demi-heure.

— Pourquoi ? ajouta Susan. Vous cherchez Allie ?

— Non, Allie ne viendra pas aujourd'hui.

— Bien sûr que si. Je l'ai vue avec Troy Myerson il y a moins d'une heure.

La force de ses mots me repoussa et j'aurais pu tomber si David n'avait pas saisi mon coude.

— Tu peux répéter ? lui demandai-je.

Susan avait dû se rendre compte qu'elle avait brisé un genre de secret de copines de covoiturage, puisqu'elle gigota, clairement mal à l'aise. Andy, que j'avais commencé à considérer comme une personne fiable, mit les pieds dans le plat.

— Elle parlait à Troy Myerson. En fait, elle lui passait un sacré savon.

Il me lança un large sourire.

— Elle sait très bien trouver ses mots, Madame Connor.

David intervint.

— Mais tu as dit qu'elle était partie avec Troy. Tu avais l'impression qu'elle voulait partir avec lui ?

Susan haussa les épaules.

— Je ne sais pas. J'imagine. Enfin, elle était un peu tendue, mais je pensais qu'elle était probablement juste énervée, vous voyez ? Ou alors qu'elle s'était trop entraînée et qu'elle était fatiguée. Un truc dans le genre.

— Où sont-ils allés ? m'enquis-je.

J'entendais le petit côté hystérique de ma voix.

— Honnêtement, je ne sais pas.

Je me tournai vers David qui appuya un doigt sur mes lèvres.

— Merci, les jeunes.

Il me prit ensuite le bras et me guida loin de là, le pas rapide et déterminé. Sa peau était chaude et je pouvais sentir sa panique s'insinuer dans mon corps pour se mêler à la mienne. Elle avait fait le mur ! Allie ne m'avait pas désobéi une seule fois ! Alors pourquoi devait-elle commencer aujourd'hui ?

Honnêtement, dès qu'on en aurait terminé, elle serait punie comme jamais.

— Kate ?

Je luttai contre mes larmes, espérant désespérément que j'aurais la chance de la punir.

— Je ne comprends pas, dis-je. Ils ont le livre. Ils ont les assistants humains. Ils ont les deux démons. Pourquoi prendre le risque de venir ici ? Et pourquoi emmener les filles ?

— Je ne sais pas, répondit-il d'une voix tendue.

Mais moi, je le devinais. Soudain, j'en fus même certaine.

— Les néphilims, déclarai-je. Oh, mon Dieu, quand les démons s'élèveront, ils vont... ils voudront...

Je serrai les poings, incapable de formuler ma pensée.

David me saisit par les épaules et me regarda droit dans les yeux.

— Ça n'arrivera pas, Kate, parce que nous allons l'empêcher.

J'acquiesçai. C'était vrai. Il avait raison. Allie n'était pas assez mûre pour avoir des rencards. Il était hors de question qu'elle finisse mère célibataire d'un démon surhumain et démoniaque. Absolument hors de question.

Nous nous apprêtions à grimper dans la Jeep de David quand Marissa Cartwright courut vers nous.

— Kate ! Attends !

— Je me dépêche, Marissa ! Je reviens tout de suite.

C'était un mensonge, mais elle n'avait pas besoin de le savoir.

— Attends ! J'essaie de trouver JoAnn !

Je m'arrêtai, soudain submergée par la compassion envers cette femme que je n'aimais pas beaucoup.

— Je ne sais pas où elle est, répondis-je honnêtement.

— La dernière fois que je l'ai vue, elle était avec ta fille.

Il y avait une certaine accusation dans sa voix et je me raidis, mais ne répondis rien. Je m'en serais voulu avec autant de vigueur qu'elle à sa place.

— Je ne sais pas où elles sont, Marissa. Peut-être qu'elles sont parties s'entraîner pour leur spectacle.

Son visage se pinça.

— J'aurais espéré que tu surveillerais mieux ta fille que tu ne l'as fait avec le pauvre M. Sinclair.

Ce fut la goutte d'eau. Je fis un pas en avant, chacun de mes muscles se préparant à rouer cette femme de coups. Je voulais lui dire qu'elle aussi avait perdu sa fille de vue. Et que si elle voulait que JoAnn soit en sécurité, il fallait qu'elle me laisse tranquille afin que je fasse mon travail.

Je ne pus rien en dire. Je considérais peut-être que Marissa était un suppôt de Satan, mais je savais dans mon cœur qu'elle n'était pas littéralement maléfique. Et pour le moment, elle n'était qu'une mère inquiète pour sa fille.

Je pris une inspiration et posai une main sur son bras.

— Je suis sûre que JoAnn va bien. Et quand je verrai Allie, je m'assurerai de lui dire que tu la cherches.

Elle n'en fut pas satisfaite, je le voyais bien dans son regard, mais j'avais accordé autant de temps que possible à Marissa.

— Vous pouvez vous occuper des parents bénévoles ? lui demanda David alors que je me glissais dans la voiture. Il faut que j'aille faire une petite course.

Le visage de Marissa était toujours pincé, mais elle acquiesça. Puis, avec une énergie nouvellement trouvée, elle s'en alla vers les tables installées pour la démonstration.

— Allons-y, dis-je.

Toutefois, David avait déjà démarré la voiture. Il sortit du parking et s'engagea sur la grande route de la côte.

— Où ?

Malheureusement, je n'avais pas de réponse à cela.

Alors que David conduisait aussi lentement que possible sur la voie rapide, je regardais l'océan. Peut-être qu'ils étaient simplement allés sur une autre plage, cherchant un endroit moins bondé pour leur cérémonie. Je ne vis rien, cependant. Et honnêtement, ça ne me paraissait pas approprié.

Réfléchis, me dis-je. *Où pourraient-ils effectuer un rituel ?*

Je regardai l'horloge. Midi moins vingt.

Nous étions à court de temps.

Mon portable sonna et je décrochai. Laura.

— Allie est partie ! annonçai-je sans préambule.

Elle me raconta ensuite une histoire selon laquelle elle était venue chercher Mindy et elle l'avait trouvée dans la chambre d'Allie, seule.

Je me donnai mentalement une claque, me rendant compte que la silhouette dans le lit de ma fille avait été Mindy. La possibilité ne m'avait même pas effleuré l'esprit.

J'interrompis Laura, puisque tout ça n'avait pas d'importance, de toute façon.

— Elle est avec Cool, déclarai-je. Et on se trompait. La cérémonie ne se déroule pas à la plage. On ne sait pas où c'est. Tu peux chercher sur Internet tous les articles que tu trouves sur Cool ? Surtout après sa chute ?

— Qu'est-ce que je cherche ? s'enquit-elle.

— Je n'en ai aucune idée.

J'entendis des cliquetis dans le fond.

— Rien, jusqu'ici. Juste la mention de la démonstration. Il est impliqué dans la communauté. Bla bla bla.

— Rien d'autre ?

— Je regarde encore. Attends. Il y a une photo de lui avec une femme. La description dit que c'est sa petite amie. Peut-être qu'ils sont chez elle ?

— Il y a son nom ? Tu as son adresse ?

— Je cherche.

Je gigotai sur mon siège. J'aurais aimé être avec elle pour regarder par-dessus son épaule. J'aurais aimé conduire. J'aurais aimé enfoncer quelque chose de tranchant dans l'œil de ce salaud de démon qu'était Asmodée. Je préférerais faire n'importe quoi plutôt que de rester assise dans une voiture pendant que mon bébé était en danger.

Allie. Mon Dieu, Allie.

À côté de moi, David n'avait pas l'air en meilleur état. Sa bouche était pincée, son visage était fermé et ses mains étaient serrées autour du volant, au point que ses articulations étaient parfaitement blanches.

— Rien, dit Laura. Je ne trouve aucune référence à une adresse, à un boulot ou à quoi que ce soit. Tu veux que je…

— Attends !

Je me retournai vers David.

— Le musée Danvers ! Allez au musée.

— Kate ?

Cela venait de Laura.

— Allie a dit que la petite amie de Cool était guide bénévole au musée. Qu'elle était timide et donc qu'il devait être un mec bien, parce qu'il se contentait de sortir avec une guide réservée plutôt que d'être avec une bimbo tout droit sortie d'*Alerte à Malibu*.

— D'ailleurs, pourquoi un démon aurait besoin d'une petite amie ?

— Seulement s'il doit l'utiliser. Le musée est fermé jusqu'en janvier. Mais si elle peut entrer, ce serait logique qu'il la garde près de lui.

— Ouais, répondit Laura. Ils installent l'exposition des artéfacts macédoniens.

— J'ai vu cette exposition. L'une des vitrines était remplie de tablettes en pierre couvertes de formes géométriques.

Je regardai David en prononçant cette dernière phrase. Il avait déjà traversé la ville à toute vitesse, mais désormais la voiture semblait aller encore plus vite.

— Appelle Eddie, déclarai-je à Laura. Raconte-lui, ainsi qu'au père Ben, ce qu'il se passe. Et demande-leur de prier.

20

Il n'y avait aucune voiture sur le parking du musée quand nous arrivâmes, et lorsque nous tirâmes sur la porte d'entrée, nous découvrîmes qu'elle était verrouillée.

— On pourrait se tromper, déclara David.

Je regardai ma montre et luttai contre un frisson.

— Non, dis-je. Nous n'avons pas le temps de nous tromper.

Je me retournai, résistant à la panique alors que je cherchais quelque chose de grand et de lourd.

— Là, dis-je en montrant un grand pot de fleurs en argile.

David le souleva et je le regardai, paralysée, quand il le lança sur les portes vitrées.

Rien. Pas même une rayure.

— Bon sang ! cria-t-il.

Mon corps devint chaud, puis glacé. Je serrais et desserrais les poings pour refréner l'envie de rouer quelqu'un de coups avant de me rouler en boule et de pleurer.

David tira sur la poignée de la porte et jura. Pendant ce temps-là, je regardais autour de moi et essayais de rester concentrée pour trouver une autre entrée.

J'avais passé la moitié de ma vie à apprendre à être calme. À contrôler mes émotions. À maîtriser ma peur et à l'utiliser contre mes ennemis. Ces leçons avaient été bonnes et je fouillai au fond de moi pour trouver la même force. Parce que je ne pouvais pas perdre le contrôle. Pas maintenant. Pas quand Allie avait besoin de moi.

En prenant une décision soudaine, je me retournai vers David et tendis la main.

— Donnez-moi vos clés.

— Qu'est-ce que vous...

J'avais déjà saisi les clés et courais dans les escaliers vers le parking. Je sautai dans la Jeep, mis la première et partis, pied au plancher. La voiture se lança vers l'avant, montant les marches aussi facilement que s'il s'agissait d'un tas de cailloux.

Sur le patio en marbre, je marquai une pause suffisamment longue afin d'attacher ma ceinture. David croisa mon regard, acquiesçant rapidement et d'un air déterminé. Je me préparai, remis la première et accélérai avant de m'écraser dans la porte d'entrée du musée Danvers. Des bris de verre s'envolèrent et l'airbag explosa devant mon visage.

Je m'attendais au bruit strident d'une alarme pour briser le silence, mais il n'y eut rien d'autre que le son creux de l'airbag heurtant mon corps et le craquement du verre sous les pieds de David alors qu'il se ruait vers moi. Il ouvrit brusquement la portière et me prit la main, m'aidant à sortir alors que je détachais la ceinture.

Nous courûmes au cœur du musée, et je le guidai vers l'endroit où j'avais vu les objets macédoniens. J'espérais qu'ils étaient toujours là. Plus que ça, j'espérais qu'Allie s'y trouvait.

À la seconde où nous contournâmes le virage vers l'une des salles sombres spécialement installées pour cette exposition, je la vis et mon cœur fut inondé de soulagement alors même que je voulais hurler de terreur. Elle était là, ma jolie chérie, à genoux devant un livre ouvert. Ses mains étaient attachées derrière son dos. Troy Myerson se tenait derrière elle, l'air déterminé, la queue de cheval de ma fille serrée dans sa main. Et à côté d'eux deux se trouvaient JoAnn et Brent, dans des positions similaires de bourreau et captive.

David m'attrapa par le col et m'attira vers lui, nous dissimulant tous les deux dans la sécurité relative des draps noirs qui couvraient toujours les murs.

— Attendez, chuchotai-je.

Je voulais lutter, jaillir et sauver ma fille, mais je savais qu'il avait raison. Nous étions en infériorité numérique et si nous nous précipitions sans avoir de plan, quelqu'un pourrait se faire tuer. Quelqu'un qui n'était pas un démon.

Cool s'éleva de toute sa large carrure et Creasley était bien attentif à côté de lui. La peau de Cool scintillait, la chair pourrissant du démon Asmodée se révélant à chaque battement de son cœur humain.

Il se tenait directement devant Allie et JoAnn. Les deux filles tremblaient, des larmes silencieuses coulant sur leurs joues.

Je voulais étrangler ce salaud, le renvoyer en Enfer de mes mains nues. Il me fallut chaque once de volonté pour patienter. La main de David se referma sur mon épaule, comme pour me rappeler silencieusement que je ne pouvais pas foncer dans le tas. Je ne pouvais pas laisser mes émotions gérer mes actes. Pas si je voulais gagner.

Les bras d'Asmodée étaient levés, et il tenait une tablette dans ses mains. De l'autre côté de la pièce, je voyais la vitrine qui n'était désormais plus qu'un amas de métal et de verre brisé.

La pièce était toujours décorée avec les draps de velours sombre, des lumières noires offrant un petit halo qui rendait tout le scénario beaucoup plus menaçant. Les symboles sur la tablette luisaient.

Le démon ferma les yeux et commença à marmonner en latin. Je ne comprenais pas ces mots et ces phrases, mais cela fonctionna clairement puisque les pages du livre se mirent à bouger, comme agitées par une forte brise.

— Nous n'avons plus le temps, chuchotai-je.

Mon couteau était déjà attaché au niveau de mon poignet, mais je le sortis, relevai la lame avant de le replacer prudemment dans le manchon. Avec les deux autres que j'avais à la ceinture, nous en étions à trois. J'avais encore besoin d'une chose.

Je fis glisser mon sac à dos sur une épaule avant de tirer silencieusement sur la fermeture Éclair. Je sortis les deux pistolets et en tendis un à David, souriant malgré les circonstances à cause de la tête qu'il fit en voyant l'effigie de Bob l'Éponge imprimée sur la crosse.

— Visez bien, chuchotai-je.

Je jaillis ensuite dans la pièce, tirant avec mon pistolet, un filet d'eau bénite heurtant Cool en plein visage et le faisant reculer. Plus important, il se tut.

À côté de moi, David en fit de même avec Creasley grâce à sa visée assidue.

La puanteur de la chair démoniaque en train de brûler emplit la pièce, l'odeur putride du soufre et de la crasse devenant presque insupportable.

Je me précipitai vers Allie, son cri de « Maman ! » faisant écho autour de moi, l'hystérie dans son ton me brisant le cœur.

— J'arrive, chérie ! hurlai-je. Tiens bon.

JoAnn me vit et commença à brailler, pleurant pour que M. Long et moi la sauvions.

Alors que je les regardais, Troy tira sur la queue de cheval d'Allie, la relevant. En même temps, sa main libre s'agita et je vis l'éclat du métal quand il appuya la lame d'un couteau contre sa gorge. Écarquillés par la peur, ses yeux se rivèrent aux miens.

— Restez en arrière ! nous intima-t-il. Levez les mains ou je jure que je la tue.

— C'est toi qui vas mourir, Troy.

Je levai les mains, les poignets tournés vers moi afin qu'il ne puisse pas voir le couteau.

— Peu importe ce qu'ils t'ont promis, ils mentent. Tu n'auras ni pouvoir, ni immortalité, ni rien de ce genre. Tu seras sacrifié, Troy.

Je m'obligeai à garder une voix calme et régulière. Mon regard était rivé sur le garçon. J'avais confiance en David pour qu'il s'occupe de tout le reste.

— Tu es comme l'agneau sacrifié, et tu ne le sais même pas.

— Menteuse ! cria-t-il.

À ma gauche, j'entendis Creasley gémir de douleur alors que David l'aspergeait d'un autre filet d'eau bénite. Je vis un éclat sous la lumière violette tamisée quand le démon sortit son propre couteau avant de se précipiter vers le professeur. Je me raidis, mais n'arrêtai pas une seconde de regarder ma fille.

— David ?

La réponse essoufflée arriva presque instantanément.

— Ne vous occupez pas de moi.

Je soupirai, soulagée. Je n'avais pas l'intention de quitter Allie. De ce que je pouvais voir, David pourrait se gérer tout seul.

JoAnn braillait hystériquement mon nom, et Troy hurlait pour que Cool se relève. Qu'il fasse quelque chose. Qu'il me fasse taire. Allie, bénie soit-elle, resta droite et silencieuse, le menton relevé et le regard concentré. Je n'avais jamais été plus fière et plus terrifiée. Et, d'ailleurs, plus impuissante. Troy pouvait lui trancher la gorge d'un seul geste à tout moment, et j'ignorais totalement comment prévenir cela.

Je restai donc plantée là, réfléchissant alors que David se battait avec Creasley et que Cool se relevait. Depuis l'intérieur du triangle en craie dessiné par terre, il nous surplombait tous. Il me regarda, ses yeux avides injectés de sang.

— Si elle baisse les mains, déclara-t-il d'une voix glaciale, tue la fille.

Troy acquiesça, tremblotant, et même à quelques mètres de là, je pouvais entendre sa respiration difficile.

— Mais elle ment, hein ? Enfin, c'est carrément une menteuse, non ?

La réponse du démon fut prononcée d'une voix basse et sévère.

— Tu doutes de moi ?

— Non ! Je... Je veux dire, je...

— Silence !

Le démon recommença son chant latin. Je ne saisis qu'une poignée de mots reconnaissables : Enfer, prison, une demande pour qu'ils s'avancent. Néanmoins, je n'avais pas besoin de connaître les termes pour savoir ce qu'il se passait. La tablette vibra, les motifs commencèrent à briller alors même que le livre semblait prendre vie. Une fois encore, les pages s'agitèrent sauvagement et les cris horrifiés de damnés s'échappèrent du grimoire pour faire écho dans la pièce.

Troy s'exclama, fixant le spectacle du regard alors même qu'il resserrait sa prise sur le couteau. Je vis Allie grimacer tandis que la lame s'enfonçait davantage dans sa chair et je m'obligeai à rester figée, ayant peur que même le moindre faux pas puisse faire basculer le garçon.

Puisque j'étais coincée comme une statue, David s'insinua entre nous, vidant son pistolet sur Asmodée. Mais désormais, le démon ignorait la douleur, se renfrognant à peine quand l'eau décrivit un chemin sur la chair rouge suintante.

Le démon était en état de transe et pendant qu'il marmonnait l'incantation, le livre commença à relâcher le premier prisonnier du Tartare.

JoAnn le vit en premier, son cri aigu perçant l'air.

— Une griffe ! Oh mon Dieu, que se passe-t-il ?

Effectivement, une main grotesque formée de chair brûlée et suintante, avec des griffes ressemblant à celles d'un loup, émergeait du livre et tentait de s'agripper au-dehors. Troy la remarqua aussi et alors que la révulsion se lisait sur son visage, je vis son bras se relâcher.

Nous n'aurions peut-être pas de meilleure chance. Et il était clair que nous étions à court de temps.

— Maintenant ! hurla Allie.

Elle réagit comme une pro, jetant son bras en l'air, saisissant le poignet de Troy et l'éloignant de sa gorge. Son mouvement fut accompagné d'un coup de tête parfaitement rythmé. Surpris, Troy recula, mais il reprit rapidement ses esprits, guidant le couteau en plongeant vers elle.

Néanmoins, ma petite fille avait été maligne, et à l'instant où elle fut libre, elle se baissa et roula. Cela m'offrit l'opportunité dont j'avais besoin. Je basculai le pistolet dans ma main gauche avant de sortir le couteau dans la droite.

Je le jetai ensuite, espérant que le peu d'entraînement que j'avais reçu ces derniers mois suffirait. La lame plongea dans sa cuisse, et Troy vacilla, criant de douleur en s'effondrant par terre.

— Pétasse ! cria-t-il.

— Vas-y, hurlai-je à Allie.

Elle avança, mais au lieu de se précipiter hors de la pièce

comme je l'aurais espéré, elle fit un tacle à Brent, faisant tomber le capitaine de l'équipe de surf. JoAnn cria et je me précipitai dans cette direction, mais quand j'arrivai, tout était terminé. Allie avait attrapé la tête de Brent et l'avait écrasée contre le sol en pierre. Le garçon était inconscient.

Tout comme JoAnn. Après avoir lâché un dernier cri strident, elle s'était évanouie.

Devant nous, la cause de son cri dépassait du livre. Une tête couverte de substance visqueuse, comme lors d'un accouchement, se matérialisa au milieu des pages. Les deux mains qui avaient déjà été libérées tâtonnaient pour s'accrocher au sol en pierre alors que le démon luttait pour sa liberté.

— Vas-y ! dis-je à Allie.

Je montrai JoAnn du doigt.

— Fais-la sortir d'ici et reste dehors !

— Que se passe-t-il ? Qu'est-ce qui...

— Bon sang, Allie ! Va-t'en !

Elle hésita, l'incertitude sur son visage masquant presque la terreur. Elle partit ensuite, tirant JoAnn par les aisselles en direction de la sortie alors que je vidais mon pistolet à eau sur le démon qui émergeait du Tartare. La chair éclata et crépita, mais cela ne ralentit même pas le démon.

Pire, mon arme était vide. Je jetai le jouet inutile sur le côté, retirai un autre couteau de ma ceinture et me précipitai dans la mêlée avec Cool.

Il s'était retiré dans un coin. Ses incantations étaient plus bruyantes et plus rapides. S'il finissait, s'il faisait sortir les démons du Tartare, David et moi serions morts. Tout comme une grande partie des habitants de San Diablo.

Ses cuisses étaient épaisses et puissantes, comme celles d'un animal, et pendant qu'il tenait la tablette en l'air, il me donna un coup de pied afin de dégager le couteau de ma main. Il termina avec une frappe puissante dans mes côtes qui m'envoya valser.

J'atterris à quelques mètres du livre, là où Allie et JoAnn s'étaient trouvées précédemment. Je vis que Troy était parti et s'était glissé par la porte de sortie à l'arrière. J'imaginais qu'il était hors du musée désormais, fuyant cet endroit aussi vite que possible.

Je m'obligeai à ne pas le poursuivre et à ne pas lui donner la correction de sa vie après l'enfer qu'il avait fait traverser à ma fille. La menace était toujours présente et puissante. Et si je ne l'arrêtais pas, Allie vivrait un enfer bien pire très bientôt.

À quelques mètres de là, le démon du Tartare continuait à se battre pour sortir. Mon cœur entier était douloureux quand je rampai vers lui, puis quand j'essayai de refermer le livre. Je n'arrivais même pas à le faire bouger légèrement.

La main griffue m'atteignit et je sautai en arrière. Le démon était toujours partiellement en Enfer. S'il me touchait, pouvait-il m'aspirer avec lui ?

— Kate !

Le cri rauque de David brisa la cacophonie et mon sang se glaça. Je roulai et vis David par terre. Le carrelage en marbre glissait à cause de l'eau bénite et alors que je tâtonnais en quête d'une prise pour me relever, Creasley arriva vers lui, brandissant un couteau.

— Canne !

Je la cherchai, la trouvai à côté de moi, puis la fis rouler sur le sol vers David alors même que Creasley bondissait pour attaquer.

Il l'attrapa juste à temps, passa une main pour enlever l'extrémité en gomme et révéler une pointe en acier. Alors que le couteau de Creasley s'abaissait, David releva la canne, le bout létal s'enfonçant dans l'œil du démon.

Le monstre disparut dans l'éther et le corps s'affaissa par terre. Puisqu'il ne restait qu'un démon, seul un prisonnier du Tartare pourrait s'échapper. C'était un de trop.

Je ne pris pas la peine d'attendre David. Je me relevai et me précipitai vers Asmodée. Les épaules du démon du Tartare étaient désormais hors du livre et une marre de substance visqueuse se formait sur le sol, autour de l'endroit où il avait émergé. Bientôt, il serait sorti. La seule façon infaillible de l'arrêter était d'empêcher l'incantation.

Pour cela, nous devions tuer Asmodée.

Le démon nous surplombait, ayant gagné de la hauteur et de

la largeur alors qu'il protégeait sa forme humaine. Des plaies suintaient de pus vert et la puanteur qui émanait de lui était presque insupportable. Je me dis que c'était une bonne chose. Un démon révélé était un démon vulnérable. Peu importait qu'il soit également sacrément fort. Tant qu'il restait hors de sa coquille humaine, il pouvait être tué. Et d'une façon ou d'une autre, David et moi allions le faire.

Je me précipitai, sachant que le mouvement était risqué, mais il fallait que j'arrive à lui porter un coup. Plus que ça, il était capital que le démon se taise, qu'il interrompe l'incantation. Je ne pris pas la peine de faire des mouvements élégants. Au lieu de ça, je plongeai en avant, enfonçant mon dernier couteau dans son ventre.

Il cria de douleur, donnant un coup avec sa cuisse puissante alors même que ses bras continuaient de tenir les tablettes en l'air. J'atterris près de la silhouette inconsciente de Brent, essoufflée, mon couteau toujours présent dans l'abdomen épais du démon.

J'avais arrêté l'incantation, pour l'instant. Pendant au moins quelques secondes, j'avais ralenti la libération de l'Enfer sur terre.

David nous offrit encore quelques secondes, se hâtant pour se mêler à la bataille alors que je me relevais. J'avais perdu mes trois couteaux et désormais, je regardais autour de moi à la recherche d'un objet à utiliser comme une arme. Je vis mon couteau à cran d'arrêt à l'autre bout de la pièce puisqu'il n'était plus plongé dans la chair de Troy. Je commençai à me lancer dans cette direction, mais je m'arrêtai quand une voix familière appela mon nom.

— Yo ! Ma petite Katie. Par ici !

Je me retournai, attrapant adroitement le pistolet à eau puissant qu'Eddie venait de me jeter. Je passai la bretelle par-dessus mon épaule, puis levai la main pour attraper le sabre dans le fourreau qu'il me jeta ensuite.

Ce ne fut qu'à ce moment-là que je vis que le vieillard était également armé d'un pistolet.

— Maintenant prends ça, connard !

Il visa et tira, se précipitant vers le démon avec plus de rapidité que je ne l'en aurais cru capable. Alors que l'eau bénite créait des sillons suintant de pus sur le démon, David et moi attaquâmes les points vulnérables avec nos armes.

— La tablette ! hurlai-je. Ce n'est pas le livre, c'est la tablette !

Nous avions beau essayer, nous n'y arrivions pas.

Nous essayâmes jusqu'au moment où Eddie et moi eûmes vidé les pistolets. L'incantation avait ralenti, mais le démon était loin d'être vaincu. Il était énorme, méchant et sacrément fort. En d'autres termes, nous étions foutus.

Honnêtement, je ne pensais pas que la situation pouvait s'empirer.

Mais bien sûr, ce fut le cas.

— Je vais la tuer !

La voix de Troy emplit la pièce et je me retournai pour voir ma fille, terrifiée, un couteau qui flottait apparemment dans le vide appuyé contre sa gorge.

— Laissez-le finir ! cria le garçon invisible. C'est à moi ! Et vous ne pouvez pas me l'enlever !

— Attends un peu, mon garçon, dit Eddie.

Il remplit son réservoir avec un bidon opaque alors même qu'Asmodée recommençait son incantation.

Je gardai les yeux rivés sur Allie, mais fis un pas hésitant vers le démon.

— N'avancez pas ! cria Troy. Je vais le faire. Je vous *préviens* !

Et je le crus. J'avais déjà entendu cette hystérie sauvage auparavant. Le timbre maniaque dans la voix d'un humain à qui on avait promis des choses horriblement merveilleuses. Je le croyais et me figeai donc. Et si cela signifiait qu'un démon du Tartare allait être libéré dans le monde, alors qu'il en soit ainsi. Mais je n'allais pas risquer la vie de ma fille rien que pour le garder en Enfer.

À côté de moi, David restait figé, son visage arborant un masque de peur et de détermination.

Il tourna lentement la tête, avant d'articuler silencieusement un simple mot.

Écoutez.

Je fronçai les sourcils. Écouter quoi ? L'incantation ? Le garçon ?

— Finissez ! cria Troy à Asmodée. Finissez et donnez-moi ma

récompense !

Le démon l'ignora, n'interrompant pas une seule fois son chant. Et alors qu'il fredonnait, Troy réapparut. Sa silhouette émergeant et disparaissant, comme si je captais mal la télévision.

— C'est en train d'arriver, Troy, dis-je. Écoute-moi. Crois-moi. Tu deviens visible parce qu'il t'abandonne. Le démon qui est par terre va prendre ta place et tu seras aspiré directement dans les Enfers.

— Vous mentez, siffla-t-il.

Son visage révélé était désormais tordu par la douleur.

Je levai les yeux vers David afin qu'il m'aide, qu'il tente de convaincre le garçon, mais il avait la tête baissée et priait.

— Je vous salue Marie, pleine de grâce. Le Seigneur est avec vous...

Je le regardai fixement. Il priait Marie ? Cela signifiait-il que... ?

Un gémissement passionné s'éleva derrière moi et je me retournai pour voir que le démon avait presque entièrement surgi du livre. Il se balança sur ses cuisses, ses yeux d'un noir perçant étaient rivés vers le plafond et il ouvrit la bouche pour relâcher un bruit digne des tourments de l'Enfer. Seule la queue restait dans le livre, un minuscule bout de chair qui l'empêchait d'entrer totalement dans notre monde.

Je croisai le regard d'Allie, y voyant à la fois du courage et de la peur.

— Laisse-la partir, espèce de petit mec perturbé.

La voix d'Eddie résonna, emplissant la pièce. Il leva son pistolet à eau pour le préparer.

— Eddie ! criai-je.

— Idiots ! hurlai-je à Troy. Vous croyez que l'eau bénite va me faire quelque chose ?

— Pourquoi pas ? déclara le vieillard. Tu es pratiquement démoniaque.

Et alors que Troy riait, Eddie visa. À mon étonnement total, le lycéen brailla de douleur. Allie ne perdit pas de temps, elle se libéra de sa prise avant même que je crie son nom.

— Ah ! s'extasia Eddie.

Allie commença à faire démonstration des mouvements les plus brutaux de Cutter sur Troy.

— De la sauce piquante. Ça réussit chaque fois.

J'allais faire volte-face et m'apprêtais à bondir sur Asmodée. Je n'avais pas d'arme, mais je n'avais pas vraiment le choix. Je devais le faire taire. Je devais interrompre cette fichue incantation.

Avant que je puisse bondir, David cria mon nom.

— Katie, m'appela-t-il.

Le ton et l'inflexion de sa voix étaient si familiers que mon cœur se brisa en deux.

— Maintenant !

Je ne réfléchis pas. Je ne le pouvais pas. J'avais entendu sa prière à Marie dans ma tête et je voyais maintenant qu'il levait les yeux vers les supports des projecteurs de lumière noire.

Le démon du Tartare était presque libre et je courus vers David comme si le diable lui-même me pourchassait. D'une certaine façon, c'était un peu le cas.

Si je me trompais, ce serait la fin ; le démon serait libre. Si j'avais raison, nous avions *peut-être* une chance.

Je priais pour ne pas avoir tort. Et alors que David m'attrapait par la taille et me jetait en l'air, je sus que mes vœux avaient été exaucés.

J'attrapai le cadre des projecteurs et me balançai, agitant les jambes et priant. Priant ardemment.

Sous mes pieds, David jeta sa canne dans le ventre de la bête, distrayant Asmodée de ce que je faisais. Et, merci mon Dieu, cela fonctionna. Oui, le démon recula sa tête et me vit. Mais à ce moment-là, il était trop tard. Mon pied entra en connexion avec la tablette, et elle s'envola, atterrissant sur le sol en marbre et se brisant sous l'impact.

Une colonne de feu s'éleva depuis le livre avant de tourbillonner comme une tornade de damnation. Elle fut ensuite aspirée dans un souffle entre les pages, emmenant avec elle le démon du Tartare presque libéré.

Asmodée grogna avec frustration et de colère, sa main griffue trouvant ma jambe et me libérant de ma prise précaire sur la lampe.

D'une main, il me tint la jambe, de l'autre il saisit ma tête. Je sus sans l'ombre d'un doute qu'il s'apprêtait à me déchirer en deux.

J'entendis Allie crier mon nom et sous moi, je vis David agiter l'épée. Je sus qu'il voulait la jeter afin de décapiter le démon.

Je n'eus même pas le temps de prier avant que la lame soit libérée, volant dans le ciel en direction du cou de mon assaillant.

Puis, soudain, je tombai.

J'atterris avec un bruit sourd, avant de rouler sur le côté, m'attendant à voir une flaque de bile huileuse témoignant des restes du démon.

Au lieu de ça, je vis Cool.

Le démon s'était changé à la dernière minute, modifiant ainsi son état vulnérable. Il était par terre, aussi choqué et essoufflé que moi. Mais pas pour longtemps. Je me jetai sur lui et avant qu'il puisse retrouver sa force pour me repousser, j'attrapai un éclat de la tablette brisée pour l'enfoncer dans son œil.

Le démon le quitta dans un souffle et je tombai en arrière, avec à peine assez d'énergie pour appeler ma fille.

Elle fut à mes côtés en un instant.

— Que se passe-t-il, que se passe-t-il ?

Elle répéta la question encore et encore, alors que je lui caressais les cheveux et lui disais :

— Ce n'est rien. Ce n'est rien. C'est fini. Ce n'est rien.

Nous nous tînmes l'une à l'autre, nous balançant et pleurant jusqu'à ce que nous puissions plus le supporter.

— Viens, ma chérie, dis-je enfin.

J'appuyai mes mains contre ses joues et regardai ses yeux.

— Allons-y. C'est fini. C'est enfin terminé.

Sauf que ça ne l'était pas. Pas vraiment. En fait, je pense que ce n'était que le début.

Sortant du musée, nous restâmes debout, à la lumière d'une dizaine de voitures de police. Nous racontâmes notre histoire aux officiers qui tentaient de trouver une logique à ce qu'il s'était passé. Brent et Troy avaient été arrêtés pour kidnapping, et d'autres charges – en rapport avec une secte de drogués que David et moi avions évoquée – ne tarderaient pas à peser en plus.

JoAnn avait été emmenée à l'hôpital, incapable de se souvenir de quoi que ce soit après avoir quitté la plage avec les garçons. Les ambulanciers leur avaient assuré, à sa mère et elle, qu'elle retrouverait sa mémoire. Je n'en étais cependant pas certaine. D'après mon expérience, quand une rencontre avec un démon provoque une amnésie hystérique, l'esprit reste généralement vide. Franchement, je pense que c'est mieux comme ça.

Marissa prit l'ambulance pour accompagner sa fille jusqu'à l'hôpital et je promis de reconduire sa voiture jusqu'à chez moi. Elle acquiesça pour me remercier rapidement, puis essuya les larmes qui avaient réussi à passer ses défenses. Elle tendit ensuite les bras vers moi avant de m'enlacer. Fermement.

Je ne posai pas la question, mais j'avais la sensation que le service que je lui devais venait d'être rendu.

Nous n'avions eu que très peu de temps pour nous mettre d'accord avant que la police arrive, mais l'histoire que David et moi avions racontée portait sur l'implication des garçons dans un culte étrange. À l'instant où nous avions appris qu'ils avaient enlevé Allie et JoAnn, nous étions partis à leur recherche. Nous aurions probablement dû appeler immédiatement la police, mais nous avions été pris par l'urgence et l'adrénaline.

Jusqu'ici, au moins, la police semblait mordre à l'hameçon.

En revanche, ma fille...

Elle en avait vu suffisamment pour savoir que notre histoire ne correspondait pas à la réalité. Jusqu'ici, nous n'avions pas eu l'occasion de parler, et je n'étais pas sûre de ce que j'allais lui dire. Que ce soit à propos de moi ou de ce qui était arrivé dans le musée. Je voulais la préserver de cette réalité, mais parfois il faut enlever les œillères et laisser ses enfants voir les choses en face.

Ce moment était arrivé pour Allie. Il était temps qu'elle découvre la vérité sur ma vie. Après tout, c'était également la sienne.

Je tournai la tête dans sa direction, là où elle parlait avec

David, et frissonnai en me demandant soudainement quelle était ma propre définition de la vérité. La manœuvre « Hail Mary ». Le ton de sa voix. Le cri urgent de Katie avec cette voix si familière...

J'essuyai une larme. Moi aussi, j'avais appris quelques vérités aujourd'hui, et m'étais même forgé des certitudes. En revanche, je n'étais pas sûre de ce que j'allais faire à propos de tout ça.

Et puis de quoi pouvait-il bien discuter avec Allie ? Je fis un pas vers eux, l'estomac tendu à la pensée de toutes les choses que David pouvait dire à ma fille. Mais je fus retenue par une main douce posée sur mon épaule.

— Attends un peu, déclara Eddie.

— Mais il va peut-être...

— Il ne le fera pas, déclara Eddie. Tu penses vraiment qu'il dira à ta fille ce que tu ne veux pas qu'elle sache ?

J'y réfléchis, me détendant légèrement quand je me rendis compte que le vieil homme avait raison. Peu importait son nom, l'homme à qui elle parlait n'allait certainement pas me devancer. Pour le meilleur ou pour le pire, en ce qui concernait les démons, j'étais le seul parent d'Allie. Et j'étais la seule à devoir prendre les décisions.

Je redressai les épaules et me joignis à eux. Allie s'affaissa immédiatement contre moi. David me donna une rapide accolade avant de me sourire.

— Je vais vous laisser discuter, dit-il avant de s'éloigner.

— Attendez !

Il se retourna vers moi d'un air interrogateur. Je ne voulais pas quitter Allie, mais je devais lui parler.

— Allie, il faut que je...

— Je vais aller m'asseoir, dit-elle avant de s'approcher des marches.

Je la regardai une seconde, avant de me retourner vers David, ne sachant pas vraiment ce que je voulais dire ou entendre.

— Kate ?

— Ce mouvement, lâchai-je. Le Hail Mary. Comment le connaissiez-vous ?

Il étudia mon visage.

— Eric me l'a expliqué, annonça-t-il enfin.

Il détourna le regard, se concentrant sur quelque chose par-dessus mon épaule.

— J'avais oublié, mais votre échec chez Cutter me l'a rappelé.

— C'est tout ?

Je ne le croyais pas. Pas une seconde.

Il me regarda dans les yeux.

— Vous préféreriez une autre réponse ?

Mon souffle se coinça dans ma gorge alors que j'y réfléchissais. Je songeai à ma vie, à mon mari, à mon petit garçon. Un mot et ma vie changerait pour toujours. Ce n'était pas une décision que je pouvais prendre. Pas à ce moment-là. Peut-être jamais.

— Non, dis-je d'une voix chargée d'émotions. Merci.

Son sourire fut chaleureux, mais son regard, triste.

— Il n'y a pas de quoi, Katie-kins.

Il se retourna, avant de me laisser tremblante et pas certaine d'avoir fait ce qu'il fallait.

Je pris une profonde inspiration pour me ressaisir, puis je me retournai et avançai vers Allie.

— Je suis désolée d'avoir fait le mur, chuchota-t-elle. Est-ce que je suis punie ?

— Nous en parlerons plus tard.

J'étais époustouflée par les merveilles de l'esprit adolescent. Avec tout ce qu'il s'était passé ces dernières heures, elle s'inquiétait d'être punie ?

Elle acquiesça, apparemment satisfaite, puis tira sur un fil au niveau du genou de son jean.

— Alors, où est Stuart ?

— Ils envoient une voiture de police le chercher. Il avait l'air trop flippé au téléphone. Je ne voulais pas qu'il conduise.

Je souhaitais également gagner quelques minutes, mais j'avais été sincèrement inquiète. Je voyais déjà le carambolage que Stuart aurait créé en enfreignant toutes les règles du Code de la route pour nous rejoindre.

Le fil se détacha et Allie l'enroula autour de son index, coupant sa circulation jusqu'à ce que l'extrémité de son doigt devienne rose.

— Oh. Alors, il va falloir un peu de temps avant qu'il arrive ?

Je regardai ma montre.

— Il lui faudra encore quelques minutes.

Je lui demandai pourquoi, mais honnêtement, je n'en avais vraiment pas besoin :

— Je ne sais pas, répondit-elle en haussant une épaule. Alors, euh, tu te souviens de la conversation qu'on a eue quand on allait à Los Angeles ? Celle sur les secrets ?

Même si je m'y étais attendue, je me raidis.

— Oui, chérie. Je m'en souviens.

— Je crois que tu as aussi des secrets, Maman, déclara-t-elle.

Elle me regarda dans les yeux rien qu'un instant, avant de fixer ses mains.

— N'est-ce pas ?

Je pris une inspiration avant de souffler.

— Oui, Allie. J'en ai quelques-uns.

Elle acquiesça lentement, comme si elle y réfléchissait. Et cette fois-ci, quand elle me regarda, ses paupières ne vacillèrent même pas.

— Eh bien alors, Maman, je crois qu'il est temps. Je crois qu'il est temps pour toi de me raconter tes secrets.

— Oui, répliquai-je.

Je me sentais étonnamment étourdie alors que je passais mon bras autour de ses épaules et l'attirais contre moi.

— C'est le moment.

J'espère que vous avez aimé l'histoire de Kate autant que j'ai aimé l'écrire ! Merci de poster un avis sur votre site de vente préféré ! Vous n'avez pas idée combien c'est utile pour les auteurs.

Continuez votre lecture avec le premier chapitre de Démon ne meurt jamais, le tome 3 de la série Maman contre démon.

UN EXTRAIT

J'ai tué mon premier démon à l'âge de quatorze ans. Je l'ai poignardé dans l'œil avec un couteau à la poignée d'ivoire, cadeau d'anniversaire de mon gardien et mentor, le père Lorenzo Corletti.

J'avais passé deux jours à pister le démon, à fréquenter les petites rues malfamées d'un pauvre village italien et à ne rien manger à part les friandises que j'avais mises dans mon sac abîmé. J'avais un compagnon, un garçon que j'adorais et que j'épouserais plus tard. Mais le désir adolescent était bien loin de mon esprit pendant ces longues journées. Chasser les démons était une affaire sérieuse et j'étais une fille sérieuse.

Même maintenant, plus de deux décennies plus tard, je me souvenais encore de l'intensité de ces émotions. L'élan de la poursuite malgré mon épuisement paralysant. Et une certaine sagesse en sachant que c'était important. Quand on avait une vue d'ensemble, après tout, peu de choses paraissaient plus primordiales que l'arrestation de disciples de l'Enfer.

Par rapport à mes devoirs de chasseuse de démons, ma jeunesse n'était pas un problème puisque ma force et mon entraînement me donnaient une chance de rester en vie. À quatorze ans, j'étais physiquement prête. Mais mentalement ? Eh bien, pas la peine de poser la question. Je savais ce qui devait être fait et on s'attendait à ce que je le fasse. Mon âge n'avait jamais fait partie de l'équation.

Avec une telle histoire personnelle, on pourrait croire que je saurais mieux que quiconque que les filles de quatorze ans étaient à la fois fortes et résilientes.

On pourrait le penser, mais on aurait tort. Parce que quand il s'agissait d'avoir *la* conversation avec *ma* fille de quatorze ans, j'étais parfaitement muette.

Et, pour que nous soyons sur la même longueur d'onde, quand je disais *la conversation*, je ne parlais pas de celle concernant les relations sexuelles. Pour celle-ci, j'avais réussi à me dépatouiller. Je parle de l'autre conversation : celle où je la faisais asseoir pour lui confesser ma vie profondément secrète et sombre.

Mon nom est Kate Connor et je suis chasseuse de démons de Niveau Quatre à la Forza Scura, la main armée super-secrète du Vatican chargée de tenir à distance les forces du mal. Cependant, cet aspect particulier de l'histoire familiale avait été caché à ma fille toute sa vie malgré le fait que son père et moi avions traqué les monstres sur tout le globe avant de prendre notre retraite quelques années avant la naissance d'Allie.

J'avais prévu de lui raconter la vérité un jour. Mais curieusement, « un jour » continuait de s'éloigner de plus en plus. Allie était mon bébé, après tout. Pendant quatorze ans, mon travail avait été de l'élever et de la protéger. Biaiser toute sa vue du monde en lui racontant des histoires sur les forces du mal qui déambulaient parmi nous n'était pas un acte que j'avais hâte d'accomplir. Je savais que je devais lui dire. Chasser les démons faisait partie de l'histoire familiale, même si j'aurais aimé que ce ne soit pas le cas.

C'était une chose de savoir qu'un jour, je devrais raconter la vérité à ma fille. Être obligée d'avoir cette conversation en était une tout autre. Mais puisqu'un Haut Démon l'avait kidnappée, je sus sans l'ombre d'un doute que la communication intergénérationnelle sur les êtres du mal devait s'ouvrir.

Et voilà que nous étions là, assises sur les marches devant le musée de San Diablo le mieux financé. Malgré les rayons de soleil qui nous réchauffaient, nous étions blotties l'une contre l'autre sous une couverture de survie, patientant pour nous assurer que la police et les secouristes amassés sur le parking n'avaient plus de questions pour nous, et attendant également l'arrivée de Stuart qui passerait nous prendre. Mon second mari ignorait totalement mes antécédents de chasseuse de démons. Et même si c'était le jour où Allie apprenait une grande partie de mes secrets, Stuart allait rester joyeusement ignorant.

— Maman ? insista-t-elle. Alors, euh, tu disais que tu allais m'expliquer ce qu'il se passe.

— C'est vrai.

Je n'étais toujours pas prête, mais je réalisai alors que je ne le serais jamais. Je regardai autour de moi, vérifiant ostensiblement que personne ne s'intéressait à nous, tout en espérant à moitié qu'un officier de police me ferait signe de venir vers lui pour répondre à des questions.

Je n'eus pas une telle chance. J'étais bloquée avec cette conversation, que je le veuille ou non. Et puisqu'il n'y avait pas vraiment de manière facile de se lancer sur le thème des démons, je décidai d'aller droit au but.

— Ce que tu as vu au musée, déclarai-je d'une voix hésitante. Ces créatures, je veux dire. Ce sont des démons, Allie. D'authentiques démons maléfiques sortant des entrailles de l'Enfer.

Je n'étais pas certaine de savoir quelle serait sa réaction initiale, mais je serrai les poings, me préparant à toute éventualité.

— Oh, dit-elle après un moment de pause. C'est logique. Et ?

Et ? Mes mains se détendirent et je vacillai légèrement, parce que je ne m'attendais pas vraiment à un *et*. Pas encore, en tout cas. Je me disais que nous discuterions pendant une demi-heure de toute cette histoire de démon avant d'arriver au *et*. Jeter un *et* dans la mêlée me déséquilibrait totalement.

— Et ? répétai-je. Je te parle de démons, ma puce. Ce n'est pas suffisant ?

Comme pour me prouver que certaines choses ne changeaient jamais, mon adolescente leva les yeux au ciel.

— Mam-*man*, déclara-t-elle comme si j'étais idiote. Enfin, *franchement*. Les monstres, les démons, les croque-mitaines de l'Enfer. J'étais là, tu vois. Je comprends le concept.

Dans ces circonstances, la gamine n'avait pas tort. Après tout, une créature qui sentait le souffre, qui possédait des pattes et des griffes, et qui sortait d'un portail de l'Enfer ne pouvait pas être grand-chose d'autre. Rien de bon, en tout cas.

— Mais *toi*, dans tout ça ? poursuivit-elle avant que je puisse dire quoi que ce soit. Enfin, tu étais comme Wonder Woman là-dedans. C'était assez cool, Maman. Mais c'était aussi assez bizarre. Et tu as dit que tu allais me raconter.

Effectivement. Je m'étais précipitée pour la sauver, comme n'importe quelle mère l'aurait fait. Néanmoins, en le faisant, je lui avais montré un aspect de ma vie que j'avais caché prudemment jusque-là. Donc quand elle m'avait demandé directement si j'avais des secrets, je n'avais pas eu d'autres choix que d'admettre que c'était le cas.

J'avais espéré que la révélation serait un peu plus facile. Néanmoins, Allie voulait des réponses maintenant.

— Marchons, dis-je en me levant.

— Mais et Stuart ?

Je jetai un coup d'œil vers la route et ne vis aucune voiture en train d'arriver. Au milieu de la foule sur le parking, je vis David Long parler avec un officier en uniforme. Il me remarqua et se tourna, avec un air interrogateur. Je montrai Allie puis fis un signe avec mes doigts pour lui montrer que nous allions marcher. Il acquiesça et je sus qu'il comprenait. Si Stuart arrivait pendant que nous nous promenions autour du musée, David l'en informerait.

Je saisissais évidemment l'ironie de la situation. Puisque j'étais presque sûre que David *était* mon mari ou qu'il l'avait été à un moment. Ce qui paraissait un peu étrange quand on le disait de cette façon, mais c'était vrai. J'étais raisonnablement convaincue que l'âme de mon premier époux avait élu domicile dans le corps du professeur de chimie du lycée Coronado, David Long. Malgré tout, je n'en étais pas certaine à cent pour cent, et ce ne serait pas aujourd'hui que j'irais le vérifier. Un jour, peut-être. Mais pas maintenant.

Allie remarqua notre échange.

— Il se passe quelque chose avec M. Long, aussi, déclara-t-elle. Si tu étais Wonder Woman, alors il était totalement Superman.

Je dus rire à cause de cette image, mais en vérité, elle avait raison. Raconter mes secrets signifiait que je devais également trahir quelques-uns des siens.

— Viens, dis-je en lui prenant la main.

Je nous guidai dans les escaliers, vers le chemin de graviers qui tournait autour du musée. Elle n'essaya pas de se dégager, ce qui me fit sentir à la fois surprise et nostalgique des années où je pouvais tendre la main et m'attendre à ce que ses petits doigts se referment immédiatement autour de moi.

— Tu sais que j'ai grandi en Italie, dans un orphelinat ? commençai-je en lui jetant un regard en biais.

Elle acquiesça, parce que cette partie de mon passé n'avait jamais été un secret. Elle ignorait comment j'avais fini dans un orphelinat, ou qui étaient mes parents, ni même pourquoi une gamine clairement américaine déambulait dans les rues de Rome, perdue et abandonnée. Mais je n'avais pas non plus la réponse à ces questions. Et pendant des années, je m'étais dit que je m'en moquais. Pour moi, la vie avait commencé quand j'avais rencontré le père Corletti. Tout ce qui était arrivé avant n'était qu'un bruit blanc.

— Eh bien, je n'ai pas été élevée dans un orphelinat qui recevait de l'argent de l'Église. J'ai été élevée par l'Église elle-même. Par un petit groupe religieux, en fait.

— Papa aussi, non ?

— Papa aussi, lui assurai-je.

Allie avait entendu plus d'une fois l'histoire de mon premier coup de cœur, à treize ans à peine, pour celui qui était devenu mon mari. Mais puisqu'il était plus sage et plus mature à presque quinze ans, il n'avait pas été le moins du monde intéressé par une gamine comme moi. Pas au début, en tout cas.

Ce qu'Allie ignorait, c'était qu'Eric avait changé d'avis pendant nos sessions d'entraînement. On lui avait demandé de m'aider avec mes capacités pathétiques de lancer de couteaux, et après quelques mois de cours seul à seul, Eric était aussi amoureux de moi que je l'étais de lui. De plus, je pouvais toucher toutes les cibles en plein cœur chaque fois.

— D'accord. Et ?

— Tu exagères carrément sur l'utilisation de ce mot, aujourd'hui, répliquai-je.

Ma fille, cette reine tragique, répondit en s'arrêtant sur le chemin, tapant du pied et me demandant s'il elle devrait répéter ce mot *encore une fois*.

— Une fois, c'est bon, dis-je en réussissant à ne pas rire. Mais rappelle-moi quand tu as grandi ?

— Il y a environ une heure.

Elle se tourna et montra le musée.

— Là-dedans, conclut-elle.

Elle n'avait pas tort.

— Forza Scura. C'est du latin. Ça se traduit plus ou moins par « la Force Obscure ». *Et*, continuai-je avant qu'elle puisse le répéter, c'est le nom de l'organisation créée par l'Église pour laquelle ton père et moi avons été entraînés à travailler.

— Entraînés, répéta-t-elle.

J'acquiesçai, avant de la regarder pendant qu'elle digérait cette nouvelle information.

— D'accord, répondit-elle finalement. Mais entraînés à faire quoi ?

C'était à mon tour de montrer le musée du doigt.

— Devine.

— *Waouh*, déclara-t-elle. Sans déconner ? ... Pardon, Maman.

Je souris et lui serrai la main.

— *Sans déconner*. La Forza nous a entraînés à chasser des démons. Et c'est ce qu'on a fait pendant des années, puis on a pris notre retraite quelques années avant ta naissance.

— Oh, d'accord.

Elle acquiesça lentement, comme si elle essayait toujours d'encaisser notre discussion.

— Tu voulais me demander autre chose ?

Je pouvais lui dire beaucoup de choses au point où j'en étais. Je pouvais décrire mon voyage en Europe avec Eric pour la chasse aux types de créatures qu'elle avait rencontrées dans le musée. Je pouvais parler du fait que je vivais dans les dortoirs de la Forza, que je restais debout toute la nuit et que je partageais le genre d'histoires effrayantes que tous les gamins racontent. Sauf que mes récits étaient vrais. Je pouvais lui parler de Wilson Endicott, mon premier *alimentatore*, qui nous aidaient, Eric et moi, en faisant les recherches alors que nous sortions armés jusqu'aux dents.

Je pouvais lui raconter tout cela, mais je ne le ferais pas. Pas à moins qu'elle le demande. Parce que c'était quelque chose d'énorme. Et je savais qu'elle devait y aller à son propre rythme.

Du moins, c'était ce que je me disais. Et je pensais vraiment que j'étais honnête. Mais tout de même, je devais admettre qu'une petite part de moi espérait qu'elle ne serait pas trop curieuse. Parce qu'une fois que l'on connaissait réellement le Mal, il était difficile de demeurer un enfant. Et je ne voulais pas être la mère qui arracherait ce qui restait d'innocence à sa fille.

Elle regarda le paysage, observant le belvédère en bois et le chemin de cailloux. Des oiseaux de paradis et autres fleurs tropicales poussant en Californie étaient alignés sur le sentier, marquant le retour vers le musée d'un côté et la route vers le parc de San Diablo de l'autre. À part nous, il n'y avait personne dans le coin et après quelques instants de silence, Allie avait dû décider que nous avions le temps d'évoquer de nouveaux points importants.

— Alors Papy et M. Long, commença-t-elle, comment se fait-il qu'ils aient été avec toi ? Ils appartiennent à cette Forza ?

— Papy en faisait partie, dis-je en faisant référence à Eddie Lohmann.

Ce chasseur de démons retraité de quatre-vingts et quelques années avait élu domicile temporairement dans notre chambre d'ami et de façon permanente dans nos vies. Allie pensait qu'Eddie était son arrière-grand-père perdu de vue et retrouvé, et ce n'était pas une illusion que je me sentais obligée d'éclaircir.

— Il a pris sa retraite depuis longtemps, achevai-je.

— Et M. Long ?

N'était-ce pas une question chargée de sens ? Je répondis du mieux que possible, expliquant que David Long n'était pas simplement un gentil professeur de lycée, mais également un chasseur de démons solitaire. En d'autres termes, un chasseur qui n'était pas affilié à la Forza. J'ajoutai qu'il fut aussi un ami du père d'Allie. Ce qui, d'après ce que je savais, était la pure vérité. Parce que même si je soupçonnais qu'Eric était d'une façon ou d'une autre tapi dans le corps de David, j'étais peut-être juste en train de me raccrocher à une chimère, souhaitant désespérément croire que mon premier amour n'avait pas réellement péri lors de cette nuit brumeuse à San Francisco. Que d'une manière ou d'une autre, l'homme qui avait été mon amant et mon partenaire pendant tant d'années pouvait toujours être vivant.

Je ne pouvais pas en espérer autant. En même temps, si David était Eric, qu'est-ce que cela signifierait pour moi ? Pour mes enfants ? Pour mon second mariage ?

Je n'en savais rien et chaque fois que j'essayais d'y penser, je me perdais dans un bourbier d'émotions tellement épais que j'étais certaine de me noyer dedans si je ne faisais pas attention.

Allie recommença à marcher et je mis la mélancolie de côté avant de lui emboîter le pas, obligeant mes pensées à se focaliser sur ma fille et non sur Eric.

— Al ?

Ses bras étaient serrés autour d'elle et son regard porté sur le musée. Alors que je la détaillais, elle frissonna, son dos et ses épaules se raidissant comme si le doigt froid de la Mort venait de tracer une ligne sur sa colonne vertébrale.

— Al ! répétai-je d'une voix plus inquiète.

Je posai une main sur son épaule.

— Tu vas bien ?

Elle se retourna vers moi, l'air hanté.

— Tu n'es pas toujours... Enfin, ce truc aurait pu te tuer, Maman.

— Mais il ne l'a pas fait, dis-je gentiment.

J'essayai désespérément de ne pas pleurer. Ma fille avait perdu son père bien trop tôt. L'idée qu'elle ait désormais peur de perdre sa mère me brisait le cœur.

— Tu as pris ta retraite, aujourd'hui ? demanda-t-elle avec une urgence qui ne lui ressemblait pas dans la voix. Comme tu l'as dit. Papa et toi vous avez pris votre retraite avant que je sois née.

J'hésitai, sachant que je devrais lui dire la vérité. Que j'étais sortie de ma retraite quelques mois plus tôt et que dernièrement, j'étais plongée jusqu'au cou dans le monde démoniaque. Ma tête me poussait à dire ces mots, mais mon cœur ne voulait pas coopérer.

Alors je mentis. Ou, pour être plus technique, je répétai une vérité et négligeai d'en mentionner une autre.

— C'est vrai. Ton père et moi avons pris notre retraite.

Tout son corps se détendit et je sus que j'avais pris la bonne décision. Oui, il fallait que je lui dise la vérité. Mais étant donné ce qu'elle venait de traverser, celle-ci pouvait attendre un moment. C'était une chose qu'Allie connaisse la vérité sur mon passé et sache que j'y avais survécu. C'en était une autre de la voir s'inquiéter constamment en imaginant que je sortais la nuit. Puisque je me souciais déjà d'elle chaque seconde où elle était hors de ma vue, je savais de quel fardeau il s'agissait. Et ce n'était pas quelque chose que je souhaitais mettre sur les épaules de ma petite. Pas tant que je pouvais l'empêcher, en tout cas.

Nous continuâmes à marcher en silence avant qu'elle se retourne vers moi.

— Alors ce que je ne comprends pas, c'est comment tu es arrivée ici, dit-elle. Au musée, je veux dire.

— Je suis venue pour te sauver, chérie.

Elle leva à nouveau les yeux.

— Ouais, j'avais compris cette partie-là. Mais si tu n'es plus dans cette Forza, alors comment tu savais où me trouver ? Et comment tu savais que j'avais été enlevée par des démons et pas juste par un tas de mecs flippants ?

— Nous devons remercier David pour ça.

Ce n'était pas entièrement vrai. Mais dire la vérité serait admettre que j'étais de retour en service actif avec la Forza et j'avais déjà réglé ce problème.

— Et pour Stuart ? s'enquit-elle. Il ne le sait pas, si ?

Quelle enfant maligne.

— Non, admis-je. Il ne le sait pas.

— Pourquoi ?

C'était une autre grande question, mais j'étais prête à y répondre.

— Parce que quand j'ai rencontré Stuart, mes jours de chasseuse de démons étaient loin derrière moi. Il est tombé amoureux d'une mère célibataire avec une fille géniale, qui s'avérait être une horrible cuisinière et une médiocre maîtresse de maison.

— Médiocre ? Oh, s'il te plaît.

— Comparé à la façon dont tu tiens ta chambre, ripostai-je en riant, je suis médiocre. Et l'essentiel, c'est que mon passé ne faisait pas partie de l'équation. Donc j'ai toujours cru que ce serait injuste de lui avouer tout ça.

— Ouais, déclara-t-elle après avoir réfléchi un moment. J'imagine que c'est logique.

J'étais ravie qu'elle le pense, parce qu'il me fallait son aide pour garder mon secret. En réalité, je m'attendais à devoir dire la vérité à Stuart bientôt, de toute façon. Même si je craignais que la vérité creuse un fossé dans notre mariage, j'avais aussi peur que garder des secrets ait exactement le même effet.

— Tout cela est assez bizarre, remarqua-t-elle.

Nous repartions vers le parking.

— Mais c'est aussi assez cool, ajouta-t-elle avec un large sourire. Ma mère, cette superhéroïne.

Un petit frisson de satisfaction me surprit. C'était assez rare que votre ado vous dise que vous étiez cool, je devais donc savourer le moment.

— Et pour Tante Laura ? Elle le sait ?

Laura Dupont vivait directement derrière notre maison et s'avérait également être ma meilleure amie.

— Oui, admis-je. Laura est au courant.

— Hmm.

Elle se mordit la lèvre inférieure en digérant cette petite information.

— Alors, je peux le dire à Mindy ? s'enquit-elle enfin.

Elle faisait référence à *sa* meilleure amie et c'était assez pratique puisqu'elle était aussi la fille de Laura.

— Je ne sais pas. Laisse-moi y réfléchir. Et laisse-moi en discuter avec Laura. Ce n'est pas rien de connaître l'existence des démons. Tu n'as peut-être pas envie de mettre tout ça sur les épaules de ton amie.

Je n'avais pas voulu en partager autant avec Laura, mais elle était tombée sur mon secret et je n'avais pas eu le choix. Désormais, j'étais ravie qu'elle soit au courant. Tout le monde avait besoin d'un confident et même si les règles de la Forza exigeaient une grande confidentialité, certaines lois étaient faites pour être brisées.

Nous continuâmes à marcher en silence jusqu'à ce qu'Allie s'arrête brutalement, l'anxiété marquant son visage.

— Oh mon Dieu, Maman.

Je craignis alors le pire.

— Je peux toujours retourner à Coronado après les vacances de Noël, hein ? Enfin, ce n'est pas parce qu'il y avait un démon dans le club de surf que je dois partir dans une école privée ni rien, si ?

— C'est tout ? m'enquis-je.

J'étais totalement incapable de m'empêcher de m'émerveiller et d'être soulagée. Je venais tout juste de lui dire que non seulement des démons avaient infiltré son école, mais qu'en plus sa mère, son père et son – pseudo – arrière-grand-père, ainsi que son professeur de chimie étaient tous chasseurs de démons de métier. Et la première question qui lui venait en tête, c'était si elle pouvait rester ou non dans le même lycée ?

— C'est ça qui t'inquiète ?

Traitez-moi de folle, mais je m'attendais… Je ne sais pas. À de la peur, oui. Mais une fois qu'elle se serait apaisée, je pensais qu'il y aurait plus d'étincelles. De la colère adolescente, des soupirs, des pieds qui tapent et une crise de colère. Des accusations parce que je lui avais caché ce secret. Peut-être même qu'elle ne m'aurait plus adressé la parole.

Je m'y étais attendue, je m'y étais même préparée. Et j'avais aussi pensé qu'une fois le choc passé, elle allait supplier de suivre les pas de ses parents. Je m'étais dit qu'elle me presserait pour se rendre à Rome. Qu'elle aimerait rencontrer le père Corletti. Au moins qu'elle insisterait pour garder un couteau et une fiole d'eau bénite dans son sac.

Honnêtement, c'était l'une des raisons pour lesquelles je m'étais retenue si longtemps de lui parler de cela. Parce que ce n'était pas la vie que je souhaitais pour ma fille. Je voulais qu'elle soit en sécurité à la maison, qu'elle soit dans son lit la nuit et qu'elle ne s'inquiète ni des monstres dans son placard ni du simple fait de marcher dans la rue. J'avais été d'accord pour sortir de ma retraite afin de faire de San Diablo une ville plus sûre, après tout. Jeter ma fille dans la mêlée ne faisait pas partie de ce que j'espérais accomplir.

Néanmoins, apparemment, je m'étais monté la tête pour rien. Puisqu'elle ne me dit rien de tout cela. Ni dans l'instant ni quand nous continuâmes de marcher vers le parking du musée ni pendant les quatre semaines de vacances de Noël. Au lieu de ça, j'avais juste... eh bien, *Allie*. Une version un peu plus introspective de ma fille, peut-être, mais rien qui suggérait qu'il y avait eu ces dernières semaines une discussion mère-fille qui avait changé nos vies.

— Elle doit encaisser beaucoup de choses, déclara Laura.

Nous étions un jeudi de janvier et les températures étaient douces. Dans quelques jours, l'école reprendrait.

— Accorde-lui du temps. Avant que tu t'en rendes compte, elle te suppliera d'avoir un couteau à cran d'arrêt et d'apprendre à identifier un démon rien qu'en le voyant.

Lorsqu'elle utilisa le mot *démon*, je me retournai vers l'embrasure de la porte, ma réaction étant automatique puisque je savais parfaitement que la maison était vide. Lors d'un rare moment de vie domestique, Stuart avait emmené Allie et Timmy au centre commercial pour une après-midi à échanger des cadeaux et à faire les soldes. Eddie était quant à lui à la bibliothèque, plus intéressé par la bibliothécaire que par les livres.

— Merci, dis-je.

Kabit, notre chat, s'entortilla entre mes jambes dans l'espoir vain d'avoir un peu de crème.

— Ça me réconforte carrément.

Laura me jeta un coup d'œil par-dessus le bord d'une tasse à la décoration hivernale, débordant actuellement d'une chantilly recouvrant un chocolat chaud.

— C'est une adolescente, Kate. Ce n'est pas parce qu'elle a peur pour toi qu'elle a peur pour elle-même. Après tout, tu es vieille et has-been. Elle est jeune et invincible.

Elle passa son doigt dans la crème fouettée et le tendit à Kabit, qui m'abandonna immédiatement pour trottiner vers elle.

— Et elle t'a dit que chasser des démons était cool, non ? J'acquiesçai. Oui, elle l'avait dit.

— Elle digère encore, annonça Laura. En plus des garçons et de son entraînement de pom-pom girl à l'époque, elle doit maintenant accepter le fait qu'elle a été kidnappée par un démon et que sa mère était auparavant une chasseuse de démons.

Elle me lança un regard significatif. J'avais confié à Laura mon mensonge quant au fait que je n'étais plus en service actif et ma meilleure amie ne soutenait pas exactement ma décision.

— Une fois qu'elle aura tout analysé dans sa tête, elle voudra en savoir plus. Et si tu ne veux pas lui dire que tu chasses encore, tu vas t'enfoncer encore plus.

Je fronçai les sourcils vers ma tasse Père Noël. En vérité, Laura marquait un point. Un point intense et douloureux que je ne pouvais plus ignorer, même si j'en avais envie. J'avais vu la peur dans le regard d'Allie, donc j'avais menti à propos de la chasse. J'avais essayé d'améliorer les choses et pour cela, j'avais probablement empiré la situation.

— Tout ira bien, déclarai-je fermement.

J'essayais de me convaincre, plus que je n'essayais de convaincre Laura.

Le coin de sa bouche se tordit.

— Quoi ? m'enquis-je d'un air revêche.

Elle sourit dans son chocolat.

— J'imagine juste la bataille entre Allie et toi quand la vérité éclatera.

— Et c'est marrant ?

Elle haussa légèrement les épaules.

— Les probabilités le sont. Parce qu'entre un démon et toi, je parierai sur toi sans réfléchir. Mais entre Allie et toi ? Kate, tu n'as aucune chance.

Je vivais à San Diablo depuis quinze ans désormais. Eric et moi avions déménagé ici depuis Los Angeles pendant que j'étais enceinte d'Allie. Et même si je connaissais assez bien la ville, ce n'était que l'été dernier que j'avais vraiment senti ses vibrations. Toutes les vibrations, les bonnes et les mauvaises.

San Diablo était surtout une agréable petite ville. C'était la raison pour laquelle Eric et moi étions venus, au départ. Nous cherchions une zone dépourvue de démons, dans laquelle vivre notre retraite et élever notre bébé. À ce moment, nous pensions que San Diablo était l'endroit parfait puisque la cathédrale historique qui était le point central de la ville était si infusée de sang et d'os de saints que nous étions certains qu'aucune créature démoniaque ne voudrait mettre un pied là-bas.

Clairement, nous avions tort.

J'avais rencontré mon premier démon de San Diablo avant le début de l'année scolaire. Depuis, j'avais passé la majeure partie de mon temps libre à déambuler dans des allées sombres, à marcher sur la passerelle bien après que les humains respectables s'étaient mis au lit, et je vagabondais à la fois dans les couloirs de l'hôpital et de la maison de retraite.

Pendant les vacances, j'étais passée à une patrouille par semaine seulement. Pour être honnête, après m'être battue avec le démon Asmodée et ses disciples pour la vie de ma fille, je faisais un petit burn out de chasseuse de démons. De plus, je ne voulais pas qu'Allie se réveille et découvre que je n'étais pas là. Les policiers m'avaient prévenue qu'un stress post-traumatique pouvait résulter du kidnapping. Je me disais qu'ils n'imaginaient même pas à quel point. Elle allait visiblement bien à l'extérieur, mais je m'inquiétais de ce qu'elle ressentait à l'intérieur, aussi.

Le samedi avant que l'école reprenne, Allie passait la nuit chez Mindy et je ressentais le besoin de me remettre dans l'action.

J'avais tendance à envisager la patrouille de deux façons. La première était de rôder occasionnellement dans la ville, gardant l'œil ouvert à la recherche de quoi que ce soit de suspicieux. Comme on pourrait s'y attendre, cette méthode produisait rarement des résultats. J'avais de la chance, de temps en temps, mais surtout, le seul but que ces patrouilles larges servaient était de rappeler aux démons qu'il y avait un chasseur en ville. Je leur suggérais ainsi subtilement de sauter sur la barque de Charon et de voguer jusqu'aux Enfers.

Généralement, j'avais plus de chance avec la seconde méthode. Chaque matin, je parcourais le journal à la recherche d'un article sur des gens ayant loupé la mort de peu – des accidents de voiture lors desquels les conducteurs survivaient miraculeusement, des nageurs qui manquaient de se noyer, des victimes d'arrêt cardiaque ramenées à la vie après une réanimation incroyablement longue.

La plupart des gens se réjouissent de ce genre de miracle. Moi, je me méfie ; les corps morts depuis peu de temps sont des démons potentiels. L'âme humaine s'en allait et le démon emménageait. Croyez-moi. Cela arrive bien plus souvent que vous ne l'imaginez.

J'étais presque certaine, en fait, que c'était arrivé la veille. Ce matin, j'avais remarqué un court article près de la fin de la rubrique locale. Un homme d'affaires du coin du nom de Jacob Tomlinson avait récemment avalé un flacon entier de somnifères avant de décider de nager en direction d'Hawaï. Un pêcheur avait sorti le corps et avait réussi à ressusciter un M. Tomlinson apathique. Le journal parlait d'un sauvetage « miraculeux ». J'avais un point de vue différent.

Puisqu'il fallait quelques jours pour qu'un démon obtienne sa véritable force une fois qu'il était entré dans un corps frais, je suivais toujours ces articles. C'était la raison pour laquelle j'avais décidé d'aller à la plage samedi soir. Les démons, comme les criminels, avaient tendance à retourner sur les lieux.

Plus froid, l'extrême-nord de la côte de San Diablo est rocailleux, et c'est sur les collines de ce relief accidenté que se dressent la cathédrale Sainte-Mary comme la maison de retraite

Brumes Littorales. Les pierres irrégulières et la topographie hostile s'évanouissent cependant en plage de sable traditionnelle quand la côte s'étend vers le sud, s'ouvrant finalement sur des étendues larges et accueillantes inondées de touristes et d'habitants du coin pendant l'été.

Cette partie de la côte s'agrémente de parcs, de plages publiques et de marinas privées. Puisque le pêcheur avait mis son bateau à l'eau depuis la plage près de l'ancienne ville de San Diablo, c'était là que je prévoyais d'aller, une fois que tout le monde serait endormi à la maison.

Je pensais franchir la porte à une heure.

Naturellement, je m'étais fait des illusions.

— Moins d'une semaine, déclara Stuart.

Il se glissa derrière moi et passa ses bras autour de ma taille. J'étais occupée à récurer une casserole, essayant de retirer l'amas gras et gluant au fond puisque je savais que notre lave-vaisselle était incapable de combattre ce niveau de vase immonde. Sous le contact de mon mari contre moi, je fus rapidement moins inquiète quant à l'état de propreté de notre vaisselle.

— Encore quelques jours, déclara-t-il, et je l'annoncerai formellement. Difficile de croire que l'année prochaine à cette époque, je pourrais être le procureur du comté de San Diablo. Ou pas.

J'entendis le fond d'hésitation dans sa voix et me retournais pour lui faire face. J'attrapai un torchon pour m'essuyer les mains afin de ne pas le tremper.

— Ne pense pas comme ça, dis-je.

Je levai mes bras humides pour les passer autour de son cou.

— Tu as plus de soutien que quiconque.

— Peut-être, déclara-t-il.

Néanmoins, je vis dans ses yeux qu'il n'était pas convaincu par ma déclaration.

Je le fouettai avec le torchon.

— Ne dis pas ça. Tu vas gagner cette élection et tu le sais. Pour tous les membres de l'association des parents d'élèves, c'est déjà réglé. Si tu échoues maintenant, tu me feras perdre mon avantage à choisir les comités en premier. Et je ne veux vraiment pas être chargée du nettoyage pour le bal de printemps.

Ma tactique fonctionna et il rit.

— Ce n'est pas faux. Pour toi, je gagnerai l'élection.

Il se pencha et m'embrassa sur le bout du nez.

— Et je vais le faire même si tu préférerais que je perde.

Je niai immédiatement. Mais en même temps, je me raidis légèrement. Parce que même si je savais à quel point gagner le siège de procureur était important pour Stuart, j'étais aussi assez égoïste pour vouloir que mon mari me revienne. Dernièrement, ses nuits et ses week-ends étaient consacrés à sa campagne plutôt qu'aux câlins. Et ces derniers me manquaient.

Néanmoins, s'il avait plus de temps pour moi, il serait peut-être plus enclin à comprendre ce qu'il se passait dans la maison. Oh, de petits riens, comme sa femme qui chasse des démons pendant son temps libre.

Dans l'ensemble, ce serait peut-être pour le mieux si Stuart remportait l'élection. En fait, ses nuits tardives au bureau me permettaient de protéger mes secrets plus facilement.

Je me retournai vers la vaisselle, juste au cas où il pouvait analyser mon expression. Je me rendis compte assez rapidement qu'une conversation profonde et introspective n'était pas à l'ordre du jour.

— Timmy dort profondément, déclara-t-il.

Ses lèvres effleurèrent mon lobe d'oreille, la douce sensation m'envoyant un frisson dans la colonne vertébrale.

— Et Allie est chez Mindy.

— C'est une information très intéressante, répondis-je.

J'étais incapable de m'empêcher de sourire.

— Nous avons une bouteille de Merlot pas encore ouverte.

— C'est aussi bon à savoir.

— Et si tu te décales, je peux t'aider avec la vaisselle.

— *Ça*, c'est une façon de conquérir le cœur d'une femme, déclarai-je.

Je me décalai sur la gauche pour lui faire de la place.

Fidèle à sa parole, il m'aida et la cuisine passa rapidement de désastreuse à présentable. Ce n'était pas *Maison & Jardin*, mais ça ne serait probablement jamais le cas.

— Il se fait tard, déclarai-je en espérant qu'il comprendrait.

Il était déjà plus de vingt-deux heures. Si je voulais patrouiller, il fallait qu'il soit bientôt endormi.

Cependant, Stuart ne coopéra pas.

— On est samedi, dit-il. Et c'est un peu le calme avant la tempête. On devrait en profiter. Le vin. Peut-être un peu de fromage. Un film.

Il m'attira contre lui et passa ses index sur ma lèvre inférieure.

— Qui pourrait savoir où cela nous mènera ? ajouta-t-il doucement.

Son ton sous-entendait au moins une destination délicieuse.

Je me rapprochai, inclinai la tête en arrière et battis des cils en le regardant.

— Eh bien, Monsieur Connor, déclarai-je d'une voix essouf-flée, êtes-vous en train de me séduire ?

— Je crois que c'est sur mon planning.

Il m'embrassa alors et quand il s'éloigna, son sourire m'en promettait davantage.

— Va chercher le vin, dit-il. Je vais nous trouver un film.

Nous finîmes blottis ensemble sur le canapé à regarder Sean Connery et Jill St John en train de faire leurs trucs de James Bond. Stuart était un fan de Ian Fleming et je regarderais n'im-porte quel film avec Sean Connery, donc ce n'était pas vraiment de la séduction, mais ce n'était pas de la torture non plus. Dans tous les cas, les scènes d'action me firent clairement passer du mode séductrice à celui de chasseuse. Et lorsque le générique défila, j'étais à nouveau prête à y aller.

Tout comme mon mari, en fait, mais nous ne pensions pas à la même chose. Tout de même, je devais admettre qu'il me conquit assez rapidement. Comment cela aurait-il pu se passer différemment ? C'était l'homme que j'aimais, après tout. Et cela m'avait manqué.

Il m'attira contre lui, ses lèvres effleurant les miennes et ses doigts me touchant de façon à la fois délicate et possessive. Je gémis légèrement, pensant comme j'étais chanceuse d'avoir trouvé l'amour deux fois dans ma vie.

Je savais qu'il était naturel pour une veuve de penser à son premier mari. Donc même si les souvenirs d'Eric commençaient à apparaître au coin de mon désir, je ne me sentais pas coupable. Stuart savait que j'avais aimé Eric et qu'il aurait toujours une place dans mon cœur.

Ce que Stuart ignorait, c'était qu'Eric était peut-être toujours en vie. Il vivait peut-être même à San Diablo.

Je chassai cette pensée, n'étant pas prête à gérer cette possibilité, puis j'attirai Stuart près de moi.

Et alors que je me perdais dans les baisers de mon mari, j'essayai de ne pas trop songer à quel point ma vie pourrait devenir compliquée.

La pleine lune illuminait le ciel alors que je progressais sur la passerelle en bois. J'avais une lampe torche dans ma poche arrière, mais je n'en avais pas besoin. La nuit était claire et la lumière de la lune était bien plus que suffisante pour me montrer le chemin.

Je patrouillais depuis une quinzaine de minutes. Je m'étais garée dans la rue principale, devant l'une des nombreuses galeries d'art de San Diablo. J'avais parcouru la petite distance jusqu'à la grande route de la côte, passant devant des pizzerias et des cafés fermés pour la nuit. Il y avait un feu piéton entre la grande route et la rue principale, mais il était tard et il clignotait en jaune. Je traversai sans voir une quelconque trace d'un autre habitant éveillé en cette nuit froide de janvier, que ce soit un humain ou un démon.

J'espérais sérieusement que je n'avais pas commis d'erreur en venant ici. Le voyage vaudrait la peine si j'achevais effectivement un démon. Sinon, je risquais la paix familiale si Stuart se réveillait.

L'air était froid et chargé, mais je combattis l'envie urgente de serrer mes bras autour de moi pour avoir plus chaud. Il fallait que j'aie les mains libres, que je sois prête à me défendre si Tomlinson me sautait dessus.

Ainsi, je gardais mes sens en alerte, mes yeux étant entraînés à repérer tout ce qui sortait de l'ordinaire et mes oreilles entendaient tout ce qui ne ressemblait pas à l'écrasement des vagues.

Même si on ne tombait pas sur un démon, patrouiller n'était pas facile. Il fallait être prêt, l'adrénaline tambourinant dans vos veines. Sinon, si vous vous détendiez un tout petit peu, c'était le moment où ils vous attrapaient. Et c'était ainsi que des chasseurs mouraient.

Puisque la mort n'était pas un état convenable pour moi, j'étais véritablement en alerte. Je faillis tout de même passer à côté du *pa-poum, pa-poum* discret indiquant des pas derrière moi. Le bruit était négligeable et je pouvais presque croire que je l'avais imaginé. Ou que j'avais simplement entendu un chat traverser la passerelle à la recherche d'un poisson échoué pour le dîner.

Pa-poum, pa-poum.

Mon pouls accéléra, les battements se multipliant avec le tempo des pas. Je tentai d'évaluer la distance entre moi et cette personne, mais j'en fus incapable. Quiconque se trouvait derrière moi était un maître de discrétion.

Je ne ralentis pas, ne trahissant aucun signe montrant que j'avais conscience d'être suivie. Mais alors que je marchais, je tournai mon poignet gauche, afin de faire glisser le couteau coincé dans la manche de ma veste pour le préparer.

Silence.

Et ce n'était pas un bon silence. Je fis volte-face, ma main droite attrapant le manche du couteau alors que je bondissais sur mon harceleur. Il était derrière et faisait au moins une tête de plus que moi. Son visage était caché par la capuche de son pull gris. Sans hésiter, j'attaquai, puis vacillai en voyant ses yeux. Il profita de mon hésitation, esquivant comme un expert et jetant sa canne pour me faire trébucher et tomber de la passerelle.

NOTES

CHAPITRE 4

1. NDLT : Il s'agit d'une référence à Robert Upshur Woodward, dit Bob Woodward, journaliste connu, avec son collègue Carl Bernstein, pour avoir mis au jour le scandale du Watergate en 1972.

CHAPITRE 5

1. NDLT : Il s'agit d'un magazine présentant régulièrement les tendances en art de vivre et décoration d'intérieur.

CHAPITRE 6

1. NDLT : Il s'agit d'un groupe de musique pour enfants australien.

CHAPITRE 13

1. Personnage et ville issus du film *La vie est belle* de Frank Capra (1946), souvent rediffusé dans la période des fêtes de fin d'année.

Julie Kenner (alias J. Kenner) est une auteure de best-sellers internationaux figurant aux classements des journaux *New York Times*, *USA Today*, *Publishers Weekly* et *Wall Street Journal*. Elle a écrit plus d'une centaine de romans, de romans courts et de nouvelles dans toutes sortes de genres littéraires.

Selon *Publishers Weekly*, JK est une auteure qui a un « don pour le dialogue et la création de personnages excentriques », et le *RT Bookclub* estime qu'elle a su « répondre aux besoins du marché en créant des antihéros scandaleusement attirants et dominateurs, et des femmes qui fondent pour eux. » Six fois finaliste de la prestigieuse récompense RITA (*Romance Writers of America*), JK a remporté son premier trophée RITA en 2014 pour son roman *Claim Me* (tome 2 de sa trilogie *Stark*) et le second en 2017 pour son roman *Wicked Dirty*. Elle a vendu des millions de livres, publiés dans plus de vingt langues.

Au cours de sa précédente carrière, JK a exercé comme avocate en Californie du Sud et au Texas. Elle vit actuellement dans le centre du Texas, avec son mari, ses deux filles et deux chats plutôt lunatiques.

Visitez son site web www.juliekenner.com pour en savoir plus et pour entrer en contact avec JK sur les réseaux sociaux !

Newsletter en français :
https://jkenner.com/French